Stefanie Hasse

# Magic Tales

## Verhext um Mitternacht

Loewe

FSC
www.fsc.org
MIX
Papier aus verantwortungsvollen Quellen
FSC® C014496

ISBN 978-3-7432-0645-8
1. Auflage 2020

Dieses Werk wurde vermittelt durch die Michael Meller Literary Agency GmbH, München.
Umschlaggestaltung Michael Dietrich, Umschlagfotos ©Sofi photo/shutterstock.com, © Onkamon/shutterstock.com
Printed in Germany

www.loewe-verlag.de

Für alle, die schon immer
an Magie geglaubt haben.
Ihr hattet recht.

# Prolog

Die Bronzefiguren am Brunnen des oberen Marktplatzes warfen ihre Schatten auf das unebene Pflaster. Das diffuse Licht der neuen, energiesparenden Straßenlaternen spiegelte sich auf den starren Gesichtern der Marktfrauen und ihren Kundinnen, während die Fassade des modernen Einkaufszentrums gegenüber, die den mittelalterlichen Giebelhäusern nachempfunden war, im Dunkeln lag. Vom alten Stadtzentrum waren nur drei wirklich historische Gebäude übriggeblieben, die nun Zeuge wurden, wie eine Person zwischen der Gastwirtschaft *Zum Hasen* und dem ehemaligen Rathaus hervortrat und über den Marktplatz huschte. Die Kapuze ihrer langen roten Robe verhüllte ihr Gesicht, als sie sich über den Brunnen beugte.

Magie flammte auf, rotglühend und so anders, dass selbst jede Hexe und jeder Hexer sofort davongelaufen wäre. Die Figuren am Brunnen reflektierten das rote Leuchten, ihre vormals freundlichen Gesichter verzerrten sich zu Fratzen, während sie sich leise knarzend zu bewegen begannen.

Das Metall ächzte, als die Verankerungen rissen. Magie war stärker als Metall. Der kleine Bauernjunge sprang als

Erstes vom Brunnen, jeder Schritt von einem sanften roten Schimmer umgeben. Er rannte davon, trommelte gegen die Schaufensterscheiben des Rewe-Marktes und stemmte sich gegen eines der wenigen geparkten Autos. Doch erst mithilfe zweier weiterer Figuren – der Dame mit der Geldbörse und der Marktfrau mit dem Apfel in der Hand – konnte er das Auto so weit anheben, dass es erst auf die Seite kippte und dann mit einem satten Knirschen auf dem Dach liegen blieb. Der Alarm schallte über den oberen Marktplatz hinab bis zum heutigen Stadtkern, die Mittelstraße entlang bis zu den ersten Wohngebäuden.

Das Stadtzentrum erwachte, die Menschen strömten auf die Straßen und mussten fassungslos mitansehen, wie die zum Leben erwachten Figuren des beliebten Marktbrunnens die Stadt verwüsteten.

Doch das war nicht das Ungewöhnliche.

Je mehr Menschen auf die Straße traten, desto mehr von *ihnen* gesellten sich dazu. Die roten Roben unter langen Mänteln verborgen, die Mienen bemüht schockiert, um zwischen all den verblüfften und panischen Menschen nicht aufzufallen. Aber es war *ihr* nur für Hexen und Eingeweihte sichtbares rotes Leuchten, das die Brunnenfiguren wie Marionetten bewegte und dafür sorgte, dass in diesem Moment wirklich jeder an Magie glaubte.

~ 1 ~

## ADELA

»Bei allen Dunkelhexen!«, schimpfte ich und schmetterte den hölzernen Stößel in den sowieso schon zerbeulten Kessel, aus dem weißer Rauch aufstieg. Das Echo des Aufpralls schwebte noch einen Moment in meinem Labor umher und vervielfältigte mein Scheitern auf dramatische Weise. Es glitt von den dunklen Holzregalen mit den zahlreichen Zutaten zu der hohen Decke, unter der Kräuterbüschel trockneten, streifte die zahlreichen Gaslaternen, die ich für meine Arbeit immer noch am stimmungsvollsten fand, bis zur Wand hinter mir, an dem das für den Rest der Einrichtung viel zu moderne Edelstahl-Waschbecken hing.

Wieso funktionierte die Verbindung nicht? Ich hatte alles bis ins Detail berechnet, sämtliche Zutaten frisch überall auf der Welt besorgen lassen. Lag es an der Sigille? Hatte ich die Worte falsch gekürzt? Oder war mein Vorhaben, das Medikament mit unserer Heilmagie zu verstärken, zu ambitioniert, als was es letztens sogar im Rat belächelt worden war?

Ich atmete tief ein. Seltsamerweise roch mein Scheitern nach Cola. Aber vielleicht lag das auch an den Inhaltsstoffen des Medikaments.

Also begann ich von vorne und sah mir den Zauberspruch erneut an, kürzte alle Buchstaben, die doppelt vorkamen, und zeichnete – wie Hexen im ersten Ausbildungsjahr! – die Sigille direkt neben dem Hexenrad, das in jedem Grimoire abgedruckt war, als wüsste nicht schon jede Junghexe, an welcher Stelle der drei konzentrischen Kreise des Hexenrades jeder einzelne Buchstabe des Alphabets lag.

Das Ergebnis sah bei einem komplexeren Zauber wie diesem aus, als hätte ein Kind wild aufs Papier gekritzelt. Und das, obwohl der Zauber zu einem knappen Befehl gekürzt war: *Verstärke die Wirkung des Medikaments mit Magie.*

Vielleicht war »Medikament« zu allgemein und ich musste den Wirkstoff selbst nennen? Magiewissenschaft war – egal was das Wort behauptete – keine Wissenschaft wie die Biochemie, die der Herstellung der Tabletten vor mir zugrunde lag. Ich zerknüllte das Papier mit der Sigille und notierte den Wirkstoff anstatt »Medikament«, kürzte und zeichnete die Sigille erneut.

Schnell kippte ich den noch immer schwelenden Inhalt des Bronzekessels ins Waschbecken an der Wand, füllte ihn anschließend mit drei der Tabletten und streute frisch zerstoßene Kräuter aus der verfärbten Holzschale neben mir darauf.

Jetzt war es an der Zeit, den Zauber an das Element zu übergeben. Die dafür benötigte Kerze stand, ganz wie im Lehrbuch, direkt neben dem Kessel.

Ich konzentrierte mich auf meinen Zauber, während ich das Papier in die Flamme hielt. Meine eigene Sigille, die aus den Buchstaben meines Namens bestand und meine ureigene Magie nach außen brachte, leuchtete auf. Die Magie wand sich in bläulichweißen Rauchschwaden von der Sigille am linken Handgelenk über den Handrücken, floss über meine Finger hinweg in das glimmende Papier mit der Sigille.

»Ciao, Lieblingsschwester«, erklang Glorias Stimme direkt neben meinem Ohr. Vor Schreck ließ ich das brennende Papier fallen. Natürlich nicht in den Kessel, wo es hingehörte, sondern direkt auf den massiven Arbeitstisch aus magiegetränktem Kirschbaumholz. Ein Brandfleck mehr fiel auf der Oberfläche glücklicherweise nicht auf.

Seufzend drehte ich mich zu Gloria um, die ihre Jägeruniform trug. Die dunklen Haare hatte sie zu einem Zopf geflochten, die eng anliegende weiße Kleidung umschmeichelte ihre Kurven. Mit Blick auf das inzwischen verbrannte Stück Papier auf meinem Arbeitstisch fragte sie: »Kommst du gut voran?«

Ich warf ihr einen Blick zu, der ihr ganz genau sagte, *wie gut* ich vorankam, ehe ich erwähnte, dass sie nur eine Schwester hatte. Sie grinste mich nur an und klimperte mit ihren dichten Wimpern, ehe sie sich über das aufgeschlagene Grimoire neben meinem Kessel beugte und so tat, als würde sie verstehen, was dort stand.

»Wofür wohl werde ich bei der nächsten Konferenz der Magiewissenschaft ausgezeichnet werden?«, fragte sie unschuldig.

»Wenn es weiter so läuft, für gar nichts.« Ich stieß erneut einen Seufzer aus, las das Stück Papier auf und beförderte es ebenfalls ins Waschbecken, wo ich mir auch direkt die Aschereste von den Fingern spülte.

»Das hast du auch letztes Jahr gesagt. Das Jahr davor

auch. Und jedes Mal hast du es geschafft. Es wird klappen, ich glaube an dich, Ela.« Ich sah über die Schulter und Gloria warf mir einen Luftkuss zu. »Was hältst du davon, wenn ich dir helfe?« Ihre dunklen Augen reflektierten die Flamme und ließen Gloria teuflisch-verrückt aussehen. Sie hatte keinerlei Talent für Tränke, geschweige denn für Magiechemie. Daher zweifelte ich ernsthaft daran, ob es eine gute Idee war, wenn sie mir beim Zaubern half.

»Du?«

»Wenn ich schon das Lob für deine Arbeit bekomme, könnte ich dich dabei ja wenigstens unterstützen. Wenn du fertig bist, können wir …«

Ich seufzte. Natürlich gab es einen Grund, weshalb sie hergekommen war.

»Sorry«, sagte Gloria sofort. »Aber die Entwürfe der Designer für die drei Ballnächte zum Walpurgisritual sind da. Du musst mir beim Aussuchen helfen!« Ihre Stimme klang so verzweifelt, dass ich mich geschlagen gab. Sie war eine grandiose Jägerin, reiste via Sigillenfährte auf der ganzen Welt umher, um Dunkelhexen einzufangen, aber wenn es um Kleider ging, benahm sie sich schlimmer als menschliche Teenager.

»Was tust du eigentlich hier?«, fragte ich, während ich ihr durch den Innenhof der Villa folgte, wo eben die Außenlaternen mit Dämmerungssensor angingen. Den im Wetterbericht angekündigten schönen Frühlingstag in Rom hatte ich wohl verpasst. Wo war die Zeit denn nur geblieben? »Solltest du nicht noch beim Training sein?«

»Papà meinte, die Vorbereitungen zum Ball seien ebenso wichtig wie das Training.«

Das bezweifelte ich stark. In unserer Familie war das Training oberste Pflicht. Das hatte bis vor vier Jahren auch für mich gegolten. Seit Generationen stellten wir Jägerinnen und Jäger für die gefährlichsten Missionen. Kleidungsfragen hatten nie Priorität. Auch wenn Kleider zum Hexenereignis der Dekade gehörten wie eine Krone zu einer Prinzessin.

Die Erneuerung des Occultatums, das verhinderte, dass Menschen unsere Magie sehen und deshalb verhext werden konnten, war jedoch in erster Linie gefährlich, daher galt: Training über Kleidung. Alle Hexen und Hexer der Welt würden anwesend sein. Nicht nur diejenigen, die sich der lichten Magie und der Erneuerung des Occultatums verschrieben hatten, sondern auch Dunkelhexen, die Magie mit Blut wirkten. Dessen war ich mir mehr als alle anderen Hexen bewusst. Umso wichtiger war meiner Meinung nach das Training.

Gloria sah es anders. »Hattest du deinen Termin bei Signora Rosalia eigentlich schon?« Sie schwebte nahezu zwischen den Beeten im Innenhof hindurch bis zum Eingang der Villa. Ihre dunklen Augen leuchteten, während ich meinen Kopf schüttelte.

»Ich habe mir ihre Entwürfe zeigen lassen, aber ich kann mich einfach nicht entscheiden«, fuhr sie fort, zog mich dann mit sich an den Portraits unserer berühmten Ahninnen vorbei bis zur Eingangshalle, während sie unentwegt plapperte: »Signora Rosalia schwört darauf, dass sie weiß, welche Epoche der Trend bei den Bällen sein wird.« Sie grinste wie früher beim Anblick ihrer Geburtstagsgeschenke. »Wir werden uns vor Angeboten kaum retten können. Hast du in der *Hexen heute* den Bericht über die Gastgeberfamilie gelesen? Oder die Fotos angeschaut?« Wir stiegen gerade die breite Treppe empor. Gloria hielt sich am mit Blattgoldelementen verzierten Geländer fest, wandte sich um und warf mir einen verschwörerischen Blick zu.

»Du weißt, dass Fotos manipuliert sein könnten.« Was Unwissenden mit Photoshop gelang, funktionierte für uns mit einer lässigen Handbewegung.

»Jetzt verdirb mir doch nicht die Vorfreude!« Ein paar Hexenfunken schossen auf mich zu und ich duckte mich schnell darunter weg, auch wenn sie mich nicht verletzt hätten.

Gloria wusste genau, dass ich diesen Teil der nächsten Wochen verabscheute. Große Bälle, um einen passenden Partner zu finden, waren so ... letztes Jahrtausend. All der Prunk, die Zurschaustellung – vor allem bei den Gerüchten rund um unsere Familie, die in den letzten Monaten immer weiter hochgekocht waren wie ein falsch dosierter Trank im Kessel. Gloria würde sich vor Anfragen kaum retten können und Dutzende belangloser Smalltalks mit unpassenden Partnern führen müssen. Über diese Konsequenz des *Bans* war ich nicht böse. Er hielt mich bis zum letzten Moment von diesen Oberflächlichkeiten fern. Unmagische fanden ihre Partner heutzutage doch auch ohne das ganze Tamtam und ich konnte das auch.

Seufzend ließ ich mich auf das gigantische Himmelbett in Glorias Zimmer fallen und ließ mir von ihr die Entwürfe zeigen, ein Kleid opulenter als das andere. Die Skizzen hatten jedoch alle eins gemeinsam: Sie waren blau – das dunkle Blau der Familie Mescinia. Und es war kein einziges schlichtes, moderneres Kleid darunter. Mir graute schon davor, mich in ein Mieder quetschen zu müssen – denn die waren in diesem Jahrzehnt unumgänglich, gab mir Gloria die Aussage von Signora Rosalia weiter.

»Was hältst du von dem hier?« Gloria deutete auf ein Rokokokleid. Den dunkelblauen Seidenmanteau verzierten vorne etliche Edelsteine, die Ärmel waren innen hochgesteckt, sodass der silbern schimmernde Unterstoff hervorlugte. Mich störte besonders die Raffung an den Hüften, die die Trägerin doppelt so breit erscheinen ließ.

Noch ehe ich Gloria meine Gedanken mitteilen konnte, gingen unsere Handys los. Der Alarmton war nur für einen einzigen Kontakt reserviert. Ich hatte ihn noch nie gehört. Weder in den letzten vier Jahren, in denen ich vor der Hexengemeinschaft verheimlicht wurde, noch in meinen aktiven Jahren davor.

Das Blut gefror in meinen Adern. Der beißende Geruch von Glorias Angst kroch in meine Nase.

Gloria hatte sich schneller gefangen und las die Nachricht vor, die alle Jägerinnen und Jäger in Alarmzustand versetzen musste. »Es gab einen Dunkelhexenanschlag auf Falkhausen. Das ist dort, wo …«

»Ich weiß, wo es ist.« Auch wenn ich seit vier Jahren in meinem Labor allein vor mich hin forschte, kannte ich mich auch in der Hexenwelt aus. Vor allem, wenn es um *das* Ereignis der Dekade ging: das Walpurgisritual.

Glorias schockgeweitete Augen ließen meinen aufgekommenen Ärger über die mir unterstellte Unwissenheit in Rauch aufgehen wie die Sigille bei einem Zauber.

»Sind Menschen zu Schaden gekommen?«

Glorias Augen flogen über den Text. Dann schüttelte sie

den Kopf. »Nein, das nicht. Aber sie haben die Auswirkungen von Magie gesehen. *Alle* Brigaden sollen sofort via Sigilenfährte nach Falkhausen reisen, um die Menschen das vergessen zu lassen.«

Pure Erleichterung durchflutete mich. Es waren nur noch wenige Tage bis zur Walpurgisnacht, wenige Tage bis wir das Occultatum erneuern konnten, das unsere Magie vor den Menschen verbarg. Wenn sie uns bemerkten und wir deshalb das Ritual nicht durchführen könnten, wäre das der Anfang vom Ende. Selbst wenn die Menschen gelegentlich die *Auswirkungen* von Magie bemerkten, konnten sie dank des Occultatums doch nicht erkennen, wer sie wirkte. Nicht wie früher, als man tatsächlich hin und wieder Hexen gefangengenommen und getötet hatte, weil ihre Magie zu sehen gewesen war.

Glorias Handy summte erneut. Eine normale Nachricht. Mit zusammengezogenen Brauen las sie und sagte dann: »Mamma und Papà haben mich angewiesen, nicht nach Deutschland zu reisen. Ich soll mit dir trainieren.«

»Wirklich?« Es klang zu unglaublich, um wahr zu sein. Ich war seit Jahren nicht mehr beim Training gewesen, hatte mich nur in meinem Labor verschanzt. Es war zu gefährlich für mich. Der Rat und meine Eltern trauten niemandem.

»Alle werden unterwegs sein und die Menschen schnell unter Kontrolle haben. Aber Mamma befürchtet weitere Anschläge. Wir brauchen dann vielleicht jeden Jäger, den wir haben. Und da gehörst du auch dazu.« Dann grinste sie und der süße Geruch ihrer Herausforderung wehte zu mir. »Oder bist du zu eingerostet, um mit mir mithalten zu können?«

»Niemals!« Ich nahm die mir entgegengestreckte Hand an und Gloria zerrte mich hinaus aus ihrem Zimmer bis zur großen Treppe beim Eingang. Die Tür direkt darunter führte zum Trainingsraum.

Noch ehe Gloria die Tür hinter uns geschlossen hatte, warf sie einen Fluch auf mich. Der Angriffszauber blitzte auf, als er auf meine hastig errichtete Verteidigung stieß. Ich sprang über die nächste Welle blauschimmernder Magie hinweg, brachte meine Sigille erneut zum Aufleuchten und schmetterte meinerseits einen Fluch auf Gloria, den sie lachend abwehrte.

»Du bist doch eingerostet, Labormädchen«, lachte sie, in ihren Augen blitzte etwas auf, das ich vorher noch nie gesehen hatte und nicht zuordnen konnte. Sie warf einen Fluch nach dem anderen auf mich, brachte mich zum Stolpern, schnitt in meinen Arm oder sogar direkt in meine Sigille, wenn ich mich nicht schnell genug verteidigte. Es dauerte aber nicht lange, bis sich mein Körper wieder an die seit meiner Kindheit einstudierten Bewegungsabläufe und all die Zauber erinnerte.

Eine Jägerin blieb eindeutig immer eine Jägerin, egal wie lange sie sich in ein Labor zurückzog und die Magiewissenschaft vorantrieb.

Während ich es immer wieder schaffte, auch Glorias Abwehrzauber zu durchbrechen, keimte in meinem Unterbewusstsein ein Gedanke, wuchs weiter und weiter, während unablässig blau-weißes Licht aus unseren Sigillen schoss.

~ 2 ~

## TRISTAN

Es war reine Schikane. Wie immer. Mit einem vermutlich antiken Besen in der Hand stand ich am Rand des alten Marktplatzes und fegte die Straße. Als könnten die anderen das Chaos nicht mit nur einem schnellen Zauber beseitigen! Die alten Gebäude, für die der Verschönerungsverein derzeit Denkmalschutz verlangt hatte, boten die perfekte Kulisse. Hinzu kam der Nebel, den die erste Jägerbrigade direkt nach ihrer Ankunft hatte aufziehen lassen, um sich besser zu tarnen. Die Weißroben waren überall und erinnerten mich wieder und wieder an den Abend, an dem sie meinen Vater mitgenommen hatten.

Ich sah mich unentwegt um und war damit nicht der Einzige. Selbst die Hexen, die sich wenigstens ernsthaft wehren konnten, machten sich Sorgen, während sie den Jägern einen unwissenden Menschen nach dem anderen zur Löschung der Erinnerungen brachten.

Die Stadt war angegriffen worden! Von Dunkelhexen! Natürlich kannte ich die Gerüchte um die Angriffe der Blutmagier, aber sie alle hatten weit entfernt stattgefunden. Nicht hier, so nah, dass ich unwillkürlich Angst um all die

Unwissenden dort draußen hatte, Menschen, denen ich tagtäglich begegnete.

Während ich die Scherben einer zerbrochenen Autoscheibe zusammenfegte, beobachtete ich Chris und Noah. Ihre linken Unterarme gaben ein konstantes bläuliches Leuchten ab. Sie wirkten einen Zauber nach dem anderen, reparierten zerstörte Scheiben und entfernten die Beulen aus den geparkten Autos, während die Jäger umherhuschten wie Geister und die zum Leben erweckten Bronzefiguren des alten Brunnens einfingen. Die Figuren hatten keine Chance. Ebenso wenig, wie mein Vater eine Chance gehabt hatte.

Erst durch den metallischen Geschmack im Mund bemerkte ich, wie fest ich mir auf die Wange gebissen hatte. Meine Finger waren um das raue Holz des Besens verkrampft.

»Warum fegst du die Straße?«, fragte mich ein dunkelhaariger Mann in weißer Robe, den ich so auf Mitte vierzig schätzte. Er hob bereits die Hand, um die Scherben mit Magie einzusammeln, aber jemand trat zu uns und legte seine Hand auf den linken Arm des Mannes, bis dieser ihn senkte und das Leuchten verblasste.

»Tristan will auch seinen Beitrag leisten«, sagte Noah und mein Griff wurde noch fester, während der Mann sich mit einem Schulterzucken abwandte und woanders seine Magie wirkte.

Noah trat mit einem gehässigen Grinsen noch näher, begutachtete die Scherben zu meinen Füßen, die ich aufgehäuft hatte. Seine Sigille leuchtete noch von der Reparatur des Schaufensterglases der Apotheke.

Ehe ich irgendwie reagieren konnte, floss das bläulich schimmernde Licht aus seiner Sigille heraus nach unten und zerstreute die Scherben wieder wie eine Windböe einen Laubhaufen.

Beruhige dich, ermahnte ich mich und schloss die Augen. Noch genau 211 Tage bis zu meinem achtzehnten Geburtstag, zu meiner Freiheit. Ich zählte die Tage, bis ich endlich zum Unwissenden werden und der Hexenwelt entfliehen konnte, wie menschliche Kinder die Tage bis Weihnachten.

## ~ 3 ~

## ADELA

In Anbetracht der Ereignisse letzte Nacht neige ich dazu, dir die Erlaubnis zu erteilen«, sagte Calliope kühl und starrte mich einen endlosen Moment an, ohne auch nur einmal zu blinzeln. Meine Fingerspitzen kribbelten und ich hatte Mühe, stillzustehen. »Aber du wärst komplett schutzlos, das kann ich nicht verantworten.«

»Es ist unsere einzige Chance! Niemand wird mich als Hexe erkennen, ich bin seit vier Jahren nicht mehr öffentlich aufgetreten. Die Pr…« Mein Magen ballte sich zusammen und anstelle meiner Worte stieg schwarzer Rauch aus meinem Mund. Der *Ban*, der mächtigste vom Rat gewirkte Bannzauber, machte es mir unmöglich, über die Prophezeiung zu sprechen. Ich kippte vornüber und stützte mich nach Atem ringend auf meinen Oberschenkeln ab, um nicht auf die Knie zu fallen oder mich auf den hellen Marmor zu übergeben. Ich würgte.

Hastig blinzelte ich die Tränen weg. Der Druck auf meine Augen verschwand nur langsam, die dunklen Fliesen des Pentagramms ringsum gewannen wieder an Kontur. Nach Luft ringend richtete ich mich auf. »Niemand weiß, wer ich bin. Ich werde sogar mit dem Zug anreisen, um jegliche magische Nachverfolgung unmöglich zu machen.«

Calliope sah zu Sato und ich flehte ihn stumm um ein Ja an. Gegen die Stimme des stellvertretenden Ratsvorsitzenden könnten auch meine Eltern nicht mehr einschreiten.

Die Wände des fensterlosen Raumes rückten näher, während Sato ganz offensichtlich das Für und Wider gegeneinander aufwog, seine eigene Position im Rat gegen das Wohl aller Hexen. Seine Zweifel tränkten die Luft, vermischten sich mit der rauchigen Note von Calliopes Macht.

Sein tiefer Atemzug durchbrach die gnadenlose Stille im Saal. Er nickte und ich stieß erleichtert die Luft aus.

Calliope sah weder unzufrieden noch froh aus. Sie war schwerer zu lesen als Sigillen. Ohne den zitrusähnlichen frischen Geruch, der zu mir durchdrang, hätte ich nicht vorhersehen können, wie ihre Antwort ausfallen würde.

»So sei es. Deinem Vorschlag wird zugestimmt. Wir werden ebenfalls nach Falkhausen reisen und uns dort einquartieren, damit du uns Bericht erstatten kannst.« Sie stand auf und ihre Sigille begann zu leuchten. »Adela Mescinia, finde denjenigen, der das Ritual sabotieren wird. Handle nicht auf eigene Faust. Du unterstehst dem Gesetz der Hexengemeinschaft wie alle anderen auch. Ziehe die Jäger hinzu, sobald ein hinreichender Verdacht besteht, dass die Weißroben eingreifen müssen.«

Das Leuchten an ihrem Unterarm wurde stärker, schwebte zu mir und sickerte als unsichtbare und dennoch unberechbare Anweisung in meine Haut. Ihre Abschiedsworte hingen noch im Raum, als sie bereits verschwunden war. »Bewahre das Erbe. Bewahre die Tradition.«

Zurück in unserer römischen Stadtvilla fragte ich mich, weshalb ich Angst vor Calliope gehabt hatte, wo meine Eltern noch viel Furcht einflößender sein konnten. Alfredo und Giulia Mescinia saßen mir gegenüber an dem überdimensionierten Esszimmertisch, lehnten sich in ihren von den Arbeiten in der Nacht schmutzigen Jägeruniformen steif gegen die hohen gepolsterten Stühle mit den Renaissance-Schnitzereien. Es war ja klar, dass sie mein Vorgehen im Rat missbilligten, aber jetzt war ihr Gesichtsausdruck geradezu inquisitorisch. Kaum dass Papà die Dienstboten fortgeschickt hatte, bröckelte ihrer beider Miene.

Mamma sah nun regelrecht gequält aus. Der Gedanke, dass ich dafür verantwortlich war, zerriss mir das Herz. Und doch musste ich mich beherrschen, durfte nicht nachgeben. Mir war klar, dass Mamma Angst um mich hatte, mich beschützen wollte. Aber wie meine Schwester Gloria immer sagte, würde sie mich nicht für immer beschützen *können*. Ich nahm ihre Hand und drückte sie sanft, bis Mamma wieder gefasster wirkte.

Wir schwiegen uns weiter an. Niemand sprach über die Vision der Auguren, die Prophezeiung, die es mir ermöglicht hatte, mich mit meinem Vorschlag an Calliope zu wenden. Es hätte auch niemand darüber sprechen können, selbst wenn er gewollt hätte. Erneut stieg Magensäure meine Speiseröhre empor, der bittere Geschmack des schwarzen Rauchs haftete noch auf meiner Zunge.

Doch gegenüber den beiden Personen, die mich nun voller widersprüchlicher Emotionen im Gesicht musterten, musste ich auch nicht darüber sprechen. Sie kannten die Prophezeiung genauso gut wie ich.

Um meine Aufregung und Nervosität zu verbergen, hatte ich meine Hände auf dem Schoß liegen, meine Fingernägel bohrten sich in meine Jeans. Die Zeit drängte. Und das wussten auch meine Eltern, ganz egal, was sie dabei empfanden.

Während sie schwiegen, starrte ich auf die bunten Flecken auf dem weitläufigen Marmorboden. Ich liebte diesen Moment des Tages, wenn die Sonnenstrahlen den kahlen großen Raum aus Weiß und Beige in ein Meer aus Farbtupfen verwandelten, sobald sie sich zu den Buntglasfenstern vorangetastet hatten. Von draußen drangen leise die Geräusche des erwachenden Roms an mein Ohr: Hupende Autos, weil es alle eilig zur Arbeit hatten, das Dröhnen der Kehrmaschinen, die all die Reste der nächtlichen Partys verschwinden ließen, ehe die Touristenbusse von Neuem anrollten. Die Müllautos waren glücklicherweise schon durch: Ihren Geruch konnte ich selbst durch die geschlossenen Fenster nicht ertragen und es hätte meinen gesamten Auftritt vor meinen Eltern versaut, wenn ich mich übergeben hätte. Dafür hatte ich zu lange auf eine solche Gelegenheit hingearbeitet. Nun konnte ich meine Eltern vor vollendete Tatsachen stellen.

»Calliope hat sich die Entscheidung nicht leicht gemacht«, sagte ich und rieb dabei über die Stelle an meinem Arm, an der das magische Dekret eingedrungen war. »Ich habe ihr und Sato meine Idee bereits letzte Woche präsentiert. Aber nach dem Anschlag letzte Nacht …«

Mehr musste ich nicht sagen. Mamma und Papà waren eben erst aus Deutschland zurückgekommen, kreidebleich und ausgezehrt von der Reise mittels Magie, der Sigillenfährte. Die beiden hatten dabei geholfen, den panischen

Menschen, die mitten in der Nacht erst den Beweis für die Existenz von Magie gesehen hatten, die Erinnerung mithilfe des mächtigsten Zaubers der Jägergilde zu löschen. So etwas durfte nicht mehr passieren. Wir mussten die Dunkelmagier aufhalten und das wussten auch meine Eltern. Mein Vorschlag war die einzige Chance, diejenigen zu enttarnen, die das Walpurgisritual sabotieren wollten. Wenn wir sie nicht aufhielten, wäre es sinnlos, nach meinem Ritualpartner zu suchen, und wir könnten uns gleich für einen Krieg wappnen. Ein widerlicher Geschmack legte sich auf meine Zunge. Mammas Hand in meiner wurde eiskalt.

»Calliope hat mich direkt abgewiesen, obwohl Sebastien und ich sämtliche Möglichkeiten durchgegangen sind. Wir sind …«

»Dein Cousin hat dich dazu angestiftet?«, unterbrach mich Mamma und zog ihre Hand zurück.

Ich schüttelte den Kopf. »Das hat er nicht. Seit die Pr …, seit der *Ban* verhängt wurde, denke ich über eine Lösung nach. Meine Forschungen sind nicht weit genug, die Blutmagie zu entkräften. Die einzige Möglichkeit besteht darin, jemanden einzuschleusen.«

Papà verlor die Beherrschung. »Wie konnte Sato uns einfach übergehen?« Funken stoben von seinem Unterarm auf wie immer, wenn er seine Gefühle nicht unter Kontrolle hatte. Sato und Papà waren oft unterschiedlicher Meinung, jedoch nie zuvor hatte man meine Eltern aus einer Entscheidung ausgeschlossen. »Der Rat hat genug andere Spione!«

Ich schluckte und sah meinem Vater direkt in die Augen. »Ihr wisst genau, dass wir keine andere Möglichkeit haben.« Mit einem tiefen Atemzug wappnete ich mich davor, ihnen geradeheraus das vorzuwerfen, was ich die letzten Jahre nur Gloria und Sebastien gegenüber ausgesprochen hatte. Ich wusste, es würde sie verletzen. »Ihr habt mich aus Sorge die letzten Jahre über versteckt, mit dem *Ban* wurde ich sogar aus sämtlichen offiziellen Registern gelöscht. Das ist jetzt unser Vorteil. Niemand weiß, wie ich aussehe, niemand kennt meinen Namen. Es gibt niemanden, der mich erkennen und enttarnen kann, sobald ich den Hämatit angelegt habe. Und ich bin ebenso gut ausgebildet wie Gloria.«

Als hätte ich sie gerufen, tauchte meine Schwester in dem Moment auf, als in Mammas Gesicht ihr schlechtes Gewissen aufflackerte. Es roch für mich leicht säuerlich wie die meisten negativen Gefühle. Aber ich konzentrierte mich auf die frische Note, die Gloria mitbrachte. Sie setzte sich neben mich, nun stand es zwei gegen zwei. Ich war mir ganz sicher, dass sie gelauscht hatte, denn kaum, dass sie sich gesetzt hatte, polterten ihr die Worte aus dem Mund.

»Ela hat recht und das wisst ihr genau. Ihr lasst sie seit Jahren nicht mehr zum Unterricht oder zu den Zirkeltreffen.« Sie zählte die Punkte an ihren Fingern ab. »Sie darf ohne Garde nicht einmal mehr die Villa verlassen. Auf Elas Forschungsergebnissen steht *mein* Name und alle denken, dass ich das Genie und die Begabte in der Familie bin, die *Auserwählte.*« Sie spuckte das Wort beinahe aus. »Und seit dem letzten Jahr habt ihr sie auch noch aus den offiziellen Akten gelöscht. Niemand kennt sie oder weiß auch nur von ihrer Existenz.«

Mamma war nicht in der Lage, mir oder meiner Schwester in die Augen zu sehen. Daher übernahm Papà das Reden, meine Schwester fest im Blick: »Gloria, wir sind dir dankbar, dass du Adela in der Öffentlichkeit vertrittst. Aber das hier ...«, er hatte gewartet, bis ich ihn direkt ansah. »Es ist einfach zu gefährlich.«

»Nicht gefährlicher als das, was mir bevorsteht, wenn ich es nicht schon durch diesen Einsatz verhindern kann.«

Dieses Mal gewann ich das Blickduell gegen Papà. Mamma verzog den Mund. Auch wenn ich ihr ansehen konnte, wie sehr sie sich dagegen sträubte, mich gehen zu lassen, nannte Mamma mir ihre Bedingung: »Du kannst gehen, aber du wirst niemandem sagen, wer du wirklich bist.«

Damit hatte ich mich bereits abgefunden und gemeinsam mit Sebastien eine Tarnidentität entwickelt. Mamma nickte zu guter Letzt, versuchte sich sogar an einem Lächeln. Vielleicht lag da sogar ein Hauch von Stolz unter der tiefen Sorge in ihren Augen? Ich sprang auf, warf mich um ihren Hals und vergaß in dem Gefühlsrausch, die Luft anzuhalten. Den Geruch ihres schweren Rosenwassers würde ich für die nächsten Stunden nicht mehr aus der Nase bekommen. Doch selbst das war mir heute egal.

Gloria begleitete mich in mein Zimmer und ich bedankte mich für die Unterstützung, die durchaus überraschend kam. Ich war davon ausgegangen, dass sie mich zurückhalten wollte, mich *beschützen*. Doch ich war alt genug für eigene Entscheidungen, vielleicht hatte selbst Gloria das inzwischen eingesehen.

Gemeinsam packten wir meinen Koffer. Gloria ließ immer wieder fallen, wie neidisch sie war, dass ich die beiden Söhne der Gastgeberfamilie des Walpurgisrituals noch vor ihr sehen konnte. Sie erreichte damit ihr offensichtliches Ziel und lenkte mich von dem ab, was gleich kommen würde.

Der Duft nach Karamell und Popcorn, eine Mischung aus kribbelnder Erwartung und Vorfreude, überlagerte den beißenden Gestank meiner Angst, als ich nach dem Kofferpacken in die Küche ging.

Das schwarze Armband war der einzige Gegenstand auf dem Tisch. Die einzelnen verflochtenen Stränge spiegelten sich in der glänzenden weißen Oberfläche.

»Das ist es, was du willst?«, fragte mich unsere Haushälterin Abelarda mit rauer Stimme.

»Es ist, was ich tun *muss*. Sonst würde mich jeder als Hexe erkennen.« Ich setzte mich auf den Stuhl ihr gegenüber und legte meinen linken Arm neben das Armband. Sämtliche Instinkte drängten, den Arm sofort zurückzuziehen, mir nicht das nehmen zu lassen, was mich ausmachte. Magie.

»Niemand zwingt dich, Ela.« Sie fasste nach meiner Hand. Im Gegensatz zu Mammas Fingern waren ihre warm, ihr Griff fest.

»Ich weiß. Aber ich bin die Einzige, die etwas über die Dunkelmagier herausfinden kann. Sebastien ist etliche Möglichkeiten durchgegangen.« Ich ließ unerwähnt, dass ich bei der Gelegenheit potenzielle Ritualpartner noch vor den offiziellen Ballnächten begutachten konnte. »Nichts zu tun, wäre schlimmer.«

Abelarda nickte. »Es wird wehtun.«

Ich presste Zähne und Lippen fest aufeinander und wappnete mich für den Schmerz.

»Deine Magie wirkt nicht nur, wenn du sie aufrufst«, Abelarda nahm das Armband vorsichtig auf, um ja nicht den eingeflochtenen Hämatit zu berühren. »Du wirst dich anders fühlen, anders riechen und schmecken. Deine Instinkte könnten dich täuschen. Du wirst keine Magie wirken können, sie jedoch sehen.«

Die weitere Erklärung hing zwischen uns in der Luft. Wer die Magie sehen konnte, konnte auch verhext werden. Der Hämatit machte mich zu einer Wissenden wie die in die Welt der Hexen eingeführten Menschen. Mit meiner Mission würde ich dafür sorgen, dass man sie auch weiterhin einweihen musste, dass das Occultatum erneuert werden konnte und nicht alle Menschen wie früher das Leuchten der Magie sehen konnten und Jagd auf uns machten.

Ich holte tief Luft durch die Nase, roch den Lavendel, den Abelarda in ihrem Zimmer hängen hatte, ließ den Geschmack des Limonentees von ihrem Frühstück auf meiner Zunge zergehen, genoss noch ein letztes Mal die honiggleiche Süße, nach der ihre Fürsorge schmeckte.

Ein kaum hörbares Zischen brannte all die Gerüche weg. Ein Brennen setzte ein. Mein Herz begann zu rasen und alles geriet durcheinander. Meine Angst schmeckte plötzlich nach Karamell. Ich wollte meinen Arm zurückreißen, doch Abelarda hielt ihn fest und schloss mittels Magie den Verschluss des Armbands, während ihr Daumen beruhigend über meinen Handrücken fuhr.

Meine Hand wurde weiß wie der Tisch, auf dem sie lag. Ich sah zu, wie die sternenbildgleichen schwarzen Linien meiner Sigille aufleuchteten, als wirkte ich einen Zauber, ehe ihr Licht zusammen mit meinem Zeichen in den Stein gesogen wurde. Ich wollte aufschreien, doch es kam nur ein Stöhnen über meine Lippen. Der Schmerz der Verbrennung ließ nach und ich blinzelte die Tränen weg. Eine davon rollte über meine Wange. Schnell fuhr ich mit dem Handrücken darüber.

Die Welt wirkte verschwommen, weniger farbig und kontrastreich. Unsere Küche glänzte nicht wie zuvor, meine Nase nahm kaum mehr Abelardas vertrauten Lavendelduft wahr.

Ich hob die Hand und dachte an einen einfachen Zauber. Doch egal, wie stark ich mich konzentrierte und wie sehr ich den offenen Fensterflügel fixierte – er rührte sich nicht.

»Geht es dir gut?«, fragte Abelarda.

Weil ich meiner Stimme nicht traute, nickte ich nur und schluckte vergeblich gegen den Kloß in meiner Kehle an, rutschte den Stuhl nach hinten und ging zum ersten Mal seit langer Zeit ohne von Magie verstärkte Sinne die langen Flure der Villa Mescinia entlang zu meinem Zimmer und spürte dabei die Hilflosigkeit all jener Hexen längst vergangener Jahrhunderte, die von Menschen enttarnt und mithilfe eines Hämatits gebändigt und getötet worden waren. Etwas, was nie wieder geschehen sollte. Nie wieder geschehen durfte.

# ~ 4 ~

## TRISTAN

Der blauschimmernde Lufthauch streifte mich noch vor der eigentlichen Magie und ich stolperte aus dem Bus, geriet ins Taumeln und suchte vergeblich nach meinem Gleichgewicht. Im letzten Moment fand meine Hand Halt an der taufeuchten Wand des Wartehäuschens. Darauf klebte das inzwischen verblichene und verunstaltete alte Plakat zum 150. Jubiläum der Stadterhebung. Der Turm von Schloss Falk war gerade noch zu erkennen. Wie gerne würde ich ihn manchmal nutzen – in Situationen wie eben.

Der Westturm gehörte zur Silhouette von Falkhausen. Nur ahnte heute keiner mehr, dass in jenem Turm damals echte Hexen untergebracht waren.

Zwei Jungs aus meinem Bus gingen kopfschüttelnd an mir vorbei und ließen sich über meine *Tollpatschigkeit* aus. »Und so jemand unterrichtet im Gemeindezentrum Selbstverteidigung. Mein Cousin Max schwärmt ständig von ihm.«

»Vielleicht solltest du ihm mal erzählen, dass sein Idol zwei linke Füße hat.«

Es tat weh.

Nicht die Lästerei, sondern der Gedanke, dass der Typ Max von meiner Stolperei erzählen könnte. Wie gerne hätte ich ihm an den Kopf geworfen, dass er keine Ahnung hatte, weder er noch der Kerl an seiner Seite oder all die anderen, die gerade wie bunte Wellen aus den Bussen quollen und auf die Schule zustrebten. Schwatzend, miteinander scherzend, lachend. Oder ruhig und in sich gekehrt wie Alex, die gerade gedankenversunken an mir vorbeizog und mich nicht beachtete. Ich folgte ihr, achtete auf jeden Luftzug. Schrak beim Zischen der sich schließenden Bustüren zusammen und ignorierte die Blicke von Chris und Noah, die vor der Bäckerei standen und mich beobachteten.

Die Sonne wärmte meinen Rücken, während ich zusah, wie die letzten Busse abfuhren, die Wogen an Schülern versiegten. Ich stand noch immer vor dem Schulgebäude und wartete. Der Platz leerte sich zunehmend.

Kurz vor dem ersten Klingeln kam Mara endlich den Weg vom Parkplatz entlanggerannt, sodass ihr in allen Regenbogenfarben leuchtender Pferdeschwanz auf und ab hüpfte.

»Wann schaffst du es endlich, deinen Wecker früher zu stellen?«, rief ich und ging ihr entgegen. Im Schatten der Bäume war es noch empfindlich kalt, obwohl es schon Mitte April war, und ich rieb mir fröstelnd die Gänsehaut von den Armen.

Mara holte keuchend Atem, grinste mich dann nur an und schob ihre Brille den Nasenrücken hoch. »Er ist früher gestellt. Aber ich schwöre dir: Meine innere Uhr weigert sich, auf den Wecker zu hören. Es ist wie verhext!«

»Hexerei sieht anders aus, glaub mir.«

Leuchtende Sigillen, bläulichweiße Wellen. Oder bronzene Brunnenfiguren, die davonrennen wie kleine Kinder. Ich wurde die Bilder der vorletzten Nacht nicht los.

»Vielleicht solltest du abends einfach mal eine Folge weniger auf Netflix schauen und früher schlafen gehen«, sagte ich und schob sie in Richtung Haupteingang. »Sonst werden deine Augenringe bald den Rest deines Gesichts erobern.«

Mara streckte mir die Zunge raus, als ich ihr die Tür aufhielt. Ihre grünen Augen funkelten dabei amüsiert, sodass ich nicht auf die Umgebung achtete und wir beinahe in Noah hineinliefen.

»Wo kommt ihr so plötzlich her?« Mara wandte sich zu den beiden um und kniff die Augen zusammen. Statt zu antworten, grinste Noah nur. In seinen Augen funkelte etwas, das mir Sorgen bereitete, und ich zog Mara schnell von der Tür weg in den langen Flur des Altbaus der Schule hinein.

»Was können wir dafür, dass du so blind bist?«, rief Chris uns hinterher. »Vielleicht solltest du über eine stärkere Brille nachdenken?«

Natürlich konnte ich kaum verhindern, dass Mara auf die Herausforderung reagierte und sich zu Chris umdrehte. Er fuhr sich gerade durch die Haare. Dabei spannten sich Brustmuskulatur und Bizeps unter dem hautengen Shirt übernatürlich stark an. Am liebsten hätte ich über seine Eitelkeit gelacht, aber trotz meines täglichen Trainings war ich ihm nicht gewachsen. Magie schlug Jiu-Jitsu. Das war eine Tatsache, weshalb ich nur einen Gedanken hatte: Mara sollte besser keinen Hexer provozieren.

Diese war weder beeindruckt von Chris' Muskulatur noch von seiner herbeigehexten überteuerten Designerkleidung, den perfekt gestylten dunklen Haaren, die er ohne Magie nie so perfekt verstrubbelt hinbekommen würde, oder seiner schneidenden Stimme. Sie straffte ihre Schultern und setzte zu einer Erwiderung an. Jeder einzelne Nerv, jeder Muskel meines Körpers war angespannt, auch wenn ich wusste, dass ich den beiden rein gar nichts entgegenzusetzen hatte.

»Vielleicht lässt mich meine Brille auch nur die *wirklich* wichtigen Dinge sehen?«

Ich verschluckte mich an meinem Lachen und begann zu husten.

»Tristan habe ich sofort gesehen.« Sie schenkte Chris ein strahlendes Lächeln, ehe sie sich bei mir unterhakte. Ich sah hinab auf Chris' linken Unterarm. Maras Blick folgte meinem. Doch sie konnte nicht sehen, wie die Linien an der Innenseite seines Unterarmes zu leuchten begannen.

Das Licht, das nun auf mich zuraste, kam allerdings von der anderen Seite. Von Noah. Sein Zauber kroch über meinen rechten Arm, direkt in den Träger meines Rucksacks und zerrte daran. Der Träger riss und mit einem lauten Poltern fiel der Rucksack hinab und der Inhalt ergoss sich über den Boden. Der Reißverschluss hatte sich durch Noahs Magie ebenfalls geöffnet.

Mara ging noch vor mir in die Hocke, um mir beim Einsammeln meiner verstreuten Sachen zu helfen.

»Du solltest besser aufpassen, Tristan«, sagte Noah, ehe er so dicht an mir vorbeiging, dass ich ins Taumeln geriet und mein Mäppchen wieder fallen ließ. Dann gingen beide mit schnellen Schritten Richtung Atrium und trennten sich dort, um ihre jeweiligen Klassenräume aufzusuchen.

»Das sind solche *Idioten!*«, schrie Mara ihnen laut genug hinterher, dass ich nur hoffen konnte, dass die beiden pünktlich im Unterricht sein wollten und nicht darauf eingingen, ehe sich auch der Inhalt von Maras Schultasche *zufällig* auf den Boden ergoss. »Sie hätten auch mal helfen können«, fügte Mara wesentlich leiser an mich gewandt hinzu.

»Du kennst die beiden doch.« Wir durchquerten das Atrium und strebten an zig Plakaten vorbei auf den Flur zu, in dem Chris verschwunden war. »Lass uns zum Matheunterricht gehen.«

Mara nickte gedankenverloren und schob sich die Brille den Nasenrücken hoch. »Auf ihre Bekanntschaft hätte ich gerne verzichtet. Selbst Mathe bei Herrn Reeder ist besser als deine Stiefbrüder.«

Da hatte sie recht, aber leider kann man sich seine Familie nicht aussuchen. Ich war das schwarze Schaf. Der einzige Sprössling einer uralten Hexendynastie, der kein bisschen magisch begabt war. Ich war ein Wissender, damit aufgewachsen, dass zu Hause kein Handgriff ohne den Einsatz von Magie erfolgte. Aber ich hatte nur noch ein Jahr bis zum Abitur, noch 209 Tage bis zu meinem achtzehnten Geburtstag. Dann konnte ich meine Stiefmutter Carina bitten, mir den Status eines Wissenden zu entziehen. Ich würde alles, was mit Hexen zu tun hatte, vergessen und ein Leben führen können wie alle anderen. Ohne die Einwirkung von Hexen. Die magischen Dokumente hierfür lagen von mir bereits unterzeichnet zu Hause in meinem Nachtschrank. Es fehlte nur noch Carinas Unterschrift und ich wäre befreit.

## ~ 5 ~

## ADELA

Nie wieder, schwor ich mir, würde ich auf diese Art reisen. Was bei allen Dunkelhexen hatte mich geritten, Glorias Angebot abzulehnen, mich via Sigillenfährte hierherzubringen?

Mein Koffer mit allem, was laut Gloria absolut notwendig für eine Woche war, wog nahezu eine Tonne, und nachdem ich ihn bereits über Bahnsteige in Mailand und Zürich gezerrt hatte, wurden die Bahnhöfe im Süden Deutschlands immer kleiner und die Distanzen, die ich zwischen Ankunfts- und Abfahrtgleis rennen musste, kürzer, bis endlich meine Endhaltestelle ausgerufen wurde.

Ich wuchtete den Koffer aus dem Zug, versicherte mich, dass ich meine Umhängetasche und die zusätzliche von Abelarda gepackte Tasche mit Lebensmitteln für die lange Reise – über zehn Stunden war lange, aber mit dem Inhalt der Tasche hätte man eine ganze Familie sicher eine Woche ernähren können – über der Schulter hatte.

Der Bahnsteig von Falkhausen war wie verwaist, nachdem der Zug wieder weitergefahren war. Das einzige Haus weit und breit war das winzige Bahnhofsgebäude, das nicht einmal einen Schalter hatte und eher die Bezeichnung Baracke verdient hätte – passend zu dem verfärbten Putz und den schlechten Graffiti darauf. Nur wenige Meter – ein paar Parkplätze und die Zufahrtsstraße – hinter dem Gebäude und den Gleisen begann ein dichter Wald, hinter dem laut Google Maps mein Ziel lag. Auf der anderen Seite gab es nur weitläufige Wiesen und Felder, die bis zum Horizont reichten, wo sich der Himmel gerade in feuriges Orangerot verfärbte.

Von Falkhausen selbst war von meinem Standpunkt aus nichts zu sehen. Ich zog meinen Koffer den Bahnsteig entlang auf das Bahnhofsgebäude zu, doch auch dort wartete niemand auf mich. Meine Gastmutter Ingrid hatte mir am Telefon versichert, mich abzuholen, weil die Busse um diese Uhrzeit extra bestellt werden mussten.

Ich wartete vor dem Gebäude, während es dämmerte und letztendlich die Laternen, die die fünf Parkbuchten beleuchteten, angingen.

Beinahe zeitgleich raste ein Auto die Straße entlang und blieb mit einer Vollbremsung direkt vor mir stehen. Eine Frau mit weißblonden kurzen Haaren stolperte aus der Fahrertür und stürmte auf mich zu. Sie hatte mich schneller im Arm, als ich irgendwas hätte einwenden können, und die Worte quollen so schnell aus ihrem Mund, dass ich Mühe hatte, sie zu verstehen.

»Es tut mir entsetzlich leid, Kindchen. Ich habe mich mit Babs verquatscht und die Zeit vergessen.«

Ich lächelte meine Gastmutter nur an und nickte. Als sie tatsächlich meinen Koffer nehmen und ins Auto heben wollte, griff ich schnell ein. Ich wollte ungern mein Armband lösen, Magie einsetzen müssen und mich enttarnen, nur weil meine Gastmutter zusammenbrach.

Ingrid hatte einen mehr als flotten Fahrstil und mehrmals hatte ich Angst, dass ich die Fahrt ohne Magie nicht überleben könnte. Meine Finger waren um mein Armband gekrallt, sodass ich es notfalls jederzeit abreißen könnte.

Endlich hatten wir das Waldstück durchquert und in einer kleinen Senke dahinter zeigten sich die ersten Häuser von Falkhausen. Wir fuhren die Hauptstraße entlang und kamen in den alten Ortskern mit einem historischen Rathaus, dessen Fensterläden neben dem modernen Einkaufszentrum wie aus der Zeit gefallen schienen. Kurz bevor Ingrid in eine kleine Straße abbog, konnte ich Schloss Falk erkennen, das von einem zugebauten Hügel auf die Stadt hinabblickte. Es war eher ein Schlösschen, meine Aufmerksamkeit jedoch zog der mit Spots erleuchtete Turm an der Westseite auf sich. In den historischen Unterlagen wurde er *Hexenturm* genannt und ich erschauderte.

Was Ingrid jedoch falsch deutete. »Ist dir kalt, Kindchen? Wir sind gleich da.«

Nahezu zeitgleich bremste Ingrid, schoss auf den großen Vorplatz eines Bauernhauses zu und legte erneut eine Vollbremsung hin, die mich dankbar für die Erfindung des Gurtes werden ließ.

Meine Tür wurde von außen aufgerissen und eine grauhaarige Frau mit Schürze begrüßte mich. »Wir freuen uns, dass du da bist, Ela. Wir hatten lange keine Gastschüler mehr aus Rom. Die meisten jungen Leute wollen raus aus Europa, gehen für ein paar Monate nach Amerika oder …«

»Lass das Kind in Ruhe, Babs«, ging Ingrid dazwischen,

die im Gegensatz zu mir schon das Auto verlassen hatte und die Frau mit einem »das ist meine Nachbarin Barbara, du kannst sie Babs nennen« zur Seite schob. Ich lächelte unbeholfen, während ich ausstieg. Ingrid öffnete in der Zwischenzeit den Kofferraum und ich hastete zu ihr, weil ich nicht zusehen konnte, wie sich die haspeldürre Barbara einen Bruch anhob.

»Ist das Essen fertig?«, fragte Ingrid und Barbara antwortete empört.

»Natürlich. Was denkst du denn?«

Ich ließ mich von den beiden Frauen in das alte Bauernhaus ziehen, wo ich, noch ehe ich mein Zimmer auch nur sehen durfte, mit ihnen in der gemütlichen Küche zu Abend essen musste.

Ohne Magie zu sein, fühlte sich in ihrer Gegenwart jedoch gar nicht mehr so schlecht an.

Als ich am nächsten Morgen die knarrende Holztreppe herunterkam, saßen Ingrid und Barbara bereits am Küchentisch. Ingrid erklärte mir, dass sie und Barbara den kleinen Hof gemeinsam am Laufen hielten, seit Ingrids Mann verstorben war. Während wir aßen und Kaffee tranken, planten sie den Tag, der für das Alter der beiden Frauen durchaus ambitioniert war. Aufgrund des langen Winters war es erst jetzt warm genug, den Mais auszusäen. Barbara wollte allerhand im Garten hinter dem Haus erledigen.

So hörte ich zu, was es zu tun gab und, wichtiger noch, was es an neuem Klatsch im Ort gab – denn hierfür waren die beiden offenbar eine unerschöpfliche Quelle. Doch es fiel kein Wort über von Dunkelmagie zum Leben erweckte

Brunnenfiguren. Die Jäger hatten tatsächlich alle Zeugen aufgespürt und ihre Erinnerungen gelöscht.

Nach dem Frühstück fühlte ich mich wie nach einem Crashkurs in Landwirtschafts- und Gartenkunde, zusätzlich vollgestopft mit etlichen Namen, die mir nichts sagten und die ich – wenn man bedachte, was so getratscht wurde – auch besser nie gehört hätte.

Mit einem Pausenbrot von Ingrid im Rucksack folgte ich der Wegbeschreibung der beiden zum Grimm-Gymnasium, meldete mich wie von Ingrid empfohlen im dortigen Sekretariat und suchte anschließend nach meinem Klassenzimmer für die erste Stunde.

»Ela Bianchi.«

Wieder und wieder flüsterte ich den Namen meiner neuen Identität vor mich hin. Er schmeckte falsch auf meiner Zunge. Vielleicht lag das aber auch an den vielen sich gegenseitig überlagernden Gerüchen. Die *Wissenschaft* im Wissenschaftstrakt hatte ich mir anders vorgestellt. Sauberer. Aber hier roch es abgestanden, nach Schweiß, Putzmittel, Aftershave, Haarspray und alten Socken. Alles auf einmal. Ich wollte gar nicht wissen, was hinter den metallenen Türen der Spinde, an denen ich gerade vorbeilief, vor sich hin gammelte. Der Ekel packte mich bei den Schultern und schüttelte mich. Daher konzentrierte ich mich auf die zarte Apfelnote, die ebenfalls in der Luft hing, und auf das ausgedruckte Blatt in meiner Hand mit meinem Stundenplan. Endlich hatte ich ihn gefunden: Raum 1.2.5. Mathematik bei Herrn Reeder. Mein Puls raste wie zuletzt bei … ich hatte keine Ahnung. Die Nervosität hatte mich fest im

Griff und ich fürchtete, von der Türklinke abzurutschen, weil sich auf meinen Handflächen ein Schweißfilm gebildet hatte.

Mit jedem Blick auf die kahle Stelle, an der sich sonst meine Sigille befand, verspürte ich lähmende Sehnsucht. Meine Hexeninstinkte drängten darauf, das Armband sofort wegzureißen, es zumindest anzuheben, damit ich wenigstens zu einem Teil wieder ich selbst sein konnte.

Doch genau das durfte ich nicht sein, wenn ich hier etwas herausfinden wollte.

Ich rieb die Feuchtigkeit in meinen Handflächen an meiner Jeans ab und drückte anschließend die Klinke. Als ich eintrat, richteten sich sämtliche Blicke auf mich und eine neue Mischung aus Gerüchen strömte auf mich ein. Wie im Flur drang die zarte Apfelnote an meine Nase, aber da war noch etwas anderes, etwas … Überwältigendes, das mich mit voller Wucht traf.

Der Duft nach Sommerregen, nach glücklichen Gesichtern, die sich den Tropfen entgegenstreckten, Erneuerung nach langer Trockenheit. Er war so intensiv, dass mein Herz vor Freude aus dem Takt geriet. Ich sog tief den Geruch von purem Glück ein und schloss kurz die Augen, um ihn festzuhalten. Es war derselbe Rausch wie beim Wirken eines großen Zaubers, wenn die handgezeichnete Sigille an die Elemente übergeben wurde. Als ich die Lider wieder öffnete, sah ich direkt in die blauen Augen eines Jungen. Ich musste blinzeln, um von dem überwältigenden Glücksgefühl getrieben nicht darin einzutauchen, mich zu verlieren wie in einem endlosen Meer. Ich rang nach Luft wie nach einem langen Tauchgang und die Mischung aus Deodorant, Haarspray, billigem Aftershave und Schweißfüßen holte mich in die Realität zurück.

Ich stand vollkommen sprachlos vor einer Klasse mit ungefähr dreißig Schülerinnen und Schülern, die offenbar hocherfreut darüber waren, dass der Mathematikunterricht unterbrochen wurde – und vor denen ich mich gerade gnadenlos blamierte. Der Junge, den ich die ganze Zeit schamlos angestarrt hatte, schob sich verlegen die halblangen blonden Haare aus dem Gesicht. Seine Lippen waren leicht geöffnet, als wolle er mir etwas sagen, während ich noch immer nicht den Blick von ihm lösen konnte. Er besaß hohe Wangenknochen, kantige Gesichtszüge und eine etwas zu breite Nase. Instinktiv fragte ich mich, ob er sie irgendwann in der Kindheit vielleicht gebrochen hatte. Seine Lippen bildeten einen perfekten Bogen, ehe er sie zwischen die Zähne zog.

Ein Räuspern neben mir schreckte mich auf und ein paar Schüler kicherten. Meine Wangen brannten und ich riss mich endlich zusammen und lenkte den Blick auf den Mann, der neben mich getreten war, ohne dass ich es bemerkt hatte.

»Sie müssen die neue Austauschschülerin sein«, sagte der Lehrer mit einem freundlichen Lächeln inmitten des grauen Vollbarts und sah kurz in ein Buch auf dem Lehrerpult. »Ela Bianchi, nicht wahr?«

Ich nickte und zwang mir ein Lächeln auf die Lippen, mit dem ich mich dann auch an den Rest der Klasse wandte. Ein paar meiner Mitschüler erwiderten es sofort. Von einem schüchternen Zucken der Mundwinkel bis zu einem ehrlichen Lächeln unter neugierigen Augen war alles vertreten. Nur der blonde Junge starrte mich finster an. Dafür traf mich aus der letzten Reihe ein intensiver Blick aus dunkelbraunen Augen. Ich kannte das Gesicht von zahlreichen Fotos aus den Unterlagen, die mir mein Vater zur Vorbereitung auf die Mission mitgegeben und die ich während der langen Zugfahrt ausgiebig studiert hatte. Christoph Brands Augen blitzten voller Neugier auf, während mich sein Blick von oben bis unten abtastete, bis ich mich am liebsten bedeckt hätte. Dennoch lächelte ich ihn hoffentlich gewinnend an, während ich zu dem mir zugewiesenen Platz in der fast leeren ersten Reihe zuging.

Herr Reeder widmete sich jetzt wieder der Gleichung an der Tafel. Die meisten im Raum schienen wenig Interesse am Änderungsverhalten von Funktionen zu haben, sie flüsterten leise miteinander oder zeichneten wie das braunhaarige Mädchen neben mir auf den Block. Ich versuchte, einen Blick auf ihr Kunstwerk zu erhaschen, doch sie bedeckte es größtenteils mit ihrem Arm. Danach sah ich mich noch einmal im Klassenzimmer um und erkannte, dass nur fünf Personen zumindest so taten, als würden sie etwas von Analysis verstehen. Ich versuchte, Herrn Reeders genuschelten Erklärungen zu folgen, während ich in dem Mathebuch, das ich zuvor im Sekretariat erhalten hatte, nach den entsprechenden Seiten suchte.

Das Zeichentalent zu meiner Rechten versteifte sich und seufzte genervt auf, als würde sie mein Blättern in ihrer Konzentration stören. »Seite 87«, sagte sie, ohne aufzusehen, ehe sie sich bereits wieder ihren Bleistiftstrichen widmete.

»Danke«, murmelte ich nur, schlug die entsprechende Seite auf und versuchte den Zusammenhang zu dem Gewirr von Graphen an der Tafel herzustellen. Offensichtlich hatte ich ein großes Defizit, was den Lernstoff an normalen Schulen anging, und meine Finger verhakten sich instinktiv in dem Armband an meinem linken Arm. Der Drang, den Kontakt des Kristalls mit meiner Haut zu unterbinden und mein Problem mit Magie zu lösen, war schier übermächtig. Doch dann würde Christoph Brand wissen, dass ich eine Hexe war wie er ein Hexer, und das durfte nicht passieren, wenn ich meine Mission erfüllen wollte.

Kaum dass es geklingelt hatte, sprangen die meisten meiner neuen Mitschüler auf und verließen fluchtartig den Raum. Ich konnte es ihnen nicht verdenken. Der Mief von rund dreißig Jugendlichen in einem Raum mit geschlossenen Fenstern war nahezu unerträglich. Draußen prasselten mittlerweile dicke Regentropfen gegen die Scheiben, weshalb vermutlich niemand die Fenster geöffnet hatte. Kurz überlegte ich, ob hier der Geruch von Petrichor, den man eigentlich nur nach einem Regenschauer im Sommer wahrnehmen kann, schon im Frühjahr vorkam oder ob mir meine Nase einen Streich gespielt hatte.

Die Letzten in der Schlange am Eingang waren das Mädchen mit den Regenbogenhaaren und der blonde Junge, die miteinander scherzten und lachten. Ihnen zuzusehen, wie sie entspannt aus dem Klassenzimmer schlenderten, sorgte für einen Stich in meiner Brust. Genau so etwas hatte ich mir immer gewünscht. Vor allem in den letzten Jahren.

Mittlerweile war das Klassenzimmer bis auf Herrn Reeder, der in seine Lektüre versunken auf die nächste Klasse wartete, und das Mädchen neben mir verwaist. Letztere war noch immer vollkommen in ihre Zeichnung vertieft, ihre dunkelblonden, fast schon braunen, gewellten Haare hingen wie ein Vorhang zwischen uns und sie summte kaum hörbar und in völlig dissonanten Tönen irgendein Lied, das ich nicht erkannte. Ihr musikalisches Talent war im Vergleich zu ihrem zeichnerischen praktisch nicht vorhanden. Ich packte meine Sachen extra laut ein, schob meinen Stuhl schabend über den Boden, doch sie zuckte nicht einmal, während Herr Reeder aufsah. Unschlüssig, ob ich sie einfach sitzen lassen sollte, zählte ich zehn Atemzüge zur Beruhigung. Dann stupste ich sie an der Schulter.

Sie erschrak so sehr, dass ein dicker Bleistiftstrich ihr Kunstwerk spaltete, ehe sie empört aufsprang. Mein Rucksack, den ich auf den Tisch gestellt hatte, geriet gefährlich ins Wanken und ich hielt ihn fest.

»Ich wollte dir nur Bescheid geben, dass die Stunde zu Ende ist«, sagte ich und streckte ganz langsam eine Handfläche nach vorne.

Das Mädchen sah sich um und ihre graugrünen Augen wurden groß. Dann richtete sie ihren Blick wieder auf mich und wirkte nun ebenso unentschieden wie ich zuvor.

»Danke«, murmelte sie dann und sammelte hastig ihre Unterlagen zusammen und steckte sie in die Tasche. In Sachen Kommunikation waren wir beide offensichtlich echte Asse. Ich gab mir einen Ruck und wollte mich eben vorstellen, da platzte das Mädchen nur für mich hörbar heraus: »Wenn Herr Reeder monologisiert, kann ich am besten zeichnen. Er ist meine persönliche Muse.«

Bei der Vorstellung des grauhaarigen Herrn Reeder als Muse musste ich einfach lachen. Meine Nervosität verschwand und mein Lachen fühlte sich so ungewohnt und sogleich befreiend an und so echt, dass mein Gegenüber ebenfalls schüchtern grinste.

»Ich bin Ela«, stellte ich mich noch einmal vor, obwohl Herr Reeder am Anfang der Stunde meinen Namen genannt hatte. Ich schob meine Tasche weiter zur Tischmitte und streckte ihr meine Hand entgegen.

»Ich bin Alex. Und nochmals danke fürs Aufwecken.« Alex nahm meine Hand zögernd entgegen, drückte sie dann ganz leicht.

»Jederzeit. Aber wäre es nicht einfacher, wenn du seine Stimme aufnimmst und zu Hause zeichnest?«

Alex zuckte nur mit den Schultern. »Ich kann das alles.« Sie wedelte mit der Rechten, die noch immer den Bleistift hielt, in Richtung Tafel.

»Wirklich?« Ich konnte nicht anders, als unauffällig auf ihren Unterarm zu linsen, ob sie eine Sigille trug, während sie ihre restlichen Sachen einpackte. Der süddeutsche Zirkel war recht groß. Früher, vor der Hexenverfolgung, musste es in der Gegend vor Magie geprickelt haben. Auch wenn etliche Hexen getötet worden waren, gab es noch einige Familien von hier bis zum Bodensee. Aber Alex war keine von uns. Sie nahm ihren Rucksack am Tragegriff und sah mich schon beinahe gelangweilt an, ehe sie tief Luft holte und die Worte aus ihrem Mund polterten wie auswendig gelernt.

»Du bist, soweit ich weiß, im zweiwöchigen Austauschprogramm, daher machen wir es kurz und knapp: Ich bin diejenige, von der sich alle fernhalten, weil sie immer alles besser weiß und jeden korrigiert. Also schön, dich kennengelernt zu haben.« Sie wirbelte so schnell herum, dass mir ihre Haare ins Gesicht peitschten. Apfelduft umfing mich.

Sie war es, die ich im Flur gerochen hatte! Das war ein Zeichen und als Hexe nahm ich so etwas sehr ernst.

»Und warum rennst du dann jetzt weg?«, rief ich ihr hinterher. Alex war schon beinahe bei der Tür angekommen, während ich noch meinen Rucksack schulterte. Ihre dunklen Brauen bildeten beinahe eine nahtlose Linie, als sie sich zu mir umwandte.

»Sieh dich an! Du wirst schon ganz schnell die angesagte Clique hier kennenlernen. Die Hyänen warten draußen sicher schon auf ein neues Rudelmitglied.«

Mein Unverständnis musste sich in meinem Gesicht widerspiegeln, dennoch reagierte Alex nicht und ging durch die Tür in den Flur. Ich folgte ihr die Spinde entlang, froh über ihren Apfelgeruch, der mich selbst blind durch die teils scheußlichen Gerüche hier hätte leiten können. Für die nachfolgenden Tage würde ich mir etwas überlegen müssen. Meine Nase war offensichtlich immer noch zu empfindlich, auch wenn der Hämatit die Magie unterdrückte.

»Du weißt es wirklich nicht, oder?«, fragte sie nach einem kurzen Seitenblick und ich schüttelte langsam den Kopf. Sie schlängelte sich weiter zwischen Schülergruppen hindurch, die überall herumstanden. Das war eindeutig unhöflich und ich war drauf und dran, ihr das auch zu sagen – wenn sie nicht immer davongerannt wäre! Ich sah, wie sich ihr Brustkorb dehnte, als sie tief Luft holte und sich halb zur Seite drehte. Ich hatte weiterhin Mühe, mit ihr Schritt zu halten, was sie nicht im Geringsten veranlasste, langsamer zu werden. »Hör mir mal zu. Welche Schule du auch sonst immer besuchst …«

»Ich werde zu Hause unterrichtet«, unterbrach ich sie

schnell. Sofort weiteten sich ihre Augen für einen Moment und ihre Schritte gerieten aus dem Takt, weshalb wir endlich etwas langsamer gingen. Ich war interessant für sie. Das war doch ein Anfang.

»Dann verkürzen wir das ganze Drama doch einfach und ich gebe dir einen kurzen Crashkurs in Sachen deutsches Schulsystem.« Sie blieb stehen und stellte sich mir direkt gegenüber auf. »Mit Strebern wie mir will keiner etwas zu tun haben. Es sei denn, jemand will meine Notizen oder Hausaufgaben. Und Menschen wie ich gehören niemals zu dieser einen Clique, die sich für besser hält als die anderen, deren Mitglieder hübscher sind, sich teure Kleider leisten und an Ausflügen teilnehmen können, ohne den Förderverein anzuschreiben ...« Alex schluckte, was mir Zeit gab, sie zu unterbrechen.

»Aber was hat das mit mir zu tun?«

Sie fasste sich schnell wieder und sagte völlig emotionslos: »Du siehst aus wie eine von ihnen.« Dabei deutete sie mit der Hand den Flur entlang auf eine Gruppe lachender Schüler, die sich im Atrium rund um ein großes blaues Sofa versammelt hatten, das vor dem Schullogo mit den Silhouetten verschiedener Märchenfiguren stand. Die beiden Jungs erkannte ich sofort. Noah Brand sah aus wie eine weichgezeichnete Version von Christoph. So ähnlich sahen Gloria und ich uns nicht. Noah besaß noch einen Hauch kindlicher Züge, seine Haltung jedoch strahlte ungebändigtes Selbstbewusstsein aus.

Bei den Brüdern standen mehrere Mädchen, die, wenn man die aus menschlichen Zeitschriften bekannten Schönheitsideale zum Maßstab nahm, wohl gutaussehend waren.

»Ist es schlimm, wie eine von ihnen auszusehen?« Ich sah zurück zu Alex, die offenbar einen Moment länger über meine Frage nachdenken musste.

»Nein, ich denke nicht.« Es klang, als wäre sie nicht sehr überzeugt davon. Am Ende schwang deutlich ein Fragezeichen mit. Sie wollte noch etwas sagen, da lösten sich zwei der Mädchen aus der Gruppe und kamen auf uns zu. Alex wollte schon gehen, doch ich flüsterte ein »Bleib, bitte!«.

Unschlüssig sah sie von mir zu den Mädchen, schien jedoch neugierig genug, um abzuwarten, was passieren würde. Dennoch trat sie einen Schritt zur Seite, wie um den Ankömmlingen Platz zu machen.

»Du musst Ela sein. Willkommen am Grimm-Gymnasium«, sagte die eine mit honigsüßer Stimme, die für ein klebriges Gefühl in meinem Mund sorgte, während sie ihre blonden Locken über die Schulter warf. »Ich bin Patricia Gass, die Schülersprecherin. Rektorin Abt hat mich gebeten, dir alles zu zeigen.«

Ihre vermeintliche Freundlichkeit passte nicht zu dem abfälligen Blick, mit dem sie nun Alex bedachte.

Das Angebot war die perfekte Gelegenheit, mich der Gruppe Menschen anzuschließen, die sich um Christoph und Noah Brand scharten, die beiden kennenzulernen und Indizien für den Rat zu sammeln, damit sie eine Prüfung auf dunkle Magie durchsetzen konnten. Den anderen Grund – sie auf persönlicher Ebene kennenzulernen, um ihre Tauglichkeit für das Ritual zu prüfen – drängte ich zurück, ganz gleich, wie oft Mamma mir *beiläufig* erzählt hatte, dass beide sehr mächtig und talentiert seien und tatsächlich als Partner infrage kämen.

Mit einem kurzen Blick zu Alex schlugen meine Instinkte Alarm.

In weniger als zwei Atemzügen hatte ich mich entschieden. »Danke, aber das ist nicht nötig. Alex ist schon dabei, mir alles zu zeigen«, sagte ich schnell, weil ich einfach spürte, dass Alex mir weiterhelfen konnte. Sie war aufmerksam – wenn sie nicht gerade zeichnete – und könnte Details wahrnehmen, die für mich wichtig waren.

»Wenn du meinst«, sagte dann das andere Mädchen, das bislang nur dekorativ neben Patricia gestanden hatte. Sie hakte sich bei dieser unter und zog sie von mir weg. Laut genug, um auch ganz sicher von mir gehört zu werden, zischte sie Patricia zu, dass ich diese Entscheidung sicher bald bereuen würde.

»Warum hast du das getan?«, fragte Alex und sah den beiden hinterher, bis sie wieder beim Sofa angekommen waren und sofort in eine Unterhaltung mit den anderen Mädchen fielen, die prompt alle zu Alex und mir starrten.

»Ich mag sie nicht«, war meine ehrliche Antwort, was Alex wohl unfreiwillig zum Lachen brachte.

»Damit bist du nicht allein, glaub mir. Aber trotzdem haben sie irgendwie das Sagen hier. Und deine Abweisung ist für sie wie eine Kriegserklärung.«

»Das ist etwas übertrieben, oder?« Ich konnte keinerlei Anzeichen von Sarkasmus oder einer Lüge erkennen. Ich sah erneut zu Christoph und Noah. Rund um den Sitzplatz der Gruppe lag eine unsichtbare Grenze. Kein Schüler wagte es, in die private Zone der Gruppe einzudringen, als läge ein Bannzauber um sie.

»Wie wurden sie zu den Königen der Schule?«, fragte ich,

ehe ich bemerkte, dass Alex nicht mehr an meiner Seite stand.

Ich hatte Mühe, sie einzuholen und mit ihr mitzuhalten. Den gesamten Weg zur nächsten Stunde ratterte Alex pflichtschuldig Namen von Mitschülern herunter – angefangen bei der Gruppe, die sich um Patricia versammelt hatte. Neben Patricia, die sich mir ja vorgestellt hatte, und Lea Walther, dem Mädchen, das sie begleitet hatte, interessierte ich mich natürlich am meisten für Christoph und Noah Brand. Alex' Meinung über die beiden schwang so deutlich mit, als hätte sie das ›arrogante Idioten‹ direkt an den Nachnamen gehängt. Sie schob Christophs Beliebtheit auf die Tatsache, dass er Gitarrist und Sänger einer lokal erfolgreichen Band war. Ich bezweifelte, dass er dafür Talent und nicht Magie nutzte. Hexen und Hexer wurden in Sigillenschreiben, Kampf oder Kräuterlehre unterrichtet, nicht in mittels eines kurzen Zaubers erlernbaren Fähigkeiten. Alex erzählte mir auch, dass die Brands seit Generationen in einem uralten Anwesen in dem kleinen Wäldchen am Stadtrand wohnten, aber sich seit ein paar Jahren kaum mehr am Leben in der Stadt beteiligten. Außerdem ging das Gerücht um, dass die Familie eine uralte Fehde gegen die Falks, den Erbauern des Schlosses mit seinem Hexenturm, hegte. Das konnte ich sehr gut nachvollziehen. Letztendlich sind aber alle Nachfahren der Falks früh gestorben, bis der gesamte Besitz an die Stadt zurückfiel. Die frühen Tode waren sicher ebenfalls kein Zufall, fanden vermutlich noch vor der Erfindung des Occultatums statt. Denn seither war es Hexen und Hexern nicht mehr möglich, unwissende Menschen zu verfluchen.

Alex wusste wirklich jede Menge über die Familie, was

mir einen Einblick vermittelte, wie die Menschen über die Hexenfamilie dachten. Insgesamt jedoch deckte sich mein erster Eindruck von den beiden Jungs aber mit ihrem, was mir Alex gleich noch etwas sympathischer machte. Ich konnte mir vorstellen, wie sehr sie versuchen würden, Eindruck zu hinterlassen, wenn sie gewusst hätten, dass ich eine Hexe war. Ich kannte diese Art Junghexer. Gloria hatte ständig welche im Schlepptau und ließ mich mit ihren Berichten alles hautnah miterleben. Dennoch versuchte ich unauffällig, noch mehr über die Geschwister zu erfahren.

Natürlich hatte Alex mehr als Stadtgeschichte zu berichten und gab mir bereitwillig Auskunft: »Ihre Mutter Carina hat einen stinkreichen Amerikaner geheiratet. Selbst nach dem Tod ihres Stiefvaters verbringen Chris – Christoph – und Noah die Ferien oft in den Staaten oder bei Freunden in Frankreich.« Sie klang nicht gerade enttäuscht darüber. Ich nickte bloß, um mir nicht anmerken zu lassen, dass ich all das bereits wusste. In den Akten stand, dass sie oft nach Lyon reisten. Carina Brand pflegte seit ihrer frühen Jugend eine enge Freundschaft mit der dortigen Zirkelmeisterin Heloise Morèl.

Kurz vor dem Physikraum standen das Mädchen mit den Regenbogenhaaren und der Blonde mit den blauen Augen aus dem Matheunterricht an die Wand gelehnt, direkt unter unzähligen Postern, die für eine Aufführung der Theater-AG an der Schule warben. Ausgerechnet *Wicked*! Na ja. Ich konzentrierte mich auf das, was Alex über die beiden zu berichten hatte – und *wie* sie es sagte.

»Das sind Mara Rothschild und Tristan Atwood.«

Obwohl sie nicht laut sprach, sah Tristan zu uns, als hätte

sie seinen Namen durch die gesamte Schule gebrüllt. Hitze schoss in meine Wangen. Dicht gefolgt von einem panischen Schaudern, als ich den Nachnamen erfasste.

Das ... Das war unmöglich!

Von einer zur nächsten Sekunde schienen sich meine Pläne für den Aufenthalt in Deutschland in Luft aufzulösen und ich war kurz davor, das Armband mit dem Hämatit vom Handgelenk zu reißen und via Sigillenfährte zu verschwinden.

»Atwood?«, fragte ich mit einem peinlichen Krächzen in der Stimme. Wie bei allen Dunkelhexen konnte dem Rat so etwas entgehen?

Ich sah die Zeitungsberichte aus den Akten wieder direkt vor mir. Jede Hexe – ganz gleich wie alt sie war oder wie zurückgezogen sie lebte – kannte den Namen Atwood.

Liam Atwood war der mächtigste Hexer überhaupt gewesen. Bis der Rat herausgefunden hatte, *woher* er seine Magie bezog. Vor acht Jahren war er der Anwendung von Blutmagie überführt und nach einem kurzen Tribunal der Dunkelhexerei für schuldig erklärt und hingerichtet worden. Allein sein Name sorgte für ein Erschaudern bei den Junghexen, wann immer man ihnen die Geschichte am abendlichen Hexenfeuer der Zirkeltreffen erzählte – nicht ohne die Moral der Geschichte offensichtlich zu benennen: Machtgier führt zum Tod. Gänsehaut überzog meine Arme, die gebannte Magie drängte gegen die Fessel des Hämatits.

Alex bekam von meinem inneren Aufruhr nichts mit und nickte nur. »Atwood, genau. Er hat den Namen seines Vaters behalten. Er ist Chris' und Noahs Stiefbruder.«

## ~ 6 ~

## TRISTAN

»Wie lange es wohl dauert, bis die neue Austauschschülerin auf Patricia und deine Brüder reinfällt?«, wollte Mara in der Mittagspause wissen. Sie klopfte nervös mit dem Bleistift auf den Block, der auf ihren Oberschenkeln ruhte. Damit übertönte sie den prasselnden Regen auf dem Metalldach des vermoosten alten Holzpavillons am Ende des Schulgeländes, den wir immer besuchten. Für immer konnten wir uns hier nicht verstecken, aber zumindest war es möglich, ohne hämische Sprüche oder magische Attacken die Hausaufgaben zu erledigen und den Stoff für den Test durchzugehen, den wir in den nächsten Tagen schreiben würden.

»Bist du schon fertig? Tanja wäre sicher erfreut, endlich mal …«

»Natürlich würde Mama sich über vorbildliches, streberhaftes Verhalten freuen, aber sie wird es überleben, wenn ich auch den nächsten Mathetest verhaue«, erwiderte Mara mit einem breiten Grinsen. »Und sie fände die Neue sicher ebenso interessant.« Anstatt die Formeln zu berechnen, trommelte Mara nun wieder auf den Block. »Also, was denkst du? Ich tippe auf spätestens übermorgen. Du?« In jeder Pause zwischen den Unterrichtsstunden hatte Mara auf ihrem Handy rumgetippt und Informationen gesammelt, um sie mir nun zu präsentieren. Als würde Ela Bianchi nicht schon ohne Erwähnung pausenlos durch meine Gedanken wandern.

Wann immer ich die Augen schloss, spielte sich dieselbe Szene in meinen Gedanken ab. Wie in einem kitschigen Liebesfilm trat Ela in Slow Motion ins Klassenzimmer und rümpfte ihre zierliche Nase, ehe sich ihr Gesicht erhellte und sie die Augen schloss. Dabei wandte sie sich mir zu, ihre langen, fast schwarzen Haare streichelten im Luftzug ihre Wangen, und als sie die Augen wieder öffnete, setzte mein Herzschlag aus. Sie waren beinahe so dunkel wie ihre Haare, doch anstatt mich zu erschrecken, erinnerten sie mich an sternenklare Nächte, die ich mit meinem Vater beim Campen am Bodensee verbracht hatte. Erinnerungen an eine glückliche Zeit, als ich noch nicht im Schatten meiner Stiefbrüder stand. Etwas derart … Magisches hatte ich noch nie gespürt. Und das bei meiner Familie. Mit einem Mal hatte es sich angefühlt, als rückte der Rest der Welt ein Stück zur Seite – bis Mara mich unter dem Tisch getreten hatte.

Mein erster Blick hatte Elas linkem Arm gegolten – auf der Suche nach einer Sigille. Schließlich gab es Hexen, die sich noch vor dem Walpurgisritual unter die Menschen mischten, aber ich hatte trotz ihrer hochgeschobenen Ärmel auf die Schnelle nichts entdecken können. Ich hatte sie ständig beobachtet, aber vergeblich auf den Moment gewartet, dass sie ihren Unterarm vielleicht noch einmal entblößte, damit ich mir ganz sicher sein konnte.

»Vielleicht erkennt sie aber auch gleich, dass Chris und Noah Idioten sind.« Mara kaute auf dem Ende ihres Bleistifts und rümpfte mehrmals die Nase, um ihre Brille wieder nach oben zu schieben, ehe sie mir das Handydisplay vor die Nase hielt. Kim hatte ihr geschrieben, dass die Neue Patricia hatte abblitzen lassen und sich lieber alles von Alex hatte zeigen lassen wollen.

Sofort sah ich an Mara vorbei zu einem der fünf tragenden Holzbalken des Pavillons. Wir verbrachten Freistunden und auch die Mittagspause oft hier und hatten trotzdem noch nie einen unserer Mitschüler angetroffen. Dennoch hatten Mitglieder des Chors und der Theater-AG auch hier mehrere Plakate für die Aufführung des Musicals *Wicked* aufgehängt und egal, in welche Richtung ich sah, lachte mir das grün bemalte Gesicht unserer Schülersprecherin Patricia Gass entgegen.

»Erde an Tristan!« Blinzelnd sah ich vom Plakat auf und zu Mara, die mich neugierig musterte. »Was ist heute nur los mit dir? Hat dir die Italienerin den Kopf verdreht?«, feixte sie dann und ignorierte meinen vorwurfsvollen Blick. »Das hat bisher keiner der vielen Austauschschüler geschafft, oder? Ich hätte nie gedacht, dass dich jemand so schnell verzaubern kann.«

»Haha.«

Mara rieb sich die Schläfe und schob ihre Brille nach oben. Wie gerne würde ich ihr sagen, dass sie recht hatte. Dass ich mehr als nur neugierig auf unsere neue Schülerin war. Aber ihr Timing hätte nicht schlechter sein können. Durch mein Blut – und meine Stiefbrüder – würde ich ein für alle Hexen und Hexer sichtbares Schild mit »Übt eure

Zauber an mir« auf dem Rücken haben und es war schlimm genug, dass Mara zusammen mit mir darunter leiden musste. Ich mochte mir gar nicht vorstellen, was sie mit Ela anstellen würden, sobald sie mein Interesse an ihr bemerkten. Mir blieb nichts anderes übrig, als dieselbe Taktik zu fahren, mit der ich erfolgreich alle anderen an der Schule von mir fernhielt. Bisher hatte es immer gut funktioniert – außer bei Mara, was mich zum Lächeln brachte.

»Was grinst du so?«, fragte sie skeptisch.

»Ich freue mich einfach, mit dir hier zu sein«, sagte ich absolut ehrlich, was sie noch viel misstrauischer machte.

»Ja, klar.« Sie lachte. »Und du träumst kein bisschen von Ela Bianchi«, sagte sie unter theatralischem Augenklimpern. »Oder hast du deine Meinung geändert und du freust dich auf Sport?«

Bei der Erinnerung daran stöhnte ich laut auf. »Warum musst du mir immer die Laune verderben?«

Sie grinste mich nur an. »Weil ich die Beste bin und es dir guttut, nicht ständig nur mit Kindern Karate zu trainieren.«

»Jiu-Jitsu«, erwiderte ich automatisch. Sie war perfekt im Ablenken – und im Überreden. Ihrem Grinsen nach zu urteilen, war sie sich dessen mehr als bewusst.

»Schau nicht so finster, du verschreckst alle.« Sie legte ihre Handflächen mit den Handgelenken aneinander unter ihr Kinn. Der verträumte Blick, den sie vermutlich beabsichtigt hatte, misslang total. »Stell dir vor, Ela ...«, sie seufzte.,»... würde dich so sehen.« Dann trat sie in den Regen und zog sich die Kapuze über den Kopf. Ich folgte ihrem Beispiel und wir rannten durch die wild wuchernden Büsche bis zur überdachten Terrasse der Mensa. Kaum dass wir vor dem Regen geschützt waren, blieb Mara stehen und beugte sich zu mir.

»Wenn man vom Teufel spricht …« Sie nickte kurz mit dem Kopf zu Alexandra Foster und Ela, die gerade von einem der Tische aufstanden und sich dabei angeregt unterhielten. Mein Magen zog sich zusammen. Ein Widerstand in meinem Nacken machte es mir unmöglich, zur Seite – zu Mara – zu sehen, ganz gleich, wie sehr ich mich bemühte. Ich erklärte es mir damit, dass ich mich noch einmal vergewissern musste, dass sie wirklich keine Hexe war.

Aber das wäre gelogen. Sie faszinierte mich, weil ausgerechnet sie die positive Erinnerung an meinen Vater ausgelöst hatte. Und jetzt standen wir hier und beobachteten sie wie gestörte Stalker.

Mara kniff mich in den Unterarm. »Hör auf zu starren! Wenn du neugierig bist, geh rüber zu ihr und sprich sie an. Wenn sie dich beißt, besorg ich dir eine Tollwutspritze.«

Ich sah verdutzt zu Mara. »Du willst mir Tollwut spritzen?«, fragte ich herausfordernd und hatte Mühe, meine Mundwinkel unter Kontrolle zu haben.

»Haha, Mr Schlauberger. Nicht ich bin das Ziel, schon vergessen?« Sie stemmte theatralisch die Hände in die Hüften und wie immer, wenn sie mich herausforderte, musste ich grinsen. Ich hoffte, sie damit abzulenken, doch dem war nicht so. Sie kniff die Augen zusammen und deutete in Richtung Ela. »Was ist jetzt, Romeo? Los!«

Ich schüttelte den Kopf und schob Mara in Richtung Eingang. »Es ist besser für sie, wenn sie nichts mit mir zu tun hat und nicht zum Kollateralschaden der Attacken von Chris und Noah wird.«

Enttäuscht rümpfte Mara die Nase, woraufhin sie ihre Brille wieder hochschieben musste. »Das sind doch bloß Ausreden!«

Wenn ich ihr doch nur erzählen könnte, warum man sich von den beiden fernhalten sollte!

Ehe sie mich weiter drängen konnte, standen Ela und Alex auf und gingen zwischen den Tischen durch zum Gebäude. Mein Blick heftete sich an Elas glattes dunkles Haar, das selbst bei dem trüben Licht glänzte und ein Eigenleben zu entwickeln schien. Doch ich konzentrierte mich erneut auf ihren linken Arm, um eine Sigille zu entdecken. Als würde sie spüren, dass ich sie beobachtete, sah sie kurz über ihre Schulter, drehte sich dann aber wie ertappt wieder um.

Auf dem Weg zur Sporthalle fasste ich einen Entschluss. Ich würde Ela tatsächlich ansprechen – wenn das Ritual vollzogen war und sich die Lage hier wieder beruhigt hatte. Falls ihr Aufenthalt so lange dauern würde. Die unbekannte Sehnsucht, die mich erfasst hatte, wurde von einem Stechen abgelöst.

»Hey, so schlimm wird es nicht werden. Du schaffst das!«, motivierte mich Mara mit einem Schulterklopfen vor der Umkleidekabine der Jungs und ich ließ sie in dem Glauben, Sportunterricht wäre mein größtes Problem.

# ~ 7 ~

## ADELA

Während der Physikstunde bekam ich kaum etwas vom Unterricht mit. Die Lehrerin vorne stellte irgendwelche Berechnungen an, aber ich musste unentwegt darüber nachdenken, ob die Namensgleichheit reiner Zufall war. Sicherlich gab es weltweit Tausende Menschen mit dem Namen Atwood. Sobald sich die Gelegenheit bot, fragte ich Alex weiter aus.

Was, wenn mich meine Eltern nach Hause holen würden, damit jemand anderes Tristan Atwood auf Dunkelmagie prüfte? Sie könnten darauf bestehen, dass ich mein Ziel erreicht hatte, denn ohne meinen besonderen Einsatz wäre uns diese Tatsache, dass Liam Atwood einen Sohn hatte, der vor dem Rat verheimlicht worden war, nach wie vor nicht bekannt.

Ohne Alex hätte ich Tristan niemals mit der Hexengemeinschaft in Verbindung gebracht. Ich hatte den Auftrag, Christoph und Noah Brand auszuspionieren, Bekanntschaft mit ihnen zu schließen und zu erkunden, mit wem sie Umgang pflegten. Es gab keinen Grund, nach weiteren Hexen oder Hexern zu suchen, ehe die ersten fürs Tribunal anreisten. Außerdem bestand offenbar keine Blutsverbindung und Tristans Erscheinungsbild war das krasse Gegenteil von Christoph und Noah.

»Sie sind Stiefgeschwister, nicht richtig verwandt«, erklärte Alex flüsternd und meine Anspannung ließ meine Nervenenden kribbeln. Konnte es tatsächlich sein, dass Liam Atwood einen Sohn hatte und vor dem Rat und den Auguren verbergen konnte? Ich lugte noch einmal zur Seite, wo Tristan und Mara am anderen Ende der Reihe saßen, und traf erneut direkt Tristans Blick. Seine Augen waren nur noch schmale Schlitze, das Blau kaum mehr zu sehen. Ich drehte mich schnell wieder weg. Ich war verwirrt, hätte am liebsten sofort mit meinen Eltern gesprochen. Doch das musste bis nach der Schule warten.

Weshalb dieses Misstrauen mir gegenüber? Konnte er wissen, wer ich war? War er talentiert genug, um die Überreste meiner Magie zu spüren? Oder den Hämatit? Wenn er tatsächlich Liam Atwoods Sohn war …

Meine Eltern selbst hatten mich geprüft und keinen Hauch Magie feststellen können. Dennoch zog ich die Ärmel meines Shirts bis zu meinem Handrücken hinab.

»Warum … sieht er uns so grimmig an?«, flüsterte ich so leise, dass er es hoffentlich nicht hören konnte. Es musste eine Erklärung dafür geben. Für ihn war ich nur eine Austauschschülerin, keine Hexe.

»Keine Ahnung«, erwiderte Alex mit einem Schulterzucken. »Er schaut in der Schule immer so. Irgendwie … desinteressiert. Er kommt nicht wirklich gut mit Gleichaltrigen klar, glaube ich. Er hängt ständig nur mit Mara ab.« Kurz zogen sich ihre Brauen zusammen und ihr Blick fokussierte irgendetwas hinter der Wand des Physiksaals, als suchte sie dort nach verblichenen Erinnerungen. »Wie auch immer sie es geschafft hat, durch den Panzer zu dringen, der ihn seit dem Tod seines Vaters vor acht Jahren umgibt.«

Mit einem Mal sah ich nur noch ihre Lippenbewegungen, konnte ihren Worten kaum mehr folgen. Das konnte kein Zufall mehr sein. Liam Atwood war vor acht Jahren vors Tribunal gestellt worden.

Alex flüsterte unablässig weiter und ich konzentrierte mich, damit ich nichts verpasste. Mein linkes Handgelenk kribbelte.

»Seit dem tragischen Unfall seines Vaters ist auch das Verhältnis zu seinen Brüdern nicht das beste. Ich kann mich noch daran erinnern, wie die Familie früher oft Partys veranstaltete, zu denen sie die halbe Stadt eingeladen haben. Doch seitdem hat kein Fremder mehr das Anwesen der Familie betreten.« Ihre Stimme klang wie aus einem Gruselfilm und ließ mich erschaudern.

Das Kribbeln ebbte ab. Noch immer konnte ich es kaum erwarten, meinen Eltern davon zu erzählen. Aber der Gedanke an Tristans Verlust schob den Wunsch in den Hintergrund. Den Schmerz, den der Tod eines Elternteils mit sich brachte, konnte ich mir nicht einmal ausmalen. Trotz seines abweisenden Verhaltens empfand ich Mitleid für Tristan, das sich mit einem kurzen Seitenblick jedoch schnell wieder in Luft auflöste. Er sah noch immer zu Alex und mir, seine Lippen waren nun zusätzlich zusammengekniffen. Ich bemühte mich um ein Lächeln, doch erneut prallte es an seiner Fassade ab.

»Tristan Atwood«, wiederholte ich mehrmals lautlos und

formte jede Silbe übertrieben. Seinem Namen fehlte etwas, er klang für mich falsch, abgehackt unvollständig.

»Mach dir keine allzu großen Hoffnungen«, wechselte Alex urplötzlich das Thema.

»Über was?«, fragte ich abgelenkt und fuhr die einzelnen Stränge des Armbandes nach. Sofort fühlte ich mich entspannter.

»Keine Ahnung? Du hast ihn angesehen, als würdest du gleich anfangen zu sabbern.«

»Igitt!«, erwiderte ich ehrlich angewidert.

»Er sieht gut aus, rein objektiv, versteht sich. Mittlerweile gleicht er ein wenig einer jungen Version von diesem Typen aus der Motorradserie, findest du nicht? Heißt er Jax? Irgendwie Typ Rocker oder Motorradfahrer und mit seinen halblangen Haaren das krasse Gegenteil seiner aalglatten Brüder. Aber hübsch ist er.« Wenig später fügte sie noch ein lang gezogenes »Oder?« hinzu.

»Vermutlich hast du recht.« Seine Gesichtszüge waren ebenso klassisch wie die seiner Stiefbrüder, aber die blonden Haare verliehen ihm etwas weniger Düsteres – was er mit seinem ablehnenden Ausdruck jedoch wieder wettmachte. Als würde er es darauf anlegen, Leute auf Abstand zu halten. Aus irgendeinem Grund stellte ich mir vor, wie sich sein Gesicht verändern würde, wenn er lächelte.

Der Rest der Doppelstunde verging wie im Zeitraffer. Meine Gedanken hingen unentwegt an Tristan fest, dem Atwood-Sohn, von dem niemand wusste. War er die Quelle der Dunkelheit aus den Visionen der Auguren? Konnten sie ihn nicht sehen, weil er offiziell nicht existierte? Ich musste mehr über ihn herausfinden. Das jedoch würde vermutlich komplizierter werden als bei seinen Stiefgeschwistern – denn jedes Mal, wenn ich an Alex vorbei zum Ende der Reihe sah, traf mich Tristans eiskalter Blick.

Das Klingeln zum Ende der Stunde hallte durch den Raum, der sich sofort leerte.

»Los, los!«, scheuchte mich Alex auf. »Sonst ist die Schlange in der Mensa unendlich lang!«

Wir waren nicht schnell genug. Die Mensa war bereits überfüllt. Es war laut, roch nach Essen in den verschiedensten Variationen, aber irgendwie ... künstlich.

Alex schnappte sich zwei Äpfel, während ich mich nicht entscheiden konnte und daher einen Teller wurmartiger Nudeln mit Käse und gerösteten Zwiebeln darauf und irgendeine Cremesuppe auf mein Tablett stapelte.

»Du magst Äpfel«, stellte ich fest und Alex sah mich irritiert an, während wir Schritt für Schritt dem Ende des Tresens näher kamen – und den Süßspeisen, aus deren Richtung ein intensiver Duft nach Schokolade zu uns drang.

»Wie kommst du darauf?« Ich wusste nicht, ob sie es sarkastisch meinte oder wirklich eine Erklärung erwartete. Sie war fast so schwer zu durchschauen wie Calliope.

»Deine Haare riechen nach Apfel und ... das Offensichtliche.« Ich deutete auf ihre beiden Hände. Sie senkte ihren Kopf, bis ihre Haare über die Schulter fielen, und schnupperte daran.

»Ah! Stimmt, die Spülung. Äpfel erinnern mich an meine Großmutter. Sie hatte mehrere kleine Apfelbäume im Garten, die im Herbst immer kurz vor dem Zusammenbrechen waren.« Ihre Augen trübten sich ein, und als wäre sie in Gedanken in eben diesem Garten, sog sie die Luft ein und senkte die Lider. Wie gern wäre ich jetzt ebenfalls an einem solchen Ort, einem Garten, in dem die Luft nach Obst oder Kräutern duftete wie in dem weitläufigen Garten zu Hause in Rom.

Alex sah mich an. Ich hatte geseufzt, was wohl nicht die passende Antwort auf ihre Aussage gewesen war, daher erklärte ich mich: »Ich liebe den Geruch der Natur. In meiner Familie ist der Geruchssinn sehr ausgeprägt, ich …«

»Dann muss es für dich hier ja grauenhaft sein. Ich habe gelesen, dass Menschen mit Hypersomie Panikattacken kriegen, wenn zu viele Gerüche auf sie einströmen.« Nun musterte sie mich mit einem schon beinahe mitleidigen Blick. Jenem Blick, dem ich zu entkommen versucht hatte.

Ich winkte ab. »Ganz so schlimm ist es nicht, aber durch das tägliche Geruchstraining zu Hause bin ich etwas sensibler, was …« Ich überlegte, wie ich es am besten ausdrücken konnte, doch Alex kam mir zuvor:

»… den Gestank hier angeht?« Sie lachte. »Warum trainierst du deinen Geruchssinn?«

»Fürs Familiengeschäft«, erwiderte ich schnell und ratterte die Erklärung herunter: »Wir haben ein kleines Weingut und dafür ist eine gute Nase unerlässlich. Morgen sollte ich mir Kaffeebohnen mitbringen.«

Nun sah Alex mich mit völlig neuen Augen an. Vielleicht war es doch nicht so schlecht gewesen, das offizielle Tätigkeitsfeld unserer Familie zu erwähnen, das komplett den unwissenden Angestellten überlassen wurde. Mamma und Papà heimsten nur das Lob für das exklusive Bouquet unserer edelsten Weine ein.

»Wir können zum Essen gerne nach draußen gehen, da

sollte es für dich erträglicher sein und die Terrasse ist überdacht«, schlug sie vor und ich nahm den Vorschlag gerne an. Nachdem ich mir Pudding und einen handflächengroßen Kuchen geholt hatte, balancierte ich mein voll beladenes Tablett hinter Alex her, die sich einen Weg durch die volle Cafeteria zum Seitenausgang bahnte und hin und wieder ein paar Mitschüler grüßte, die mir von ihrer Highspeed-Vorstellung zuvor vage bekannt vorkamen.

Trotz des vor Regen schützenden Glasdachs waren draußen alle Tische und Stühle verwaist. Ich atmete erst einmal tief durch. Alex hatte mit ihrer Vermutung, dass mich der für meine Rezeptoren zu intensive Geruch eingeschränkt hatte, richtig gelegen. Das beklemmende Gefühl, das mich im Inneren der Schule überkommen hatte, verschwand zunehmend und auch meine Handflächen schwitzten endlich nicht mehr.

Wir setzten uns an einen der Metalltische und aßen schweigend. Die Suppe schmeckte sogar halbwegs gut, auch wenn etwas mehr natürliche Inhaltsstoffe anstelle künstlicher Geschmacksverstärker vorteilhaft gewesen wären.

Nachdem sie auch ihren zweiten Apfel bis auf das Gehäuse verputzt hatte, brach Alex das Schweigen:

»Wie kommt es, dass du am Austauschprogramm teilnimmst, obwohl du privat unterrichtet wurdest?«

Ich verschluckte mich beinahe an meinem nächsten Bissen. Alex war wirklich so aufmerksam, wie ich vermutet hatte.

»Das war eine Idee meiner Eltern«, log ich. »Ich wollte raus, eigentlich eine Schule in Rom besuchen, aber dort … bin ich zu bekannt. Meine Eltern hielten es für zu gefährlich.« Der bittere Geschmack der Lüge klebte auf meiner Zunge. Selbst der Käsekuchen konnte ihn nicht vertreiben. Daher ging ich in die Offensive und fragte gemäßigtes Interesse vorschützend: »Hattest du früher viel mit den Brands und den Atwoods zu tun?« Hoffentlich merkte mir Alex meine brennende Neugier nicht an.

»Nicht so wirklich. Meine Eltern hatten nie großes Interesse an Gemeindeaktivitäten. Ich kenne sie alle nur, weil es hier in der Stadt unmöglich ist, sich *nicht* zu kennen.« Ich war mir nicht sicher, ob Alex wirklich zu mir oder eher zu sich selbst sprach.

»Was machen deine Eltern?«

»Sich streiten, sofern sie sich in einem Raum aufhalten.« Alex zuckte mit den Schultern, als wäre das nichts Dramatisches. Ich konnte mir gar nicht vorstellen, was passieren würde, wenn sich meine Eltern zerstreiten würden. Ich wusste nicht, was ich anderes darauf erwidern sollte, als ein ehrlich gemeintes »Das tut mir leid« zu flüstern.

»Ach, ich kenne es nicht anders. Sie sind einfach zu verschieden. Vermutlich ist es lediglich einem Zuviel an Partys und Alkohol geschuldet, dass ich überhaupt existiere.«

»Wie kannst du das so locker sehen?«

Alex zeigte keinerlei Anzeichen von Unmut über den Zustand ihrer Familie. »Das hängt damit zusammen, weshalb ich hier normalerweise meist allein sitze.« Nun zeigte sie zumindest den Anflug von Unsicherheit und wich für einen kurzen Moment meinem Blick aus. »Laut den meisten Psychologen, zu denen ich als Kind geschleppt wurde, bin ich wohl so was wie ein Genie mit einem erheblichen Defizit in Sachen Emotionen und Empathie. Meinen Eltern wäre es andersrum wohl lieber, vielleicht würde ich ihnen dann weniger Gründe liefern, sich zu streiten.« Ihr rechter Mundwinkel senkte sich, eindeutig ein Zeichen, dass sie eben doch Gefühle hatte.

»Lass dich von niemandem schlecht machen oder dir so etwas einreden«, sagte ich. »Wenn sie so etwas auch nur erwähnen, suchen sie doch nur Gründe, die ihre wachsende Abneigung gegeneinander rechtfertigen.«

»Genau das habe ich mir auch schon gedacht.« Sie lächelte kurz. »Du denkst mit, das gefällt mir.«

Aus ihrem Mund klang es wie ein Kompliment, das ich einfach mal so stehen ließ.

Jenseits des schützenden Glasdachs rannten zwei Gestalten durch den strömenden Regen, doch ganz gleich, wie sehr ich mich auf sie konzentrierte, unter den Kapuzen waren sie nicht zu erkennen.

»Was hast du an deinem Handgelenk?«, unterbrach mich Alex und langsam, als müsste ich mich erst aus einem Traum schälen, sah ich zu ihr. »Bist du allergisch gegen den Verschluss des Armbandes? Eine Unverträglichkeit gegen Nickel kommt sehr häufig vor.«

Sie deutete mit einem leisen Schnalzen auf meinen linken Arm. »Du kratzt dich immer wieder. Das könnte ein Zeichen für eine Überempfindlichkeit sein. Das Armband ist recht eng, wenn du an der Stelle schwitzt, kann das eine allergische Reaktion auslösen.«

Sofort sah ich auf meine Finger hinab, die sich tatsächlich unter die verschlungenen Bänder der magischen Fessel geschoben hatten und die Stelle rieben, wo der Hämatit meine Haut berührte. Sofort zog ich sie zurück.

Es läutete gerade zum Ende der Mittagspause und ich verstand endlich Alex' Warnung, sie wüsste immer alles besser. Was in diesem Fall jedoch nicht der Wahrheit entsprach.

»Es ist keine Allergie, sondern eher ... ein Tick«, erklärte ich, während ich aufstand, um wieder ins Schulgebäude zu gehen. »So wie dich deine Muse bei Herrn Reeders Vorträgen küsst, beruhigt es mich, mit dem Armband zu spielen.«

Sie sah zu mir nach oben und wirkte, als wäre sie nicht erfreut darüber, einmal nicht recht zu haben. Doch einen Moment später lächelte sie mich breit an. Ich erkannte die Herausforderung in ihren Augen, was mich ebenfalls lächeln ließ. Es klingelte zum zweiten Mal und auch Alex stand auf. In genau dem Moment traten die zwei Personen aus dem Regen unter das Vordach und schoben die triefenden Kapuzen vom Kopf. Mara und Tristan lachten, als gäbe es nichts Schöneres, als bei den kühlen Temperaturen triefend nass zu sein. Ich sah zu ihnen hinüber, wie sie ihre Köpfe zusammensteckten, und eine Sehnsucht erfasste mich. Alex' Stuhl knarrte, als sie ihn nach hinten schob und aufstand. Ich folgte ihr zwischen den Tischen hindurch, konnte dem Drang jedoch nicht widerstehen, kurz hinter uns zu sehen, als Mara die Tür zur Mensa aufschob.

»Soweit ich weiß, hatte er noch nie eine Freundin«, sagte Alex beinahe verschwörerisch leise und über das Prasseln der Regentropfen über uns kaum hörbar. Ich sah kurz über die Schulter zu Tristan, als uns der Lärm – und die Gerüche! – der Cafeteria entgegenschlugen. Hätte ich kein Tablett in der Hand gehabt, hätte ich mir instinktiv die Nase zugehalten. Ich hielt den Atem an, bis ich das Tablett in die

Ablage geschoben hatte, und atmete tief in den Kragen meiner Bluse. Durch meine Adern rauschte erneut diese Energie, die wie ein Adrenalinstoß wirkte und alles intensiver machte. Vielleicht hatte Alex ja recht damit, dass meine Nase zu empfindlich für die Öffentlichkeit war. Ich sollte mit meinen Eltern darüber sprechen … wobei dieses Problem im Vergleich zu der Erkenntnis, dass Liam Atwood einen leiblichen Sohn hatte, komplett verblasste.

»Hast du mir zugehört?«, fragte Alex, und während ich überlegte, was sie gesagt hatte, wiederholte sie in zweideutigem Ton: »Ich sagte, Tristan hatte noch nie eine Freundin – abgesehen von Mara. Aber ich glaube nicht, dass da etwas läuft.«

»Na und? Vorhin meintest du noch, ich solle nicht sabbern, wenn ich ihn ansehe.« Mich schüttelte es bei dem Bild, das sich dabei in mir auftat – von Speichelfäden, die aus meinen Mundwinkeln trieften wie bei einem Bernhardiner. Genau das Richtige, um mich von dem aufgeregten Kribbeln in meinem Bauch abzulenken, das bei jeder Erwähnung von Tristans Namen für das Gefühl einer rasanten Talfahrt sorgte.

»Vielleicht hat er nur auf dich gewartet?« Sie klimperte mit den Wimpern wie eine Zeichentrickfigur und ich lachte auf.

»Die Chancen dafür dürften ziemlich schlecht stehen. Außerdem … stehe ich nicht auf Blond.« Es war die erste Ausrede, die mir einfiel. Sie war absolut oberflächlich und dämlich – und genau so sah mich Alex nun auch an. Enttäuscht. Dann fing sie sich wieder und überging meinen letzten Satz glücklicherweise: »Laut Berechnung eines Mathematikers aus Großbritannien stehen deine Chancen eins zu zweihundertfünfundachtzigtausend, den perfekten Partner zu finden.«

»Oder es gibt andere, die darüber entscheiden«, murmelte ich gedankenverloren vor mich hin. Auch wenn *Partner* in der modernen Hexenwelt nicht mehr unbedingt dasselbe bedeutete wie kurz nach der Zeit der Hexenverfolgung, als die Ritualpartner tatsächlich noch heiraten und Nachwuchs zeugen mussten, um ihr starkes magisches Blut zu vererben.

»Wie bitte?«, sagte Alex so laut, dass einige der Schüler um uns herum von ihren Handydisplays aufsahen. »Ernsthaft?«

Vielleicht hätte ich mich doch besser auf das Gespräch konzentriert und nicht auf Tristan Atwood. Dann wäre mir so etwas nicht herausgerutscht. Nun jedoch musste ich versuchen, wieder da rauszukommen. »Es gibt ... Familien, die sehr viel Wert auf Traditionen legen«, erklärte ich. »Meine Familie gehört dazu. Ich sage nichts von Zwangsheirat oder so.« Allein der Gedanke daran ließ mich erschaudern. »Sie spielen nur sehr gerne Schicksal und setzen alles daran, mich in eine ›ebenbürtige Beziehung‹ zu bekommen.« Immerhin konnte ich Mutters Ton und ihren nicht totzukriegenden italienischen Akzent perfekt nachahmen.

»Du bist wirklich Italienerin?« Sie wirkte erst überrascht, dann tief beeindruckt. »Du hast absolut keinen Akzent.« Leider konnte ich das Kompliment nicht annehmen, wenn es nicht meine eigene Leistung, sondern das Ergebnis von Magie war. Daher ging ich schnell auf die Frage ein.

»Ich wohne in Rom. Herr Reeder hat mich doch schon als italienische Austausch...«

»Weingut, Italien …«, unterbrach mich Alex und zählte die Punkte an ihren Fingern ab, ehe sie mich durchdringend musterte. »Heißt du wirklich Bianchi?«

Kurz wog ich Vernunft gegen Bauchgefühl ab. Konnte ich ihr vertrauen? Ich kannte sie erst wenige Stunden. Meine Instinkte könnten durch den Hämatit getrübt sein. Aber Alex würde eine Lüge erkennen und der Rat – oder meine Eltern – könnten mich zurückbeordern, wenn ich aufflog. Sie hatte mir bereits einen wichtigen Hinweis geliefert, daher entschied ich mich für mein Bauchgefühl.

»Mescinia«, flüsterte ich, doch natürlich verstand mich Alex und ich konnte sie gerade noch davon abhalten, den Namen laut in die Gegend zu brüllen.

»Pscht!«, zischte ich. »Niemand weiß, wer ich wirklich bin. Selbst in meinen Meldeunterlagen steht Ela Bianchi.« Ich sah mich hastig um und konnte nur hoffen, dass uns niemand gehört hatte.

Sofort schloss sich ihr Mund wieder und ein wildes Funkeln trat in ihre Augen, weshalb sie das Grün verloren und nun komplett dunkelgrau schimmerten.

Ich bestätigte ihre Vermutung, hielt mich aber so vage wie möglich: »Für mich ist es … gefährlich, ohne Schutz unterwegs zu sein. Aber ich wollte nicht, dass während meines Aufenthalts ständig Papàs Aufpasser an mir kleben.«

Würde man das Leuchten ihrer Augen in Lux messen können, hätte sich die Zahl nun noch mal verdoppelt. Ein verschwörerisches Grinsen trat auf ihre Lippen, ehe sie sie mit einer Geste verschloss. »Sobald wir allein sind, will ich mehr erfahren!«, flüsterte sie und zog mich dann zu unserer letzten Doppelstunde des Tages. Sport.

Ich konnte es kaum erwarten, meinen Eltern Bericht zu erstatten und weitere Nachforschungen über Tristan anzustellen.

Doch zuvor gab es ein *Vesper* mit Ingrid und Babs, die mir von ihrem Tag berichteten – sie waren neben der Arbeit auf dem Hof in der Kirchengemeinde engagiert und besuchten nicht mehr ganz so fitte Senioren im Wohnheim – und mich ausfragten.

»Bist du in der Schule gut zurechtgekommen?«, fragte Ingrid zeitgleich mit Babs, die wissen wollte, ob ich schon Freunde gefunden hatte.

»Alexandra Foster hat mir alles gezeigt und mir mehr Namen genannt, als ich mir je merken könnte«, erwiderte ich, während ich in das übergroße Brötchen biss, das sich Knauzen nannte und bei uns als Brot durchgehen würde.

»Foster …«, dachte Ingrid laut und wandte sich an Babs. »Gehört sie zu den Fosters im Neubaugebiet oben?«

Babs zuckte mit den Schultern. Weil ich auch nicht mehr wusste, überließ ich den beiden die Überlegungen über potenzielle verwandtschaftliche Beziehungen, während ich mich durch das Angebot an Wurstscheiben probierte. Anschließend verabschiedete ich mich in mein Zimmer – natürlich erst, nachdem wir gemeinsam alles aufgeräumt hatten. Babs und Ingrid begleiteten mich zum Windfang, Babs verabschiedete sich und beide wünschten mir eine gute Nacht, ehe ich die knarrende Holztreppe nach oben stieg, mein Zimmer abschloss und eine Nachricht an meine Eltern schrieb.

Die Antwort kam schneller, als ich erwartet hatte. Schnell

suchte ich nach einer Möglichkeit, unbemerkt von hier zu verschwinden.

Direkt unter meinem Fenster stand ein großer metallener Wassertank. Zum Glück machte es nicht allzu viel Lärm, als ich mich vom Fensterbrett aus darauf fallen ließ und wie eine Verbrecherin der Route in meinem Handy zu der von Papà genannten Adresse folgte und vor dem Falkhausener Hof landete.

## ~ 8 ~

## TRISTAN

Chris war im Sportkurs in Höchstform – was bedeutete, dass er keine einzige Gelegenheit ausließ, mich in irgendeiner Weise bloßzustellen und dafür zu sorgen, dass ich zum Gespött aller anderen wurde, weshalb Noah, der von der Galerie der Turnhalle aus zusah, ihm immer wieder zujubelte. Herr Meißner, unser junger und überaus ambitionierter Sportlehrer, sah schon gar nicht mehr hin, wenn ich wieder einmal einen langsam gepassten Ball nicht auffangen konnte oder über meine Schnürsenkel stolperte – obwohl ich kurz zuvor noch Schuhe mit Klettverschluss getragen hatte. Chris' Sigille gab ein konstantes schwaches Leuchten von sich, während er mit ihrer Hilfe einen *Slam Dunk* nach dem anderen vollführte – die bläulichweiße Wolke, auf der er nach oben getragen wurde, fiel natürlich keinem außer mir auf. Es war erniedrigend wie lange nicht mehr und ich war dankbar über das Läuten zu Ende der Stunde und der Demütigung. Chris ließ sich von seinen Kumpels auf den Rücken klopfen und von Herrn Meißner beklatschen.

Ich zog mir nur meine Jacke über und packte meine Klamotten in die Sporttasche, mit der ich dann vor der Halle nebenan, in der die Mädchen Sportunterricht hatten, auf Mara wartete, um mit ihr nach Hause zu gehen. Ich war dankbar für jede Minute, die ich nicht bei meinen Brüdern und meiner Stiefmutter Carina verbringen musste, und weil »die Zwerge« heute Kinderturnen hatten, war ich nicht verplant.

Tanja, Maras Mutter, öffnete schon die Haustür, als Mara ihren Roller noch in der Einfahrt des kleinen Einfamilienhauses am Waldrand parkte. Sie begrüßte uns mit einem strahlenden Lächeln und drückte erst Mara, dann mich, als hätte sie uns schon ewig nicht mehr gesehen.

Tanja überredete uns zu selbstgebackenen Keksen in der Küche, und während sie uns nebenbei heißen Kakao zubereitete, fragte sie uns über den Schultag aus.

»Wir haben eine neue Austauschschülerin – und Tristan hat sich in sie verguckt.« Noch vor ein paar Jahren hätte ich Mara dafür unter dem Tisch getreten, jetzt warf ich ihr einen vorwurfsvollen Blick zu.

Tanja drehte sich so schnell um, dass die heiße Milch im Topf überschwappte. Sie ignorierte die Sauerei jedoch und sah mich mit einem Schmunzeln auf den Lippen an. »Woher kommt sie denn?«

»Aus Rom. Aber ich kann online einfach nichts über sie finden. Sie ist mir suspekt«, erklärte Mara, während sie aufstand und die verschüttete Milch aufwischte.

»Eine Italienerin?« Tanjas Blick huschte hin und her. »Wie heißt sie denn?«

»Ela Bianchi«, antwortete ich offenbar in einem Tonfall, der Mara hinter Tanjas Rücken ein Herz mit den Fingern formen ließ.

Tanja drehte sich wieder zur hölzernen Arbeitsfläche mit unseren Tassen um und goss die Milch ein. Am Ende gab sie eine extra große Portion Schlagsahne in eine der Tassen, die sie danach vor mich stellte.

Während ich die Sahne auslöffelte, erzählte Mara weiter von Ela. »Du solltest sie ansprechen. Oder was denkst du, Mama?« Ich sah von ihr zu Tanja, die zu spüren schien, dass es nicht unbedingt das Thema war, über das ich sprechen wollte – schon gar nicht vor ihr. Und vielleicht war es auch nicht gerade *ihr* Lieblingsthema. Maras Vater hatte die Familie schon kurz nach Maras Geburt verlassen und Mara nur seine grau-grünen Augen hinterlassen. Den Rest ihres Äußeren hatte sie zweifelsohne von Tanja, was diese stets mit einem Schmunzeln als glücklichen Umstand bezeichnete. Mit ihren blonden Haaren und den blauen Augen sah Tanja ein wenig wie eine Barbiepuppe aus.

»Wie sieht es eigentlich mit dem Test nächste Woche aus?«, wechselte Tanja das Thema und mit einem Mal war Mara sehr interessiert an dem Inhalt ihrer Tasse. Ich lächelte, während ich mir die nächste Portion Sahne in den Mund schob.

»Wir haben sogar in der Mittagspause gelernt«, log Mara und Tanja warf ihr einen eindeutigen Blick zu. Mara war die schlechteste Lügnerin der Welt.

Nach dem Kakao gingen wir in Maras Zimmer und arbeiteten den Stoff für den Test durch – eine gute Ausrede, Maras Fragen nach Ela immer gleich abzuwehren. Natürlich würde ich sie gerne kennenlernen – aber es gab genug Gründe, die dagegensprachen. Die meisten hatten mit Hexen zu tun.

Obwohl wir den Rest des Nachmittags mit Funktionen und Ableitungen verbrachten, war es wie immer gemütlich in Tanjas Haus. Beim Abschied zerrte ein Sehnen an meinem Herzen, als ich einen letzten Blick über die Schulter zur Tür warf, von wo Mara und Tanja mir zuwinkten. Mara lächelte und ich spürte wieder einmal, dass sich die beiden für mich so viel mehr nach Familie anfühlten als meine eigene Familie, die Brands.

Mit dem Rucksack über der Schulter nahm ich den Fußweg quer durch den Wald und legte an meinem Trainingsplatz – einer Lichtung fernab der Wege – eine kleine Trainingsstunde ein. Hierher kamen meine Brüder so gut wie nie.

Als mein Vater uns damals gemeinsam hierhergeführt hatte, war ich vielleicht vier Jahre alt gewesen. Er hatte uns die Geschichte dieses Platzes erzählt. Bis zum vorigen Jahrhundert hatte sich hier zwischen den dichten Bäumen die »Richtstätte« befunden. Während wir auf dem schmalen Pfad zum Schlossturm gingen, hatte Papas Erzählung einen tiefen Eindruck bei mir hinterlassen. Es war einfach gewesen, sich die Menschenmenge vorzustellen, die den armen Hexen gefolgt waren und voller Sensationsgier zusahen, wie man sie getötet und genau an diesem Punkt hier verscharrt hatte. Papa hatte mit einem lauten »Hängt die Hexen!« geendet und uns alle zu Tode erschreckt.

Ich erschauderte selbst bei der Erinnerung daran. Da ich aber kein Hexer war, hatte ich keine Angst vor diesem Ort – im Gegensatz zu Chris und Noah, die wie alle anderen Hexer geschichtsträchtige Orte wie diesen oder den Hexenturm jenseits des nun nicht mehr sichtbaren alten Pfades mieden. Anscheinend spürten sie den Horror solcher Plätze. Aber vielleicht war es auch nur eine Ausrede.

So übte ich hier Schritt-, Tritt- und Schlagabfolgen, die etwas mehr Platz benötigten, als ich in meinem kleinen Zimmer daheim zur Verfügung hatte. Auf dem weiteren Weg nach Hause besann ich mich auf die mentalen Stärken, die mir das Jiu-Jitsu brachte. Die Philosophie. Ich wurde ruhiger, erdete mich und ich konnte mit frischem Geist und ausgepowerten Muskeln das Anwesen betreten, das bei allen hier in der Gemeinde noch immer den Namen meines Vaters trug. Direkt hinter der großen Eingangstür stolperte ich beinahe über Roger, der total durchdrehte und wie ein Pfeil zwischen meinen Beinen herumschoss.

Wenigstens einer freute sich, wenn ich heimkam. Ich klopfte dem Yorkshire Terrier auf den Rücken, während ich meine Schlüssel in die Schale auf der Kommode warf. Roger genoss noch eine Streicheleinheit, ehe er mich mit sehnsuchtsvollen Augen zur Küche drängte, wo seine Leckerlis aufbewahrt wurden.

Ein Fauchen kündigte Saphirs Attacke an, die zu schnell vonstatten ging, als dass Roger sich hätte verteidigen können. Ich verabscheute Carinas mitternachtsschwarze Katze! Sie machte Roger das Leben zur Hölle, wie ihre Söhne es mit mir machten. Dabei war er ein Hund! Was konnte so schlimm an ihm sein? Ich gab ihm eine Extraportion seiner heißgeliebten Drops und kraulte Roger unter seinem Halsband. Danach trottete er hinter mir her zur Treppe und blieb unten unschlüssig stehen, als erwarte er eine Einladung.

Oben im Flur erreichte mich Carinas gellender Ruf. »Tristan!«

Ich atmete tief durch, ehe ich über die Brüstung nach unten sah. »Ja?«

»Ich wollte dich nur daran erinnern, dass wir heute Nacht Gäste erwarten. Also verhalte dich ruhig.«

Was so viel hieß wie: *Wage es ja nicht, aus deinem Zimmer zu kommen.* Was sollte ich auch zwischen besagten Gästen? Mich zum Gespött machen wie damals als Zehnjähriger, als ich mich nach unten in den zum Zeremoniensaal umgebauten Partykeller geschlichen hatte und bis spät in die Nacht in meiner Haltung eingefroren zum Gespött aller gemacht worden war? Darauf konnte ich verzichten, daher nickte ich.

Aber Carina beachtete mich schon gar nicht mehr und widmete sich Saphir, die an ihren Beinen entlangstreifte, bis sie auf den Arm gehoben wurde. »Komm her, mein Baby.« Sobald sie mit Saphir sprach, begann Carina in einer albernen Babysprache zu gurren. Es war so lächerlich! Sie war die Zirkelmeisterin, eine der mächtigsten Hexen Süddeutschlands, und sprach so mit ihrer Katze. »Geht es dir gut? Hat dich der böse, böse Hund angegriffen? Soll ich ihn bestrafen?« An Saphirs Stelle würde ich mich von ihr fernhalten. Aber die schien es zu genießen, als Babyersatz herhalten zu müssen. Sie wurde nach Strich und Faden verwöhnt und kam immer mit allem durch. Wenn Roger sich für ihre miesen Attacken revanchierte, wurde er bestraft, nicht Saphir. Die beiden waren das tierische Abbild von Chris, Noah und mir.

Da Carina offenbar nichts weiter zu sagen hatte, drückte ich mich von der Brüstung ab und ging den Flur entlang. Mit einem leisen Tapsen auf der Treppe folgte mir Roger und huschte noch vor mir in den letzten Raum rechts, meinem Reich, der düstersten Ecke der Villa. Soweit ich wusste, waren hier damals die menschlichen Helfer untergebracht gewesen, bis die Beeinflussung von Unwissenden durch das Occultatum unmöglich gemacht worden war. In meinem ehemaligen Kinderzimmer standen nun ein Tischkicker und ein Billardtisch, an der Wand hing ein großer Fernseher für die Spielekonsolen, die sich auf dem Schrank darunter aufreihten. Nach Vaters Tod vor acht Jahren war es zu Chris' und Noahs *Gesellschaftszimmer* geworden.

Ich schloss die Tür hinter Roger und mir. Immer wieder glaubte ich, dass mein Seufzen ein Echo hatte. Das Echo all der Untalentierten, die in diesem Raum endlich ihre Gefühle herauslassen konnten, ohne dafür bestraft zu werden. Wie immer sah ich mich sicherheitshalber um, die Härchen im Nacken aufgerichtet.

Nein, das war gar nicht unheimlich.

Ich verriegelte das Schloss – als würde es etwas nutzen! –, warf meine Schultasche auf den Boden und setzte mich zu Roger auf mein Bett, um ihn zu kraulen. Er legte seinen kleinen Kopf auf meinen Oberschenkel und wir entspannten uns.

Weit nach 22 Uhr kam Leben ins Haus. Chris und Noah kamen nach Hause – wo auch immer sie den restlichen Tag verbracht hatten. Vielleicht hatte Noah Chris zur Bandprobe begleitet. Carina bellte ihre Anweisungen und ich versuchte, nicht hinzuhören. Ihre grelle Stimme erreichte jedoch jeden Winkel des Anwesens. Die Gäste aus Frankreich würden in Kürze eintreffen.

Ich hatte die überdrehte Zirkelmeisterin damals in

Massachusetts kennengelernt und seither war sie ein paarmal bei Carina zu Besuch gewesen. Heloise Morèl war mir unheimlich. Und das nicht nur, weil sie Cruella de Vil doubeln könnte. Mich würde nicht wundern, wenn sie in ihrem Zirkel noch Rituale mit Tieren vollzog. Instinktiv presste ich Roger näher an mich. Die Hundemarke an seinem Halsband klimperte leise.

Wenige Minuten später, um exakt 23 Uhr, gab es einen leisen Knall und das Erlöschen der Sigillenfährte ließ wie jeder starke Zauber einen Lufthauch entstehen. Diesen bemerkten auch Untalentierte, aber sie sahen nur die flatternden Vorhänge oder hörten das Knallen der Türen. Das blasse bläulichweiße Schimmern am Rand der Magiewelle, die abebbte, je weiter sie auseinanderglitt, nahmen sie dank des Occultatums nicht wahr. Bei den meisten Zaubern war der Luftzug jedoch so gering, dass es niemandem wirklich auffiel, der nicht darauf achtete.

Carinas begeistertes Kreischen ließ mich erschaudern, danach war ich gezwungen, die überschwängliche Begrüßung des Lyoner Zirkels mit anzuhören, die in einer Lautstärke stattfand, die Tote aufwecken könnte. Dabei wollte ich doch nur schlafen. Ich konnte mir die Müdigkeit nicht mit einem kleinen Zauber austreiben.

Was mir jedoch ein klein wenig Genugtuung verschaffte, war die herabwürdigende Weise, mit der Heloise Chris und Noah begrüßte:

»Wie groß ihr geworden seid! Ihr seht ja schon beinahe wie echte Männer aus.«

Ich stellte mir vor, wie Heloise meine Brüder in die Wangen kniff und sie an ihren hageren, parfümgetränkten

Körper presste, und konnte mir ein Lachen nicht verkneifen, woraufhin Roger mich vorwurfsvoll ansah. Dann bewegten sich seine Ohren und er starrte Richtung Tür. Ich befürchtete bereits das Schlimmste, wartete, dass sich der Schlüssel herumdrehte, weil irgendwer – Chris oder Noah! – meine Privatsphäre nicht anerkannte. Daher war ich über das Klopfen geradezu erschrocken.

»Ja?« Ich verschluckte mich beinahe an den zwei Buchstaben.

»Allo?«, erklang eine dünne Stimme. Das Klopfen wurde lauter und trotz Rogers Protest hob ich ihn von meinem Schoß und setzte ihn auf mein Bett, um zur Tür zu gehen.

Dahinter stand ein rothaariges Mädchen mit Sommersprossen, sie war höchstens zehn oder elf Jahre alt, und lächelte mich an. Ich hatte keine Ahnung, wer sie war, aber vermutlich gehörte sie dem Zirkel von Heloise an, die mitsamt ihrem Gefolge bis zum Erscheinen des Domus Magae hier wohnen würde.

»Kann ich dir irgendwie helfen?«, fragte ich vorsichtig, weil mich das Mädchen einfach nur anstarrte. Oder eher an mir vorbeistarrte. Direkt zu ... Ich drehte mich zu Roger um, der bereits wieder vor sich hin döste. Ich sprang schnell zur Seite, um der Kleinen die Sicht auf Roger zu versperren, und versicherte mich kurz mit einem Blick über die Schulter, dass Roger an Ort und Stelle blieb. Im Augenwinkel nahm ich ein Aufleuchten von Magie wahr und ich warf mich instinktiv in die Schusslinie – in dem Fall auf das Mädchen zu. Im letzten Moment wurde mir klar, dass ich mich gerade auf ein kleines Mädchen stürzen wollte – und lenkte meinen Körper mit einer Drehung zur Seite, wo ich polternd die

Wand rammte. Den weit aufgerissenen Augen des Mädchens nach zu urteilen, erschrak sie mindestens genauso wie ich. Sofort rappelte ich mich auf und überlegte, ob ich mich entschuldigen sollte.

»Triiiiistaaaaaan!«, gellte Carinas Stimme durch den Flur. Und schon war das Mädchen verschwunden.

»Ja?«, rief ich zurück, erwartete aber keine Antwort. Der Ruf war lediglich eine Erinnerung daran, mich ruhig zu verhalten – was ich ja auch vorgehabt hatte. Ich wollte einfach nur in Ruhe mein Abi machen und von hier verschwinden. Zum Unwissenden werden und raus aus dem Wirkungskreis der magischen Welt. Ich ließ mich nach hinten fallen und kraulte gedankenverloren Rogers Hals. Er war die einzige echte Verbindung, die ich zu meinem Vater noch hatte. Zumindest war er das gewesen, bis ausgerechnet ein dunkles Augenpaar glückliche Erinnerungen zutage gefördert hatte, die längst verloren gewesen waren.

Ich kraulte Roger unter seinem Halsband und überlegte dabei wieder einmal, wie mein Leben wohl aussehen würde, wenn ich ein ganz normaler Unwissender wäre. Hätte ich mich getraut, Ela anzusprechen? Wären wir vielleicht in die Eisdiele gegangen oder hätte ich ihr die Stadt gezeigt?

Darüber grübelnd schlief ich ein.

In meinem Traum war plötzlich das rothaarige Mädchen bei uns an der Schule, während Ela im Flur vor meinem Zimmer stand und die Arme nach mir ausstreckte. Dieselbe Sehnsucht wie nach meinem Vater erfüllte mich, mein Herz raste allein beim Gedanken an die unendliche Dunkelheit ihrer Augen und ich fiel. Endlos. Bis ich die Augen öffnete und eine raue Zunge über meinen Hals leckte.

# ~ 9 ~

## ADELA

Papàs Wut roch nach schwarzem Pfeffer und die scharfe Note dominierte den hell erleuchteten, modern eingerichteten Konferenzraum, in den der Rat ungefähr so gut passte wie ein iPhone auf ein Piratenschiff. Ich musste meinen Niesreiz unterdrücken, seit ich mich neben meinen Eltern auf einem der weißen Lederstühle niedergelassen hatte.

Ich hatte den Rat nie außerhalb des *Innersten* gesehen, einem komplett von der Außenwelt abgeschotteten fünfeckigen Raum mit schützendem Pentagramm im Boden. Sie nun alle ohne ihre Roben rund um einen großen Tisch mit spiegelnder weißer Oberfläche und kleinen Tellern mit Keksen sitzen zu sehen, hinter ihnen das an die Wand geworfene kreisende Logo des Falkhausener Hofs, war irgendwie … verstörend. Aber meine Mission hatte sie allesamt offensichtlich zu besonderen Methoden greifen lassen und sie waren im Laufe des Tages als Teilnehmer einer kurzfristig einberufenen, ultrawichtigen Konferenz hier in Falkhausen eingetroffen. An der Wand neben der Tür standen Getränke und kleine Snacks bereit.

»Habt ihr nicht zugehört?«, brüllte Papà nun und sah

dabei dem stellvertretenden Ratsvorsitzenden Sato direkt in die Augen, »Liam Atwood hat einen Sohn. Meine Tochter sollte nicht in seine Nähe kommen. Wenn du diese Mission weiter unterstützt, habe ich meine Stimme wohl dem falschen Ratsmitglied geschenkt.« Hexenfunken lösten sich aus seiner Sigille und stiegen auf. Mamma griff nach seiner Hand und erstickte weitere magische Ausbrüche.

Sato ging nicht auf die Drohung ein. Er wusste, wie knapp das Votum ausgefallen war. Mit gesenktem Kopf warf er einen Seitenblick zu Calliope, die bei diesem Thema ihre ansonsten so neutrale Miene nicht aufrechterhalten konnte.

Die Missbilligung stand ihr ins Gesicht geschrieben, als sie sich an Sato wandte und die Worte wie spitze Pfeile auf ihn zu schossen: »So weit sind wir inzwischen gekommen? Männer ...«, aus ihrem Mund klang es wie das übelste Schimpfwort, »...denken, sie könnten aus Solidarität zu ihrem Geschlecht die Meinung der männlichen Ratsmitglieder beeinflussen?«

Der Blick, den sie Papà zuwarf, unterstrich ihre Worte. Auch ohne die Robe der Ratsvorsitzenden war sie eine beeindruckende Erscheinung. Vielleicht wirkte sie in dem grauen Kostüm mit der weißen Bluse tatsächlich noch furchteinflößender.

Früher waren an den obersten Stellen immer Frauen gestanden. Seit jeher hatten sie den Rat der Hexen gebildet. Mit Sebastiens Berufung zu den Auguren vor vier Jahren hatte sich innerhalb der magischen Gesellschaft ein Wandel vollzogen. Männliche Hexen waren nun ebenfalls zum Rat zugelassen und strebten auch höhere Positionen an. Man versuchte, sie einzubinden. Was Traditionalistinnen wie

Calliope wenig gefiel. Ehe sie noch etwas sagen konnte, meldete sich Amar, Satos Ehemann, zu Wort.

»Liam Atwood wurde vor acht Jahren der Blutmagie angeklagt und hingerichtet. Niemand konnte bislang eine Verbindung zu anderen Dunkelmagiern ziehen – außer zu seiner Beziehung zu Carina Brand und deren Söhnen, die direkt nach der Urteilsvollstreckung geprüft worden waren. Nur deshalb haben wir der Mission deiner Tochter zugestimmt. Willst du diesen Jungen etwa verurteilen, nur weil er zufällig Liams Erbe ist?« Amar sprach mit ruhiger Stimme. Dennoch war der Vorwurf nicht zu überhören. Wie oft in unserer Geschichte waren Personen aufgrund von Hörensagen verurteilt worden? Ich kannte die Protokolle des damaligen Tribunals, die Zeugenaussagen, nicht zuletzt das … »Geständnis« des mächtigsten Dunkelmagiers aller Zeiten. Hatte er die Verantwortung übernommen, weil er damit seinen Sohn schützen wollte? Damit dieser sein Erbe antrat?

»Wir brauchen Beweise, ehe wir etwas unternehmen können«, wiederholte Calliope ihren Beschluss von kurz zuvor, ehe Papà ausgerastet war und sich an die männlichen Anwesenden gehalten hatte. Vermutlich aus der von Calliope erwähnten Hoffnung auf Solidarität.

Mamma neben mir nickte zögernd. Ich hatte ihr vor der Sitzung haarklein alles erklärt. Papà war ein Meister seines Fachs, aber Mamma kannte sich in meinem Spezialgebiet besser aus. Sie verstand, wie wichtig das Bauchgefühl war, wenn man sich auf Magiewissenschaft spezialisiert hatte, wenn Gerüche mehr waren als die Summe von Aromen, die sich an Rezeptoren hefteten.

»Meine Tochter ist alt genug, selbst zu entscheiden«, sagte sie nun und mir wurde warm ums Herz.

Calliopes Blick glich einem Falken, der seine Beute im Visier hatte. Es gab Gerüchte, dass sie Gedanken und Gefühle lesen konnte, aber ich vermutete, dass sie einfach nur gut darin war, *Gesichter* zu lesen.

»Ich will den Einsatz fortsetzen«, sagte ich mit fester Stimme und spürte, wie wahr die Worte waren. »Ich will mehr über die drei Geschwister herausfinden, ehe wir in wenigen Tagen offiziell zum Walpurgisritual anreisen und meine Tarnung hinfällig wird. Selbst wenn es bedeutet, meine Magie weiter zu fesseln. Ich spüre, dass ich auf dem richtigen Weg bin.« Ich kann nur hoffen, dass es nicht der Pfad ist, der direkt zur Erfüllung der Vision der Auguren führt, fügte ich nur in Gedanken hinzu.

Calliope nickte und ein zartes Lächeln erhellte ihr Gesicht. Auch wenn – oder weil? – ihre Ansichten im letzten Jahrtausend hängengeblieben waren, respektierte sie meine Entscheidung. Ich hatte ihre Biografie gelesen. Sie war in jüngeren Jahren selbst Teil einiger legendärer Missionen gewesen, ehe sie in die Politik gegangen war, und würdigte weibliche Stärke wie niemand der jüngeren Generationen.

Papà ließ sich erschöpft nach hinten fallen. Er wusste, wann er verloren hatte.

»Dann ist es entschieden«, verkündete Calliope nun wieder mit der emotionslosen Maske der Ratsvorsitzenden, während sie aufstand und in Richtung weiß lasierter Tür ging. »Adela Mescinia wird weiterhin die Fessel tragen und vor Ort Erkundigungen einziehen. Zum Schutz wird ihr Gloria zur Seite gestellt, die sich jedoch von ihr fernhält und nur eingreift, wenn Adela in Gefahr ist.« Sie öffnete die Tür, und noch während ich versuchte, ihre Worte zu begreifen, trat Gloria in den Konferenzraum.

Papà und Mamma erstarrten ebenso wie ich.

»Du kennst deine Aufgabe?«, fragte Calliope meine Schwester, die in Jeans, roten Sneakers und schwarzem Hoodie ebensowenig in diesen Raum passte wie der Rest der Anwesenden.

Gloria nickte und sah mit einem warmen Lächeln zu mir, ehe sie sich wieder Calliope zuwandte. »Ich werde alles tun, um ihre Tarnung aufrechtzuerhalten und sie zu beschützen.« Sie ballte die Linke zur Faust und presste ihre Sigille auf ihr Herz.

Calliope nickte ihr wohlwollend zu. In mir brodelte es, dennoch stand ich wie alle anderen auf, presste meinen linken Unterarm gegen die Brust und echote Calliopes Abschiedsworte.

»Bewahre das Erbe. Bewahre die Tradition.«

Direkt im Anschluss verabschiedeten sich die meisten Ratsmitglieder in die für sie reservierten Zimmer. Sofort drehte ich mich zu Mamma und Papà um.

»Habt ihr davon gewusst?«, presste ich hervor, anstatt meine Gedanken herauszulassen. Eine Überwacherin? Ernsthaft?

Mamma schüttelte sofort den Kopf, aber Papà konnte mir nicht in die Augen sehen. Glorias Schritte hallten durch den Konferenzraum.

»Ich habe Papà gebeten, meinen Antrag einzureichen«, sagte Gloria und griff nach meiner Hand, wie sie es früher immer getan hatte. »Ich mache mir Sorgen um dich. Die

Pr…« Das Wort erstarb mittendrin und Gloria würgte. Ihr Gesicht lief feuerrot an, keuchend rang sie nach Atem und entriss mir ihre Hand, um sich an den Hals zu greifen.

Mamma reagierte am schnellsten und schlug ihr auf den Rücken wie einem kleinen Kind, das sich verschluckt hatte. Gloria würgte ein dunkles Etwas hervor, das Rauch ähnelte und sich an der Luft sofort auflöste. Die Auguren hatten den *Ban* offensichtlich noch nicht gelöst. Glorias Atem ging in schnellen Stößen, ihr Teint normalisierte sich wieder und sie verzog die Lippen, während sie ihre Haare über die Schulter strich.

Meine Wut über die Entscheidung, Gloria mit auf die Mission zu schicken, war nun ebenso verraucht wie die Überreste des *Bans*, was sie auch bemerkte, mich in die Seite knuffte und nun ehrlich lächelte. Ich konnte sie nur ansehen und ungläubig den Kopf schütteln.

»Du bist total verrückt! Du hättest ersticken können!«

Sie zuckte nur mit den Schultern. »Wollen wir noch eine Runde trainieren? Unten im Keller gibt es ein Fitnessstudio.« Glorias Augen blitzten vor Begeisterung. »Es gibt sogar Laufbänder«, fügte sie vergnügt hinzu und erinnerte mich daran, wie wir vor vielen Jahren das erste Mal ein Fitnessvideo der Menschen gesehen hatten. Wir hatten über die Unwissenden, die eine Maschine erfanden, um damit zu laufen, wie man es überall sonst auch konnte, so lange gelacht, bis uns die Bäuche wehgetan hatten.

»Ich muss zurück zu meiner Gastmutter«, lehnte ich ab. »Ich habe die Tür abgeschlossen, aber wer weiß, ob sie mir noch irgendwas bringen will. Ich bin durchs Fenster gestiegen, um hierherzukommen.«

Gloria lachte ungläubig. »Dann werde ich dich wohl begleiten, damit du auch wieder unbeschadet in dein Zimmer zurückkommst.«

Ich stimmte mit Widerwillen zu. Die Überwachung fühlte sich noch immer schrecklich an.

Gemeinsam verließen wir den Falkhausener Hof und folgten den Anweisungen des Routenplaners von Glorias Handy. Er führte uns auf einem anderen Weg zurück als den, über den ich gekommen war. Wir kamen an einem schummrig beleuchteten Platz zwischen alten Häusern mit Fensterläden und einem modernen Supermarkt vorbei. Selbst im schwachen Licht der Straßenbeleuchtung erkannte ich den Brunnen und blieb stehen.

»Ist das …«

Gloria nickte. »Hier fand der Angriff statt. Ich habe die Berichte gelesen. Die Figuren da«, sie gestikulierte in die Richtung, »wurden von Dunkelmagie zum Leben erweckt.«

Ich erschauderte und ging schnell weiter.

Die Straße, die ihrem Namen *Lange Straße* alle Ehre machte, zog sich ewig. Kurz vor Ingrids Bauernhaus entdeckte ich den direkten Weg, den ich zum Falkhausener Hof genommen hatte. Glorias Handy hatte uns eine mitternächtliche Stadtführung beschert.

Ich bat sie, ganz leise zu sein, während wir das Haus umrundeten und zu dem Metalltank gingen. Von unten sah er wesentlich größer aus und auch das geöffnete Fenster schien viel weiter oben als bei meinem Weg nach unten. Ich trat dennoch zum Tank und suchte nach einer Haltemöglichkeit für Hände und Füße, als mich ein Leuchten hinter meinem Rücken herumfahren ließ.

»Wir müssen es nicht unnötig verkomplizieren«, flüsterte Gloria und hob mich auf einer kleinen Welle von Magie leicht an. Ich sah von ihr zum Fenster und wieder zurück, scannte dabei alles um uns herum, jedes der Fenster, das auf uns hinabblickte. Wir konnten garantiert keine Zeugen für gewirkte Magie gebrauchen.

»Okay.« Ich nickte Gloria zu und sie ließ mich behutsam nach oben zum Fenster schweben. Kaum, dass ich das Fensterbrett erreicht hatte, riss die Schwerkraft an mir und ich stemmte mich hoch und polterte viel zu laut in mein Zimmer. Verdammt!

Schritte erklangen auf dem Flur. Ein Klopfen an meiner Zimmertür. »Ist alles in Ordnung, Ela?«, fragte Ingrid, während ich zusah, wie Gloria zum Fenster hereinschwebte.

»Alles in Ordnung!«, rief ich mit viel zu hoher Stimme. »Ich bin … aus dem Bett gefallen«, stammelte ich weiter.

»O Gott, Kindchen. Ist dir was passiert?«

»Nein, alles gut«, sagte ich schnell. »Ich schlafe schon wieder halb«, fügte ich hinzu. Gloria ließ sich gerade aufs Bett fallen, gähnte demonstrativ und steckte mich damit an. Mein »Gute Nacht, Ingrid« war dadurch kaum zu hören.

»Gute Nacht, Kindchen. Schlaf schön.«

Gloria und ich warteten reglos, bis Ingrids Schritte verklungen waren.

Als wieder Ruhe eingekehrt war, ließ ich mich neben Gloria aufs Bett fallen. »Das war knapp.«

Gloria kicherte. »Eine unwissende Gastmutter macht das alles viel aufregender!«

Sie schob sich im Bett nach oben, lehnte sich gegen das gepolsterte Kopfteil und klopfte auffordernd neben sich. Als sie dann noch zwei Kelche mit Eiscreme materialisierte, konnte ich nicht widerstehen.

»Hat Abelarda schon wieder neue Eisbecher gekauft?« Niemand von uns konnte Essen oder irgendwas aus dem Nichts hexen. Aber man konnte die vorbereiteten und im Gefrierfach untergebrachten Eisbecher aus unserer Küche in Rom hierherholen. Ich lehnte mich neben Gloria und griff nach dem Kelch, der eindeutig Erdnussbutter-Eis enthielt – meine Lieblingssorte, ganz gleich, wie wenig traditionell italienisch Erdnussbutter war.

Ich schob den ersten Löffel in den Mund, schloss die Augen und seufzte über den intensiven salzig-nussigen Geschmack, die zarte Konsistenz und die Süße des Karamells.

»Wenn du mit deinem Geschmacksorgasmus fertig bist, musst du mir alles über die Hexen-Geschwister erzählen!« Ihre Augen leuchteten auf und ich lachte los.

»Er riecht nach purem Glück.« Ich seufzte, als das Eis auf meiner Zunge schmolz. »Und seine Augen! Weißt du noch, wie Luca uns an der Adria gemalt hat? Tristans Augen sind wie das Wasser auf dem Bild in meinem Labor.«

»Starrst du ihn dann genauso an?«, feixte Gloria mit dem Löffel im Mund und dachte dabei garantiert nicht an die Version des Bildes im Labor, sondern das Boomerang, in dem ich in gestellter verträumter Pose mit den Wimpern geklimpert und lautlos geseufzt hatte.

»Leider sieht er mich an, als wäre ich ein aufziehendes Gewitter, das den spaßigen Tag beendet. Ich habe keine Ahnung, warum er Vorurteile gegen mich hat.« Ich versuchte, es als Scherz klingen zu lassen, doch Gloria durchschaute mich.

»Du magst ihn.« Es war keine Frage.

»Wie kann ich ihn mögen, wenn ich ihn nicht kenne? Und wenn er der Sohn des gefährlichsten Hexers der Welt ist?«

»Offenbar leidet ihr an derselben Krankheit.«

Ich sah sie fragend an.

»Vorurteile.«

Ich stieß den Löffel in das Eis und schob ihn mir anschließend in den Mund, um mir eine Antwort zu überlegen. Doch die war nicht nötig.

»Jetzt aber genug von ihm. Wie sind Christoph und Noah Brand so? Sehen sie so gut aus wie auf den Fotos in den Akten?«

Vermutlich war mein Hirn von all dem Eis eingefroren, denn es dauerte einen Moment, bis ich begriff, was sie da fragte. Die Auguren würden in den Ballnächten die Sigillen aller Hexen und Hexer zwischen sechzehn und zwanzig Jahren auslesen und die – auf magischer Ebene – beste Partnerschaft bestimmen. Da die durch Visionen vorherbestimmte Kombination an Sigillen nicht immer ganz eindeutig war, kam das Auswahlverfahren ein wenig einer Datingshow gleich, weshalb es zur Tradition gehörte, sich rund um den Ball genauer umzuschauen – ob auserwählt oder nicht. Sympathie beruhte in Hexenkreisen oft auf einer gewissen Unähnlichkeit der Sigillen. *Gegensätze ziehen sich an* war für uns nicht nur ein lahmer Spruch – zumindest auf die Zeichen an unseren Unterarmen bezogen. Je unterschiedlicher die Form der Sigillen war, desto stärker war in der Regel ihre Kombination. Das, was unwissende Menschen als *Liebe auf den ersten Blick* bezeichnen und wissenschaftlich mit Pheromonen erklären, lag meinen Forschungen nach an einem

Hauch Hexenblut in ihren Adern, dem vergessenen Erbe einer magischen Ahnenlinie.

Anstatt Gloria ein paar harmlose Funken entgegenzuschleudern wie sonst immer, griff ich nach einem der kleinen Dekokissen auf dem Bett und warf es auf sie. Sie fing das Kissen natürlich auf. Ohne Magie glich meine Geste der eines Faultiers.

Dennoch berichtete ich von dem vermeintlich einzig Positiven, das ich über die beiden Brand-Geschwister bisher wusste: »Sie sehen sogar noch besser aus als auf den Bildern der Sonderausgabe von *Hexen heute*«, gab ich zu, woraufhin Gloria sehr zufrieden wirkte. Wir lachten und scherzten den ganzen Abend, stopften uns mit Chips, Popcorn und noch mehr Eiscreme voll und schauten nebenbei fern. Auch wenn es irgendwie doof war, dass mir meine große Schwester von nun an im Nacken saß, fühlte es sich jetzt gar nicht mehr so schlimm an, wie ich zunächst erwartet hatte.

## ~ 10 ~

## TRISTAN

Stöhnend schob ich Roger beiseite, der mich mit seiner feuchten Zunge geweckt hatte. Ich blinzelte mehrmals, doch es wurde nicht heller.

»Warum weckst du mich?«, grummelte ich und Roger winselte leise, ehe er mich mit der Nase anstupste. Ich sah zum Fenster, hinter dem nur ein sanftes Licht am Horizont erkennbar war. Es war definitiv zu früh.

»Wir können noch schlafen, Roger«, murmelte ich, schloss die Lider und versuchte, wieder einzuschlafen. Roger hatte etwas dagegen. Er knurrte. Etwas, was er nicht einmal in Gegenwart von Saphir tat. Seine Unruhe griff auf mich über und ich setzte mich so schnell auf, dass mir schwindelig wurde. Dann erkannte ich, was Roger knurren ließ. Ein Schimmern. Das sanfte Leuchten des Vollmonds – nur aus der falschen Richtung.

Ich starrte alarmiert zur Tür, glaubte, ein Flackern zu sehen – es konnte jedoch auch ein Überbleibsel meines Schwindels sein. Mein Herzschlag dröhnte in meinen Ohren. Roger winselte leise, weil ich ihn so fest an mich presste. Wer auch immer Magie gewirkt hatte, war vielleicht noch hier. Es wäre nicht das erste Mal, dass Chris oder Noah etwas Neues an mir austesteten.

»Dunkelheit«, sagte eine Mädchenstimme und im nächsten Moment sah ich das rothaarige Mädchen vom Vorabend mitten in meinem Zimmer stehen, ihre gesamte Erscheinung leuchtete schwach – nicht nur ihr Unterarm, wie es beim Wirken von Magie üblich wäre –, während ihre Haare in den Resten der Magie tanzten. Sie trug einen rosafarbenen Schlafanzug mit einem Einhorn darauf. Ihre Füße waren nackt.

»Was willst du hier?«, fragte ich barsch. Unsere Gäste durften nicht hier sein. So schnell, wie sie gestern verschwunden war, wusste sie das. Hielt sie mich für eine Art Spielzeug? Meine Kehle wurde trocken. Roger versteckte sich hinter meinem Rücken.

»Es ist zu dunkel«, wiederholte sie und schüttelte den Kopf. Ein Schauer lief meinen Rücken hinab. Ich hatte in diesem Haus schon so einige gruselige Dinge miterlebt, aber das Mädchen im Einhornschlafanzug toppte alles.

»Wer bist du?«, fragte ich mit kratziger Stimme. Sie muss mit der Delegation aus Lyon gekommen sein, aber was wollte sie von *mir*?

»Du kannst mich Élodie nennen«, sagte sie mit ausdrucksloser Stimme. Ihr Blick ging durch mich hindurch, irgendwo in weite Ferne. Unter ihren kräftigen roten Haaren war ihr Gesicht unnatürlich weiß, was sie nicht weniger gruselig machte. Ich rieb mir über die aufgestellten Härchen am Unterarm.

»Was machst du hier, Élodie? Hat man dir nicht gesagt, dass du im Gästetrakt bleiben musst, dass ich …«

»Es ist zu dunkel«, wiederholte sie erneut, obwohl es im Zimmer selbst für meine Augen hell genug war, sobald man sich an die Lichtverhältnisse gewöhnt hatte. Mit ihrer den Hexen zugeschriebenen Nachtsicht musste sie noch weit besser sehen können.

Ganz langsam, um sie nicht zu erschrecken, stand ich auf, Roger raschelte hinter mir. Ich war mir sicher, dass er sich verstecken würde, doch mit einem Mal war er an meiner Seite. Langsam tat ich einen Schritt nach vorne, dann den nächsten. Élodie reagierte nicht, stand stocksteif in meinem Zimmer und starrte geradeaus. Selbst als ich nur noch einen Meter von ihr entfernt war, regte sie sich nicht. Sie fixierte mich nicht, sondern noch immer diesen weit entfernten Punkt.

»Élodie?«, sagte ich bemüht leise, auch, um das Zittern meiner Stimme zu unterdrücken. Wenn sie irgendwie verrückt war, konnte sie mir ziemlich gefährlich werden, ganz gleich, wie klein und dünn sie war. Sie rührte sich nicht. Sie blinzelte nicht einmal, ganz gleich, wie lang ich sie ansah.

Ich schluckte, und als mir klar wurde, was hier los war, berührte ich sanft ihre Schulter. Sofort kribbelten meine Fingerspitzen, als wäre die Kleine elektrisch aufgeladen. Junghexen neigten zum Schlafwandeln. Auch Chris war bis vor ein paar Jahren davon betroffen. Élodie aus dem Zustand zu wecken, würde sie hochschrecken lassen und wer wusste schon, mit welchem Zauber sie dann um sich werfen würde.

Obwohl mein Herz noch immer schneller schlug als beim Training, seufzte ich erleichtert auf. Behutsam drehte ich die Kleine um und schob sie langsam in Richtung Tür, von dort über den beinahe dunklen Flur, vorbei an der Galerie über dem Foyer in den Gästeflügel. Rogers Krallen klackerten leise auf dem Marmor, Élodies bloße Füße gaben ein klatschendes Geräusch von sich. Für so einen kleinen Menschen trampelte sie regelrecht.

Bei den Gästezimmern angekommen, stand ich vor einem Problem. Ich wusste nicht, in welchem Zimmer sie untergebracht war. Unschlüssig sah ich den langen Flur des Flügels entlang. Alle Türen waren geschlossen. Aber magisch begabte Schlafwandler brauchten keine Türen zu öffnen. Sie schlafwandelten via Sigillenfährte, ohne es zu bemerken. Lediglich die Heißhungerattacken am nächsten Morgen machten deutlich, was in der Nacht geschehen war.

Roger schnupperte an Élodies nackten Füßen, dann in die Luft. Alles andere als zielstrebig ging er die Räume entlang und kehrte dann nicht allzu entschlossen zum zweiten Zimmer rechts zurück und wedelte mit dem Schwanz.

»Bist du dir sicher?«, flüsterte ich. Ich wollte gar nicht wissen, was Heloise davon hielte, wenn ich mitten in der Nacht in ihr Schlafzimmer platzte. Schnell schluckte ich den Kloß in meiner Kehle hinab, schob Élodie zu Roger und drückte langsam die Klinke. Als ich die Tür aufgeschoben hatte, leuchtete keine Sigille auf und niemand warf einen Fluch auf mich. Erleichtert atmete ich aus, schob Élodie in ihr Zimmer und schloss die Tür hinter ihr. Sollte sie morgen irgendwelche Rückenschmerzen haben, wären die mit einem Hauch Magie behoben. Aber ich riskierte sicher nicht, sie ins Bett zu legen.

Schnell huschten Roger und ich zurück in mein Zimmer. Ein Blick auf die Uhr verriet mir, dass es sich nicht mehr lohnte, erneut ins Bett zu gehen. Daher machte ich ein paar

Liegestütze, ein paar Highkicks und Drehungen, um den Kreislauf in Schwung zu bekommen, und anschließend ein paar Balanceübungen.

Doch ganz gleich, wie sehr ich mich fokussierte, ich fand die angestrebte innere Ruhe nicht, die für Jiu-Jitsu unumgänglich war. Wann immer ich versuchte, die gruselige Begegnung mit Élodie aus meinem Kopf zu vertreiben, drängte mir mein Unterbewusstsein Bilder von Ela auf. Ich war zwischen Hexen aufgewachsen. Man hatte mir von kleinauf beigebracht, wie wichtig Intuition und Bauchgefühl waren und dass auch scheinbar unbedeutende Gedanken und Momente eine Bedeutung hatten.

Warum konnte ich nicht aufhören, an dieses Mädchen zu denken. Sollte ich sie ansprechen? Mich mit ihr treffen? Warum erinnerte sie mich so an meinen Vater?

Ela schien doch in Ordnung zu sein, sie hatte es tatsächlich geschafft, Alex, die Einzelgängerin, von sich zu überzeugen, die sonst niemanden an sich heranließ.

Noch ehe der Rest des Hauses erwachte, saß ich in der Küche, genoss ein Frühstück ohne Sticheleien und konnte tatsächlich in meinen Toast beißen, ohne dass er sich in Luft auflöste – Noahs Lieblingstrick. Die Ruhe war einfach herrlich. Würde ich morgens leichter aus dem Bett kommen, könnte ich das jeden Tag haben. Aber mein Körper hatte etwas dagegen.

Ich stellte Maras Voicemessage auf nahezu lautlos und hörte mir an, was sie heute wieder Wirres geträumt hatte. Sie schickte mir oft mitten in der Nacht Nachrichten im Halbschlaf, ich war so etwas wie ihr Traumtagebuch. Meistens hörte ich ihre Berichte auf dem Schulweg. Heute lauschte ich kauend ihrer Stimme, bis ich mich an einem Bissen fast verschluckte. Mara erzählte gerade von Chris, der unter ihrem Fenster gestanden und gesungen hatte, ehe er sich in Nichts auflöste. Kein Wunder, dass sie aufgewacht war. Nach einem solchen Albtraum!

Nach dem Frühstück fütterte ich noch Roger. Kaum, dass ich seinen Napf gefüllt hatte, rauschte Saphir wie aus dem Nichts herbei und machte ihm alles streitig. Ich verscheuchte sie aus der Küche, woraufhin sie einen Radau machte wie ein Kleinkind, das an der Ladenkasse keine Süßigkeiten bekommt. Es würde nicht lange dauern, bis ihr Frauchen auftauchte. Dieses Tier war die reinste Pest!

Roger war es jedoch gewohnt, sein Essen binnen Sekunden herunterzuschlingen, damit er überhaupt etwas in den Magen bekam, und so konnte ich Saphir schnell wieder in die Küche lassen. Sie stolzierte mit – wirklich! – abfälligem Blick und hochgerecktem Schwanz in den Raum und legte sich beleidigt und ohne uns eines Blickes zu würdigen auf ihren Platz hinter dem Ofen. Die angelehnte Küchentür glitt knarrend auf. Ein Windstoß ließ die einzelne Rose in der Vase auf dem Tisch erzittern. Die Hexen und Hexer erwachten, zogen sich mit Magie an oder nutzten ihre Sigillen für Schönheitskorrekturen. Ich wollte lieber fort sein, wenn sie sich zum Frühstück begaben.

Ich kraulte Roger noch ein letztes Mal an seiner Lieblingsstelle unter dem Halsband und verabschiedete mich von ihm. Er hielt sich tagsüber meist in meinem Zimmer auf und versteckte sich vor Saphir.

Dann schnappte ich meine Tasche und verließ das Haus. Die Zufahrt zu unserem Anwesen führte mich durch den letzten Ausläufer des kleinen Wäldchens, das jenseits der Villa immer dichter wurde und das die Hexenleute für Freiluftrituale nutzten. Hinter der hohen Mauer, die das Anwesen umgab, begann die Straße der Menschen. Für den Bus war es noch viel zu früh und Carina gönnte mir nicht einmal ein Fahrrad, daher lief ich im taufeuchten Gras den Straßenrand entlang und dachte schon wieder an Ela. Sollte ich sie ansprechen oder nicht? Letztendlich siegte jedoch die Hoffnung auf Antwort zu all den Fragen in meinem Kopf, der Verbindung zu meinem Vater, das Gefühl, das sie in mir auslöste, und ich beschloss, Mara einzuweihen – auch wenn ich fast schon sicher war, was sie mir raten würde.

Rund eine Stunde später war ich auf der Zielgeraden. Ein gelber Motorroller hielt neben mir, Mara schob das Visier ihres Helms nach oben und grinste mich breit an.

»Ist heute etwa einer dieser besonderen Tage …«, setzte ich an.

Sie schnalzte mit der Zunge und warf mir einen mörderischen Blick über die Brillengläser zu, was zusammen mit dem riesengroßen Helm urkomisch aussah. Dann deutete sie hinter sich. »Dein Helm ist im Topcase. Du kannst aber auch laufen, wenn dir das lieber ist.« Ihr Grinsen strafte ihre Drohung Lügen. »Beeil dich! Sonst kommen wir zu spät«, sagte sie dann vorwurfsvoll.

»Du würdest doch *nie* zu spät kommen!«, erwiderte ich mit einem Lachen, holte schnell den weißen Ersatzhelm aus dem Topcase, setzte ihn mir auf und quetschte mich hinter Mara. Kaum, dass ich meine Füße vom Boden gehoben hatte, zischte Mara los und hielt wenig später neben den Fahrradständern bei der Schule.

»Du siehst müde aus«, bemerkte sie, während sie ihren Helm in dem Fach unter dem Sitz und meinen im Topcase verstaute und die Nasenwurzel massierte, wo die Brille durch den Helm einen Abdruck hinterlassen hatte.

»Ich bin zu früh aufgewacht.« Automatisch gähnte ich und rieb mir übers Gesicht. Ich hatte gehofft, dass mich das Training und der Fußweg endlich wach machen würden. Oder Maras rasanter Fahrstil, bei dem ich wie immer darüber nachdachte, ein Testament zu machen.

»Zu früh aufzuwachen könnte mir nie passieren. Ich bin ja froh, wenn ich überhaupt aufwache. Was hat dich geweckt? Albträume?«

Wenn bei ihr geisterhafte rothaarige kleine Mädchen in Einhornschlafanzügen im Zimmer auftauchten, könnte sie auch nicht mehr ruhig schlafen, da war ich mir sicher. Ganz kurz kam mir ihr Albtraum von Chris' Gesang in den Sinn, ehe ich wieder an Élodie hängen blieb. Sie konnte ich als Grund natürlich nicht benennen, daher blieb ich nah an der Wahrheit. »Meine Stiefmutter hat Gäste. Ihre Jugendfreundin ist mit ihrer Familie zu Besuch.« Ich hoffte, dass dies als Erklärung genügte.

»Kim hat mir vorhin übrigens noch ein Update geschickt«, begann Mara und zog ihr Handy aus der Jackentasche. »Stell dir vor: Die neue Austauschschülerin ist wirklich auf keiner Social-Media-Plattform angemeldet. Kim hat es sogar via Bildersuche versucht.«

Ich warf Mara nur einen vorwurfsvollen Blick zu. «Ihr habt ein Foto von ihr gemacht, um sie online zu stalken?«

Mara zuckte mit den Schultern, aber zumindest ihrem schwachen Grinsen sah man das Schuldbewusstsein an.

»Denkst du immer noch, ich sollte Ela ansprechen und sie näher kennenlernen?«

Ich wartete schon darauf, dass Mara mich am Arm mit sich zog und mich erst wieder loslassen würde, wenn wir vor Ela standen, aber meine Freundin überraschte mich. Nachdenklich schob sie ihre Brille nach oben.

»Wie jetzt? Gestern noch ›Los, Romeo‹ und heute nicht mehr? Was ist passiert? Weil sie nirgendwo im Internet auftaucht? Ich bin auch nirgendwo angemeldet, du ebenso wenig«, erinnerte ich sie.

»Aber doch nur, weil ich nicht möchte, dass andere alles über mich herausfinden. Da ginge ja meine geheimnisvolle Aura verloren.« Sie lachte und klimperte mit den Wimpern und tat so, als müsse sie ihre bunten Haare in Form bringen.

»Und anderen gönnst du keine geheimnisvolle Aura?«, fragte ich. »Bei mir hat es gewirkt, ich bin … neugierig«, gab ich zu, verschwieg jedoch, dass ich vor allem wissen wollte, ob ich noch weitere Erinnerungen an meinen Vater zutage fördern könnte.

»Nur, wenn ich sie gut genug kenne, um …« Sie hielt am Ende des Fußwegs an und brachte auch mich zum Stehen. Ich folgte ihrem Blick und biss die Zähne zusammen.

»Wir hätten gestern doch eine Wette abschließen sollen.« Mara versuchte, locker zu klingen, und stieß dann einen Laut aus, der einem Lachen nahekam, aber meine Stimmung konnte sie damit nicht heben. Aus irgendeinem Grund hatte ich gehofft, dass Ela nicht auf meine Brüder hereinfallen würde. Doch offensichtlich hatte ich mich getäuscht.

Sie stand direkt vor dem Haupteingang zwischen Chris und Patricia, die beide angeregt auf sie einredeten. Noah hatte sich daneben in Position gebracht, beobachtete die drei jedoch ganz genau, auch wenn er vorzugeben schien, sich mit Lea zu unterhalten.

Ela lächelte Chris an, schob ihre langen Haare über die Schultern nach hinten. Er musste irgendetwas zu ihr gesagt haben. Sie wich seinem Blick aus und ihre Wangen waren gerötet, was sie … echter, realer wirken ließ. Wie ein Kunstwerk, dem nur noch ein Hauch Farbe gefehlt hatte, um es lebendiger zu machen. Chris lachte auf. Unsere Blicke trafen sich. Ich krallte meine Finger um den Träger meines Rucksacks und wandte mich Mara zu.

»Du hattest recht. Es war dämlich gewesen, auch nur darüber nachzudenken. Sie ist wie alle anderen.«

Ohne auf sie zu warten, ging ich mit schnellen Schritten auf den Eingang zu. Während ich die Gruppe passierte, starrte ich stur geradeaus. Ich wollte Chris' Flirtversuche nicht sehen und schon gar nicht, wie Ela darauf ansprang.

Ich zog die schwere Glastür auf und wartete auf Mara. Hinter ihr machte Chris unschlüssig ein paar Schritte in ihre Richtung, blieb dann aber stehen, als sie sich umwandte und ihn mit einem abweisenden Blick bedachte. Noch ehe sie sich wieder umdrehte, spürte ich einen eisigen Windstoß, der begleitet von einem blassen Schimmern über den Schulhof fegte und Maras Haare flattern ließ. Ich ließ die Tür los und sie glitt wieder zu.

Chris und Noah sahen sich ebenso nach der Quelle des Zaubers um wie ich. Am Rand des Schulgeländes stand eine Hexe mit kurz geschnittenen, strohblonden Haaren, die in der magischen Brise flatterten. Sie lehnte lässig an einem geparkten VW, ihre langen Beine in den löchrigen Jeans übereinandergeschlagen, und grinste vollkommen von sich überzeugt. Ich hatte keine Ahnung, was für einen Zauber sie gewirkt hatte, aber ihre Sigille leuchtete immer noch strahlend hell direkt unter dem halblangen Ärmel ihres Shirts.

Als sie die komplette Aufmerksamkeit aller auf sich gezogen hatte, schlenderte sie langsam in unsere Richtung. Während Chris und Noah erstarrten, fragte Patricia, wer das Mädchen sei. Lea zuckte mit den Schultern.

»Kennst du sie?«, fragte Mara dicht bei meinem Ohr, ich konnte jedoch auch nur den Kopf schütteln und beobachten.

Dann kam die Blonde bei Chris und Noah an, deren Augen noch immer weit aufgerissen waren. Alles um sie herum schien plötzlich belanglos zu sein, insbesondere die drei nicht-magischen Mädchen der Gruppe: Patricia, Lea und Ela. Meine Stiefbrüder waren wie hypnotisiert von der Macht der gewirkten Magie, die Patricia natürlich nicht sehen konnte.

»Du befindest dich hier auf dem Schulgelände.« Patricia warf sich die langen Haare über die Schulter und trat zu der Blonden, die meine Stiefbrüder anlächelte und nicht ansatzweise auf unsere Schülersprecherin reagierte. Ein Unding für Patricia, wenn ich den empörten Gesichtsausdruck richtig deutete. »Das Betreten des Geländes ist verboten, wenn du keinen Grund dafür hast«, legte sie nach.

Die Hexe drehte ganz langsam ihr Gesicht zu Patricia und hob herausfordernd die Augenbraue. »Vielleicht *habe* ich ja einen Grund.«

»Und der wäre?«, kam Lea Patricia zu Hilfe und stellte sich aufrecht wie ein Stock neben ihre Freundin.

»Vielleicht sollte ich uns Popcorn besorgen«, flüsterte Mara in mein Ohr und hätte ich mir nicht ernsthaft Sorgen gemacht, dass die Situation vor mir eskalierte, hätte ich gegrinst.

Die Blonde schwieg, kniff jedoch ihre Augen zusammen und musterte Patricia und Lea wie Beute.

»Ich wusste gar nicht, dass man das Schulgelände nicht ohne Erlaubnis betreten darf«, mischte sich nun ausgerechnet Ela ein und zog die Aufmerksamkeit der Hexe auf sich. Am liebsten hätte ich sie von der Gruppe weggezerrt. Nach dem Angriff der Dunkelhexen letztens konnte ich ja nicht sicher sein, ob die kurzhaarige Hexe nicht zu ihnen gehörte!

»Das steht an jedem Eingang«, erwiderte Patricia knapp, ohne die blonde Hexe aus den Augen zu lassen. »Ich werde wohl Rektorin Abt informieren müssen. Herumlungern ist hier verboten.«

»Und Unhöflichkeit gegenüber an einem Schulwechsel interessierten Schülern des Nachbarorts nicht?«, konterte die Hexe selbstsicher. Offenbar hatte sie sich eine Tarnung zurechtgelegt. Dann lächelte sie Patricia an und hätte damit die Sonne zum Strahlen bringen können. »Wir hatten wohl den falschen Start.« Sie schloss zu Patricia auf und reichte ihr die Hand. »Hi! Ich bin Gloria Mescinia und wollte mir die Schule mal ansehen.«

Ich schnappte nach Luft und erntete einen fragenden Seitenblick von Mara, den ich ignorierte. Gloria Mescinia! Selbst ich kannte den Namen und die Gerüchte um die mächtigste Hexenfamilie der Welt. Die Mescinia-Tochter hatte bereits in ihren jungen Jahren etliche Auszeichnungen erhalten und war anscheinend schon im Vorfeld vorherbestimmt, eine der Auserwählten für das Walpurgisritual zu sein.

Chris war bei dem Namen offenbar auch hellhörig geworden, denn er strahlte Gloria Mescinia an und förderte all seinen sonst nicht vorhandenen Charme zutage, während auch Noah neugierig näher kam. Allein beim Zusehen wurde mir schlecht. Wessen Sigille gut mit der der Auserwählten harmonierte, konnte ebenfalls für das Ritual bestimmt werden. Chris oder auch Noah konnten in die Chroniken der Hexengemeinschaft eingehen. Für das Walpurgisritual auserwählt zu sein, brachte Ruhm und Ehre mit sich, nach denen meine Stiefmutter lechzte wie nach ihren Schönheitszaubern.

»Für Besichtigungen der Schule gibt es offizielle Termine.« Patricia stellte sich zwischen Gloria Mescinia und meine Stiefbrüder und unterband das Anlächeln und Hin- und Herwerfen von Blicken. »Wenn du Schülerin bist, warum bist du gerade nicht in deiner Schule?«

Das strahlende Lächeln von Gloria verrutschte für einen Moment und ich hätte schwören können, dass die Farbe aus ihrem Gesicht wich. Sie sah von meinen Stiefbrüdern über Lea hinweg zu Ela, die das Wortgefecht verfolgte.

»Sie ist meine Freundin.« Noah trat vor und nahm Glorias Hand, als wäre es das Selbstverständlichste der Welt, die mächtigste Junghexe der Generation einfach so anzufassen. »Das ist wohl Grund genug. Oder, Patricia?« Sein stechender Blick sollte eigentlich jegliche Erwiderung unterbinden. Aber Patricia war noch nicht fertig.

»Und wo habt ihr euch kennengelernt? Warum hast du keine Schule?«

»Bist du immer so neugierig?«, zischte Gloria beinahe, während Noah seelenruhig log: »Letzte Woche bei Chris' Gig und bei ihr fallen die ersten beiden Stunden aus, weshalb sie mich besuchen wollte.«

Gloria stellte sich noch näher zu Noah, der mit jedem Zentimeter, den sie näher rückte, zu wachsen schien. Das würde Carina gefallen!

Patricia schnaubte. Starrte die beiden noch nieder, bis das erste Klingeln ertönte. »Sie darf die Schule aber nicht betreten!«, bellte sie noch, ehe sie an Mara und mir vorbeirauschte und sich die Glastür hinter ihr schloss.

Ela stand noch immer mit gerunzelter Stirn da, von meinen Stiefbrüdern nun vollkommen ignoriert, die nur noch Augen für die Auserwählte Gloria Mescinia hatten, bis Mara mich mit zum Unterricht schleppte.

# ~ 11 ~

## ADELA

Der Morgen hatte so gut begonnen! Ich hatte erstaunlich gut geschlafen und wartete nach einem ausgiebigen Frühstück mit Ingrid und Barbara und dem kurzen Weg zur Schule, bei dem ich nur eine schmale Straße entlanggehen musste, die an vielen kleinen Einfamilienhäusern mit Garten entlangführte, beim Haupteingang der Schule auf Christoph und Noah Brand.

Meine Hand schlang sich wie von selbst um das kleine Seidenbeutelchen mit Kaffeebohnen in meiner Jackentasche, das Gloria aus meinem Zimmer in Rom materialisiert hatte, bevor sie in der Nacht durch mein Fenster verschwunden war. Sie hatte natürlich einen magischen Salto hingelegt und war mit der Hand auf dem Boden gelandet wie eine Superheldin, nur um danach frech zu mir hochzugrinsen.

Ich zog das dunkelblaue Säckchen mit meiner aus Goldfaden bestickten Sigille noch einmal aus der Tasche und drückte es gegen die Nase. Früher hatte ich es bei offiziellen Anlässen stets bei mir getragen, um meine Eltern stolz zu machen, indem ich auch das noch so kleinste Duftmolekül benennen konnte. Obwohl es nur vier Jahre her war, dass ich zuletzt öffentliche Auftritte mit ihnen bestritten hatte, kam es mir wie eine Ewigkeit vor.

Der Duft nach Kaffeebohnen hüllte mich ein. Im Gegensatz zu den meisten Kindern hatte ich den Geruch von klein auf geliebt. Ich verband ihn mit so ziemlich jedem einschneidenden Erlebnis. Hätte ich ein Fotoalbum mit den wichtigsten Erinnerungen, wäre der kleine blaue Beutel vermutlich auf jedem dieser Fotos zu sehen. Selbst der Moment, in dem meine Eltern mir von der Vision der Auguren, der dunklen Prophezeiung, berichtet hatten, verband mein Gehirn mit einem schwachen Kaffeeduft – mit jenem säuerlichen Geruch dieser einen schlechten Bohne, die den Geschmack einer ganzen Packung verdarb und jeglichen Kaffee ungenießbar machte.

Ich steckte das Säckchen eben wieder in die Tasche, als die Brand-Geschwister am Ende des Weges auftauchten. Die Kaffeebohnen hatten mir die Nervosität etwas genommen und ich war bereit, mich der neuen Herausforderung zu stellen. Mit breitem Lächeln wartete ich auf Christoph und Noah, in Gedanken alle möglichen Pläne, wie ich mehr über sie herausfinden konnte.

Christoph Brand schien sich zumindest aus dem Unterricht an mich zu erinnern und begrüßte mich in recht neutralem Ton – aber mit durchaus charmantem Lächeln –, während Noah mich so abfällig musterte, dass ich den Drang verspürte, mir das Armband vom Handgelenk zu reißen und ihm zu zeigen, wer ich wirklich war. Patricia und Lea stießen kurz darauf zu uns und die beiden lästerten nach ersten skeptischen Blicken in meine Richtung über irgendwelche Mädchen, die ich nicht kannte. Ich werde nie verstehen, warum menschliche Frauen sich gegenseitig schlechtmachen, anstatt sich zu unterstützen.

Wie bitter Solidarität schmecken konnte, bekam ich dann zu spüren, als Alex den kurzen Weg entlangkam. Ihr enttäuschter Blick brannte sich in mein Gehirn, ehe sie nur noch auf ihre Beine starrte, die sich immer schneller bewegten, als wäre sie auf der Flucht.

Bei allen Dunkelhexen! Ich hatte sie nicht verletzen wollen.

Mit hochgezogenen Schultern ging sie an uns vorbei. Ich stieß Lea in die Rippen, als sie über Alex' Frisur herzog und wollte Alex eben hinterhergehen, aber Patricia hielt mich zurück. »Wenn du die Zeit in Deutschland genießen willst, halt dich an uns.«

»Bist du wirklich so oberflächlich oder tust du nur so?«, warf ich ihr an den Kopf und ihre Wangen wurden sofort rot. »Oder hast du es so nötig, sie herunterzumachen, damit du dich besser fühlst?« Patricia gab mir keine Antwort darauf, sondern drehte mir demonstrativ den Rücken zu und unterhielt sich flüsternd mit Lea. Sicherlich war ich jetzt das Ziel der Lästereien.

Ausgerechnet Christoph schlichtete. Er griff nach meinem Arm. Nicht sehr fest, aber fest genug, um mich aus meiner Wut zu reißen, in die ich mich gerade hineinsteigerte. Er zog mich ein wenig zur Seite. Noah beobachtete uns genau.

»Patricia ist … Sie hatte es schwer. Man muss sie nur besser kennenlernen.« Ich starrte ihn an, als hätte er mir eben direkt ins Gesicht gesagt, dass er ein Hexer sei. Verteidigte er das Verhalten dieses Mädchens etwa? Oder beruhigte er mich nur und wollte … Freundschaft zwischen mir und ihr? Seine Stimme war sanft, er lächelte mich freundlich an und ich roch weder die säuerliche Note einer Lüge noch etwas anderes Negatives.

Ich erwiderte sein Lächeln, um den Schein zu wahren, drehte mich dabei auch kurz zu Noah um, der mich noch immer skeptisch musterte. »Das ist noch lange kein Grund, andere schlechtzumachen«, erwiderte ich knapp, damit mir nicht der Vergleich zu den Hexen rausrutschte und mich outete.

Chris hatte zumindest so viel Anstand, zu nicken. Über seine Schulter hinweg sah ich Tristan und Mara auf uns zukommen. Sie unterhielten sich angeregt. Mara bemerkte mich als Erste, blieb abrupt stehen und starrte mich an. Unter den spiegelnden Brillengläsern konnte ich ihre Augen nicht erkennen. Tristans Blick jedoch war eindeutig, als er sich nun ebenfalls zu mir umwandte. Sein Gesicht verdüsterte sich und die zuvor zu einem Lächeln verzogenen Lippen wurden zu einem Strich. Der Blickkontakt riss ab und Tristan lief eilig an unserer Gruppe vorbei, ohne sich auch nur einmal umzusehen. Ich beobachtete ihn, bis er an der Tür war und bekam nur mit, wie Christoph Mara folgte und dann doch anhielt, ehe sie zu Tristan aufschloss.

Als Christoph zu unserer Gruppe zurückkehrte, sah er ganz geknickt aus.

»Ich dachte, ihr habt nichts mit den anderen zu tun«, sagte ich so beiläufig wie möglich und deutete mit dem Kinn in Richtung Mara.

Christoph schwieg so lange, dass ich nicht mehr glaubte, eine Antwort zu bekommen. Als er eben den Mund öffnen wollte, mischte sich Noah ein. »Sie ist schon im Kindergarten eine Nervensäge mit viel zu großer Klappe gewesen«, erklärte er und Christophs aufgeschlossene Miene von eben verschwand.

»Wir sollten reingehen«, sagte er nur knapp und deutete in Richtung Eingang.

Ich wollte gerade losgehen, als ein starker Wind an meinen Haaren zerrte. Eine Böe, die das Schimmern von Magie mit sich trug. Erschrocken suchte ich nach der Quelle und entdeckte ausgerechnet Gloria, die ich kaum mehr wiedererkannte. Sie hatte ihre Haare ultrakurz gehext – oder vielleicht sogar wirklich geschnitten! – und blondiert, ihr gesamter linker Unterarm leuchtete, sodass ihre Sigille kaum darunter zu sehen war.

Beinahe hätte ich es verpasst, so zu tun, als würde ich das Leuchten nicht sehen. Dank des Occultatums, das die Magie für die Unwissenden unsichtbar machte, schimpften alle nur über das seltsame Aprilwetter, anstatt ihre Augen auf die leuchtende Quelle zu richten wie Christoph und Noah Brand – und auch Tristan.

Gloria trat näher, lächelte das bezauberndste Lächeln überhaupt. Ich versuchte dabei, unter der dicken Make-up-Schicht und den vollkommen überschminkten Augen die Züge meiner Schwester zu erkennen, während Patricia begann, Fragen zu stellen, die Gloria zusehends verunsicherten. Sobald sie sich vorgestellt hatte – mit ihrem echten Namen, was mich Mühe kostete, mich nicht sofort umzuschauen, ob nicht allein das Aussprechen des Namens eine Dunkelhexe heraufbeschwor –, eilte ihr ausgerechnet Noah Brand zu Hilfe.

Sie nutzte die Lüge, dass sie seine Freundin sei, schamlos

aus und schmiegte sich an ihn. Mir deutete sie nur mit einer Lippenbewegung ein kurzes »Später!« an.

In der großen Pause wurde ich Zeuge davon, wie Christoph und Noah Tristan verhexten. Sie ließen ihn über die eigenen Füße stolpern, machten ihn zum Gespött der versammelten Schülerschaft und ich konnte nicht anders, als mich abzuwenden, als sich unsere Blicke trafen und ich den Schmerz der Demütigung in seinen Augen erkennen konnte. Hätte ich es nicht getan, hätte ich mir das Armband vom Handgelenk gerissen und ihn verteidigt. Warum wehrte er sich denn nicht gegen die Attacken? Seine Selbstbeherrschung war beeindruckend.

Im Unterricht zog ich verbotenerweise mein Handy aus der Tasche, um Gloria zu schreiben.

*Was sollte der Auftritt? Wir müssen uns nach der Schule dringend treffen.*

Eine potenzielle Antwort bekam ich nicht mehr zu sehen. Die Kunstlehrerin hatte Augen wie ein Luchs und kassierte mein Handy ein. Ich würde es morgen früh im Sekretariat abholen können. Verdammt!

In der Pause vor der letzten Stunde bekam ich jedoch trotzdem die Gelegenheit, mit Gloria zu sprechen. Auf der Mädchentoilette! Nachdem ich mich versichert hatte, mit ihr allein zu sein, beobachtete ich meine Schwester im Spiegel, wie sie sich seelenruhig die Hände wusch.

»Was bei allen Hexen tust du hier? Du outest dich vor potenziellen Dunkelhexen?« Meine Stimme klang durch das Kaffeebohnensäckchen vor der Nase gepresst, was den dramatischen Effekt deutlich verringerte.

Gloria hob ihren Blick und traf meinen im Spiegel. »Der

Rat hat mich beauftragt, Christoph und Noah Brand abzulenken, während du dich dem Unbekannten widmest. Er hat als Sohn von Liam Atwood wohl das größte Potenzial.« Ihre Brauen zuckten nur kurz. Dabei strahlte sie eine so kühle Arroganz ab, wie ich sie nie an ihr gesehen hatte. »Nach deiner Schwärmerei gestern sollte das ja kein Problem für dich sein, oder? Als ich dem Rat davon berichtet habe, konnte ich sie sehr schnell von meinem Plan überzeugen.« Während ich noch fassungslos Luft holte, tippte sie sich mehrmals auf die Lippen und änderte so die Farbe ihres Lippenstifts. Ihre Sigille gab ein schwaches Leuchten von sich.

Darüber, dass sie mich hintergangen hatte, konnten wir später diskutieren. Davor musste ich wissen, warum bei allen Dunkelhexen sie dann dafür sorgte, dass ich es gleich mit zwei Menschen versaut hatte – einer davon derjenige, den ich im Auftrag des Rates beschatten sollte.

»Und du konntest mich nicht mit einer kurzen Message informieren, weil …«

Gloria entschied sich für eine dunkelviolette Lippenfarbe. »Wir sind endlich mal gemeinsam draußen, Ela. Die Welt ist nicht so einfach, wie sie von deinem Labor aus wirkt.«

Meine Lippen bebten. Gloria wusste, wie sehr ich darunter litt, von allen ferngehalten zu werden.

»Es tut mir leid. Das wollte ich nicht sagen. Ich …« Sie schluckte und schloss die Augen, ehe sie fortfuhr. »Das war nicht der Grund. Du kannst nicht alle drei beschatten und musst dich für eine Seite entscheiden. Da du von Tristan geschwärmt hast, dachte ich, ich tue dir einen Gefallen.« Sie öffnete die Augen wieder und fing im Spiegel meinen Blick ein. »Also musste ich die beiden von dir ablenken. Das war Mammas Idee. Sie haben dich jetzt kennengelernt und du bist nicht mehr die mysteriöse Unbekannte. Es war notwendig, glaub mir.« Sie stellte sich hinter mich und strich über meine Schulter. »Ich bin mir ganz sicher, dass du den Atwood-Jungen ganz schnell von dir überzeugen wirst. Ich habe auch schon eine Idee, wie. Den Anfang haben wir schon gemacht.« Ihre Augen funkelten wie damals, als sie mich dazu überredet hatte, via Sigillenfährte inmitten der eiskalten Sahara auf den Sonnenaufgang zu warten, wo wir dann ewig in der glühenden Hitze festsaßen, bis wir endlich wieder genug Energie für die Rückreise gesammelt hatten. Obwohl sie die Ältere von uns beiden war, war ich definitiv die Vernünftigere. Die Last der Prophezeiung hatte mich dazu gemacht. Dennoch gab ich mich geschlagen.

»Du solltest dich besser nicht von Patricia hier im Gebäude erwischen lassen«, empfahl ich ihr noch, ehe ich die Mädchentoilette an den vollgekritzelten Fliesen vorbei verließ.

## ~ 12 ~

## TRISTAN

Meine Unruhe steigerte sich bis zur großen Pause immer weiter. Ich sah hinter jeder Ecke eine Hexe hervorspringen, suchte nach Magiewellen in jedem natürlichen Luftzug. Mara war direkt nach dem Unterricht zum Sekretariat gegangen, um irgendetwas abzugeben. Auf der Suche nach ihrem bunten Haarschopf durchquerte ich das Atrium.

Es war mir unmöglich, *sie* nicht anzustarren. Ela blickte eben über Alex' Schulter und ich tauchte direkt in ihre dunklen Augen ein, als wäre sie nur wenige Zentimeter entfernt und nicht mehrere Meter. Mein vor Paranoia rasender Puls beruhigte sich und ich entspannte. Nicht einmal Mara schaffte es, ein solches Gefühl in mir hervorzurufen, schaffte es, mich an die Wärme zu erinnern, wenn mein Vater mich umarmte. Nur sie.

Ich konnte mir einfach nicht erklären, warum. Aber ich wollte es herausfinden. Ohne den Blick von Ela abzuwenden, ging ich weiter auf sie zu, folgte dem Korridor, ging zwischen den Schülergrüppchen hindurch, achtete nicht auf den Rest der Welt.

Ein Fehler. Ich hätte es kommen sehen müssen und doch traf mich die Magie vollkommen unvorbereitet. Meine Füße blieben am Boden haften und ich fiel nach vorne. Mein Blickkontakt brach ab, als ich auf allen vieren landete. So sehr gedemütigt, dass auch Ela peinlich berührt wegsah und sich abwandte, als ich mich wieder aufgerappelt hatte.

Und trotz der Enttäuschung, die sich zu einem Klumpen in meinem Magen zusammenballte, hatte ich nur einen Gedanken:

Zum Glück hat sie sich herausgehalten.

Auf dem Weg zum Unterricht redete ich mir ein, dass es gut so war. Dass sich Ela so definitiv von mir fernhalten würde – aber die Wahrheit war, dass es wehtat. Ich hatte keine Ahnung, was mich mit diesem fremden Menschenmädchen verband und warum ausgerechnet sie mich immer wieder an meinen Vater erinnerte, doch ihr Fremdschämen schmerzte, obwohl ich darüber froh sein sollte. Immer wieder linste ich zu ihrem Platz neben Alex, während wir auf die Kunstlehrerin warteten. Anscheinend hatten Chris und Noah sie sehr schnell fallenlassen, nachdem eine Hexe an der Schule aufgetaucht war. Eine so prestigeträchtige noch dazu. Alex hatte ihr die Zurückweisung vom frühen Morgen überraschenderweise schnell wieder vergeben.

»Ey, schläfst du oder was?« Mara boxte mir mit vermutlich aller verfügbaren Gewalt gegen den Oberarm.

»Au! Das gibt einen blauen Fleck!«, beschwerte ich mich.

»Sorry«, gab sie zumindest ein klein wenig zerknirscht zu. »Ich habe meine Superheldenkraft eindeutig falsch eingeschätzt.«

Ich schnaubte, drehte mich instinktiv wieder hinüber zu

Ela, die sofort ertappt wegsah. Ich sollte froh darüber sein, aber warum fühlte es sich so falsch an?

»Du bist ja wie verhext!« Mara schien es amüsant zu finden, mir jedoch wurde eiskalt.

»Haha!« Ich rieb mir demonstrativ über den Arm, der zwar nicht mehr wehtat, aber eine gute Ablenkung bot.

»Nein, im Ernst! Was ist besonders an ihr?« Nun war Mara es, die über mich hinweg zu Ela sah. »Sie ist hübsch, aber ich weiß, dass du nicht einer dieser oberflächlichen Idioten bist, die nur darauf achten.« Als sie mir wieder ins Gesicht sah, hatte sie eine tiefe Falte auf der Stirn.

Ich versuchte, sie mit einem lockeren Lachen abzulenken, aber es gelang nicht, weil ich alle Konzentration dafür aufbringen musste, nicht noch einmal nach Ela zu sehen. Deshalb stolperten die Worte auch, ohne zu überlegen, aus mir heraus: »Ich habe keine Ahnung.«

»Das sollten wir aber noch mal üben.« Sie kniff amüsiert die Augen zusammen. »Ich glaube, wir sollten sie mal fragen, ob sie und Alex sich mit uns im Palmencafé treffen wollen.«

»Nein!«, sagte ich so schnell, dass Mara natürlich erst recht an ihrer Idee festhalten würde. Ihre Mundwinkel zuckten und ihre Augen funkelten, als schmiede sie bereits einen Plan. Dann hob sie die Arme und streckte ihre Handflächen nach oben aus.

»Wenn du meinst …«

Ich wusste, sie hatte etwas vor, aber je mehr ich darüber diskutierte, desto sturer würde sie ihren Plan – worin auch immer der bestand – durchsetzen. Daher hoffte ich einfach darauf, dass sie es vergessen würde.

Der Rest des Vormittags verlief ereignislos und ich schlenderte nach dem Unterricht entspannt zum Gemeindezentrum, in dem auch die öffentliche Bibliothek untergebracht war – ein paar Regale, gefüllt mit fast zerfledderten Büchern. Heute war Training mit den Zwergen angesagt. Auch wenn ich kein Jiu-Jitsu-Meister war, weil mir Carina nach Vaters Tod das weitere Training im örtlichen Dojo verboten hatte, konnte ich die Grundzüge und vor allem die Mentalität weitergeben. Meine Zeit mit den Kindern begann eine Stunde nach Unterrichtsende, damit ich auch zu Fuß rechtzeitig dort war.

Zwischen der *Küche*, einem Aufenthaltsraum, in dem die Kinder Mahlzeiten erhielten, und dem Freizeitraum kam mir Max entgegen. Der fünfjährige Junge mit den blonden Locken sah aus, als hätte er meiner Ankunft regelrecht entgegengefiebert. Dabei war ich Sonntag erst hier gewesen. Ich fühlte mich dennoch geschmeichelt und ging in die Hocke, um mit ihm auf Augenhöhe zu sein. Schnell verdrängte ich den Gedanken an das Gespräch der beiden Jungs vom Vortag, dass ich unfähig sei, die Kinder zu trainieren.

Er war heute aufgeregter als sonst und schnappte sich meine Hand, sodass ich beinahe nach vorne kippte, als er mich mit sich zog.

»Wir warten schon auf dich, Tristan. Alle Mädchen sitzen schon da und hören der Frau zu. Aber heute ist doch das Training dran. Ich möchte trainieren. Wir alle wollen das.«

Ich fühlte mich, als hätte mir jemand den Boden unter den Füßen weggerissen. Die Vorlesestunden und das Training waren meine Zeit – ich hatte diese Stunden vor drei Jahren übernommen und nun … Ganz kurz wuschelte ich

Max durch die Haare, was das übliche »Hey!« zur Reaktion hatte, ehe ich zum Freizeitraum – der *Bibliothek* – stürmte und in der Türzarge wie von einer unsichtbaren Wand zurückprallte.

Die *Frau* war Ela und sie hatte es sich am Rand der etlichen Matten, die schon für den Selbstverteidungsunterricht bereitlagen, bequem gemacht, als würde sie täglich hier sitzen. Die Kinder fläzten sich auf der restlichen Fläche, die Augen der kleinen Mädchen hingen vollkommen fasziniert an ihren Lippen und ich hatte Mühe, es ihnen nicht gleichzutun. Ihre Stimme war so sanft und melodisch, dass sie mir den Einkaufszettel hätte vorlesen können und ich begeistert zugehört hätte.

Langsam löste ich mich von dem Anblick und stieß ein kaum hörbares »Mara!« aus. Jetzt war klar, warum sie kein Wort mehr über Ela fallengelassen hatte und in der letzten Pause wie vom Erdboden verschluckt gewesen war.

»Was tust du hier?«, rief ich über die Köpfe der Kids hinweg, die zusammenzuckten und sich verträumt umsahen. Ela hatte sie definitiv in ihren Bann gezogen.

Sie selbst beendete noch den aktuellen Absatz, ohne sich von mir stören zu lassen, und wandte sich dann zuerst an die Kinder. An *meine* Kinder: »Ich habe gehört, jemand hat nebenan Kakao und Kekse für euch vorbereitet. Wollt ihr mal schauen?«

Die Kinder sprangen schnell auf und rannten mich auf dem Weg in die Küche beinahe um. Ich wich ihnen aus, während ich den Raum durchquerte.

Quälend langsam legte Ela das Lesebändchen zwischen die Seiten, schloss das Buch und erhob sich, während mein

Herz immer schneller schlug. Von nebenan hörte ich begeisterte Rufe. Elas Bestechung schien zu funktionieren und der Gedanke lähmte mich. Meine Zeit hier war mir heilig. Wirklich. Es war der normale Teil meines verkorksten Lebens und den würde ich mir von niemandem wegnehmen lassen – auch nicht für eine begrenzte Zeit. Was hatte sich Mara nur dabei gedacht?

»Was tust du hier?«, wiederholte ich meine Frage nur rund zwei Meter von ihr entfernt. Meine Stimme hallte von der hohen Decke wieder. Sie klang … bedrohlich.

Ela lächelte mich an. Ein ehrliches Lächeln, das sich in ihren Augen fortsetzte, die in diesem Moment dem Nachthimmel glichen. Ich sah kleine leuchtende Punkte in tiefster Dunkelheit. Konnte es sein, dass mein Puls vor lauter Ärger über ihre Gegenwart noch schneller schlug?

»Deine Freundin Mara hat mir erzählt, was du hier tust. Dass du den Kindern hilfst, die sonst niemanden haben.« Sie machte eine Pause, als müsse sie sich die nachfolgenden Worte genau überlegen. »Das ist es, was ich immer wollte: Menschen helfen.«

In ihren Worten schwang so viel Ehrlichkeit mit, dass es mich vollkommen entwaffnete. Mein Ärger verpuffte so plötzlich wie als Kind immer, wenn Carina jegliche Wut mit einem kurzen Aufleuchten ihrer Sigille beendet hatte. Ich hatte den Mund noch geöffnet, um ihr irgendeine Beschimpfung an den Kopf zu werfen, aber sie war mir vollkommen entfallen und ich sah ein, dass ich wohl eher meinen Ärger über Maras Einmischung auf sie projiziert hatte. Hastig schloss ich den Mund wieder, während Ela mich mit ihren dunklen Augen noch immer in ihrem Bann hielt.

»Tut mir leid, dass ich hier so reingeplatzt bin, aber … Ich wollte mit dir sprechen.« Sie schluckte und mein Blick wurde endlich von ihren Augen auf ihre Lippen gelenkt, auf denen sie nervös herumkaute. »Heute in der Pause …«

Ach, darum ging es? Ich kniff die Augen zusammen. Ela wich einen Schritt zurück und stieß gegen den Sessel, der für das Training mit den Matten an die Wand gerückt worden war. Ich wollte ihr keinesfalls Angst machen, daher trat ich nach vorne und entschuldigte mich sofort.

»Sorry, ich …« Ja, was genau? Ich wollte, dass sie sich von meinen Brüdern und der blonden Hexe fernhielt. Das konnte ich ihr aber schlecht sagen, ohne dass sie mich für verrückt erklären würde.

Ela wartete auf meine Antwort, ohne die Miene zu verziehen, was ich ihr hoch anrechnete und die Wahrheit aus mir herausbrechen ließ: »Triff dich besser nicht mit meinen Brüdern.« Sofort biss ich mir auf die Zunge. Wer war ich, einem Mädchen zu verbieten, sich mit egal wem zu verabreden? Es war egoistisch, ihr so etwas entgegenzuschleudern, obwohl ich sie nicht kannte. Nur weil mein Hirn sich irgendetwas zusammengesponnen hatte.

Ela stand da, die Lippen leicht geöffnet und ich hätte nichts lieber getan, als mich dafür zu entschuldigen. Aber sie war besser dran, wenn sie mich für einen Idioten hielt und auf Abstand blieb.

Und dennoch konnte ich in diesem Moment – sie nur wenige kleine Schritte entfernt und so nah, dass ich den Kaffeeduft wahrnahm, der sie umgab – an nichts anderes denken als an die Frage, warum ausgerechnet sie, eine völlig Fremde, verborgene Erinnerungen an meinen Vater wachrief.

Doch statt einer solchen schoss nun, da ich den Blick auf ihre vollen Lippen senkte, ein ganz anderer, unmöglicher Gedanke durch meinen Kopf. Noch nie hatte ich einen so starken Drang verspürt, jemanden zu küssen. Ein Stromstoß jagte durch meinen Körper, der bis in die Fingerspitzen kribbelte, auch wenn ich nur daran dachte, wie sich ihre Lippen vielleicht anfühlen mochten. Ich brauchte dringend Ablenkung, hob instinktiv die Arme wie zur Vorbereitung auf einen Zweikampf. Sie war so entsetzlich nah, dass ich hätte schwören können, dass meine Haut vibrierte, während mein Mund immer trockener wurde.

»Ich habe mich nur mit ihnen unterhalten.« Ihre Stimme klang so enttäuscht – von mir! –, dass ich mich zurückhalten musste, um sie nicht automatisch aufzumuntern. Trotzdem fügte sie eine weitere Erklärung hinzu. »Ich habe mich direkt mit Patricia gestritten, und als dann Noahs Freundin auftauchte, war ich eh nur noch Luft. Ich glaube, deine Brüder können mich nicht leiden.«

Gut so!, dachte ich nur. Halte dich von ihnen fern. Von ihnen allen.

Nur leider konnte ich ihr das ohne Begründung ja wohl schlecht sagen. Daher stand ich einfach nur da wie ein Idiot und starrte sie an, wartete ab, was sie noch zu sagen hatte. Es musste einen Grund geben, warum sie hier war.

Sie biss sich auf die Unterlippe, was mein Herz ins Stolpern brachte, atmete tief ein und ließ ihre Hand fallen, die sie zuvor um ihr linkes Handgelenk geschlungen hatte. Dort war ein hübsches breites Armband aus zahlreichen Strängen unterschiedlicher Materialien. Es sah hübsch aus und betonte das schmale Gelenk und ihre langgliedrigen Finger …

Ich schlug mir in Gedanken an den Kopf. Ich hatte noch wirklich niemals zuvor eine Hand hübsch gefunden! Ich hatte noch nicht einmal darauf geachtet.

»Ich hoffe …«, druckste sie herum, sah mir mit einem Mal nicht mehr in die Augen, »ich hoffe, du bist nicht sauer wegen des Kakaos.« Ihr Gesicht verdüsterte sich. »Ich … es tut mir leid, dass ich die Kinder … Deine Freundin Mara hat mir erzählt, dass sie es nicht leicht haben, kaum Freude in ihrem Leben, manchmal nicht einmal eine warme Mahlzeit, weshalb ich dachte, sie würden sich freuen.«

Ihre Stimme brach immer wieder und ein jedes Mal fühlte es sich an wie ein Hieb in den Magen. Ich konnte jede Gefühlsregung von ihr nicht nur sehen, sondern regelrecht … spüren.

»Das ist dir gelungen.« Die Worte kamen schneller über meine Lippen, als ich sie hinabschlucken konnte. Verdammt! Alles in mir schrie danach, sie aufzumuntern, ein Lächeln auf ihre Lippen zu zaubern. Noch immer hörte ich begeisterte Ausrufe über die winzigen Marshmallows im Kakao – wenn ich genau hinhörte und mich aus Elas Bann befreite. Ich wollte nicht, dass sie sich schlecht fühlte, obwohl es oberflächlich betrachtet keinen Grund dafür gab.

Sie nahm den gesamten Raum ein, ihre … Präsenz war ebenso einschüchternd wie atemberaubend. Ich ergab mich dem Drang. »Ich glaube, du hast ihnen eine große Freude gemacht.«

Sie lächelte mich an, bis sich meine ganze Brust erwärmte und ich die nachfolgenden Worte am liebsten zurückgehalten hätte. »Aber es ist besser, wenn du jetzt gehst. Du solltest dich auch von mir fernhalten.«

Ihre Augen weiteten sich nur ganz kurz. Sie nickte langsam, ehe sie sich mit erhobenem Kinn von mir abwandte. Ich starrte hinab auf meine Füße, auf die blaue Trainingsmatte, überallhin, nur um nicht in die Verlegenheit zu geraten, meine Meinung doch noch zu ändern.

## ~ 13 ~

## ADELA

Du solltest dich von mir fernhalten.« Die Worte klangen gepresst, als hätte es Tristan große Anstrengung gekostet, sie auszusprechen. Er benutzte keinerlei sichtbare Magie, wie ich es von einem Dunkelhexer erwartet hätte, und dennoch drängte alles in mir danach, so schnell wie möglich zu verschwinden. Das niederschmetternde Gefühl der Ablehnung sorgte dafür, dass ich mich abwandte, während sich meine Fingernägel schmerzhaft in mein Handgelenk und unter mein Armband bohrten, bis ich wieder Luft bekam.

Tristan musste seine Gefühle mit Magie unter Kontrolle halten, so gut getarnt, dass ich sie mit dem Hämatit weder spüren noch riechen konnte. Anders war nicht zu erklären, wie er von einer Sekunde, in der die Luft zwischen uns von unausgesprochenen Dingen aufgeladen gewesen war, zur nächsten vollkommen abweisend sein konnte und mich wegschickte. Doch genau das war meine Chance.

Im nächsten Augenblick stand ich wieder vor ihm. Er hatte den Blick gesenkt, seine blonden Strähnen leuchteten im einfallenden Licht, warfen Schatten auf sein Gesicht.

Seine Augen waren geschlossen. Sein Anblick war schlicht atemberaubend. Der Schmerz seiner Abweisung wurde zu einer fernen Erinnerung und sämtliche wütenden Worte, die ich ihm entgegenschleudern wollte, entwichen in einem langen Atemzug.

Tristan blinzelte mehrmals, hob dann den Kopf und erstarrte. Er atmete so schwer aus, als hätte er ewig die Luft angehalten. Sein Seufzen strich über meine Wange wie eine Liebkosung und machte mir bewusst, wie nah wir uns nun wirklich waren. Mein Herzschlag beschleunigte sich noch weiter. Ich versuchte, mich zu konzentrieren, nicht zu atmen, mich nicht von dem Duft nach Sommerregen einhüllen zu lassen, um meinen Job zu erledigen, doch es war schlichtweg unmöglich.

Keine Ahnung, wie lange wir dastanden, uns einander anstarrten und ich mich nicht davon lösen konnte. Ich sah den tobenden Gefühlssturm in seinem Inneren am düsteren Blau seiner Augen. Augen wie Gewitterwolken.

Tristan neigte seinen Kopf zu mir, die Luft wurde immer dünner. Wenn es denn überhaupt noch welche gab. Ich rang nach Sauerstoff. Meine Haut schien zu summen, das Kribbeln reichte von meinen Fingerspitzen bis zu den Zehen. Meine Lippen waren so trocken, dass ich dem Instinkt nachkam und sie befeuchtete. Tristan holte stockend Luft, sein Blick senkte sich auf meinen Mund.

»Du solltest besser gehen«, sagte er mit heiserer Stimme.

»Und wenn ich das nicht will?«, hörte ich mich flüstern.

»Dann …« Vielleicht wollte er etwas sagen, das er einer vermeintlich Unwissenden wie mir gegenüber niemals aussprechen durfte. Dann zerbrach etwas in ihm, ich glaubte fast, das klirrende Geräusch zu hören. Er wich zurück, sodass ich nur noch seine Hand zu fassen bekam. Ein Stromstoß durchfuhr mich, als ich seine Haut berührte.

Vielleicht war ich egoistischer, als ich mich eingeschätzt hätte. Vielleicht war ich so überheblich, dass ich kein Nein akzeptierte, so verwerflich das auch war. Meine Worte formten sich wie von selbst und ich wünschte mir, dass Tristan die Wahrheit darin spüren könnte wie ich, auch wenn er den Grund nicht kannte. Noch nicht. »Ich habe keine Angst.«

Er hielt inne, kam widerstrebend näher. Seine Finger schlossen sich fest um meine Hand. »Das solltest du aber.«

Ganz gleich, was er zu sagen hatte, welche Gründe er suchte – ich wollte sie nicht hören, denn sie galten einer Unwissenden, keiner mächtigen Hexe wie mir. Daher überwand ich die Distanz zwischen uns und verschloss seine Lippen mit meinen.

Ich hatte ihn nur am Weitersprechen hindern wollen, doch die Wirkung unseres Kusses raubte mir den Atem. Das Summen, das zuvor noch auf meiner Haut gelegen hatte, fuhr nun in mein Inneres und hallte überall nach wie ein donnernder Glockenschlag. Mein ganzer Körper vibrierte und ich hatte das Gefühl, den Boden unter den Füßen zu verlieren. Keine Ahnung, ob wir in den Himmel schossen oder in einen schwarzen Abgrund stürzten. Meine Augen waren geschlossen. Ich öffnete die Lippen und ließ seinen warmen Atem in meinen Mund strömen, wollte den Kuss intensivieren, wollte mehr von diesem berauschenden Gefühl. Doch mit einem Mal war da nur noch Kälte, die sich schmerzhaft in jede einzelne Zelle fraß und sämtliche Gerüche betäubte.

Als ich die Augen öffnete, stand Tristan mindestens einen Meter von mir entfernt vor den bunten Kinderzeichnungen an der Wand und atmete schwer. Der Sturm in seinen Augen war zu einem Orkan geworden. Dann drehte er sich um und verließ den Raum. Seine letzten Worte schwebten noch im Raum: »Das … war ein Fehler.«

Es kostete mich jeden Funken Selbstbeherrschung, nicht das Armband vom Arm zu reißen und via Sigillenfährte zu verschwinden. Der Weg durch den Raum fühlte sich länger an als die Runden, die wir im Sportunterricht hatten laufen müssen. Ehe ich hierhergekommen war, hatte ich Pläne gemacht, mir ausgemalt, wie ich endlich einen Beweis dafür bekommen würde, dass er mich manipulierte, mich mit dem Duft nach Sommerregen benebelte, damit ich seine wahre Natur nicht erkannte. Ich hatte vor mir gesehen, wie der Rat die Jäger verständigte und die Weißroben ausrückten, um mich von den falschen Gefühlen befreiten, mein Schicksal veränderten.

Doch als wir uns geküsst hatten, hatte ich keine Kontrolle mehr über meine Taten gehabt, war von seiner gefährlichen Magie zu gebannt gewesen, um klar zu denken. Ehe ich wieder bei Sinnen gewesen war und meiner Aufgabe hätte nachkommen können, hatte er mich stehengelassen.

Mein Auftrag lautete, mehr über ihn herauszufinden, und er stieß mich von sich. Doch es war nicht meine Ehre, die er verletzte. Es ging … tiefer, als es ein Auftrag sollte. Mit seinen Worten zuvor hatte er mich überrumpelt. Ich war zu perplex gewesen, um ihn zu prüfen, mich durch den dominierenden Geruch nach Sommerregen zu kämpfen, um die säuerliche Note dunkler Magie zu riechen. Bis er mich mit einem Gefühlssturm im Inneren zurückgelassen hatte, war da nichts anderes als glückliche Sommertage gewesen.

Ich verließ den Raum und ließ den Geruch nach Sommerregen hinter mir, der mir offenbar mein Hirn vernebelte. Wissenschaftlich hieß der Duft Petrichor und war eine komplizierte Zusammensetzung verschiedener Komponenten wie heißem Stein, feuchter Erde und Regen – und doch war er für mich so viel mehr. Es erinnerte mich an die Sommer vor der Prophezeiung, an Abenteuer und Freiheit. Ohne die Sorgen, die meine Familie seit jenen schicksalhaften Worten belasteten. Warum musste ausgerechnet Tristan Atwood nach Freude, Glück und den unbeschwerten Sommern meiner Kindheit riechen?

Ich stürmte durch die Flure und hinaus aus dem großen Gebäudeklotz. Um endlich wieder klar im Kopf zu werden, lehnte ich mich an die Außenwand. Die Fassade war rau und drückte mir bei jedem tiefen Atemzug in den Rücken. Hatte Tristan mich von sich geschoben, weil er wusste, wer ich war und worin mein Talent bestand? War er mir tatsächlich einen Schritt voraus? Küsste er Mädchen, um von der Wahrheit abzulenken?

Nein, ich hatte *ihn* geküsst und ihn damit vermutlich ebenso überrumpelt wie mich selbst.

Ich hatte es verbockt. Nun würde ich seine Freundin Mara auf eine weitere Gelegenheit ansprechen müssen, Tristan allein anzutreffen. Dabei drängte die Zeit – und wie ein Untalentierter zu Fuß gehen zu müssen, machte es nicht besser. Ich gab die Adresse meiner Gastmutter in die Handy-App ein und startete die Navigation, während ich mich von der Mauer abstieß und losging, um mit Gloria zu sprechen.

Dabei rannte ich beinahe in eine Gruppe Jugendlicher, die mir wüste Beschimpfungen hinterherbrüllten. Sie rochen schlecht, irgendwie muffig, was nicht an ihrer Kleidung oder Körperhygiene lag. Mindestens einer von ihnen war krank. Der bittersaure Gestank nach einer Infektion umgab die Gruppe und ich zog ihn wie eine Wolke mit mir, bis ich mein Bohnensäckchen aus der Tasche zog und gegen die Nase presste. Was ein großer Fehler war, wenn der Geruchssinn das eigene Frühwarnsystem ist.

Ein Windstoß fegte zwischen den Häusern entlang. Meine Finger, noch immer um das Bohnensäckchen gekrallt, lagen sofort an dem Verschluss meines Armbands. Ich wollte mich keinesfalls outen, falls gleich Christoph oder Noah um die Ecke biegen würden. Es könnte durchaus auch nur Gloria sein, die mich aufgespürt hatte und abholen wollte. Als ich das schwach rötliche Leuchten der Magie sah und der Gestank nach saurer Milch einen Würgereiz auslöste, war es bereits zu spät, um meine Magie freizulassen. Die Schatten der Gebäude vor mir wurden dichter und eine Gestalt schälte sich daraus hervor.

Die Dunkelhexe trug eine rote Robe mit Kapuze, die ihr so weit ins Gesicht reichte, dass ich lediglich ein Kinn und für einen kurzen Moment Lippen sehen konnte. Es war eindeutig eine Frau, ihre Lippen waren voll, am schmalen Kinn war nicht einmal ein Ansatz von Bartstoppeln zu sehen. Die Haut um ihren Mund zeigte selbst dann kaum Falten, als sich ihre Lippen zu einem Lächeln verzogen. Sie musste jung sein – oder sich mittels Magie jung halten.

»Adela Mescinia.« Ihre Stimme war unerwartet rauchig, strich mir wie kratzende Fingernägel über die Haut. Diese

Frau wusste, wer ich war, kannte meine wahre Identität. Es war kein Zufall, dass sie mir in der Gasse auflauerte. Ich wollte an meinem Armband zerren, es vom Körper reißen, war jedoch wie gelähmt, unfähig, auch nur ein Zucken meiner Finger zu bewirken. Das rote Schimmern in der Luft war eindeutig. Die Dunkelhexe hatte mich mit einem Bannzauber belegt.

»Wer legt sich denn freiwillig einen Hämatit an?« Ihre Stimme triefte vor Hohn, während sie mich mit ihrer Magie weiterhin gefangen hielt. Ich musste reglos zusehen, wie sie ein Messer materialisierte und langsam näher kam. Mein Herz hämmerte gegen meinen Brustkorb. Mein Körper kämpfte gegen den auferlegten Bannzauber an, aber mit der Fessel am Handgelenk war es mir unmöglich. Ich roch meine eigene Angst, die meinen Geruchssinn völlig benebelte.

Kurz bevor sie bei mir war, wandte die Frau den Blick von mir ab und sah zu einem Punkt in der Gasse hinter mir. Drei donnernde Herzschläge gegen meinen Brustkorb vergingen, bis sich die Dunkelhexe entschieden hatte. Sie schleuderte einen Fluch auf mich, der mich nach hinten gegen eine Hauswand warf. Der Aufprall presste sämtliche Luft aus meiner Lunge, ich rang nach Atem. Es dauerte eine Ewigkeit, bis ich durch den Schmerz hindurch wieder klar sehen und mich aufrappeln konnte.

Die Dunkelhexe war verschwunden. Ihre Sigillenfährte zeichnete sich noch mit einem schwachen Rotschimmer auf dem dunklen Asphalt ab.

»Ela?«, rief jemand und Schritte erklangen hinter meinem Rücken. Ich drehte mich um und Tristan rannte auf mich zu.

»Ist alles in Ordnung?«, fragte er. Sein Gesicht war kreidebleich. »Ela, geht es dir gut?«, fragte er noch einmal.

Ich schaffte es, zu nicken. Mein Schock und meine Angst waren echt, legten sich wie eiskalter Nebel um mich.

»Was ist passiert?«

»Ich … Ich weiß nicht. Da war diese Frau …« Fieberhaft suchte ich nach einer möglichen Erklärung, einer menschlichen Erklärung. »Du hast sie vertrieben.«

Tristan streckte mir die Hand entgegen und ich nahm sie dankend an. Er zuckte kurz zusammen, als unsere Berührung erneut einen Stromschlag herbeiführte. Mit ein wenig zu viel Kraft zog er mich hoch. Meine Knie zitterten noch immer von der Begegnung mit der Dunkelhexe und ich taumelte direkt auf ihn zu, unfähig, mich auf den Beinen zu halten. »Bist du verletzt?« Er stützte mich noch immer, seine Hände lagen schwer auf meiner Hüfte. Ich konnte mich auf nichts konzentrieren als auf diese Berührung. »Soll ich dich ins Krankenhaus bringen?«, hakte er weiter nach. »Oder zur Polizei?« Ich erkannte die aufkommende Panik in seinen Augen. Unter den Duft nach Sommerregen mischte sich ein Hauch Schärfe.

»Nein«, erwiderte ich, meine fünf Sinne hoffentlich wieder beisammen. »Es ist nichts passiert. Du warst zum Glück rechtzeitig da.« Mir widerstrebte es eigentlich, mich so hilfsbedürftig zu geben, aber ich musste ihn schnellstmöglich davon abbringen, noch weiter darauf herumzureiten. Am liebsten hätte ich sofort Gloria und meine Eltern informiert, aber mein Handy lag ja im Sekretariat zur morgigen Abholung. Fieberhaft überlegte ich, was ich tun konnte, während mich Tristan aufmerksam beobachtete.

»Soll ich dich … dann irgendwo anders hinbringen? Zu deinen Gasteltern?« Er strich sich abwesend die blonden Haare aus dem Gesicht. Dreimal. Bis ich antwortete, sah er sich ständig um, scannte die Umgebung, insbesondere die Schatten.

»Eine Begleitung wäre … toll«, sagte ich und meine Stimme klang wie ein raues Flüstern, was ihn zu mir blicken ließ. Ein vorsichtiges Lächeln ließ seine Augen strahlen und umnebelte mein Gehirn mehr, als ein Zauber es können sollte.

»Dann los.« Er wies mit einem Nicken zu der Gasse, in die ich hatte gehen wollen, und machte ein paar Schritte. Wie belämmert folgte ich ihm, widerstand dem Drang, dieses verfluchte Armband loszuwerden und wieder Herrin meiner Sinne zu sein. Ohne Magie war ich machtlos. Offenbar auch gegen den Charme eines potenziellen Dunkelmagiers – meiner Zielperson.

Er wandte sich zu mir um und wartete, bis ich zu ihm aufgeschlossen hatte. Wir gingen schweigend Seite an Seite über das unebene Kopfsteinpflaster zwischen den alten Fachwerkhäusern entlang, die sich eng aneinanderschmiegten. Die Stille zwischen uns war nicht belastend, sondern fühlte sich gut an. Ich hatte Zeit, meine Gedanken – und Gefühle – zu sortieren. Dann konzentrierte ich mich voll und ganz auf Tristan, auf jede noch so kleine Duftnote, die ihn umgab. Unauffällig schob ich zwei Finger unter die Stränge meines Armbands, bis ich keinen Hautkontakt mit dem Hämatit mehr hatte. Die Magie kehrte nur zu einem kleinen Teil zurück, gab mir aber endlich die Möglichkeit, Tristan in Ruhe zu analysieren.

Er hatte nicht den Hauch Dunkelmagie an sich. Nicht das kleinste Molekül, das würde ich vor jedem Tribunal beschwören. Ich musterte noch ein letztes Mal seinen Unterarm, konzentrierte mich auf die Stelle, an der eine Sigille auftauchen würde, sah jedoch nichts außer dem Spiel seiner sehnigen Muskeln, weil er unentwegt die Hand zur Faust ballte und wieder entspannte. Ich ließ das Armband los. Ich hatte meine Bestätigung.

Tristan war definitiv kein Dunkelmagier. Er war sogar ein Untalentierter. Mein Bauch verkrampfte sich bei dem Gedanken daran, dass er beinahe in einen Kampf mit einer Dunkelhexe geraten wäre. Wegen mir!

Wenn er Liam Atwoods Sohn war und bei den Brands wohnte, musste er aber eingeweiht sein, ein Wissender. Er hatte also genau einschätzen können, wie groß die Gefahr war, in die er sich blindlings gestürzt hatte. Er wusste, was die rotgekleidete Frau war. Und hatte mich dennoch beschützen wollen.

Die Wärme, für die dieser Gedanke sorgte, war neu für mich. Ich konnte mich nicht erinnern, dass ich jemals solch großen Mut gesehen hatte. Ich wollte … ihn einweihen, ihm um den Hals fallen, ihm sagen, wie viel es mir bedeutete.

Doch mit einem Schlag drängte sich die Realität nach oben. Er war kein Hexer, schon gar kein Blutmagier. Mein Auftrag war erledigt. Ich würde an anderer Stelle nach Dunkelheit suchen müssen. Vielleicht … ein dicker Kloß entstand in meiner Kehle, als mir der Gedanke kam, dass ich ihn nach heute vielleicht nie wieder sehen würde, weil er ein Mensch war. Nur ein Mensch, während ich mich die nächsten Tage mit Junghexern herumschlagen musste, die sich mir anbiederten, wie es Christoph und Noah Gloria gegenüber bereits taten. Und da wurde mir endgültig bewusst, dass ich das auf keinen Fall wollte.

Ich beobachtete ihn, wie er dastand. Wie eine moderne Interpretation von Prince Charming, aus der Zeit gefallen, zwischen Fachwerkhäusern, die ihn von rechts und links umrahmten. Hinter ihm öffnete sich die Gasse zu einem weiten Platz. Offenbar führten in Falkhausen alle Wege zu dem Brunnen. Der Platz war gut besucht. Obwohl er nicht sehr groß war, gingen von ihm sternförmig mehrere Gassen und Straßen ab. Dazwischen gab es eine Bäckerei, ein Eiscafé, ein kleines Restaurant, laut Beschilderung ein Museum und sogar einen traditionellen Schustermeister. Die Bronzefiguren schimmerten in der Sonne auf, als sie von zwei Kindern bewegt wurden, was mich automatisch an den Dunkelhexenangriff denken ließ. Ich erschauderte, was Tristan missverstand.

»Ist dir kalt?« Erneut sah er mich von oben bis unten an. »Vielleicht hast du einen Schock und du solltest doch ins Krank…«

Ich schüttelte schnell den Kopf und sagte: »Nein, mir geht es gut. Nur dieser Brunnen ist … gruselig.«

Tristan sah ebenfalls zu den Bronzefiguren und ich sah, wie sich sein Kehlkopf hob und wieder senkte. »Wem sagst du das.«

Wir standen da, starrten beide auf den Ort des Dunkelhexenangriffs und mir lag auf der Zunge, mich ihm endlich zu offenbaren.

»Bei wem wohnst du eigentlich?«, fragte Tristan und der Moment, ihm die Wahrheit zu sagen, war verstrichen.

Vermutlich war es besser so. Ich hatte einen Auftrag zu erledigen und der beinhaltete niemanden ohne Magie. Daher nannte ich ihm Ingrids Namen und die Straße. Er ging jedoch nicht los, sondern blieb unschlüssig stehen.

»Ich … den Rest der Strecke kann ich auch allein gehen«, presste ich hervor und bemühte mich, die Enttäuschung, die sich von meinem Magen aus in meinem ganzen Körper ausdehnte, nicht durchdringen zu lassen.

Seine Augen weiteten sich. »Ich habe doch versprochen, dich nach Hause zu begleiten. Aber ich habe überlegt …« Nun sah er mir nicht mehr in die Augen, sondern direkt an mir vorbei, strich wieder einmal seine Haare zurück, obwohl sie ihm noch gar nicht wieder ins Gesicht hingen. Seine Hand blieb in seinem Nacken liegen.

»Was hast du überlegt?«, hakte ich nach. Meine Stimme zitterte.

Unsicherheit legte sich auf seine Züge. Dann holte er tief Luft und richtete sich auf, ließ die Hand sinken. »Wollen wir noch ein Eis essen gehen?«

Ich nickte, noch ehe ich schwebend vor Erleichterung zusagte.

Gemeinsam gingen wir auf das gläserne Eiscafé zu, in dessen Inneren zig Palmen in breiten Töpfen wuchsen. Das Café war gut besucht, offenbar waren noch mehr Schülerinnen und Schüler auf die Idee gekommen, hier den Nachmittag zu verbringen.

Ich ignorierte Glorias Grinsen, als wir an ihr, Christoph und Noah vorbeigingen. Tristan konnte seine Stiefbrüder nicht sehen, weil er mir sein Gesicht zugewandt hatte. Ich wartete auf einen magischen Angriff, eine Stichelei, ein Stolpern, wie es heute Vormittag schon der Fall gewesen war, aber es kam nichts. Gloria hatte die Jungs wohl vollkommen unter Kontrolle. Ihre Anwesenheit beruhigte mich. Sollte die Dunkelhexe noch einmal auftauchen, könnten wir ihr mit Magie entgegentreten, ohne dass ich Tristan offenbarte, wer ich war. Vielleicht war es doch nicht so schlecht, dass meine Schwester hier aufgetaucht war.

## ~ 14 ~

## TRISTAN

Es war das erste Mal, dass ich beinahe froh war, dem Gemeindezentrum zu entkommen, weil es für die Kinder kein anderes Thema neben Ela gab. Ich flüchtete in Richtung oberem Marktplatz, an einer Gruppe Zwölf- bis Sechzehnjähriger vorbei, die mir irgendwelche Pöbeleien hinterherriefen. Sie interessierten mich nicht.

Ich wollte nur noch nach Hause. Ein Windstoß fegte mir entgegen und riss an meinen Haaren. Die dazugehörige Magiewelle leuchtete nicht blau, sondern … rot. Ich rannte los, so schnell ich konnte, direkt in die kleine Gasse, die hinter dem ersten Gebäude einen Bogen machte.

Da sah ich sie.

Bislang hatte ich es für ein Gerücht gehalten, dass Dunkelhexen rote Roben trugen, aber meine erste Begegnung mit einer Blutmagierin belehrte mich eines Besseren. Wie in Zeitlupe sah ich, wie die Frau in der roten Robe ein Messer materialisierte und auf Ela zutrat, die ich nur von hinten sehen konnte. Sie rührte sich nicht, zarte rote Schlieren strichen um ihren Körper. Ein Bannzauber.

Noch ehe ich darüber nachdenken konnte, hatten sich

meine Beine in Bewegung gesetzt. Ich brüllte Elas Namen, um die Dunkelhexe von ihr abzulenken, hoffte, sie würde vor Schreck die Macht über den Bannzauber verlieren und Ela könnte fliehen. Das unter der Kapuze versteckte Gesicht der Dunkelhexe war mir zugewandt. Ich spürte geradezu, wie sie mich ansah, wappnete mich für einen Angriff. Doch sie interessierte sich nicht für mich. Stattdessen schleuderte sie Ela mit einem Wink ihrer Hand gegen die Wand und verschwand in einer Feuerspur.

Ich stürzte zu Ela, die sich benommen aufrappelte. Zum Glück war ich vor den Kindern geradezu davongerannt. Wäre ich auch nur ein paar Minuten später gekommen, hätte ich vielleicht eine Leiche in der Gasse gefunden. Ein Gedanke, der mir buchstäblich Schmerzen verursachte.

Ich wollte Ela ins Krankenhaus begleiten, doch sie lehnte ab und erwähnte sogar noch, dass nichts passiert sei, weil ich ja rechtzeitig dazugekommen war. Wenn sie wüsste!

Aber ich konnte sie nun definitiv nicht allein lassen, also bot ich ihr an, sie nach Hause zu begleiten. Seite an Seite gingen wir weiter zum Marktplatz. Mein Herz hämmerte noch immer gegen meinen Brustkorb. Wenn es blaue Flecken bekommen könnte, würde ich morgen sehr leiden müssen. Ich stand neben mir, alles fühlte sich so unwirklich an. Beginnend mit dem Moment, in dem ich die rotgekleidete Hexe gesehen hatte.

Jedes Mal, wenn ich die Augen schloss, sah ich das Messer aufblitzen. Sah selbst bei einem kurzen Blinzeln die erstarrte Ela, die mitansehen musste, wie die Dunkelhexe immer näher kam.

Die eisige Kälte, die mich ergriffen hatte, als ich die beiden gesehen hatte, schlang sich noch immer um mich und ich war nicht mehr ich selbst. Sämtliche Vorsätze, sie wegen meiner Brüder von mir fernzuhalten, waren vergessen. Die beiden waren nichts im Vergleich zu einer Dunkelhexe, die in den Gassen der Stadt wehrlosen Mädchen Blut abzapfen wollte, um ihre Magie zu befeuern. *Sie* war die echte Bedrohung.

Ich kam mir dämlich vor, Ela zu fragen, ob sie noch mit mir ins Eiscafé gehen wollte – schließlich hatte ich ihr kurz zuvor noch gesagt, sie solle sich von mir fernhalten. Aber die rote Hexe hatte alles verändert, hatte mir gezeigt, wie schnell einer von uns den Dunkelmagiern zum Opfer fallen könnte. Ich würde Ela nicht mehr aus den Augen lassen, bis ich sie sicher nach Hause gebracht hatte. Danach würde ich sofort mit Carina sprechen. Sie musste den Rat informieren, für Elas Schutz sorgen – und den aller anderen Menschen in der Stadt.

Schon morgen würde das Domus Magae erscheinen, in das nach und nach alle Hexen der Welt einziehen würden. Niemand konnte mit Sicherheit wissen, wer sich von ihnen ebenfalls der Dunkelheit verschrieben hatte. Wie mächtig Blutmagie war, hatte ich eben mit eigenen Augen gesehen. Die Dunkelhexe hatte Ela, einen wehrlosen Menschen, erstarren lassen können, hatte über das Occultatum hinweg Magie an einer Unwissenden angewandt, sie gebannt und verletzt. Es war weit mehr, als die Metallfiguren des Brunnens umherlaufen zu lassen. Viel mehr! Ich war nie zuvor Zeuge eines solchen Zaubers geworden. Natürlich hatte ich davon gehört, ja, aber es zu sehen, die reale Bedrohung vor mir zu haben, warf mich vollkommen aus der Bahn.

Wir setzten uns an einen Tisch in der Ecke unter einer mindestens drei Meter hohen Palme. Das Palmencafé war ein beliebter Treffpunkt am Nachmittag. Es waren nur noch wenige Tische frei und das Servicepersonal hatte viel zu tun, um die laut quatschenden Jugendlichen und einige Familien mit kleineren Kindern mit Milchshakes, Eis, Kaffee oder Snacks zu versorgen.

Ich wusste nicht, wie ich ein Gespräch beginnen sollte. Natürlich kam ich mir wie der größte Idiot vor, weil ich, anstatt Ela anzusehen, nur auf die Karte auf dem Tisch zwischen uns starrte und nur ab und zu nach oben linste. Auch Ela hatte den Blick gesenkt.

Es war Trixie, eine Mitschülerin, die nachmittags hier jobbte, die die erdrückende Stille brach.

»Hey, Tristan«, begrüßte sie mich und lächelte mich freundlich an. »Was kann ich dir bringen? Das Übliche?« Ich nickte. Sie widmete sich meinem Gegenüber und ihr Lächeln geriet ins Wanken, war plötzlich erzwungen.

Wann immer ich mit Mara hier war, erging es ihr ähnlich. Mara war sich sicher, dass Trixie auf mich stand und hatte mehrmals versucht, mich bei einem Treffen hier zu versetzen, wenn Trixie Dienst hatte, um mir die Gelegenheit zu geben, mit ihr zu sprechen – oder mehr. Aber ich wollte keine weitere Bindung zu irgendwem eingehen, wollte niemanden in mein Leben in der Hexengemeinschaft bringen. Und doch saß ich nun hier – mit *ihr*.

Elas Lächeln war so freundlich, dass es auf Trixie abfärbte. »Ich hätte gerne den Erdnussbutter-Shake. Er schmeckt bestimmt himmlisch.« Ihre Augen leuchteten auf und das Wort *Schicksal* tanzte durch meinen Kopf.

»Eine sehr interessante Wahl«, sagte Trixie und warf mir einen durchdringenden Blick zu, ehe sie verschwand.

»Warum interessant?«, fragte mich Ela. »Schmeckt er doch nicht? Hätte ich etwas anderes bestellen sollen?« Eine schmale Furche zeichnete sich an ihrer Nasenwurzel ab.

»Ich habe ihn ebenfalls bestellt«, erwiderte ich. »Trixie findet die Wahl sicher *interessant*, weil der Shake hier nicht sehr gefragt ist. Mara glaubt, dass er nur wegen mir noch nicht von der Karte gestrichen wurde.« Ein weiteres *Zeichen* für Mara, dass Trixie was von mir wollte.

Ela sagte nichts dazu, sah mir nur in die Augen. Meine Hände klammerten sich an die Karte, die ich noch immer festhielt. Ich hatte Angst, in die Dunkelheit abzutauchen, vollkommen zu versinken. Dann überrollte mich eine weitere Erinnerung. An eine der Ballnächte vor dem Ritual in Massachusetts. Spielende Kinder in einem gigantischen Saal, hoch über uns Kronleuchter, die anstatt Kerzen oder Glühbirnen Hexenfunken trugen. Mein Vater schob mich zu den anderen Kindern. Ich wollte nicht von seiner Seite weichen, es waren so entsetzlich viele Hexen da und bei den Kindern spielten Chris und Noah. Ich hatte mich schon früher meist von ihnen ferngehalten. Vater ließ meine Hand nicht los. Er hatte mich nie losgelassen oder gedrängt, hatte mich immer unterstützt. Die Erinnerung verblasste gerade, als die Kinder sich alle an den Händen hielten und im Kreis tanzten.

Benommen blinzelte ich. Ela starrte mich an. Trixie rettete mich erneut aus der peinlichen Situation und stellte zwei Erdnussbutter-Milchshakes auf den Tisch.

Endlich löste Ela ihren Blick von mir, sie schnappte sich

ihr Glas und saugte am Strohhalm. Ihre Augen weiteten sich für einen Mikromoment, dann senkte sie genießerisch die Lider.

Ich lächelte. Ihre Freude sorgte bei mir für eine Art Glücksrausch, der meinen ganzen Körper wärmte. Die letzten Reste der Eiseskälte aus der Begegnung mit der Dunkelhexe schmolzen dahin. Grinsend nahm ich ebenfalls einen Schluck und ich überlegte gerade, was bei allen Hexen ich mit ihr reden sollte, als mein Handy in der Hosentasche vibrierte. Ich wollte es ignorieren – es war garantiert Mara, die wissen wollte, ob ich Besuch im Gemeindezentrum hatte. Die Verräterin sollte ruhig noch ein wenig schmoren. Doch das Vibrieren hörte nicht auf. Genervt zog ich mein Handy aus der Tasche und sah Carinas Namen auf dem Display. Wenn ich nicht reagierte, würde sie vielleicht einen Zauber anwenden.

»Es ist meine Stiefmutter«, entschuldigte ich mich bei Ela und nahm den Anruf entgegen.

»Komm sofort nach draußen«, zischte Carina ohne jegliche Begrüßung in mein Ohr. »Ich parke am Lieferanteneingang.« Ohne eine Antwort legte sie auf.

»Ist etwas passiert?« Ela wirkte alarmiert.

In dem Moment sah ich zwei Tische weiter Chris und Noah, zusammen mit Gloria. Sie alle starrten in unsere Richtung. Zwischen all den Gästen hatte ich sie beim Reinkommen nicht bemerkt. Hatten sie ihre Mutter angerufen, damit sie mich loswurden?

»Nur eine … Familiensache.«

Ela kniff die Augen zusammen, als könnte sie die Wahrheit damit besser sehen. »Wenn du irgendwie Hilfe brauchst …«

Ich lachte beinahe auf. Das schlug ausgerechnet sie vor? Das Mädchen, dem eben beinahe von einer Dunkelhexe Blut abgezapft worden wäre. Aber natürlich war sie sich der wahren Gefahr nicht bewusst. Umso freundlicher – aus Sicht einer Unwissenden – war ein Hilfsangebot bezüglich meiner *Familiensache*. Schließlich kannte sie mich nicht.

»Das ist nett, aber …«, versuchte ich, mich herauszureden.

Ela nickte wissend und murmelte, wie schwierig Familie sein konnte. Dabei wurde ihr Blick so wehmütig, dass ich sie gerne nach ihrer Familie gefragt hätte.

»Es tut mir leid. Meine Stiefmutter braucht mich, ich muss jetzt gehen«, sagte ich und aus einem Instinkt heraus griff ich nach Elas linker Hand, die auf dem Tisch ruhte. Allein diese so einfache Geste sorgte für eine Explosion in meinem Inneren. Ich spürte ihren Puls in den feinen Adern auf ihrem Handrücken, etwas, das eigentlich unmöglich sein sollte. Schnell riss ich meine Hand zurück. »Ich sorge dafür, dass meine Brüder dich nach Hause begleiten.« Auch wenn allein der Gedanke daran einen Würgereiz auslöste. Oberste Priorität hatte jedoch ihr Schutz vor der Dunkelhexe.

»Ich hoffe, wir sehen uns bald wieder.« In Elas Stimme schwang jene Trauer mit, die mit Erwähnung ihrer Familie wie eine Welle über sie gekommen war.

»Das hoffe ich auch«, sagte ich vollkommen ehrlich. Ich wollte sie nicht nur beschützen, solange sie in der Stadt war, sondern auch kennenlernen, Zeit mit ihr verbringen – und sei sie noch so begrenzt, weil sie nur zwei Wochen in der Stadt war. »Bis morgen früh in der Schule.«

Ich ging schnell zu Trixie und bezahlte die Milchshakes, dann hinüber zum Tisch mit meinen Brüdern. Ich hatte keine Zeit für Vorwürfe, daher verlangte ich nur:

»Passt auf sie auf. Begleitet sie nach Hause. Carina holt mich gleich ab.«

Noah stieß ein abfälliges Lachen aus, Chris hingegen sah von mir zu Ela und wieder zurück, ehe er nickte.

Dann verließ ich das Palmencafé durch den Hintereingang. Carina wartete bereits mit laufendem Motor. Wortlos stieg ich ein und sie fuhr los, ehe ich mich angeschnallt hatte. Die Fahrt die Lange Straße entlang, in der auch Ela vorübergehend wohnte, dauerte nicht lange, sonst hätte es bei Carinas Fahrstil garantiert einen Unfall gegeben.

Kaum, dass wir zu Hause im Foyer angekommen waren, baute sich Carina vor mir auf und brüllte mich seit langer Zeit das erste Mal an. Ihre Wut zeichnete tiefe Furchen um ihre Augen und ihre Lippen. »Wie kannst du es wagen, dich ihr anzunähern! Hast du die Regeln vergessen?« Sie trat so dicht zu mir, dass ich instinktiv zurückweichen wollte. Doch sie hielt mich mit ihrer Magie an Ort und Stelle. »Woher kennst du das Mädchen?« Carinas Atem stach mir bei jeder Silbe wie Nadeln ins Gesicht.

Vollkommen verwirrt stotterte ich: »Aus der Schule, Ela ist die neue italienische Gastschülerin, sie ist seit gestern hier. Warum?«

Carina lockerte den Bannzauber, der mich festgehalten hatte, und zog mich wie an einer Leine mit sich ins Wohnzimmer, wo sie eine ihrer Klatschzeitungen vom Tisch nahm und mit einem Wedeln ihrer Finger die Seiten umblättern ließ. Es war eine Sonderausgabe der *Hexen heute*, die dem

Datum nach tatsächlich heute ins Haus geflattert war. Ansonsten erschien sie monatlich.

Carina hatte gefunden, was sie gesucht hatte, und hielt mir das *Magazin für moderne Hexen* so dicht vor die Nase, dass ich rein gar nichts erkennen konnte, bis sie es etwas entfernte.

Meine Augen erfassten das Bild, über dem die Headline als Textbanner vorüberzog wie im Fernsehen. Meine Brust war wie zugeschnürt, als ich wieder und wieder versuchte, das Gesehene zu verstehen. Dagegen ankämpfte, die Person zu erkennen, die auf dem Foto Seite an Seite mit Gloria stand – mit ebenso langen dunklen Haaren – und in die Kamera lächelte: Ela.

## ~ 15 ~

## ADELA

Ich blieb im Eiscafé zurück und überlegte, was so Dringendes in Tristans Familie geschehen sein könnte. Die Aromen des Milchshakes explodierten in meinem Mund und ich schrak regelrecht zusammen, als Glorias Stimme zu mir durchdrang.

»Ela!«, brüllte sie über den Tisch zwischen uns hinweg. »Willst du dich nicht zu uns setzen?« Ich sah sie skeptisch an. Weil ich nicht antwortete, stieß sie Christoph und Noah an. Wenig später saß meine Schwester neben mir, die Jungs mir gegenüber. Gloria beugte sich nah an mein Ohr.

»Du kannst ihnen die Wahrheit erzählen«, flüsterte sie mir zu. »Mamma hat mir eine Nachricht geschickt. Das Tageblatt hat das Familienfoto veröffentlicht, das für die Sonderausgabe zum Ball geplant war. Alle Klatschblätter haben die Nachricht aufgegriffen. Deine Tarnung ist hinfällig.«

Ich keuchte auf. Das konnte nicht sein. Tristan sollte es aus meinem Mund hören, ich brauchte mehr Zeit, mehr …

Magie leuchtete auf, Gloria zerschnitt mit einer kurzen Bewegung ihres Zeigefingers unter dem Aufleuchten ihrer

Sigille mein Armband. Es landete mit einem leisen Geräusch auf dem Tisch. Mein Handgelenk kribbelte, als der eingeflochtene Stein keinen Hautkontakt mehr hatte.

Christoph und Noah starrten mit weit aufgerissenen Augen auf meinen bloßen Unterarm hinab, wo in blassem Schimmer ein dunkler Tintenfleck erschien, der sich zu den Linien der Sigille formte wie damals bei dem Initiationszauber. Jede einzelne Zelle meines Körpers schien zu erwachen. Energie brauste durch jede Ader, klärte meinen Verstand und ließ alles realer wirken, intensiver.

»Du bist eine Hexe?«, rief Noah so laut, dass sich die anderen Gäste des Cafés zu uns umdrehten. Dann schüttelten sie die Köpfe, beschwerten sich über den »Umgangston« der heutigen Jugend und widmeten sich wieder ihren Gesprächen.

»Wie bei allen Dunkelhexen konntest du dich vor uns verbergen?«, fragte Noah mit zusammengekniffenen Augen. Gloria deutete auf das Armband. Noah wollte schon danach greifen, als Gloria erklärte, was der eingeflochtene Hämatit mit der Magie anstellte.

Noah wich so schnell zurück, dass er gegen die Stuhllehne knallte und die Stuhlbeine über den Boden scharrten. »Wer tut so etwas freiwillig?«

Ich warf Gloria sofort einen stechenden Blick zu. Noch mehr sollte sie ihren neuen Freunden nicht erzählen!

Plötzlich begann Noah zu grinsen.

Christoph sah seinen Bruder skeptisch an. »Was ist daran so lustig?«

»Jetzt verstehe ich, warum Tristan so schnell gehen musste. Unsere Mutter hat dich sicher erkannt.«

»Woher sollte sie mich kennen?«, hakte ich sofort nach. Mir gefiel das hämische Grinsen in seinem Gesicht ganz und gar nicht.

Er hob sein Handy vom Tisch vor uns und wedelte damit herum. »Mama hat mich gefragt, ob ich vielleicht wüsste, wo Tristan stecke, und da hab ich ihr ein Foto von euch geschickt.«

Es kostete mich die allergrößte Mühe, diesen gehässigen Idioten nicht gegen die gläserne Fassade des Cafés zu schleudern. Hexenfunken stoben von meiner linken Hand auf, meine Wut über sein Verhalten wandelte sich in Zorn. Ich stand auf, obwohl Gloria versuchte, mich an der Schulter nach unten zu drücken.

»Du scheinst es ja ernsthaft nötig zu haben«, zischte ich Noah entgegen. »Bist du so eifersüchtig auf deinen Bruder, dass du Tristan bei deiner Mutter verpetzt? Ernsthaft?«

Ich wartete nicht auf eine Antwort, sondern verließ das Café, ehe ich noch ein echtes – verbotenes! – Duell riskierte.

Später fand ich mich vor einem schmiedeisernen Tor wieder, in das in verschnörkelten Buchstaben »Atwood« eingelassen war. Ich musste mich bei Tristan entschuldigen und ihm alles erklären.

Ich schob das Tor einen Spalt weit auf und folgte dem Pfad zu dem großen barocken Anwesen, das wie aus der Zeit gefallen schien. Irgendwo dahinter musste ein Kräutergarten liegen. Seine intensiven Aromen tränkten die Luft, die ansonsten nach Harz, Moos und feuchter Erde roch.

Ich stieg die fünf Stufen zur von Pilastern eingerahmten Eingangstür hoch und drückte die Klingel. Das Geschrei einer Frau, das zuvor noch zu mir durchgedrungen war, verstummte. Dann wurde die Tür geöffnet.

Ich kannte Carina Brand von Fotos, die ihr aber nicht gerecht wurden. Ihre Erscheinung war wahrhaft einschüchternd. Sie war mächtig, das konnte ich selbst ohne Berührung spüren. Und dennoch erschrak sie bei meinem Anblick.

»Ich möchte mit Tristan sprechen«, sagte ich mit fester Stimme. Carina Brands Augen huschten hin und her, dann sah sie zu einer Stelle, die sich mir verbarg. Hatte sie Tristan etwas angetan? Ich drängte mich an ihr vorbei ins Innere des Hauses, rief die Magie meiner Sigille, um ihr notfalls entgegentreten zu können, sollte sie sich mir in den Weg stellen.

Tristan trat gerade über die Schwelle in den Eingangsbereich, der sich oben zu einer Galerie öffnete. Die hohe Decke war mit Stuckelementen verziert.

Pure Erleichterung durchflutete mich. Ihm war offenbar nichts zugestoßen. Mit schnellen Schritten ging ich in seine Richtung, merkte dann jedoch, wie abweisend er sich verhielt. Seine blauen Augen waren voller Schmerz und tiefer Enttäuschung.

»Tristan, ich …« Warum hatte ich ihn nicht eingeweiht, als ich herausgefunden hatte, dass er kein Dunkelmagier war?

Ich beantwortete mir die Frage selbst. Weil ich genau das befürchtet hatte. Seine Reaktion auf das, was ich war. Ehe ich mir irgendwas überlegen konnte, Worte zurechtlegen konnte, wandte er sich von mir ab und flüchtete die Stufen hinauf. Ein kleiner Hund folgte ihm hastig.

Ich sah beiden hinterher, bis sie in einem Flur verschwanden, der von der Galerie abging.

»Adela Mescinia«, säuselte Carina Brand hinter mir. »Es ist mir eine solche Ehre, Sie bei uns willkommen zu heißen.«

Am liebsten wäre ich abgehauen. Ernsthaft. Meine Mission war beendet, ich war geoutet. Ein enttarnter Spion. Was bedeutete, dass nun der offizielle Teil der Ritualvorbereitungen begann. Der Part, den ich verabscheute. Jede Hexe kannte die Gerüchte um unsere Familie, wusste, dass die »Mescinia-Tochter« frühzeitig ihren Meister gemacht hatte. Meine Macht war legendär, weil zwar ein Bannzauber über der Prophezeiung lag, das Wissen um die dunkelhaarige Hexe, die das Ritual durchführen würde, jedoch schon zuvor durchgesickert war. Nur bislang hielten alle Gloria für die einzige Mescinia-Erbin. Unter ihrem Namen hatte ich all meine Forschungen veröffentlicht. Mamma hatte mir vor meiner Abreise versichert, dass mit der Veröffentlichung am Tag des ersten Balles jede halbwegs intelligente Hexe schlussfolgern würde, dass ich eine der in der Prophezeiung genannten Auserwählten sein könnte, die in der Walpurgisnacht das wichtigste Ritual des Jahrzehnts vollziehen würde. Christoph und Noah waren so erpicht darauf gewesen, sich mit Gloria anzufreunden. Jetzt musste ihnen und auch Carina Brand klar sein, dass sie sich vielleicht getäuscht und die falsche Hexe bezirzt hatten.

Dieses falsche Getue war mir zuwider! Genau aus diesem Grund hatte ich mich nicht outen wollen, hatte unter falschem Namen hier alle besser kennenlernen wollen. Doch das war nun vorbei. Ich straffte die Schultern, hob mein Kinn und setzte ein falsches Lächeln auf, ehe ich mich zu

Carina Brand umdrehte und ihr meine linke Hand entgegenstreckte, die sie sofort annahm. Wir umfassten unsere Handgelenke nach alter Tradition. Meine Finger berührten ihre Sigille und ich spürte ihre Kraft. Es war die Hexenversion einer Visitenkarte.

In ihren Augen funkelte die Gier, doch die verblasste schnell, als sie meine Magie ertastete, die ich bewusst zurückhielt. Dennoch lächelte sie mich höflich an.

Gerade als wir uns losgelassen hatten, trat eine weitere Frau ins Foyer. Ich erkannte sie sofort. Mit ihren schwarzen Haaren und den schon fast blockförmig ergrauten Strähnen entsprach sie genau den Fotos in den Unterlagen des Rates. Heloise Morèl, Zirkelmeisterin der Lyoner Hexen, Jugendfreundin von Carina Brand.

Ihre Augen weiteten sich und sie stieß einen begeisterten Ausruf aus, ehe sie meinen Arm an sich riss.

»Eine Mescinia in unserem Haus!«, quiekte sie begeistert. Ich verabscheute es, auf den Ruhm meiner Familie reduziert zu werden. Ich hatte als jüngste Hexe überhaupt den Meister in Zaubertränken gemacht und meine Experimente aus einer Verbindung von Magie und menschlicher Pharmazie hatten Gloria etliche Preise renommierter Wissenschaftszirkel eingebracht. Aber jeder sah in mir nur die Tochter einer der ältesten und mächtigsten Hexendynastien.

Ich erinnerte mich jedoch an meine Manieren und begrüßte Frau Morèl so höflich wie möglich.

»Carina, wieso hast du nicht gesagt, dass sie herkommt? Ich organisiere uns Kaffee, Tee und Gebäck.«

Diese Frau war mir zu aufgedreht und ich war froh, als sie – vermutlich in Richtung Küche – verschwand. Die

Zirkelmeisterin schmunzelte, was sie sogar einen Hauch sympathisch machte.

Doch sobald ich mich erinnerte, wie ihre Söhne mit ihrem Stiefbruder umgingen, verdüsterte sich meine Stimmung.

»Lassen Sie uns ins Esszimmer gehen, meine Liebe! Heloise ist sicher gleich zurück.«

Ich folgte ihr durch einen offenen Durchgang in ein Wohnzimmer mit Essbereich, in das man jeden Moment königlichen Besuch aus vergangenen Jahrhunderten erwarten könnte. Die Wände waren teils mit blumigen Tapeten beklebt, teils weiß gestrichen und mit zahlreichen Ornamenten verziert. Selbst der Flachbildfernseher saß in einem vergoldeten Stuckrahmen und wirkte sehr fehl am Platz.

Ich nutzte die Gelegenheit, Carina Brand auszufragen, während ich auf dem von ihr mit einem Fingerzeig und einem zarten Windhauch zurechtgerückten Stuhl Platz nahm.

»Wie kommt es, dass im Rat niemand von Tristan weiß?«

Frau Brand fuhr vor Schreck zusammen und fiel auf den Stuhl mir gegenüber, anstatt sich langsam zu setzen. Sie war kreidebleich, als sie stammelte: »Das war der letzte Wille seines Vaters.«

»Das ist unmöglich. Der Rat würde nie …«

Frau Brand unterbrach mich. »Der Rat wusste nie von ihm. Tristan ist ein Bastard«, ich schluckte hart bei dieser abwertenden alten Bezeichnung. »Er wurde Liam als ein einige Wochen alter Säugling vor die Tür gesetzt. Ohne eine Blutsprüfung hätte er vermutlich nicht einmal gewusst, dass er einen Sohn hatte.« Sie sah mich durchdringend an. »Es war der Wunsch meines Ehemannes an mich, dass ich

Tristan weiterhin bei mir behalte. Er hat es per Dekret eingefordert. Wenn ich es breche …« Sie schluckte, anstatt fortzufahren. Dann schüttelte sie den Kopf. Ich hätte auf einer Antwort bestehen können, was aber mein Interesse an Tristan hervorgehoben hätte. Ich war mir nicht sicher, ob sie ihn dann als Druckmittel verwenden würde.

»Er ist untalentiert, weshalb auch nie eine offizielle Aufnahme in die Dokumente vonnöten war. Ich habe gegen keinerlei Hexenrecht verstoßen.«

Natürlich verteidigte sie sich! Ehe ich etwas erwidern konnte, trat Heloise Morèl in den Raum. Neben ihr schwebte ein riesengroßes Tablett mit allerlei Köstlichkeiten.

»Voilà«, sagte sie und das goldene Tablett senkte sich langsam auf den Tisch. Umhüllt von einem Schimmer, der sich sogleich legte. Vor mir standen mehrere Tassen und Gläser zur Auswahl. Wollte sie mich mit Koffein umbringen?

»Ich wusste nicht, was du … Darf ich di… Sie überhaupt duzen?« Die zuvor noch so überdrehte Freundin von Frau Brand war nun leicht panisch.

Ich lächelte. Mir waren die ganzen Höflichkeitsfloskeln sowieso zu viel, daher nickte ich. »Ich bin Adela.«

»Nenn mich Heloise. Und das ist Carina.« Sie gestikulierte zur deutschen Zirkelmeisterin, die offensichtlich nicht ganz so angetan von der Idee war. Vermutlich war sie in dieser Hinsicht etwas altmodisch wie auch die Ratsvorsitzende Calliope. Ich hatte sie erst beim Vornamen nennen dürfen, nachdem ich mich in ihren Augen bewiesen hatte.

»Über was habt ihr gerade gesprochen? Hast du Adela schon von Christophs ausgezeichneten Fähigkeiten im Bezug auf Täuschungsmagie berichtet?«, drängte Heloise ihre Freundin, die sie sogleich mit einem finsteren Blick zum Verstummen brachte.

»Ich habe eine ganz andere Seite an Christoph kennengelernt«, erwiderte ich und hob den Arm, um meine Magie loszulassen. Sofort bildete sich ein schwaches Nebelfeld zwischen uns und ich zeigte ihr meine Erinnerungen an Christoph und Noah. Wie sie Tristan malträtierten – ein eindeutiger Verstoß gegen die Gesetze zur Einweihung von Untalentierten. Dass man Eingeweihte verhexte, nur weil man es konnte, war strengstens untersagt.

Carina erstarrte, während Heloise nur abwinkte. »Jungmagier! Es gibt heute viel zu wenig Möglichkeiten, sich zu beweisen.«

Ich kniff die Augen zusammen und sah mir die Französin genauer an. Gehörte sie zu den Traditionalisten? War sie ebenfalls gegen das Occultatum und für freie Magie, damit Junghexen und Jungmagier ihre Magie wieder frei ausleben konnten? Ich notierte mir in Gedanken, meine Eltern auf sie anzusetzen. Der Rat wusste, dass sie oft hier zu Besuch war. Die Dunkelhexen-Aktivitäten könnten womöglich von ihr ausgehen. Vielleicht ergab sich jedoch auch schon vorher eine Möglichkeit, etwas mehr herauszufinden. Ich wandte mich direkt an Carina Brand:

»Wo bist du am Abend des Angriffs in deinem Wohnort gewesen? Wie konnte es so weit kommen?«, fragte ich und sandte einen Hauch Magie aus, um meine Sinne zu schärfen und das schwere Parfüm der beiden zu neutralisieren. Ich beobachtete die Reaktion von beiden, sog so unauffällig wie möglich die Luft ein, um ihre Gefühle riechen zu können.

»Es war schrecklich! Carina war bei mir zu Besuch, sie wollte noch etwas entspannen, ehe der ganze Stress rund um die Bälle und das Walpurgisritual losgehen. Wir haben erst durch die offizielle Mitteilung vom Rat davon erfahren.« Heloise sah erschüttert aus, was auch ihr Geruch bestätigte. »Gleich als wir davon gehört haben, sind wir via Sigillenfährte hergereist und haben bei den Aufräumarbeiten geholfen.« Sie sah zu Carina, die den Mund zur Antwort geöffnet hatte, aber nicht zu Wort kam. Ihre Gefühle waren nicht ganz so einfach zu riechen wie die von Heloise, aber auch an ihr erkannte ich weder eine säuerliche Note, noch drang Zufriedenheit in irgendeiner Art zu mir hindurch. »Es wirft ein so schlechtes Bild auf einen Zirkel, wenn eine solche Untat in der Nähe geschieht.«

Ich nickte nur und griff nun endlich zu dem Café au lait vor mir. Ich verbrannte mir beinahe die Finger an der henkellosen Tasse, der *Bol*, und zischte kurz, woraufhin Heloise besorgt zu mir sah. Als ich signalisierte, dass alles in Ordnung war, redete sie weiter. Und weiter. Diese Frau war echt anstrengend. Meine Gedanken schweiften immer wieder zu Tristan, der irgendwo ein Stockwerk über mir war und sich in seine – nachvollziehbare – Enttäuschung hineinsteigerte. Ich hätte mich so gerne mit ihm ausgesprochen, anstatt hier mit den zwei Zirkelmeisterinnen zum Kaffeeklatsch zu sitzen.

Mehrmals machte ich Anstalten, aufzubrechen, doch Heloise musste mir stets noch etwas erzählen. Und zwar so lange, bis Christoph und Noah nach Hause kamen und von ihrer Mutter und Heloise dazu genötigt wurden, sich bei mir einzuschleimen. Immer wieder betonten beide, dass sie meine Schwester doch bitte auch unbedingt bald kennenlernen wollten.

Irgendwann konnte ich mich losreißen, lehnte auch schnell das Angebot von Heloise ab, mich zu meiner Gastmutter zu fahren, und nutzte den Spaziergang und die frische Luft, um meine Gedanken zu klären. Neben Ingrids Wagen auf der großen gepflasterten Fläche vor dem Bauernhaus stand Gloria. Mit einem Ausdruck im Gesicht, der mich sofort alarmierte.

»Wieso gehst du nicht an dein Handy?«, sagte sie statt einer Begrüßung.

»Meine Lehrerin hat es einkassiert«, erwiderte ich. Jetzt, wo ich wieder Magie wirken konnte, materialisierte ich es. Zig Anrufe und Nachrichten von Gloria wurden angezeigt. »Ist etwas passiert? Gab es wieder einen Angriff?«

Sie starrte mich eine gefühlte Ewigkeit an, musterte mich abschätzend, wie ich es nie von ihr gesehen hatte.

»Du hast dich in meinen Auftrag eingemischt«, sagte sie in eiskaltem Tonfall. »Die Brand-Brüder waren mir zugeteilt, du hattest kein Recht, zu ihnen …«

Ich konnte sie nur mit offenem Mund anstarren, bis ich meine Sprache wiederfand. »Du bist … eifersüchtig? Auf diese … oberflächlichen Idioten, die sich mir bis eben so angebiedert haben, dass ich nur noch die Flucht ergreifen wollte?«

Sie schnaubte, ehe sie sich wieder unter Kontrolle bekam. »Vielleicht finde ich Noah ja ganz interessant.«

Ich atmete langsam ein, um zu prüfen, ob sie es ernst meinte. Etwas Seltsames lag in der Luft, das ich nicht bestimmen konnte.

»Noah? Ausgerechnet er? Christoph ist ja noch okay – glaube ich, aber Noah? Er … Ist er nicht etwas zu jung für dich?« Selbst wenn Noah mein Ritualpartner werden würde, hieße das ja nicht, dass ich … Allein der Gedanke verursachte Übelkeit.

Für einen kurzen Moment wurde Glorias Gesicht weich. »Als wäre mir wichtig, was andere denken. Wünsch mir viel Spaß.«

»Bei was?«

Ihre Augen funkelten, dann legte sich ein Grinsen auf ihre Lippen. »Ich habe jetzt ein Date.«

Ehe ich mich übergeben – oder etwas sagen – konnte, befand sie sich schon auf dem Gehweg und ging die Straße entlang – in die Richtung, aus der ich eben gekommen war. Ich überlegte, ihr zu folgen, sie vor Enttäuschung zu bewahren, aber schließlich war sie alt genug und hatte außerdem noch jede Menge Zeit, aus Jugendfehlern zu lernen. Ich sollte mich für sie freuen.

## ~ 16 ~

## TRISTAN

Ich musste von hier verschwinden. Carinas Zeitschrift hatte sich mir ins Hirn gebrannt. Wann immer ich nun die Augen schloss, sah ich dieses Familienfoto der mächtigsten Hexendynastie Italiens, zu der zwei Töchter gehörten. Was bis jetzt niemand gewusst hatte. Wie hatte ich mich derart blenden lassen können? Ich Idiot war auf sie hereingefallen, auf ihre Spielchen, auf die hübsche Austauschschülerin mit dem freundlichen, aufgeschlossenen Lächeln. Ich schlug auf die Matratze unter mir und Roger sah mich vorwurfsvoll an. Schnell kraulte ich ihn weiter. Er lachte wenigstens nicht über mich. Über den Untalentierten, der geglaubt hatte, eine mächtige Hexe vor einer Dunkelhexe beschützen zu können. Die Dunkelhexe musste *Adela Mescinia* überrumpelt haben. Oder war es nur Show gewesen und der Angriff inszeniert? Hatte Adela gehofft, dass Chris oder Noah sie retten würde? Theoretisch könnten sie vom Alter her beide als Ritualpartner für Gloria infrage kommen. Vielleicht sollte Ela – Adela! – sie irgendwie vorab … testen. Warum bei allen Dunkelhexen fühlte sich allein dieser Gedanke an wie ein Stich in meiner Brust? Ich hatte mich nie an der Seite einer

Hexe gesehen, hatte mich stets so weit wie möglich von ihnen allen ferngehalten.

Roger jaulte auf. Meine Finger hatten sich fest um sein Halsband gekrampft.

»Sorry, Kleiner«, murmelte ich und tätschelte seinen kleinen Kopf. »Ich bin total neben der Spur. Ich muss raus hier.«

Roger starrte mich mit schräg gelegtem Kopf an, als versuchte er, zu verstehen, was ich plante – außer ihn nicht weiter zu kraulen.

Ich stand auf, öffnete das Fenster und stieg hinaus auf das Flachdach der Garage. Von dort aus ließ ich mich ins Gebüsch fallen und rannte in den Wald.

Ich hoffte, dass eine kleine Trainingsrunde meinen Kopf etwas freimachen würde und das neue Bild von Ela – *Adela* – vertrieb, das sich dort breitgemacht hatte.

Jeans und T-Shirt waren nicht das beste Trainingsoutfit, dennoch übte ich diverse Tritte und Stöße an dem mit leichtem Moos überzogenen uralten Boxsack, der von einem dicken Ast baumelte. Mit jedem Ausweichen des schwingenden Gegners, jedem Treffer, bei dem ich seine Kraft für mich ausnutzte – der Grundlage des Jiu-Jitsu – fokussierte sich mein Geist, wie ich es damals – als mein Vater noch gelebt hatte – gelernt hatte. Er hatte mir von Bushidô erzählt, das die Hexen vor langer Zeit in Japan gemeinsam mit den Samurai entwickelt hatten. Meinem Vater hatten die Tugenden des alten Verhaltenskodex viel bedeutet. Er hatte danach gelebt und mir beigebracht, mir selbst gegenüber treu zu sein. Nach seinem Tribunal hatte ich mich vom Jiu-Jitsu abgewendet, glaubte, dass die anderen Tugenden Papa dazu gebracht hatten, zur Blutmagie zu greifen – doch je mehr ich gezweifelt hatte, desto klarer wurde mir, dass er es niemals so weit hätte kommen lassen. Aber wer glaubte schon einem Kind, das seinen Vater vermisste. Die Inquisitorin, die oberste Hexenjägerin, hatte den Fall abgeschlossen und ich hatte mir geschworen, mich sobald es ging, aus der Hexenwelt zurückzuziehen. Dabei habe ich das Training wieder aufgenommen, ein Weg, mich meinem Vater nahe zu fühlen. Und doch war es Ela gewesen, die dies tatsächlich bewirkt hatte.

Der Boxsack schwang auf mich zu und ich wich nicht schnell genug zur Seite, um seine Kraft zu übertragen, daher nutzte ich eine der einstudierten Falltechniken, spürte den Luftzug meines Gegners, als er zurückkam, rollte mich zur Seite und sprang auf, um ihn mit einem gezielten Stoß zum Anhalten zu bringen. Doch beim nächsten Schlag prallte mein Handballen auf Beton anstatt nachgiebiges Leder. Der Schmerz fuhr wie ein Blitz meinen Arm hinauf und ich rang nach Atem.

Noahs spöttisches Lachen gab mir die Erklärung für die Veränderung des Boxsackes. Hatten mich die beiden gesucht? Sie kamen sonst nie hierher.

»Was tust du hier?«, fragte Chris und sah sich um. Noah flüsterte ihm etwas zu, woraufhin Chris' Sigille aufleuchtete. Die Magie floss über den Boden und die vereinzelten freiliegenden Wurzeln kamen in Bewegung. Wie Schlangen krochen sie über den Boden und packten nach meinen Füßen. Den Trick wendete er nicht das erste Mal an, daher konnte ich den Wurzeln gezielt ausweichen, während Chris sich in Noahs Bewunderung sonnte: »Schade, dass Adela nicht hier ist, Mann. Sie wäre garantiert beeindruckt, Bruderherz.«

Mir entging der Sarkasmus in Noahs Stimme nicht.

Offensichtlich hörte ihn auch Chris heraus, denn er legte sofort einen Zauber nach. Meine Schnürsenkel öffneten sich und ich blieb bei meinem nächsten Versuch, einer Wurzel auszuweichen, hängen und stürzte auf die Knie.

Es war Noah, dessen Sigille nun aufleuchtete und eine Welle von Magie zu mir schickte. Die schlangenhaften Wurzeln krochen binnen eines Wimpernschlags über meinen gesamten Körper und wurden zu Dornengestrüpp, sodass ich mich nicht länger rühren konnte. Es sei denn, ich würde mir die Haut komplett vom Körper kratzen wollen. Er sah von weit oben auf mich herab und seine Augen flackerten vor aufgestauter Wut.

»Mama hat geschrieben und lässt ausrichten, dass du dich von Adela fernhalten sollst. Bei ihrer Herkunft duldet sie keinen halbblütigen Abschaum wie dich«, sagte Noah mit abfälligem Grinsen, ehe er sich abwandte, Chris auf den Rücken schlug und pfeifend davonging. Als hätte ich das nicht sowieso vorgehabt. Nie würde ich ihr die Lüge über ihre falsche Identität verzeihen. Auch nicht, wenn sie eine mächtige Hexe war. Niemals.

Chris sah kurz zu mir nach unten, dann folgte er unserem jüngeren Bruder, dessen abfällige Worte an Chris wie ein Zischen durch den Wald hallten: »Ich kann nicht verstehen, warum Mama geschrieben hat, dass du um die Gunst von Gloria und Adela kämpfen sollst. Gloria wird als Gehilfen sicher keinen Schwächling an ihrer Seite haben wollen.«

Seine Missgunst vergiftete die Luft im Wald, sie triefte aus jedem einzelnen Wort, während mir ein leichter Windstoß die Haare in die Augen fegte. Im nächsten Moment konnte ich mich wieder bewegen. Die Wurzeln zogen sich zurück und ich konnte nur zusehen, wie Chris seinen linken Arm hinter dem Rücken verbarg, damit Noah nicht sehen konnte, wie seine Sigille schimmerte, weil er mich befreit hatte.

Ich schnürte meine Schuhe und folgte den beiden langsam nach Hause, wo ich mich unbemerkt wieder über die Garage in mein Zimmer schlich, um darüber nachzudenken, wann aus unserem jüngsten Bruder ein solches Ekel geworden war, das sogar gegen sein großes Idol Chris wetterte. Oder hatte ich es bislang nur nicht bemerkt?

Von unten drang Heloises übertriebenes Lachen bis zu mir hinauf. Ich mochte mir gar nicht ausmalen, wie sie jetzt mit meiner Stiefmutter und meinen Stiefbrüdern unten saß und sich gemeinsam mit Adela amüsierte. Wie Adela über den untalentierten Tristan lachte.

Zum ersten Mal seit Vaters Tod, seit die weißgekleideten Jäger unser Haus gestürmt hatten, keimte der Wunsch in mir, Magie wirken zu können. Ich wollte mich wehren können, wollte ihnen entgegentreten und ernsthafte Chancen haben. Ein kleiner Teil von mir malte sich aus, wie dumm Chris und vor allem Noah schauen würden, wenn ich nicht länger ihr wehrloser Übungsdummy war.

Um mich abzulenken, machte ich meine Hausaufgaben und fiel spät am Abend mit knurrendem Magen in einen Dämmerzustand, den man kaum Schlaf nennen konnte, Roger dicht an mich gekuschelt.

Am nächsten Morgen wartete ausnahmsweise Mara auf mich statt umgekehrt. »Du siehst aus, als wäre jemand gestorben.«

»Ich habe nur schlecht geschlafen«, brummelte ich, sah

anschließend demonstrativ auf den Weg zum Schulgebäude und ging los.

Mara ignorierte meisterhaft, dass das Gespräch von meiner Seite aus beendet war. »Hattest du etwa unanständige Träume von Ela?« Ich musste nicht hinsehen, um zu wissen, wie breit ihr Grinsen war.

Ich schnaubte. Wenn es doch nur so einfach wäre!

»Sie hatte offenbar dieselbe Sehnsucht. Hach!« Mara sah an mir vorbei zu Adela. Ein paar Schritte weiter, direkt am Eingang des Schulgebäudes, standen Chris, Noah und Gloria. Auf Letztere redete Patricia ein.

Jetzt, wo ich die Wahrheit über Adela kannte, wirkte sie irgendwie grau. Als hätte man ihrem Foto mittels Filter die Farbe entzogen. Sie war hübsch wie eh und je, aber nicht mehr so strahlend.

Ich ging einfach weiter neben Mara her, ohne Adela direkt anzusehen. Sie spielte an ihrem linken Arm wie so oft, eine Geste, die ich immer für ein Zeichen von Nervosität gehalten hatte. Naiver Idiot! Natürlich war es ein Blockadezauber, eine magische Fessel, die die Weißroben, die Hexenjäger, damals auch meinem Vater angelegt hatten, sobald sie ihn überwältigt hatten. Ich hätte den schimmernden Stein erkennen sollen, aber ich war ja von ihrem zarten Handgelenk abgelenkt gewesen. Im Nachhinein hätte ich mich dafür ohrfeigen können. Vater hatte sie Hexensteine genannt. Hämatit bannte magische Kräfte und wurde eingesetzt, um die Hexen wehrlos zu machen. Nur so hatten die Jäger sie überrumpeln können. Wie meinen Vater.

Mara und ich gingen den Weg entlang in ihre Richtung – schließlich mussten wir irgendwann an ihr vorbei. Ich sah zum Schulgebäude, zu den ankommenden Mitschülern … überall hin, nur nicht zu *ihr*.

Dann verriet mich Mara. »Verdammt!«, sagte sie übertrieben laut und betonte jede nachfolgende Silbe einzeln. »Ich habe … etwas im Roller vergessen.« Und schon war sie weg und ich stand allein rund zwei Meter entfernt von der Erbin einer der mächtigsten Hexendynastien der Welt. So nah, dass eine Gänsehaut meine Arme überzog.

»Ich wollte das nicht«, sagte Adela so leise, dass ich sie kaum verstehen konnte. Ich sah wieder zur Schule, sah, wie die Untalentierten ihren Weg gingen und nicht ahnten, dass sie gerade Zeuge des Ergebnisses mieser Intrigen einer Hexe wurden. Die Glücklichen!

Dann stand sie bei mir. So dicht, dass ihre Körperwärme meine Gänsehaut besänftigte. Ihre Sigille leuchtete schwach und zog meinen Blick auf sich. Wie von selbst versuchte ich, die Punkte der Spitzen den Buchstaben auf dem Hexenrad zuzuordnen – ein Spiel meiner Kindheit, als ich noch geglaubt hatte, selbst ein Teil dieser Welt zu werden.

»Na, wenn das nicht das neue Traumpaar unserer Schule ist!«, rief Patricia und zu meiner Verwunderung ergänzte Gloria ebenfalls laut genug, dass wir es hören konnten: »Die beiden passen doch perfekt zusammen.«

Adelas Blick flog schockiert zu Gloria, ihrer *Schwester*. Auch ohne ihre Gehässigkeit wäre ihre Schönheit neben der von Adela verblasst. Gloria besaß schon jetzt die verbitterten, grausamen Züge meiner Stiefmutter. Was war nur zwischen den Geschwistern vorgefallen?

Es war ausgerechnet eine weitere Untalentierte, die nun die Stimme erhob und sich neben den Hexen aufbaute, als hätte sie sich ebenfalls dazugebeamt: »Vielleicht solltet ihr euch einfach um eure Angelegenheiten kümmern.« Alex hatte einen so herrischen Ton drauf, wie ich ihn nie für möglich gehalten hatte. Den Hexen ging es offenbar ähnlich, denn keiner erwiderte auch nur ein Wort, als Alex zu Adela und mir trat und uns begrüßte.

»Wer hat dir denn erlaubt, dich einzumischen?«, schnaubte Patricia.

»Ich brauche keine Erlaubnis. Das ist ein freies Land und jeder hat das Recht auf das Aussprechen der Wahrheit.« Alex hatte offenbar Todessehnsucht. Patricia kniff ihre Augen zusammen und ersuchte um Unterstützung bei ihrer Clique. Doch meine Geschwister sowie Gloria hatten kein Interesse an einem Schlagabtausch zwischen Untalentierten. Sämtliche Blicke aus Hexenaugen starrten, ohne zu blinzeln, auf Adela und mich.

Doch die Show war vorbei. Mara hatte wohl gefunden, was sie vergessen hatte, und kam vom Parkplatz hergelaufen, hakte mich nach einem kurzen Gruß an Adela und Alex unter und wir ließen alle anderen hinter uns, wie es auch die letzten Jahre immer war.

Wir beide gegen den Rest der Welt, hatte Mara einmal in verschwörerischem Ton gesagt. Das hatte bis zu Adelas Auftauchen gegolten und würde auch von nun an wieder so sein.

Während des Schultages ignorierte ich konsequent die Wärme in meiner Brust und das leichte Ziehen im Magen, sobald ich Adela irgendwie in der Ferne erblickte. In der letzten Stunde in Mathe war es besonders schlimm. Adela saß mit Alex in der ersten Reihe, direkt vor Mara und mir, und bei jeder kleinsten Bewegung erregte sie meine Aufmerksamkeit und mein Puls schoss in die Höhe. Verdammte Hexerei! Was würde ich dafür geben, wenn es endlich aufhören würde, wenn ich unwissend wäre und Magie mich so wenig beeinflussen könnte wie Mara oder Alex.

Ich war froh, als der Vormittag vorüber war, und zum ersten Mal, seit Mara den Roller hatte, bat ich sie sogar, mich zum Gemeindezentrum zu fahren, damit ich vor der heutigen Geschichtsstunde noch Kakao für die Kinder kochen konnte. Ich wollte, dass sie Adela so schnell wie möglich vergaßen – wenn dafür zuckerhaltige Bestechung nötig war, würde ich das akzeptieren.

Als Mara nach längerem Umweg wegen zwei neuer Baustellen auf dem Parkplatz vor dem Gemeindezentrum anhielt, schaltete sie den Motor aus, drehte sich erwartungsvoll zu mir und schob ihr Visier nach oben.

»Ich muss los, Mara«, sagte ich schnell, nahm den Helm ab und öffnete das Topcase.

»Du weißt, dass du mit mir über alles reden kannst, Tristan. Und du *musst* darüber reden.« Sie atmete laut aus, biss sich kurz auf die Unterlippe und fügte dann hinzu: »Gestern hatte ich mir selbst eingestanden, mich getäuscht zu haben«, sie rümpfte dabei die Nase. »Ela ist ganz anders, als ich sie eingeschätzt hätte. Keine Ahnung, was gestern zwischen euch vorgefallen ist – aber Trixie hat mir geschrieben, dass ihr beide im Café gewesen seid und du so glücklich gewirkt hast, wie sie es noch nie gesehen hat. Sie hat mich über deine Begleitung ausgefragt und mir ein Foto geschickt. Ich habe dich kaum wiedererkannt! Du solltest das, was dich gestern so strahlen hat lassen, nicht wegwerfen, weil du zu stur bist, offen zu reden.«

Wenn sie nur wüsste! Ich öffnete den Mund, doch Mara schüttelte den Kopf und redete weiter. »Ich kenne dich so lange und werde immer für dich da sein, Tristan … Aber genauso sehr wünsche ich mir, dass du glücklich bist. Und gestern *warst* du offensichtlich glücklich. Was auch immer vorgefallen ist … Krieg deinen Hintern hoch, klettere über dein verletztes Ego und rede mit ihr!« Ihre Stimme wirkte für eine so kleine Person bedrohlich und mein Mundwinkel zuckte, als sie mir den Helm aus der Hand riss. »Und jetzt verschwinde!« Sie versuchte, böse zu schauen, was ihr jedoch nicht gelang, und ich rang mir ein falsches Lachen ab, während sie den Helm verstaute.

»Es ist mein Ernst, Tristan! Es gibt nichts, was mit einem Gespräch nicht aus der Welt geschafft werden könnte!«, rief sie mir noch durch die offene Tür nach und ich nickte nur. Wie sollte ich ihr denn auch klarmachen, dass das, was zwischen Adela und mir stand, nicht mein verletzter Stolz oder was-weiß-ich-was war, sondern die Tatsache, dass sie eine intrigante Hexe war, die mich verzaubert und belogen hatte?

## ~ 17 ~

## ADELA

Mein Rachen verbrannte bei jedem Atemzug. Ich roch seine Wut, heiß wie geschmolzenes Glas, sodass ich kaum mehr Luft holen konnte, während mich die Kinder anlächelten und ihre Gesichter mich anflehten, endlich zu beginnen. Doch ich konnte nicht anders, als zum Eingang zu sehen, wo Tristan stand und gleich detonieren würde. Es war mies von mir, dass ich die Kinder als Puffer missbrauchte, doch ich war mir sicher, dass Tristan sie nicht enttäuschen und niemals vor ihren Augen eine Szene machen würde. Dafür liebte er die Kinder zu sehr, was mich in seinen Augen, dem finsteren Gesicht nach zu urteilen, zu einer noch viel böseren Hexe machte. Daher flehte ich ihn mit einem kurzen Blick an, zu bleiben und sich meine Geschichte anzuhören, ehe ich das uralte Buch aufschlug, das sofort den Duft nach Leder und Tinte im Raum verbreitete und die Kinder seufzen ließ.

Ich las nicht, sondern tastete nur mit den Fingern über die uralten handgeschriebenen Sprüche, während ich mich räusperte und zu erzählen begann. Mein Blick war auf Tristan gerichtet, dessen Brauen so weit gesenkt waren, dass sie die Hälfte seiner wunderschönen blauen Augen verdeckten.

»Es war einmal eine Prinzessin, die keine sein wollte«, begann ich und ließ meine Stimme weicher werden, dann leiser. Sofort verstummte auch das letzte Flüstern der Kinder und in absoluter Stille begann ich noch einmal von vorne – ohne Tristan auch nur ein einziges Mal aus den Augen zu lassen:

»Es war einmal eine Prinzessin, die keine sein wollte. Sie wuchs in ihrem Palast voller Prunk auf und hatte alles, was sie begehrte. Sie hatte sogar ganz besondere Zauberkräfte, doch die nutzten ihr nichts, weil sie den Palast seit Jahren nicht verlassen durfte. Der König und die Königin, ja selbst ihre Schwester wollten die Prinzessin vor allem Bösen beschützen. Weil die Prinzessin so lange versteckt war, wusste auch niemand, wie sie aussah. Als eine Bedrohung das Königreich heimsuchte, zog die Prinzessin aus, um das Böse auszuschalten.«

Es war eine ungewöhnliche Wendung für ein Märchen, was vor allem die kleinen Mädchen sich aufrichten ließ. Ich sah praktisch in ihren Augen, wie sie sich vorstellten, gegen das Böse zu kämpfen. Ich pausierte einen Augenblick, genoss die bebende Erwartung und das Leuchten in den Augen der Kinder, ehe ich mich wieder auf Tristan konzentrierte.

»Anstatt dem Bösen zu begegnen, traf die Prinzessin auf einen ganz besonderen Menschen.« Ich schluckte, registrierte mit einem leichten Kribbeln im Bauch, wie auch Tristans Kehlkopf hüpfte. »Bei all den Prinzen, die der Königstochter von ihren Eltern vorgestellt worden waren, hatte sie nie das empfunden, was sie beim Anblick dieses Jungen spürte. Doch sie wusste, sollte er herausfinden, wer sie in Wahrheit war, würde er sich von ihr abwenden, weil er all die Könige, Prinzessinnen und alles, was damit zu tun hatte, so sehr verabscheute.«

Tristans Lippen bewegten sich. Seine Stirn hatte sich so weit entspannt, dass er nicht länger so finster aussah, sondern ein Hauch Neugier aufblitzte. Das war meine Gelegenheit, ihn zu überzeugen.

»Die Prinzessin hatte niemals zuvor so viel Spaß gehabt wie an jenem kurzen Nachmittag, den sie gemeinsam mit dem Jungen verbrachte, nachdem er sie vor einem gefährlichen Drachen beschützt hatte, der die Prinzessin zu überrumpeln versuchte. Sie hatte in ihm das gefunden, was sie seit jeher ersehnte und ...«, meine Stimme war zu einem heiseren Krächzen geworden, »das sie liebend gerne für all ihre Macht und den Reichtum eintauschen würde. Zuvor hatte die Prinzessin nicht gewusst, was ihr in Wahrheit in ihrem Leben fehlte. Doch als sie den Jungen kennenlernte, entzündete er etwas in ihr, das sie nie mehr missen wollte. Sie log ihn an, damit er nicht herausfand, wer sie war. Sie wollte nicht, dass es endete. Als sie ihn letztendlich doch verlor, zerriss es ihr das Herz.«

Ein Schniefen aus den Reihen der Mädchen. Ich lenkte ein weiteres Mal meinen Blick von Tristan zu den Kindern, deren Augen ganz glasig waren. Ein kleiner blondgelockter Junge rieb sich mit den Handrücken übers Gesicht, räusperte sich und fragte mit abgehackter Stimme: »Und wie endet die Geschichte?«

Alle Augen hingen auf mir, mein Blick jedoch glitt wieder

zu Tristan, der noch immer reglos am Eingang stand. Ich verbarg das Zittern meiner Lippen, indem ich sie zwischen die Zähne zog, wagte es nicht, noch etwas zu sagen, aus Angst, dass ich ihn damit vollends in die Flucht treiben würde.

»Wie endet die Geschichte?«, bettelte nun ein etwas älteres Mädchen, folgte dann aufmerksam meinem Blick und im nächsten Moment sahen alle Kinder zwischen Tristan und mir hin und her.

»Tristan, sie muss die Geschichte zu Ende erzählen!«, bettelte der blondgelockte Junge.

»Tristan, weißt du, wie es endet?«, ein anderes Mädchen.

Tristan stieß den Atem aus, was in der erwartungsvollen Stille wie ein bedrohliches Zischen klang. Ich sah, wie er seine Hände zu Fäusten ballte, wie sein Körper auf eine Entscheidung wartete, sein Gehirn den Befehl zur Bewegung gab. Dann sackten seine Schultern nach unten und ich hatte das Gefühl, den Halt zu verlieren. Ich hatte diese Reaktion erwartet, deshalb hinausgezögert, ihm die Wahrheit zu sagen, und dennoch tat es entsetzlich weh. Ich sah hinab auf das Buch auf meinem Schoß, um das Brennen in meinen Augen wegzublinzeln. Ich konnte ihn verstehen.

Während ich bebend einatmete und meine Enttäuschung zurückdrängte, mich wieder und wieder für meine Lügen verfluchte, kam Unruhe in die Kinder. Sie wollten auch den Rest der Geschichte, ich konnte sie nicht mit dem offenen Ende sitzen lassen. Daher holte ich tief Luft, schlug das Buch zu, richtete den Blick wieder auf meine Zuhörer und bemühte mich, die nun leere Stelle an der Tür, die Tristan soeben noch gefüllt hatte, nicht zu beachten.

»Der Junge konnte nicht verstehen, warum er trotz der Lügen noch immer an der Prinzessin hing.« Die Worte schwebten durch den Raum wie die schönste Melodie, die ich jemals gehört hatte. Während ich auf das Buch geblickt hatte, war Tristan mit lautlosen Schritten näher gekommen. Erst als ich tief einatmete, umfing mich der Geruch nach Sommerregen und mein Blick verschwamm. Ich versank in Tristans blauen Augen und die Kinder und der Rest der Welt waren vergessen. Nicht jedoch für Tristan, der weitersprach, den Kindern gab, was sie brauchten – für die Geschichte und ihr Leben: Hoffnung.

»Der Junge gab der Prinzessin noch eine Chance, ihren Schwindel wiedergutzumachen. Auch wenn der Junge die Königsfamilie verabscheute, wollte er nicht zu denen gehören, die Vorurteile hegen und jemanden dafür verurteilen, in welche Familie er hineingeboren ist. Er wollte die Prinzessin besser kennenlernen und konnte nur hoffen, dass sie sein Vertrauen nicht noch einmal missbrauchte.«

Er warf mir einen bedeutungsschweren Blick zu und ich nickte vorsichtig, verdrängte mein schlechtes Gewissen und alles, was ich nicht erzählen konnte. Prinzessinnenhaft langsam und anmutig erhob ich mich – ehe ich die wenigen Schritte zwischen uns überwand und ihm um den Hals fiel. Er erwiderte meine Umarmung sanft. Ich spürte sein Lächeln an meiner Wange, weil die Kinder teils jubelten, teils angewiderte Laute von sich gaben. Irgendeine hohe Mädchenstimme erzählte uns, wie es weitergehen würde: »Die Prinzessin und der Junge heirateten, und wenn sie nicht gestorben sind …«

»… dann leben sie noch heute«, besiegelte ein Chor an

Kinderstimmen das typische Happy End, das mir dennoch einen Stich versetzte.

Tristan schob sich von mir und schüttelte noch immer lächelnd den Kopf. Ich war nicht enttäuscht, dass er mich nicht märchenhaft küsste, sondern war mir nur seiner beiden Händen mehr als bewusst, die fest um meine lagen. Ich öffnete den Mund, um ihm zu sagen, dass es noch einen zweiten Handlungsstrang gab, aber in dem Moment verkündete er den Kindern, dass *er* heute heiße Schokolade gemacht hatte, und in dem Tumult, der daraufhin entstand, verließ mich mein Mut.

Hand in Hand standen wir da und sahen den aufgeregten Kindern hinterher.

»Wie wird das Märchen wirklich ausgehen?«, fragte er, ohne mich anzusehen. Seine Stimme wirkte gefasst.

»Wäre es nicht langweilig, das Ende schon zu kennen«, erwiderte ich ausweichend und drehte mich zu ihm, sah in seine Augen, die nun so hell strahlten wie der Himmel über Rom, während der Geruch nach Sommerregen den Anschein eines lang ersehnten Neubeginns verbreitete.

»Sehen wir uns heute Abend beim Ball?«, fragte ich leise.

»Adela, ich …«, begann er, doch ich unterbrach ihn sofort.

»Ela. Bitte nenn mich Ela. Ich hasse es, Adela genannt zu werden.«

Seine Mundwinkel hoben sich kurz, dann wurde er sofort wieder ernst. »Ela«, er probierte den Namen aus und er klang wunderbar aus seinem Mund. So weich, so … vertraut. »Ich hasse diese Hexenveranstaltungen. Schlechte Erfahrungen.« Eine kleine Falte erschien zwischen seinen

Brauen, finstere Erinnerungen überschatteten sein Gesicht und ich überlegte fieberhaft, wie ich ihn dazu bringen konnte, mich zu begleiten. Dann kam mir die Idee: »Dort könnte ich dir noch weitere Details des Märchens verraten.«

Das Blau seiner Augen blitzte auf, sein rechter Mundwinkel war kurz davor, sich zu heben. Stattdessen hob sich seine linke Braue herausfordernd. »Gibt es denn noch weitere Details, die wichtig für die Geschichte sind?«

Seine tiefe Stimme verursachte ein Kribbeln in meinem Magen und der dicke Kloß in meinem Hals verhinderte eine Antwort. Daher nickte ich nur.

»Dann sehen wir uns heute Abend.«

Seine Hand berührte meine Wange. So leicht und zart, als wäre es keine echte Berührung. Anschließend beugte er sich zu mir. Langsam genug, damit ich zurückweichen könnte, einen Ausweg nehmen – als spürte er, dass es noch immer etwas gab, das zwischen uns stand. Doch ich griff nicht zu. Stattdessen kam ich ihm entgegen, schloss die Augen und tauchte in das berauschende Gefühl ein, das mich bei der Berührung unserer Lippen durchströmte. Der Kuss war ein Versprechen, eine Aussicht auf Vertrauen – und ich würde ihn nicht enttäuschen.

Als wir atemlos voneinander abließen, konnte ich nicht mit Sicherheit sagen, ob Sekunden, Stunden oder ganze Tage vergangen waren. Tristan schälte sich schneller aus der Benommenheit als ich.

»Wir sollten nach den Kindern sehen.«

»Mhmh«, war das Einzige, das ich von mir gab. Und während ich mit ihm schwebend vor Glück zum Nebenraum ging, spürte ich, wie mich das Wissen um die Prophezeiung einholte, mich an den Schultern packte und nach unten drückte.

Die Küche war erfüllt von Kinderlachen. Doch als Tristan sich laut räusperte, hatte er ihre gesamte Aufmerksamkeit.

»Ihr seht nicht so aus, als würdet ihr das gestern verpasste Training nachholen wollen«, sagte er herausfordernd und die Kinder gerieten in Aufregung. Sie versicherten ihm, dass sie es wohl waren, während sie aufsprangen und wir sie zum Nebenraum begleiteten, wo sich alle am Rand der Matten aufstellten.

»Max, Annabelle!« Tristan deutete auf den kleinen Jungen mit den blonden Haaren und anschließend auf ein etwas größeres Mädchen. Die beiden traten in die Mitte der Matten, stellten sich einander gegenüber auf und verbeugten sich. »Falltraining«, wies Tristan die beiden an und hob seine linke Faust auf Höhe seiner Schulter. Die Kinder schienen das Handzeichen dafür zu kennen und nickten wissend. »Annabelle spielt den Angreifer.«

Tristan ließ die beiden nicht aus den Augen, während ich mir sofort Sorgen um den kleinen Jungen machte, auf den die anderthalb Köpfe größere Annabelle nun zuging und ihn an den Oberarmen festhielt. Sie rangen miteinander. Der Kleine hielt sich erstaunlich gut, aber dann stellte Annabelle ihm ein Bein und er kippte nach hinten. Instinktiv wollte ich meine Hand heben und seinen Fall mit Magie abbremsen, doch Tristan hielt mich fest, ohne die beiden aus den Augen zu lassen.

Max drehte sich im Kippen zur Seite und landete statt auf dem Rücken auf allen vieren, wodurch er blitzschnell wieder auf die Beine kam und aus der Reichweite von Annabelle war. Ich war ehrlich beeindruckt, auch von allen anderen Trainingspaaren, die ihre Fallübungen immer nach Tristans erhobener Hand wiederholten.

Als die Trainingszeit vorbei war, sprach ich Tristan darauf an, während wir gemeinsam die Matten in die Ecke neben dem Bücherregal stapelten.

»Ich wollte ihnen etwas mitgeben, was sie stärkt«, erklärte er. »Vor seinem Tod habe ich gemeinsam mit meinem Vater mindestens einmal die Woche ein Dojo besucht.« Seine Augen trübten sich ein, während ich es nicht wagte, etwas zu sagen, sondern abwartete, bis er weitererzählte. »Ich war nicht sehr groß, aber beim Jiu-Jitsu nutzt man die Kraft des Gegners, sollte es zu einem Angriff kommen. Ich habe es aber vor allem geliebt, weil der Grundsatz lautet, dass der größte Sieg darin besteht, einen Kampf zu vermeiden, indem du deinen stärksten Gegner – dich selbst – besiegst und deinem Gegenüber keine Kontrolle über dich gibst, indem du ihm und seinen verbalen Angriffen die Macht überlässt.« Ich sah, wie er schluckte, sich sein Blick wieder klärte und er die Matte vollends in ihre Position rückte. »Das hat mir geholfen, gegen meine Brüder … So komme ich mir wenigstens nicht wie ein Loser vor, wenn ich einem Streit aus dem Weg gehe.«

Ich nickte, weil ich ihn verstand und mir nun seine Selbstbeherrschung erklären konnte. In mir fand ebenfalls ein solcher Kampf statt. Aber ich würde als Sieger daraus hervorgehen und Tristan heute Abend die ganze Wahrheit über meine Familie erzählen – ganz gleich, welche Konsequenzen drohten. Er hatte das Recht, alles zu erfahren.

# ~ 18 ~

## TRISTAN

Mein Körper stand noch immer in Flammen. Zum Glück nicht wortwörtlich. Ich riss das Fenster in meinem Zimmer auf und genoss die kühle Abendluft, die mich sofort umfing.

Ela hatte ja keine Ahnung, wie gigantisch der Schatten war, über den ich springen musste. Für mich gab es nur einen Grund, bei Carina vorbeizuschauen und sie entgegen meiner Instinkte nach einem Anzug zu fragen. Für das Mädchen, das mich auch ohne Magie verzaubern konnte. So kitschig das auch klang. Ich war neugierig und genoss das erwartungsvolle Kribbeln, wenn ich daran dachte, Ela wiederzusehen. Ich kraulte Roger noch ein wenig, um Mut zu sammeln, und verließ mit nicht allzu viel davon mein Zimmer. Zumindest wollte ich es.

Direkt hinter der Tür stand Élodie und sah mich mit schräg gelegtem Kopf an. Ihre roten Haare waren heute zu einem Zopf geflochten und sie trug ein T-Shirt mit Tinkerbell, die Funken aus ihrem Zauberstab über den Stoff verteilte. Und trotz dieses eigentlich alltäglichen Bildes gab es nichts Gruseligeres als dieses Mädchen. Sie sah aus wie eins meiner Kinder aus dem Gemeindezentrum, aber war doch so anders. Mein Herz pumpte immer mehr Adrenalin durch meinen Körper.

»Was tust du hier? Solltest du nicht … keine Ahnung, bei deiner Mutter sein?«

Sie runzelte die Stirn, schüttelte dann den Kopf.

»Na dann.« Ich wollte an ihr vorbeigehen, doch sie stellte sich mir in den Weg.

»Möchtest du etwas von mir?« Ich beugte mich zu Élodie hinab, dann kniete ich auf ein Bein, um auf Augenhöhe mit ihr zu sein. »Brauchst du irgendwie Hilfe?«, fragte ich weiter, aber sie war wie geistig abwesend und starrte durch mich hindurch. Ich folgte ihrem Blick und sah Roger auf meinem Bett liegen, die Schnauze in der Decke vergraben.

»Mit wem bei allen Hexen redest du?« Ich blickte den Flur entlang und sah, wie Chris eben aus dem Gesellschaftszimmer, meinem alten Zimmer, trat und die Stirn runzelte. Was mir verriet, dass Élodie verschwunden war und ich gerade allein im Flur kniete. Zum Glück war mir egal, was Chris darüber dachte. Ich rappelte mich auf und fragte nach seiner Mutter.

»Sie ist draußen«, antwortete Noah, der eben neugierig seinem Bruder auf den Flur gefolgt war – und offensichtlich gelauscht hatte. Seine Augen waren zu Schlitzen verengt, als er fragte: »Warum?«

»Es geht um den Ball«, erwiderte ich und sofort verdüsterte sich sein Gesicht noch mehr.

»Sag nicht, dass du hinwillst!« Er lachte spöttisch auf, sodass nicht nur ich, sondern sogar Chris zusammenzuckte. Ich hatte keine Lust zu streiten, wandte mich ab und machte mich auf den Weg nach draußen, um meine Stiefmutter aufzusuchen. Sie saß im Garten und jätete Unkraut. Natürlich mit Magie. Carina Brand würde niemals ihre Finger schmutzig machen. Stattdessen bewegte sie ihre Finger und ein schwach leuchtendes, wie aus dunklem Rauch bestehendes Abbild ihrer Hand zupfte für sie, während ihre andere Hand Saphir kraulte, die sich auf ihrem Schoß eingerollt hatte. Ich stellte mich neben den Korbsessel und wartete ab.

»Was willst du? Ich bin beschäftigt.« Oh ja, das konnte ich sehen. Ihre projizierte Hand riss gerade ein Vergissmeinnicht aus und warf es beiseite. Die kleinen blauen Blüten leuchteten auf dem moosdurchwachsenen Rasen, während sich die *Schattenprojektion* schon der nächsten Blume zuwandte.

»Ich brauche einen Anzug für den Ball.« Die Schattenhand hielt mitten in ihrer Bewegung inne und löste sich dann in Luft auf. Irgendein Unkraut fiel zu Boden. Carina drehte sich zu mir um und Saphir beschwerte sich, weil sie sich nun bewegen musste.

»Warum denkst du, dass du uns begleiten wirst?« Mit einem Lächeln nahm sie ihren Sieg zur Kenntnis: Ich hatte meine Mimik nicht vollkommen unter Kontrolle und meine Augen weiteten sich, während ich stammelte: »Ich dachte, jede Hexe und jeder Wissende kommt zum Ball.«

»Du hast bislang kein Interesse an unseren Aktivitäten gezeigt, also gilt das nicht für dich.«

»Aber …«

Sie fuhr hoch, sodass Saphir fauchend davonsprang. Sie baute sich vor mir auf und verdunkelte die Sonne, die es soeben noch gewagt hatte, in den düsteren Garten zu scheinen. Carinas Schatten legte sich spürbar über mich wie ein schwerer Mantel, eiskalt wie ihr Blick.

»Du wagst es, mir zu widersprechen?« Die Ader an ihrer Stirn, die sie immer so sorgfältig weghexte, trat hervor. »Du wirst nicht zum Ball gehen. Deine Stiefbrüder werden sich um deine Freundin kümmern. Du bist nicht die richtige Gesellschaft für eine Mescinia.«

Mit diesen Worten ging sie zwischen den dornenbewachsenen Büschen hindurch davon, von wo aus ich noch leise ihr gurrendes »Saphir, mein Liebling« hören konnte.

Ich hätte nie gedacht, dass sie so weit gehen und mir mein Geburtsrecht auf die Teilnahme an den traditionellen Veranstaltungen versagen würde. Nur weil eine Mescinia offenbar Interesse an mir hatte. Ich sah auf die Uhr. Der Ball würde in weniger als einer Stunde beginnen und ich hatte nicht einmal eine Ahnung, wo genau sich das Domus Magae befand. Aber ich würde nicht aufgeben. Auf einen angemessenen Anzug musste ich in dem Fall wohl verzichten.

Zähneknirschend ging ich nach oben in mein Zimmer, um mir aus meinen normalen Klamotten etwas Passendes zusammenzusuchen. Ich würde mir die Chance nicht entgehen lassen, endlich offen mit Ela zu sprechen.

Ich fand ein Hemd und eine dunkle Jeans recht angemessen, kämmte ausnahmsweise sogar meine Haare aus dem Gesicht und befand mich nach einem Blick in den Spiegel des winzigen Waschraums für ausgehtauglich. Roger hob nur kurz den Kopf von meiner Bettdecke und hatte nur einen schon fast mitleidigen Blick für mich übrig, als wollte er sagen: Es ist ja nicht so, als hättest du allzu viel Erfahrung mit Verabredungen.

Womit er wohl recht hatte. Nichtsdestotrotz durchströmte mich noch immer diese kribbelnde, Funken sprühende Erwartung, als ich ihn noch ein letztes Mal am Kopf kraulte, bis er die Schnauze zufrieden in meine Decke grub und die Augen schloss.

Doch als ich dann mein Zimmer verlassen wollte, war da keine Tür mehr, die ich hätte benutzen können. Auch das Fenster verwandelte sich vor meinen Augen in eine Mauer. Stein für Stein wuchs sie in die Scheibe hinein, während ich darauf zuhastete und doch zu spät kam. Ich trommelte gegen die Mauer – mein ehemaliges Fenster – und brüllte nach Carina. Doch selbst wenn ein Laut durch die massiven Wände dieses Zimmers gedrungen wäre, hätte mir doch niemand geholfen.

Enttäuscht sackte ich auf meinem Bett zusammen.

Roger legte seine Schnauze auf meinen Oberschenkel und tröstete mich.

~ 19 ~

## ADELA

Das Kleid war über eine kopflose Schaufensterpuppe drapiert und dominierte das kleine Zimmer, das ich bei Ingrid bewohnte. Es war nicht einfach gewesen, ihr die Lieferung der gigantischen Kiste durch mein kurzfristiges Einspringen bei der Theater-AG zu erklären. Aber gemeinsam mit Babs, die in jungen Jahren in einer Laientheatergruppe gespielt und begeistert von dem Kleid war, hatte ich sie überzeugen können. Nun stand ich vor der Schaufensterpuppe und beäugte es kritisch. Auf Glorias Bildern hatte es nicht annähernd so ausladend ausgesehen. Mit Blick auf die zahlreichen Lagen Stoff und noch mehr unpraktische Haken und Ösen war ich froh, dass es in diesen besonderen Nächten Pflicht war, sich mittels Magie anzukleiden, um die eigene Stärke zu beweisen.

An Mitternacht kam es immer zu Magieschwankungen und wessen Magie nicht stark genug war, diese zu kompensieren, würde so schnell enttarnt werden können, dass die Hexe plötzlich in normalen Klamotten – oder schlimmer, nackt – dastehen würde. Daher begannen auch die meisten Bälle der Hexen erst um oder nach Mitternacht. Die

Festivitäten zum Walpurgisritual bildeten eine Ausnahme. Denn diese drei Ballnächte, all das aufgebauschte, affektierte Verhalten drumherum, diente nur einem Zweck: Der Demonstration der eigenen Stärke rund um die Sigillenprüfung der Auguren und der Bestimmung der Auserwählten. Es bedurfte daher besonderer Vorbereitungen hinsichtlich Kleidung, aber auch den typischen Schönheitszaubern der älteren Hexen.

Mit einem Schmunzeln erinnerte ich mich an den Besuch einer isländischen Zirkelmeisterin, die die Lokalzeit falsch berechnet hatte und pünktlich um Mitternacht faltiger wurde als ein Mops. Sie war mit dem Gesicht tief in den Händen verborgen mittels Fährte abgereist – ich hatte sie nie wieder gesehen.

Schnell konzentrierte ich mich wieder auf das Hier und Jetzt.

Das Kleid vor mir war so ausladend, dass ich mich sorgte, die Ankleidepuppe könnte jederzeit zusammenbrechen.

Noch immer mit Schuhen an den Füßen, in meine Lieblingsjeans und ein dunkelblaues Top gekleidet, stellte ich mich vor den großen Spiegel mit dem breiten hölzernen Rahmen und winkte die Schaufensterpuppe herbei. Sie schwebte auf einem Hauch Magie zu mir. Das Kleid bauschte sich in dem leichten Luftstrom und das schwere Collier um den Hals der Puppe funkelte im Licht. Das Kleid war pompös wie ein Kostüm aus einem aufwendigen historischen Epos über die großen Königinnen Europas. Ich hörte die Stimme meiner Mutter im Kopf, die mir von klein auf eingeflüstert hatte, wie sehr die Familie Mescinia die Geschicke der Alten Welt beeinflusst hatte, während sie an den

Höfen residierte. Früher waren die Familiengeschichten über Heinrich den Achten oder das Leben am Versailler Hof spannend gewesen. Heute ... weniger. Das Korsett des Kleides war ein Sinnbild dafür, wie sehr mich dieses Leben seit der Prophezeiung eingeengt hatte.

Ich holte tief Luft und weitete meinen Brustkorb, ehe ich meine Magie wirkte und sich der schwere Stoff des Ballkleids um mich legte anstatt meiner bisherigen Kleidung. Binnen eines Wimpernschlags trug ich die Last von etlichen Kilogramm Stoff und war froh, den Atem angehalten zu haben. Denn als ich ihn jetzt ausstieß, drohte ich zumindest nicht zu ersticken wie beim ersten Mal, als mir ein Zauber ein Korsett geschnürt hatte.

Neutral betrachtet war das Kleid wirklich hübsch, eine Mischung aus historisch-pompös und modern. Ich liebte das kräftige dunkle Blau – das Blau der Mescinias –, die Lagen meines Kleides wiesen kleine Farbnuancen der Farbe auf, goldene Fäden funkelten wie Diamanten – vielleicht waren sogar echte Diamanten eingearbeitet. Der weiche Stoff der halbtransparenten Bluse mit weiten Trompetenärmeln, die am Dekolleté auch unter dem Korsett hervorspitzte, streichelte meine Arme bei der kleinsten Bewegung. Die Saphire des Colliers warfen im Licht blaue Punkte auf den breiten Rahmen des Spiegels und die Wand dahinter. Neben mir trug die Schaufensterpuppe nun meine Kleidung und hätte sie einen Kopf gehabt, würde sie sicher zufrieden aussehen. Wie gern würde ich mit ihr tauschen, hier herumstehen, anstatt mich mit etlichen Hexen der Welt zu unterhalten, um meinen Ritualpartner zu finden.

Aber im Gegensatz zu den letzten Bällen und magischen

Veranstaltungen, ehe ich mich aufgrund der Prophezeiung von der Öffentlichkeit ferngehalten hatte, gab es heute einen Lichtblick. Mein Bauch feuerte beim Gedanken an Tristan etliche kleine Sprengladungen in alle Richtungen ab, die Mundwinkel meines Spiegelbildes hoben sich und eine zarte Röte trat auf die Wangen. Das Mädchen im Spiegel sah glücklich aus.

Mit einer raschen Handbewegung frisierte ich meine Haare noch zu einer komplizierten Hochsteckfrisur, aus der kleine Strähnchen herausfielen, ehe ich mich auf den Ballsaal des Domus Magae konzentrierte und auf die Reise via Sigillenfährte dorthin. Denn keine Hexe, die etwas auf sich hielt, würde auf menschliche Weise anreisen. In den Ballnächten war Magie das Pendant zu funkelnden Juwelen der menschlichen High Society. Man zeigte, was man hatte. In unserem Fall: wie mächtig wir waren.

Ich spürte, wie die Magie in meinem Körper aufwallte, sah, wie meine Sigille unter der transparenten Bluse aufleuchtete, als ich meinen Spruch formte. Mein Ziel, meinen Wunsch.

Ich stellte mir den Ort vor, wo ich hinwollte. Am einfachsten war es, sich mithilfe von Personen auszurichten, aber Orte – selbst welche, an denen man nie zuvor gewesen war – waren möglich. Man brauchte nur genug Konzentration und … Macht. Die in meiner Familie durchaus vorhanden war. Ich schloss die Augen wie immer, wenn ich auf diese Art reiste.

Im nächsten Moment umfing mich eine Explosion an intensiven Gerüchen, die mich beinahe umwarfen, ehe ich mich auf die Masse an Hexen einstellte, die mir ihr teils mit

Magie verstärktes Parfüm um die Nase schlugen. Die typische Geräuschkulisse einer Party drang an meine Ohren, während ich mit noch immer geschlossenen Augen kurz wartete, bis das Schwindelgefühl abebbte, das von dem hohen Energieverbrauch bei Sigillenfährten herrührte.

Ich sah mich direkt nach etwas zu essen um und war im ersten Moment überwältigt von der Kulisse. Es sah aus, als wäre ich mitten ins Setting von *Reign* geplatzt. Der Ballsaal des Domus Magae bestand fast komplett aus zart schimmerndem Gold. Die beiden Längsseiten bildeten eine schier endlose Reihe geöffneter bodentiefer Fenster, nur unterbrochen von den verzierten Pilastern. Jenseits der Fenster war der Wald zu erahnen, in dem wir uns befanden. Die ersten Bäume waren noch von etlichen Hexenfunken beleuchtet, die auch die gewölbte stuckverzierte Decke über mir erhellten. Etliche Funken waren auch in gläserne Behältnisse gefüllt worden und standen nun auf den langen Tischen mit Köstlichkeiten aus aller Welt rechts und links der Tür zum Ballsaal an der Stirnseite, auf die ich gleich – wie alle mit Sigillenfährte angereisten Hexen – als Erstes zustrebte und den Energieverlust mit vielen Kalorien ausglich. Die gläserne, indirekt beleuchtete Bar, die zu modern für eine so historische Kulisse war, an der mir nun gegenüberliegenden Seite des Raumes passte ebenso wenig wie die Band auf der kleinen Bühne daneben. Kein Orchester, wie man vermutet hätte. Die Bühne und das Podest der Musiker spiegelte sich im polierten dunklen Marmor, die Tanzfläche reflektierte die Hexenfunken über uns, sodass es aussah, als schwebten die Gäste über einem Meer aus Sternen.

War mir mein eigenes Kleid zu Hause vor dem Spiegel

noch pompös und völlig übertrieben erschienen, erkannte ich nun, dass meine Mutter meine Vorliebe für schlichtere Dinge bei der Auswahl im Hinterkopf gehabt hatte. Egal, wo ich hinsah, sah ich moderne Interpretationen der Kleidungsstile verschiedener Epochen. Von Renaissance über Barock und Rokoko – es war, als hätte man die Jahrhunderte wild durcheinandergemischt. Und im Vergleich zu den meisten Kleidern der anwesenden Hexen, einschließlich meiner Schwester, auf die mehrere Tanzende in diesem Moment den Blick freigaben, war meins schon fast unscheinbar. Gloria plauderte mit einer von Ranken eingehüllten Sektflöte in der Hand mit Noah und Christoph.

Mein Blick glitt über die Anwesenden, streifte Carina, etliche andere vage bekannte Gesichter, traf auf leuchtende Augen der Kinder, die wie kleine Feen gekleidet waren – doch nirgendwo konnte ich Tristan sehen. Wenn seine Familie da war, musste er es ebenfalls sein. Kein Untalentierter konnte ohne magische Hilfe hierherkommen und die in diesem Jahr notwendigen Schutzbarrieren überwinden, selbst wenn er den Ort des Domus Magae kannte.

Ich drückte mich an Gruppen plaudernder Hexen vorbei, atmete dabei immer durch den Mund, damit mich die zahlreichen fremden Gerüche nicht überrumpelten. Doch ganz gleich, ob ich im Ballsaal oder in den etlichen gigantischen Räumen im Haupttrakt des Domus Magae suchte – Tristan war nirgendwo zu finden. Ich wollte gerade seine Brüder nach ihm fragen, entdeckte auf dem Weg dorthin jedoch meine Eltern und begrüßte sie – leider nutzten sie die Gelegenheit und stellten mich allen möglichen Leuten vor, ehe ich mich losreißen konnte.

Christoph und Noah umschwärmten noch immer Gloria. Es war so typisch und irgendwie jämmerlich, nur weil sie davon ausgingen, dass *sie* die Auserwählte war, weil *ihr* Name auf all meinen Auszeichnungen stand. Sie alle hielten Gläser in der Hand, in der ein paar Hexenfunken schwebten. Vermutlich hatte der Barkeeper sie in die Eiswürfel geschlossen. Gloria kicherte immer wieder übertrieben und betatschte die beiden ständig.

»Hast du überhaupt keinen Anstand?«, warf ich ihr direkt entgegen, als ich die Dreiergruppe erreicht hatte.

Sie reckte nur den Kopf und lächelte mich an. Offensichtlich überlegte sie sich eine schlagfertige Antwort, die jedoch zu spät kam. Denn eigentlich war sie mir egal. Ich wandte mich an Christoph und seinen Bruder: »Wisst ihr, wo Tristan steckt?«

»Er wollte nicht kommen«, sagte Christoph mit einem Schulterzucken. »Er hasst die Bälle und Partys.«

Ich nahm seine Worte zur Kenntnis, ließ sie immer weiter sacken und etwas sagte mir, dass es seine Wahrheit war. Aber ich registrierte auch Noahs Grinsen, der seinem Bruder nickend beipflichtete. Von ihm ging eine Kälte aus, die trotz der Hitze im Ballsaal für ein Erschaudern sorgte. Ich sog die Luft ein und roch die bittere Note, die Lügen begleitete. Daher konzentrierte ich mich direkt auf Noah und wollte nichts als die Wahrheit erfahren: »Wo. Ist. Tristan?« Meine Sigille leuchtete ohne meinen ausdrücklichen Wunsch auf, das Leuchten spiegelte sich in Noahs Augen, als er nach unten sah, ehe er die Augen aufriss und versuchte, gegen meine Magie anzukämpfen. Es war nur ein kleiner Überzeugungszauber, aber wenn man jemanden eiskalt erwischte, konnte man ihn leicht überrumpeln. Wie Noah in dem Moment. Ich zog den Zauber zurück, doch er beantwortete meine Frage auch ohne magischen Druck, eine gewisse Genugtuung lag in seiner Mimik.

»Tristan ist zu Hause in seinem Zimmer.«

Christoph sah seinen Bruder an. »Woher weißt du, dass er in seinem Zimmer ist?«

Noahs Grinsen wurde breiter. »Weil Mama ihn dort eingesperrt hat.«

Ich hatte noch nie den Drang gespürt, spontan zu explodieren. Aber ich beherrschte mich, konzentrierte mich stattdessen auf Tristan und schloss die Augen.

Die Welt wurde still, bis ein gedämpftes Knurren an meine Ohren drang.

# ~ 20 ~

## TRISTAN

Ich war in einer Welt voller Magie aufgewachsen und trotzdem fand ich es gruselig, einen Luftzug zu spüren, obwohl der Raum, in dem ich mich befand – mein Zimmer – gerade weder Fenster noch Tür hatte. Roger sprang schneller auf, als ich es je für möglich gehalten hätte, landete mit einem dumpfen Geräusch vor dem Bett und stieß ein Knurren in Richtung ehemaliger Tür aus, das klang, als wäre er mindestens dreimal so groß.

Ohne die Backsteinmauer, wo einmal meine Tür war, aus den Augen zu lassen, schob ich meine Beine vom Bett und stand auf. Wenn es Élodie war, konnte sie mir vielleicht helfen. Doch es war eine andere weibliche Stimme, die laut meinen Namen rief. Eine Stimme, die ich selbst durch zwanzig Mauern gedämpft erkennen würde.

»Ela?«, rief ich zurück.

Sie stieß eine Flut von Beschimpfungen aus, die ich nicht verstand, während ich schnell zur Mauer eilte.

»Deine Mutter hat einen starken Zauber verwendet und den Raum mit Magie versiegelt«, rief sie mir zu. »Einen Moment.« Meine Schultern sackten nach unten. Mir war nicht bewusst gewesen, dass Carina den Raum nicht nur für mich, sondern auch magisch versiegelt hatte. Das bedeutete wohl, ich musste hier warten, bis sie zurückkehrte. Resigniert lehnte ich mich an den kühlen Backstein und ließ mich an ihm hinabgleiten. Die unregelmäßigen Steine schrammten meinen Rücken entlang, mein Hemd gab ein reißendes Geräusch von sich, doch das war mir egal. Für den Ball würde ich es nicht mehr brauchen. Ich lehnte den Kopf gegen die Mauer und drehte ihn so, dass mein Ohr sie beinahe berührte und meine Stimme hoffentlich verständlich hindurchkam: »Carina ist die Zirkelmeisterin, sie kann auf die Magie des ganzen Zirkels zugreifen«, rief ich durch die Wand. »Du wirst den Zauber nicht so schnell brechen können.« Zur Antwort erhielt ich nur einen weiteren dumpfen Fluch, begleitet von einem magischen Windstoß, der Roger in Habtachtstellung brachte. Ich winkte ihn zu mir und kraulte ihn zur Beruhigung, während sich die Mauer in meinem Rücken bewegte.

»Hast du die Tür abgeschlossen oder was?« Elas Stimme klang nun viel klarer. Erneut rührte sich etwas in meinem Rücken und ich rutschte ein wenig nach vorn, um mich auf die Hände gestützt umzudrehen. In dem Moment, in dem ich die Maserung der Tür sehen konnte, kam sie mir entgegen und schlug dumpf gegen meinen Kopf. Ich stieß ein kurzes Zischen aus und griff an die malträtierte Stelle. Roger jaulte aus Sympathie mit.

Ela schob sich vorsichtig durch die halb geöffnete Tür und sah sich im Raum um, dann erst zu mir auf den Boden. Ihre Augen weiteten sich, als ich zurückrutschte, ehe ich mich aufrappelte, die Hand noch immer an meinem Kopf.

Aber endlich waren die Lichtblitze weg und der Schmerz ließ nach.

»Tut mir leid!«, sagte sie und biss sich auf die Lippe. Sie war sehr blass, ihre Sigille gab noch ein mattes Leuchten von sich. Ich war wie gebannt. Nicht von dem Leuchten, sondern von Ela selbst. Sie war in ihrem Ballkleid schöner als jede Königin und jede Prinzessin und ich bemerkte, dass mein Mund offenstand, um ihr das zu sagen. Doch ich fand keine Worte dafür.

Ela lächelte schüchtern, griff an den ausladenden Rock und hob ihn hoch, um zu knicksen. »Gefällt dir, was du siehst?«

»Du siehst einfach ... bezaubernd aus«, sagte ich mit heiserer Stimme, was ihr ein Strahlen hervorlockte, obwohl es nicht einmal ansatzweise das ausdrückte, was ich gerade empfand. Mein Körper brannte, ich war völlig überwältigt. Nicht nur von ihrem Äußeren, sondern von dem Strahlen in ihren Augen – und der Magie, die sie noch immer in sanften Wellen umgab.

»Wie konntest du den Zauber brechen? Carina ist ...«

Ela machte nur eine wegwerfende Handbewegung, aber ich sah deutlich das Zittern ihrer Finger. »Es war nicht leicht, aber ihr Zauber war auch nicht besonders kompliziert gewesen. Außerdem war ich ...« Sie verstummte mitten im Satz und schloss hastig den Mund, als wolle sie den Rest zurückhalten. Ich machte einen Schritt auf sie zu und versuchte, sie allein mit Willenskraft dazu zu bringen, weiterzusprechen.

Sie seufzte und folgte meiner stummen Bitte: »Ich war so sauer, als Noah mir vor Schadenfreude grinsend erzählt hat, dass eure Mutter dich eingeschlossen hat. Wut befeuert die Magie«, schob sie noch erklärend hinterher. Grob wusste ich Bescheid. Starke Emotionen stärkten die Magie, aber machen sie auch unvorhersehbar, weil sie so sprunghaft waren. Dessen war sich Ela bewusst, denn sie sah aus wie ein Kind, das etwas angestellt hatte.

»Danke«, wollte ich die Situation entspannen und Ela lächelte erleichtert. Dann jedoch wurde mir klar, dass sie mich zwar aus meinem Zimmer befreit hatte, jedoch das Problem mit meiner Stiefmutter längst nicht gelöst war. Sie wollte nicht, dass ich beim Ball aufkreuzte.

»Was ist los?«, wollte Ela wissen und ich sah, wie sie in der Luft schnupperte.

»Was tust du?«, stellte ich eine Gegenfrage und kam nicht umhin, so unauffällig wie möglich an mir zu riechen. Nicht unauffällig genug, denn Ela begann zu lachen.

»Tut mir leid, ich … bisher hatte ich keine Gelegenheit, mehr über mich und meine … Fähigkeiten zu erzählen. Ich bin Magiewissenschaftlerin und auf Tränke und die Zusammenwirkung von Komponenten spezialisiert. Ich rieche die feinsten Duftnoten und kann sie Gefühlen zuordnen. Du machst dir offensichtlich Sorgen.«

Ich nahm ihre Worte zur Kenntnis und schob sie in eine Schublade in meinem Kopf, um später darüber nachzudenken. Dabei nickte ich. »Du musst zurück zum Ball. Es fällt bestimmt jemandem auf, wenn du nicht da bist. Sicher sucht man dich bereits.«

»Wir wollten zusammen dorthin, also sollten wir das auch tun.«

Sie trat wieder einen halben Schritt näher. Es war, als

würde uns eine unsichtbare Macht anziehen. Mächtiger als Magie – die kannte ich schließlich zur Genüge.

Ich schüttelte den Kopf und griff nach Elas Hand, strich sanft mit dem Daumen über ihren weichen Handrücken. Sie zitterte noch immer.

»Du brauchst etwas zu essen, oder?«, fragte ich, als mir endlich wieder einfiel, dass Sigillenfährten enorm viel Energie verbrauchten.

Sie nickte und ich zog sie mit mir aus meinem Zimmer hinab in die Küche, wo ich sie auf einem der Stühle Platz nehmen ließ, während ich alles Mögliche aus dem Kühlschrank zog und vor ihr aufbaute.

Ela aß gierig von allem und ich fühlte mich glücklich, ihr dabei zuzusehen, und grinste vermutlich dämlich. Je mehr ihre Farbe ins Gesicht zurückkehrte, desto strahlender wurde ihr Lächeln, das sie mir immer wieder zuwarf, ehe sie wieder auf den Ball zu sprechen kam.

»Ich wäre keine Minute dort, dann würde Carina mich zurückschicken.« Ich hatte diese Partys und Bälle immer gehasst. Und jetzt, wo ich endlich aufgrund meiner Begleitung einen besuchen wollte, war es mir verwehrt.

»Dann sollten wir sehen, dass sie dich nicht erkennt.« Das Glitzern in Elas Augen wurde verstärkt, als ihre Sigille zu leuchten begann und sie mich zum Spiegel im Flur zog, an dem wir zuvor vorbeigelaufen waren. Sie stellte sich neben mich, das blaue Leuchten an ihrem Arm wurde immer stärker und der Spiegel verteilte es im gesamten Flur. Hinter uns sah ich Roger auf dem Boden sitzen, der uns mit schräg gelegtem Kopf beobachtete. Ein Kribbeln setzte ein. Das Gefühl, als liefen Abertausende Ameisen über meine Arme, meine Beine, meinen Rücken. Es war mehr als nur unangenehm, sodass ich mich angestrengt darauf konzentrieren musste, die Veränderung zu verfolgen: Es begann bei der Kleidung. Aus dem Kragen meines weißen Hemdes wuchsen wie die Triebe einer Pflanze Spitzen heraus und formten sich zu einem Jabot, während sich meine dunkle Jeans zu einer …

»Eine Kniehose? Dein Ernst?« Ich sah entsetzt mein Spiegelbild an, das einfach nur dämlich aussah.

»Das ist heute voll im Trend. Glaub mir, ich war bereits dort.« Sie schien sich über meinen gequälten Gesichtsausdruck beinahe zu sehr zu amüsieren, daher stieß ich ihr mit dem Ellbogen leicht in die Seite, bis sie lachend quiekte. Als ich wieder zu mir sah, hatte sich mein Hemd verdoppelt und eine Weste sowie einen … Gehrock ausgebildet. Farblich passend zur Hose und Adelas Kleid, wie ich mit einem Lächeln feststellte. Roger kam schwanzwedelnd näher und tapste zwischen uns. Ich ging in die Hocke, um ihn zu streicheln. »Die Klamotten werden nicht ausreichen. Ich muss mich trotzdem ständig vor meiner Stiefmutter verstecken.« Ich sah an mir hinab auf die zu der Kniehose passenden ledernen Stiefel. »Ich bin nicht Superman und muss nur eine Brille aufsetzen und mich aus den Strumpfhosen schälen, um nicht erkannt zu werden.«

»Das ist mir klar. Alle anderen werden dich auch nicht erkennen.« Elas Stimme war vollkommen entspannt. Sie beugte sich ebenfalls zu Roger und strich mit der Hand über seinen Kopf nach hinten. Das leise Knistern war deutlich zu hören. Ela riss ihre Hand weg und stieß ein italienisches Wort aus. Während sie sich wieder erhob, deutete sie auf unsere Spiegelbilder. Erst auf mich, dann auf sie. Sie fuhr mit ihrer linken Hand kurz über den Spiegel und das Bild veränderte sich. Sie stand nicht mehr neben mir, sondern neben einem vollkommen anderen Menschen mit dunklem Haar, leichtem Bartschatten und dunklen Augen, der gerade Rogers Hals kraulte. Äußerlich war mein Spiegelbild so ziemlich das Gegenteil von mir.

»Wie hast du …« Meine Stimme versagte. Ich besaß keine Magie, wusste aber, wie schwer Chris starke Täuschungszauber fielen, obwohl er diese als sein Fachgebiet auserkoren hatte und laut Carina großes Talent dafür besaß. Was Ela soeben an mir gewirkt hatte, war eine Meisterleistung.

Sie zuckte nur mit den Schultern und wischte die echte Sicht auf das Trugbild wieder weg und ich sah wieder wie ich aus. Ela schnappte nach meiner Hand und fing meinen Blick im Spiegel ein.

»Bereit für den Ball?«

Ich zögerte, nickte dann jedoch und holte tief Luft.

»Wir haben bis Mitternacht. Ich fürchte, länger wirkt mein Zauber für deine Kleidung nicht.«

»Ich freue mich über jede Minute mit dir«, erwiderte ich vor Kitsch triefend, aber ich meinte es ausnahmsweise nicht sarkastisch, sondern absolut ernst. Ela schien es zu spüren, denn sie lächelte, ehe sie die Augen schloss und mich mit sich riss.

Mein Körper löste sich auf, fühlte sich an, als würde er in alle Richtungen auf einmal gezerrt, dann wieder zusammengepresst, ehe mich die Sigillenfährte auf einem schmalen Waldweg ausspuckte. Im Gegensatz zu Ela stolperte ich nach vorne. Sie hielt jedoch noch immer meine Hand und brachte mich wieder ins Gleichgewicht. Bevor sie mich nach vorne ziehen konnte, erkannte ich noch für einen kurzen Moment die zerfallenen zwei Mauern der alten Ruine und wusste, wo wir uns befanden.

Auch jedes unwissende Kind kannte die Ruine aus Geschichten der Urgroßeltern – oft sogar mit dem Märchen von Hänsel und Gretel verknüpft.

Wir überwanden die Barriere des Tarnzaubers und anstelle zweier zerfallener Mauern dehnte sich der Platz vor uns aus und eröffnete die Sicht auf ein hell erleuchtetes Gebäude mit hohen Fenstern, einer kupfernen Kuppel zwischen den weitläufigen Seitenflügeln und einer breiten Freitreppe. Ein bisschen erinnerte es an Schloss Sanssouci. Weil ich keine Sigille trug, konnten wir nicht direkt hineinreisen, wie es Ela ohne mich möglich gewesen wäre. So schritten wir Seite an Seite die Treppe empor und betraten das funkelnde Foyer.

Beim letzten Walpurgisball war ich fast sieben Jahre alt gewesen. Ungefähr so alt wie die Kinder, die nun an uns vorbeirannten, dicht gefolgt von einem älteren Mädchen, das Hexenfunken auf sie schoss. Sie alle lachten und hatten offensichtlich mehr Spaß als ich in den letzten zehn Jahren. Aber damals, bei den letzten Ballnächten in Massachusetts, war ich wie sie gewesen. Dad hatte noch gelebt, an seiner Seite hatte ich auch Spaß gehabt.

Heute fiel mir auf, welche Ausmaße allein der Eingangsbereich hatte. Kurz bevor wir bei der mindestens drei Meter hohen Tür am Ende des Foyers ankamen, schwangen die Flügel lautlos nach vorne und der Lärm des Balles drang uns entgegen. Der Ballsaal sah im ersten Moment aus wie in

Goldfarbe getaucht, etliche Hexenfunken ließen die Wände schimmern, spiegelten sich im polierten Marmorboden wider, sodass der Saal im wahrsten Sinne zauberhaft aussah. Wie aus einer anderen Welt, jenseits von Zeit und Raum. Ela zupfte an meinem Arm.

»Wenn du so starrst, fallen wir auf!« Sie deutete in Richtung einer Gruppe Hexen, die in unsere Richtung blickten. Ich konnte sehr gut verstehen, warum wir ihre Aufmerksamkeit hatten.

»Sie starren *dich* an«, flüsterte ich zu Ela gebeugt und lächelte kindischerweise, als ich bemerkte, wie sie erschauderte, während mein Atem sie streifte.

»Warum sollten sie?« Ela verspannte sich urplötzlich ohne erkennbaren Grund.

»Weil du die mit Abstand wunderschönste Frau auf dem ganzen Ball bist«, sagte ich absolut ehrlich.

Sie lachte. Ein wunderschönes Lachen, das in meinem Brustkorb weitervibrierte.

»Spinner!«, sagte sie, schlug mir spielerisch gegen die Brust und zog mich zum Büfett, um ihre Energie- und somit Magiereserven aufzufüllen.

Im Gegensatz zu mir ignorierte sie die Blicke und das Getuschel, das uns folgte. Ich war mir sicher, dass sich jede Hexe und jeder Hexer hier fragte, wer ich war, wo ich herkam und warum in aller Hexen Namen ich die Hand einer Mescinia-Tochter hielt.

»Willst du uns nicht vorstellen?«, fragte eine etwas grummelige Stimme hinter uns.

Ich ließ vor Schreck über den strengen Tonfall den kleinen belegten Cracker fallen, den ich soeben vom Büfett genommen hatte – das Ding hatte sicher einen besseren, edleren Namen, aber ich kannte ihn nicht.

Ela hingegen war vollkommen ruhig. Erschreckend ruhig sogar. »Mamma, das ist Paul«, sie sprach den Namen englisch aus, »Paul, das ist meine Mutter, Signora Mescinia.«

Ich stammelte so etwas wie eine Begrüßung und deutete eine Verbeugung an, wie ich sie bei Chris' und Noahs Benimmunterricht aufgeschnappt hatte. Frau Mescinia musterte mich ohne Scheu von oben bis unten, ließ den Blick lange auf meinem Arm hängen, als versuche sie, durch den Stoff hindurch auf meine Sigille zu sehen. Eine Sigille, die nicht vorhanden war, was mir Schweißperlen auf die Stirn trieb. Dann gab Ela mir einen leichten Stups und ich begriff.

Gemäß der Tradition streckte ich den linken Arm nach vorne. Frau Mescinias Hand umgriff mein Handgelenk und ich ihres. Früher erspürte, ertastete man so gegenseitig die Sigillen, es war sogar unausweichlich gewesen, dass man dafür seine Haut entblößte. Heute war es einfach noch eine Art geheimer Handschlag von Insidern – zu denen ich nie gehört hatte. Ich atmete nicht, bis Elas Mutter mir leicht zunickte.

»Die Auguren treffen bald ein. Haltet euch bereit.« Ehe sie davonging, warf sie mir noch einmal einen Blick aus zusammengekniffenen Augen zu. Kaum war sie weg, entspannte ich mich wieder ein wenig. Eingehakt gingen wir zwischen rauschenden Ballkleidern hindurch, unterbrachen durch unsere – Elas – bloße Anwesenheit angeregt plaudernde Hexen in Kleidung sämtlicher Epochen und hatten Spaß, wenn Ela mir irgendwelchen Klatsch über die Personen erzählte wie über die verheiratete Dame in dem viel zu eng sitzendem Twiggy-Kleid aus den Sechzigern und den sehr viel jüngeren Mann an ihrer Seite. Zwischen beiden sah ein Blinder die Funken hin- und herspringen. Gelegentlich entschuldigte sich Ela, wenn ihre Eltern nach ihr schickten – sie war eine Berühmtheit und musste vielen Hexen vorgestellt werden –, und doch hatte ich ein jedes Mal, wenn sie anschließend mit einem Lächeln auf den Lippen zurückkehrte, das Gefühl, als würde sie nirgendwo anders sein wollen als an meiner Seite.

Dann jedoch veränderte sich die Stimmung im Saal, das Licht flackerte wie bei einer Stromschwankung – was bei Hexenfunken vor Mitternacht unmöglich war. Alle Gespräche erstarben, selbst die Band verstummte, als sich Rauchschwaden von oben in Richtung Saalmitte schlängelten. Rauchschwaden in den drei Farben Mitternachtsblau, Blutrot und Sonnengelb. Die Rauchschwaden flochten sich ineinander, schienen regelrecht über sämtlichen Köpfen zu tanzen, ehe sie sich als Rauchsäulen der Bühne näherten, sich zu schattenartigen Wesen formten und in Menschengestalt darauf landeten.

Die Auguren waren da. Ich hatte gehofft, dass sie erst nach Mitternacht eintrafen, wenn ich bereits nicht mehr hier sein würde. Sie waren die mächtigsten Seher der Hexenwelt und nicht einmal dem Rat Rechenschaft schuldig, sondern absolut unabhängig. Sie würden Elas Tarnzauber sofort durchschauen. Instinktiv wich ich zurück, stieß dabei gegen das Büfett und erregte so noch viel mehr Aufmerksamkeit, die ich besser nicht auf mich ziehen sollte. Doch es war zu spät. Ela griff wieder nach meiner Hand, strahlte dabei eine Zuversicht aus, die mir Halt gab. Mein Puls beruhigte sich etwas, obwohl der einzige männliche Augur – der im blauen Gewand, ähnlich der Farbe, die Ela und ich trugen – in unsere Richtung sah und anschließend näher kam.

## ~ 21 ~

## ADELA

»Meine liebste Adela!« Sebastien, ein entfernter Verwandter aus dem französischen Zweig der Mescinias, der genau wusste, wie sehr ich meinen vollen Namen hasste, hielt seinen Blick auf mich geheftet, seit er sich materialisiert hatte. Vielleicht hatte er mich bereits als Rauchgestalt ausfindig gemacht – schließlich waren er und seine Augurenkolleginnen ein paarmal durch den Saal gewirbelt und hatten die Hexenfunken zum Flackern gebracht. Ich machte ihm mit einem scharfen Blick verständlich, dass er aufpassen sollte, was er sagte. Er verbeugte sich mit einem spöttischen Grinsen, ehe er es sich anders überlegte und mich zu sich in eine Umarmung zog, die ich so noch nie erlebt hatte.

Kaum streifte seine Wange die meine, verstand ich, warum:

»Wie steht es um deinen Auftrag?«, flüsterte er mir zu.

»Hat es Gloria nicht weitergegeben? Tristan Atwood ist ein Untalentierter.«

Sebastien rückte wieder von mir ab und baute sich regelrecht vor Tristan auf. Dieser war kreidebleich geworden und ich hätte ihn am liebsten erlöst. Doch das wäre gegen jegliche Etikette, daher beobachtete ich nur, wie sich Tristans Finger um Sebastiens Handgelenk schlangen, Haut an Haut, während Sebastien Tristans Ärmel umgriff. Tristan erbleichte immer weiter und brach beinahe vor Erleichterung zusammen, als Sebastien ihn endlich losließ, ihm kurz zunickte und weitere Sigillen prüfte. Auch ich entspannte mich sofort.

»Wollen wir tanzen?«, fragte ich wenig später, als der Druck endlich komplett von mir abließ und wir uns jeweils einen Cocktail geschnappt hatten, der einer Miniatur-Galaxie glich. Eine rosarote Wolke mit hellfunkelnden Punkten wand sich im tiefdunklen Blau des Getränks.

»Wie bitte?«, fragte Tristan mit einem regelrecht entsetzten Ausdruck im Gesicht.

»Tanzen. Du weißt schon: Zwei Menschen halten sich irgendwie aneinander fest und bewegen sich im selben Rhythmus zur Musik.«

Sein Blick sagte: *Mir ist schon klar, was Tanzen ist.* Aber das Funkeln in seinen Augen sagte mir, dass er unsere Schlagabtausche mochte – ebenso sehr wie ich. Dann erlosch das Funkeln und er sah auf das Glas in seinen Händen und schwenkte es leicht, sodass die Galaxie in den Weiten des Alls rotierte. »Ich kann nicht tanzen. Ich habe es nie gelernt.« Er hob sein Glas in Richtung Tanzfläche, wo sich gerade einige Tanzpaare synchron bewegten und ich verstand, worauf er hinauswollte.

»Ich will nicht *so* tanzen. So traditionell.« Schon das Wort schmeckte falsch. Natürlich hatte ich den Unsinn gelernt, den man dem Hexenadel seit Jahrhunderten beibrachte, als würden irgendwann wieder Könige über Länder herrschen, die man mit so etwas beeindrucken können würde.

»Hier tanzen aber gerade alle so.« Tristans Brauen zogen sich zusammen, als er die Tanzenden beobachtete, wie sie aufeinander zugingen, bis sich beinahe ihre erhobenen und einander zugewandten Handflächen berührten, dann ohne Berührung umeinander herumgingen und sich wieder voneinander entfernten. Langweilig. Steif – aber unerlässlich, wenn man nicht sofort jedem quasi ins Gesicht brüllen wollte, wie viel Macht man hatte – oder dass man überhaupt eine Hexe war. Eine herkömmliche Berührung war wie das gegenseitige Beschnuppern bei Tieren. Man ahnte, was da sein könnte. Bei einem gesellschaftlichen Tanz wollte sich niemand so outen, daher hatten die Hexen damals ihren Einfluss dafür genutzt, dass die gesellschaftlichen Tänze berührungslos, *keusch*, abliefen.

Ich hatte Tristan gegenüber keine Magie zu verbergen, daher schnappte ich seine Hand und zog ihn mit mir. »Wer sagt denn, dass wir machen müssen, was *alle* tun?«

Wir bewegten uns in unserem eigenen Rhythmus über die Tanzfläche, arbeiteten uns von einer Seite zur anderen und ich setzte meinen Klatsch über die High Society fort, um Tristan abzulenken. Offenbar hatten wir so viel Spaß dabei, dass es andere ansteckte. Immer mehr Mädchen in rauschenden Ballkleidern und Jungen in adretten traditionellen Kleidern folgten unserem Beispiel. Die Saalmitte glich einem bunten Durcheinander, das in einigen älteren Gesichtern für deutliche Ablehnung sorgte. Doch sie wussten, wer ich war, wer meine Familie war und niemand traute sich, uns aufzuhalten.

»Hast du Spaß?«, fragte ich Tristan, als die Band ein langsames Lied anstimmte und er seine Hände auf meine Hüfte legte, an die Stelle, ab der mein Kleid immer ausladender wurde. Ein Kribbeln arbeitete sich von dort aus durch meinen ganzen Körper. Meine Hände ruhten auf Tristans starken Schultern, über die hinweg mein Blick plötzlich den von Gloria traf, die zwei Paare entfernt mit Christoph tanzte. Eng umschlungen. Sie genoss offensichtlich die Aufmerksamkeit, die auf ihr lag. Sie liebte es, im Mittelpunkt zu stehen. Mitten im Song löste Noah seinen älteren Bruder ab. Tristan drehte uns um 180 Grad herum.

»Wenn du mir eine Frage stellst, solltest du auch meine Antwort hören wollen.« Ich spürte sein Lächeln an meiner Wange. Der Dreitagebart seiner magischen Tarnung kratzte mich dabei. Ehe ich antworten konnte, fuhr er fort: »Wen beobachtest du denn die ganze Zeit?« Sein Atem liebkoste meine Wange, das kratzige Gefühl verschwand.

»Tut mir leid.« Ich sah zu ihm nach oben, in die leuchtend blauen Augen, die mir schon vom ersten Moment an aufgefallen waren. »Ich habe nur meine Schwester beobachtet. Das Verhältnis zwischen ihr und mir ist seit gestern irgendwie … anders. Hast du denn Spaß?«

Er lächelte und in seinen Augen spiegelten sich die Hexenfunken. Plötzlich wurde mir ganz heiß. Ich musste wissen, wie spät es war. Mein Blick glitt über zahlreiche Handgelenke, doch niemand trug eine Armbanduhr. Es war jedoch eindeutig, dass mein Tarnzauber verblasste. Ich Idiotin war in den blauen Augen versunken, ohne zu bemerken, dass *Paul* braune Augen hatte.

»Wir müssen hier verschwinden, es ist Mitternacht.«

Meine Fingerspitzen kribbelten vor Anspannung. Wie hatte ich die Zeit vergessen können!

Tristan versteifte sich, griff dann jedoch nach meinen Händen. Wir konnten nicht mitten von der Tanzfläche via Sigillenfährte verschwinden, das würde zu viel Aufmerksamkeit auf sich ziehen und womöglich würde uns jemand folgen. Doch die Zeit war unser Gegner. Ich sah, wie sich der Zauber mit jedem Herzschlag weiter löste: Tristans Haare hellten sich immer weiter auf, der Gehrock wurde wieder zum Hemd, das ich als Grundlage benutzt hatte, während ich Tristan mit mir zog. Er hielt den Kopf gesenkt, damit man ihn nicht erkannte, und wir erreichten den Rand der Tanzfläche, quetschten uns zwischen aufbegehrenden Ballgästen hindurch, bis wir eine der Flügeltüren zum Ballsaal erreichten. Vereinzelte Rufe folgten uns nach draußen und ich glaubte, meinen Namen über allem anderen zu hören. Wir mussten hier weg. Mein Herz pochte so schnell, dass ich kaum in der Lage war, mich auf die Magie zu konzentrieren.

Unsere Schritte hallten durch den weitläufigen Eingangsbereich. Ohne weiter nachzudenken, zog ich Tristan in Richtung Seitentrakt und hielt vor einer Tür mit den goldenen Lettern »Teezimmer« daneben.

Ich rüttelte an der Tür, doch sie war verschlossen.

»Was ist los?«, fragte Tristan und sah sich alarmiert um. Er war schon beinahe wieder ganz blond, seine Kleidung sah aus wie die Zombie-Version eines barocken Kostüms und irgendjemand folgte uns. Ich durfte keine Zeit verlieren, konzentrierte mich auf das Ziel meiner Sigillenfährte und schloss meine Augen, spürte Tristans Hand fest in meiner verankert. Aber nichts geschah. Erneut rief jemand meinen Namen. Panik wallte in mir auf. Wenn ich Tristan nicht von hier fortbrachte, konnte Carina Brand wer-weiß-was mit ihm anstellen. Ich machte mir Vorwürfe, dass ich ihn überhaupt erst hierhergebracht hatte. Das war egoistisch gewesen und verdammt gefährlich für ihn.

Die Magie rund um Mitternacht war unbeständig, deshalb hatte ich vorgehabt, schon kurz vorher von hier zu verschwinden. Nun kamen zu jener launenhaften Magie noch meine unkontrollierbaren Gefühle hinzu. Ich musste mich konzentrieren, doch meine Gedanken rauschten auf der Welle meiner Emotionen davon.

»Ruhig atmen. Alles wird gut.« Tristans Stimme war nur ein leiser Hauch an meinem Ohr, aber die sanft kreisende Bewegung seines Daumens auf meinem Handrücken erdete mich. Mit der anderen Hand strich er über meine Sigille, über die empfindliche Stelle an der Innenseite des Unterarms, und endlich begann sie zu leuchten. Ich schloss die Augen erneut, das vertraute Ziehen der Fährte jedoch blieb aus.

»Wir müssen dort hinein«, flüsterte Tristan. »Vergiss die Fährte. Öffne nur das Schloss.«

Dafür reichte selbst die Mitternachtsmagie. Ich ließ die Magie aus meiner Sigille in meinen Finger fließen, den ich auf das Schloss legte, und befahl in Gedanken: »Öffnen!«

Mit einem Klick sprang das Schloss auf, Tristan drückte die Klinke und riss mich mit sich in den düsteren Raum hinein, der sofort wieder in Dunkelheit versank, als er die Tür hinter uns zuzog. Wir lehnten uns nebeneinander gegen die Tür und ich atmete erst einmal tief durch, bis sich mein Herzschlag beruhigte.

Draußen wurden die Schritte und Rufe lauter, dann rannten mindestens zwei Personen an uns vorbei. Die Geräusche verstummten, wir verharrten dennoch weiter in der Dunkelheit, bis die Personen zurückkehrten und wir hörten, dass ich stark genug wäre, auch zu Mitternacht via Sigillenfährte zu verschwinden. Allein hätte ich es vermutlich geschafft, aber nicht zusammen mit Tristan – und ihn hätte ich niemals alleingelassen.

Als draußen Ruhe eingekehrt war, wagte ich es, ein paar Hexenfunken zu zünden, die sogleich in alle Richtungen flogen und das »Teezimmer« erhellten.

»Sieht doch gemütlich aus«, kommentierte Tristan den Anblick der bequemen tiefen Sessel, die in Paaren neben kitschigen kleinen Tischen standen und in die locker zwei Leute hineinpassten. Den Tee dazu konnte sich jede Hexe direkt von zu Hause besorgen oder das hiesige Angebot nutzen, auf das Tristan weiter zusteuerte, nachdem er mich zu einem roten Sessel geschoben hatte. Er goss heißen Tee – der Duft nach frischem Lemongras drang bis zu mir – aus einem auf Hochglanz polierten goldenen Samowar in zwei Tassen, balancierte sie samt Untertassen zu mir und stellte sie ab, ehe er sich setzte.

Dann saßen wir da. Die Musik der Band drang leise bis zu uns, dennoch war ich mir sicher, dass Tristan hören konnte, wie laut mein Herz noch immer schlug. Er kratzte nervös an dem goldenen Rand der Tasse herum, sein Blick streifte mich immer nur kurz, ganz so, als könne er mir nicht in die Augen sehen.

Irgendetwas fühlte sich plötzlich anders an zwischen uns. Verkrampft. Falsch. »Sieht ein bisschen nach Puppenteeparty aus«, versuchte ich, die seltsame Stimmung zu vertreiben – die rosafarbenen Tassen mit Goldrand boten eine gute Vorlage. Tristan bemühte sich um ein Lächeln, das jedoch nicht das Blau seiner Augen erhellte wie sonst. War er … enttäuscht von mir, weil ich ihn nicht nach Hause hatte bringen können?

Das seltsame Gefühl manifestierte sich als bitterer Geschmack in meinem Mund und ich trank hastig einen Schluck Tee, während er zu dem Bleiglasfenster sah, hinter dem finsterste Nacht herrschte.

Dann wollte ich es unbedingt ansprechen: »Es tut mir leid, dass ich dich nicht pünktlich nach Hause bringen konnte.«

Sein Gesicht wandte sich wieder mir zu und er schmunzelte. »Du klingst wie ein Typ, der sich bei dem Vater seiner Freundin entschuldigt.« Sein Lächeln ließ das ungute Gefühl verpuffen. »Aber ich hätte dir niemals Vorwürfe deshalb gemacht.«

»Aber ich … ich habe dich in Gefahr gebracht, nur weil ich wollte, dass du mit mir zum Ball gehst. Und jetzt sind wir in einem Teezimmer gelandet.«

Er stellte seine Tasse langsam ab und stand auf, ohne etwas zu erwidern. Ich wurde immer nervöser, beobachtete jeden seiner Schritte, wie er den Tisch umrundete und neben meinem Sessel in die Hocke ging. »Es gibt keinen einzigen Ort auf der Welt, an dem ich gerade lieber wäre.«

## ~ 22 ~

## TRISTAN

Meinem alten Ich, der Person, die ich vor Elas Auftauchen gewesen war, wäre so etwas nicht ohne Sarkasmus über die Lippen gekommen, schon gar nicht an eine Hexe gerichtet. »Es gibt keinen einzigen Ort auf der Welt, an dem ich gerade lieber wäre.« Doch in diesem Moment fühlten sich die Worte richtig an. Und ich wollte mehr. Wir hatten nie über das, was uns verband, gesprochen. Ich hörte meinen Herzschlag in den Ohren, als ich auf eine Erwiderung wartete, vielleicht einen dummen Spruch, der die Spannung, die zwischen uns immer weiter anstieg, vielleicht etwas abmilderte. Ela schien mich gerne zu quälen. Sie sah zum Fenster hinaus, dessen uraltes Glas trotz der Schwärze dahinter kein Spiegelbild zeigte. Ela regte sich nicht, lediglich die Hexenfunken, die den Raum in spärliches Licht tauchten, zuckten hin und wieder umher, als wären sie lebendige Wesen. Es war jedoch hell genug, um zu sehen, wie sich Elas Gesicht veränderte. Entspannte.

Sie hob die Lider, als sie sich zu mir drehte. Ihre Augen sprachen Bände, erzählten eine Geschichte, die emotionaler war als alles, was ich seit Dads Tod erlebt hatte.

»Willst du wissen, an was ich gerade gedacht habe?«, fragte sie leise, die Stimme war kaum mehr als ein Flüstern. Sie zog mich neben sich auf den breiten Sessel.

»Will ich das?«, presste ich mit dem letzten bisschen Atem hervor, der sich noch in meiner Lunge befand. Dann musste ich Luft holen, was jedoch unmöglich war, weil mich Elas Nähe um den Verstand brachte. Meine Atmung stockte, als ich ihren süßen Duft roch. Unsere Gesichter waren so nah, dass jede Silbe ihrer Antwort wie eine warme Berührung meine Wange streifte. Mit einem letzten Aufflackern erlosch ein Hexenfunken nach dem anderen, bis nur noch das fahle Mondlicht Elas Gesicht erahnen ließ.

»Ich habe den ganzen Abend daran gedacht, das hier zu tun.« Sie kam noch näher. Ich spürte ihre Lippen auf meinen, obwohl wir uns noch nicht berührten. Sie wartete auf meine Reaktion, doch ich hatte meinen Sinnen nichts entgegenzusetzen und überbrückte die letzten Millimeter.

Der Kuss in der Dunkelheit war anders als der Kuss im Gemeindezentrum. War jener ein geflüstertes Versprechen gewesen, so war dieser hier im Schutze der Nacht ein lautes Brüllen. Ich war wie berauscht, all meine Sinne richteten sich auf Ela aus. Ich spürte sie, roch sie, schmeckte sie und sah sie, obwohl ich meine Augen geschlossen hatte. Ihre bebenden Atemzüge donnerten in meinen Ohren. Meine Gedanken drifteten ab. Der Kuss vertiefte sich, entzündete etwas in mir, was ich zuvor nie so empfunden hatte. Sehnsucht. Begierde. Und ich stellte mir vor, wie wir zusammen waren, noch näher.

Dann roch und hörte ich plötzlich Dinge, die nicht da waren. Der entfernt zu hörende Beat der Band klang nach prasselndem Regen auf Metall, es duftete nach heißem Sommer. Ich atmete stockend ein.

Ela wich zurück. Ich schälte mich aus der Benommenheit, rang nach Luft und stellte fest, dass wir nicht mehr auf dem roten Sessel im Teezimmer saßen.

# ~ 23 ~

## ADELA

Der Kuss glich dem Rausch der Magie nach einem mächtigen Zauber. Dem Moment, in dem das Pergament mit der Sigille zu Asche zerfällt und die darin gebündelte Macht freisetzt. Mein Herz schlug im Takt von Kolibriflügeln, als meine Zunge ihr Ziel fand. Die Welt verblasste um mich herum und ich nahm nur noch Tristan wahr. Tristan, der meine Sinne unentwegt mit seinem betörenden Geruch benebelte, die letzten Zweifel hinwegfegte. Mein Körper erschauderte unter der sanften Berührung seiner Hand, die sich ihren Weg meinen Arm hinauf bahnte und in meinem Nacken zum Erliegen kam. Pure Magie jagte durch meine Zellen, und erst als Tristan Luft holte und dabei ins Stocken geriet, hob ich langsam die Lider.

Es war vergleichbar mit jenem Zustand, in dem man sich aus einem wundervollen Traum schält und dann erschrocken feststellt, in der Realität angekommen zu sein. Und die Realität war noch viel dunkler als das Zwielicht im Teezimmer. Anstelle des breiten Polstersessels saßen wir eng aneinandergepresst auf etwas Weichem. Ich hob die Hand und beschwor einen Hexenfunken. Am liebsten hätte ich ihn sofort wieder gelöscht, damit Tristan nicht sah, wie mir die Röte in die Wangen schoss, als ich erkannte, wo wir waren.

Doch Tristan schenkte mir ein spitzbübisches Lächeln und zog die linke Braue nach oben. Das Blau seiner Augen war nie so dunkel und überwältigend gewesen wie jetzt, als er mit rauer Stimme fragte: »Wie sind wir auf meinem Bett gelandet?«

Ich sah nach unten auf den Funken in meiner Hand, doch er bot mir keine Antwort.

Um die angespannte Stille zu durchbrechen, fuhr Tristan fort: »Ich würde ja zu gern wissen, an was du gerade gedacht hast.« Ich hörte sein Schmunzeln.

Im Moment dachte ich daran, mich mit meiner Magie aus dem Staub zu machen oder dafür zu sorgen, dass mein Gesicht abkühlte. Doch Davonrennen würde es nur noch peinlicher machen. »Ich …«, stammelte ich und presste die Lider zu, weil ich die Peinlichkeit nicht ertrug. Ich holte noch einmal tief Luft und sah in Tristans vom Hexenfunken überirdisch schimmernde Augen.

»Ich habe mich nicht bewusst hierhergedacht«, sagte ich ehrlich.

»So? Dann waren es also meine Gedanken, die uns hierhergezaubert haben?« Er grinste so unverschämt, dass ich lachen musste. Dadurch verzog sich zumindest die Wolke der Peinlichkeit, die mich umgeben hatte, wofür ich ihm dankbar war. Ich schlug ihm spielerisch gegen den Arm und unser Licht flog davon. In dem Moment raschelte es hinter mir und ein leises Winseln folgte Tristans lautem Magenknurren.

»Roger!«, sagte Tristan und nahm seine Hand von mir.

Ich hatte gar nicht bemerkt, dass wir uns noch immer berührten. Jegliches Verschwinden via Fährte wäre so unmöglich gewesen. Ihm nahe zu sein, kam mir so natürlich vor, so richtig.

Tristan begrüßte Roger, der daraufhin näher robbte und sich zwischen uns drängte. Tristan streckte sich zum Nachttisch und schaltete die kleine Lampe an, die darauf stand. Sie war nicht sehr hell, aber ihr Licht ergoss sich über den gesamten Raum, weiter als der Hexenfunken, den ich nun mit Schließen meiner Hand zum Erlöschen brachte. Tristan kraulte weiterhin Roger, der mich immer wieder kritisch beäugte. Ich hätte nie gedacht, dass ein Hundeblick derartig vorwurfsvoll sein konnte.

Wenn er sprechen könnte, würde er mich sicher fragen, was ich hier zu suchen hatte. Ich tat dasselbe. Der Kuss war tief gewesen, hatte Hitze durch meinen Körper gejagt. Etwas in meinem Unterbewusstsein hatte sich dabei vielleicht nach einem ruhigeren Ort gesehnt, eine bessere Umgebung für ungestörte Zweisamkeit …

Ich vertrieb die Gedanken und griff ebenfalls in Rogers Fell, um ihn zu kraulen. Das sorgte dafür, dass er aufhörte, mir kritische Blicke zuzuwerfen. Der zweite Vorteil war, dass ich etwas zu tun hatte. Die Stille drohte unangenehm zu werden und ich wusste auch, warum. Es lag nicht daran, dass es mir peinlich war, uns in Tristans Bett teleportiert zu haben, sondern an den Geheimnissen, die unausgesprochen zwischen uns lagen. Die ich mir geschworen hatte, heute aufzulösen.

Als Tristans Magen erneut knurrte, strich ich Roger noch einmal über den kleinen Kopf und sah zu Tristan auf, dessen

Blick in die Ferne gerückt war. Kurz legte ich mir die Worte zurecht, verwarf sie wieder und stellte eine Frage: »An was hast du gedacht, als wir uns geküsst haben?«

»Ganz ehrlich?«

Ich nickte.

Nun war es Tristan, der peinlich berührt wegsah. Ich ließ meine Finger dreimal über Rogers Kopf wandern, bis er endlich antwortete, ohne mir in die Augen zu sehen.

»Ich kann nichts dafür, ich ...« Es war zu niedlich, ihn sich so winden zu sehen. Das Gegenteil des spitzbübisch herausfordernden Schmunzelns von kurz zuvor. »Meine Gedanken sind abgedriftet.«

Er hob die Hände in entschuldigender Geste und Roger hob sofort seinen Kopf, um zu prüfen, warum Tristan aufgehört hatte, ihn zu kraulen. Meine Finger glitten von seinem Kopf und wieder gab es eine Art elektrostatische Entladung, als ich sein Halsband berührte. Schnell zog ich meine Hand zurück. Weil niemand mehr kraulte, sprang Roger vom Bett und beobachtete uns von der anderen Seite des Zimmers wie eine Anstandsdame.

»Ich glaube, du hast uns hierhergebracht«, ließ ich meinen Verdacht nun endlich raus.

»Wie bitte?« Tristans Brauen zogen sich zusammen, er suchte jeden Winkel meines Gesichts ab, wartete auf die Pointe, den Witz.

»Ich bin mir ziemlich sicher«, erklärte ich mich. »Wir haben den ganzen Abend gegessen und jetzt knurrt dein Magen. Ich selbst spüre nicht den Hauch von Magieschwäche ...«

Er schluckte. Er war nie ausgebildet worden, aber musste

in einer Familie von Hexen die ganze Theorie mitbekommen haben.

»Das ist nicht möglich«, versuchte er, mich oder auch sich selbst zu überzeugen. »Ich wurde als Kind geprüft, ich …« Er schüttelte den Kopf.

»Aber du hast magisches Blut. Mächtiges Blut. Und vielleicht …«, ich wusste doch auch nicht, aber es gab einfach keine andere Erklärung. »Vielleicht ist bei deiner Sigillenvergabe etwas schiefgelaufen?«, versuchte ich mich an einer Erklärung. Fehler passierten. Menschen wie auch Hexen.

»Das kann nicht sein.« Er krempelte seinen Ärmel hoch und zeigte mir seinen muskulösen Unterarm. Ich hob wie in Trance die Hand und strich mit den Fingern die Adern entlang. Er erschauderte.

»Es ist … seltsam«, gab ich zu und streifte weiter seinen Arm entlang. »Etwas stimmt nicht mit dir.« Ich biss mir auf die Zunge. »O verdammt, tut mir leid. Das hört sich dämlich an. Lösch das bitte aus dem Protokoll.« Tristans Mundwinkel hoben sich. Er bemühte sich eindeutig, nicht zu lachen, und war mir offensichtlich nicht böse. »Du weißt hoffentlich, wie ich es meine. Du bist nicht wie die Wissenden, die ich bisher kennengelernt habe.«

Er stoppte meine Hand mitten auf ihrer Bahn und hielt sie fest. »Wie viele Wissende hast du denn so kennengelernt?« Ich hörte die wahre Frage dahinter und fühlte mich geschmeichelt, dass er ein klein wenig eifersüchtig war.

»Lass mich mal überlegen.« Ich rieb mir so lange mit dem Finger die Schläfe, bis ich loslachen musste, weil Tristan dabei so unglaublich unentspannt aussah.

Er atmete aus, machte eine schnelle Bewegung und warf

mich auf den Rücken. Binnen einer Sekunde hatte er sich wieder über mir aufgestützt. Seine blauen Augen funkelten. »Das ist nicht witzig«, sagte er bestimmt.

»Oh doch. Du kannst dir das Grinsen gerade noch so verkneifen«, erwiderte ich, während er sich ergab. Ich bemühte meine Bauchmuskeln und drückte ihm einen kurzen Kuss auf die Lippen, was ihn offenbar so erschreckte, dass er sich wieder aufrichtete. Ich stützte mich auf den Unterarmen hinter meinem Rücken ab und beobachtete ihn. Er sah nachdenklich zur kahlen Wand gegenüber. Dann zu der Tür, die nur durch meinen Zauber keine gemauerte Wand mehr war.

»Was, wenn ich recht habe?«, fragte ich in die Stille hinein.

Tristan presste die Zähne so fest aufeinander, dass seine Kiefermuskulatur hervortrat.

»Ich will dir keine falschen Hoffnungen machen. Ich … Ich möchte nur sichergehen. Wir könnten … Ich könnte die Sigillenvergabe mit dir wiederholen«, schlug ich vor.

Ich bekam keine Antwort mehr darauf. Die Luft veränderte sich, ein Windhauch glitt durch das Haus und Tristan erstarrte.

»Sie kommen zurück!«, sagten wir beide gleichzeitig. Mir blieb keine Zeit, den Zauber, den Carina um Tristans Zimmer gelegt hatte, zu erneuern. Er war stark gewesen. Ich bräuchte Pergament, müsste die Worte kürzen, die Sigille verbrennen …

»Verschwinde«, sagte Tristan, während er aufsprang, sich dabei durch die Haare strich und an seiner Kleidung herumzupfte, als wäre er eben in flagranti erwischt worden. »Ich sage Carina, dass der Zauber um Mitternacht verschwunden ist.«

Ich ging im Kopf alle anderen Möglichkeiten durch, doch mir fiel nichts Besseres ein. Daher nickte ich und konzentrierte mich bereits auf meine Fährte. Auch mit geschlossenen Augen spürte ich Tristans Blick auf mir. So viel Zeit musste sein. Ich hob die Lider, gönnte mir ein kurzes Versinken im tiefen Blau seiner Augen und küsste ihn. Mein Magen fuhr Achterbahn und es war verdammt schwer, mich auf meinen Zielort zu konzentrieren. Es war auch technisch unmöglich zu verschwinden, solange sich unsere Lippen berührten. Schwer atmend wich ich vor ihm zurück.

»Gib mir dein Handy.«

Tristan zog es aus der Tasche, entsperrte es und reichte es mir. Rasch tippte ich meine Nummer ein und rief kurz bei mir an, ehe ich es zurückgab.

»Wir schreiben uns«, sagte ich leise, ehe ich mich zurück in Ingrids Häuschen hexte.

In meinem Zimmer war es eiskalt und es roch anders. Mit zitternden Fingern schaltete ich das Licht an und erkannte auch sofort, warum. Auf meinem Bett saß Gloria, als hätte sie all die Zeit im Dunkeln bei weit aufgerissenem Fenster auf mich gewartet.

»Hast du dich mit Christoph und Noah Brand vergnügt?« Leider war mein Tonfall nicht so bissig, wie ich es gerne gehabt hätte. Aber mein Puls raste noch immer von Tristans Kuss und meine Knie waren zittrig, ich brauchte dringend etwas zu essen. Dennoch fühlte ich mich zu glücklich, um bissig zu sein.

Meine Schwester grinste mich nur an. »Und du dich mit Tristan?«

Meine Atmung versagte, ich presste gerade noch ein »Wie kommst du darauf?« hervor, ehe mir die Luft ausging.

Sie stand auf und verdrehte theatralisch die Augen. »Also bitte.« Sie kam näher. Wie ein bedrohlicher Schatten, der das letzte Licht auslöschte. »So wie du von ihm geschwärmt hast«, sie war mittlerweile so dicht an mich herangetreten, dass ihr vom Alkohol säuerlicher Atem mein Gesicht streifte, »war klar, dass du nicht plötzlich mit jemand anderem Spaß haben würdest.« Bei ihr klang es nach Fluch, nicht nach Loyalität. Ich wollte mir den letzten Funken Glücksgefühl, der noch in meinem Bauch herumflatterte, nicht verderben. »Mein Auftrag lautete, die beiden Brand-Geschwister zu testen. Du weißt, dass ich ihnen dadurch näher kommen musste.« Sie machte einen weiteren Schritt auf mich zu und nahm meine Hand. »Keiner von ihnen ist ein Dunkelmagier. Aber Sebastien sagt, dass ihre Sigillen vielleicht passen könnten. Mamma wünscht, dass du dich morgen mit Chris und Noah triffst und sie *näher* kennenlernst. Sie würde gern noch mit dir darüber sprechen.«

Mein Magen stülpte sich um und sämtliches Essen des Abends wollte aus mir raus. Ich konnte mich nicht mit ihnen treffen, ich musste Tristans Sigillenvergabe erneut durchführen und …

Glorias Hand strich über meine Wange. »Sie sind nett, wenn man sie kennenlernt, glaub mir.«

Da war ich anderer Meinung.

»Ich kann in der Zwischenzeit ja Tristan ablenken.«

»Nein!«, das Wort war schneller heraus, als ich wollte.

Ich liebte Gloria – meistens jedenfalls –, aber ich wusste um ihre Wirkung auf Jungs und … hatte Angst. »Ich komme schon klar«, sagte ich bemüht ruhig. »Sag Mamma, dass ich müde war und mich heute nicht mehr bei ihr melde.« Demonstrativ gähnte ich und Gloria verstand den Wink.

»Ich bin schon weg!« Ehe sie sich dem Fenster zuwandte, fragte sie noch: »Seid ihr irgendwie in Regen geraten?«

Ich zuckte mit den Schultern, weil ich nicht wusste, was ich erwidern sollte. *Tristan riecht immer nach Sommerregen,* vielleicht? Aber das tat er für mich. Für mich mit meinen speziell ausgebildeten Rezeptoren. Seit wann konnte meine Schwester diese Nuancen riechen? Und warum an mir? Bei jenen Nuancen handelte es sich um Duftmoleküle, nicht um Parfüm, das von einem auf den anderen abfärbte. Dass sie Tristan an mir gerochen hatte, war … unmöglich.

Gloria kümmerte es nicht weiter und sie kletterte zum Fenster hinaus.

## ~24~

## TRISTAN

Carina stieg zu Fuß die Treppe empor und ihre Schritte hallten den Flur entlang. Roger schoss von der geschlossenen Tür wieder zum Bett und verkroch sich hinter meinem Rücken, als ich mir ein Buch schnappte und so tat, als wäre ich den ganzen Abend hier gewesen. Für meine Stiefmutter stand es außer Frage, dass jemand ihren mächtigen Gefängniszauber gebrochen haben könnte, da war ich mir sicher. Fast sicher, wie mir die Angst bewies, die sich nun mit einem unangenehmen Kribbeln in meinen Nacken legte.

Als sich die Tür ohne Klopfen öffnete und gegen die Wand prallte, sah ich bemüht langsam auf und konzentrierte mich darauf, ganz ruhig zu atmen und Carinas messerscharfe Blicke zu ignorieren. Sie war in diesem Moment das Abbild der bösen Hexe aus dem Märchen. Ihr dunkles Kleid schlang sich eng um ihren hageren Körper, beim Anblick ihres bestickten Stehkragens hatte ich unwillkürlich Bilder von der bösen Königin aus Schneewittchen in meinem Kopf. Ihre Augen waren so weit zusammengekniffen, dass ich nicht einmal mehr eine Farbe hätte ausmachen können, wenn ich direkt vor ihr gestanden hätte.

»Wie war die erste Ballnacht?«, fragte ich ruhig, legte das Lesezeichen zwischen die Seiten und schloss das Buch, während ich gegen den Drang ankämpfte, den Kloß in meinem Hals hinabzuschlucken.

Carinas Antwort ließ auf sich warten. Sie prüfte eindeutig den Raum auf Magie, ich konnte nur hoffen, dass sich Elas Spuren bereits verflüchtigt hatten.

»Vielversprechend«, war die knappe Antwort. Ich hatte sofort das Bild von Gloria Mescinia, der laut Carina aussichtsreichsten Kandidatin für den Job der ersten sicheren Auserwählten und Chris im Kopf, der sich den gesamten Abend über in ihrer Nähe aufgehalten hatte. Natürlich musste dies Carina gefallen. Sie sah sicher schon beide Hand in Hand vor sich, wie sie den Schutzzauber im großen Hexenfeuer zur Walpurgisnacht verbrannten und der Name ihres Sohnes somit auf ewig in die Hexen-Chroniken eingebrannt sein würde.

»Das freut mich«, erwiderte ich ohne Lächeln. Sie erwartete nichts anderes von mir. Mein Handy vibrierte in meiner Hosentasche. Das war sicher Ela, die mir wie vereinbart schreiben wollte. Mein Herz geriet allein beim Gedanken an ihren Namen aus dem Takt.

Carina ließ noch ein weiteres Mal ihren Blick durch den Raum gleiten, fand offensichtlich jedoch nicht das, was sie suchte. Sie kam auch nicht auf den Bruch ihres Gefängniszaubers zu sprechen.

Damit hätte sie ja zugegeben, dass sie weit weniger mächtig war, als sie vorgab, wenn ihre Magie Mitternacht nicht überstand.

Was mir nur recht war. Mein Handy vibrierte noch einmal. Ich warf einen Blick auf meinen Wecker, der kurz vor drei Uhr morgens zeigte. Unwillkürlich musste ich gähnen.

»Ich sollte wohl endlich schlafen«, sagte ich und Carina verstand den Wink mit dem Zaunpfahl. Sie nickte knapp, verschwand aus meinem Zimmer und schloss tatsächlich die Tür hinter sich – jedoch ohne mir eine gute Nacht oder Ähnliches zu wünschen, wie es eine Mutter getan hätte.

Ich zog sofort das Handy aus der Tasche und sah auf dem Startbildschirm mehrmals eine fremde Nummer. Meine Müdigkeit war sofort verpufft, als mein Herzschlag sich beschleunigte und Endorphine meinen Körper fluteten.

Schnell scrollte ich im Chatverlauf nach oben und mit jeder Zeile grinste ich breiter.

*Hat deine Stiefmutter etwas bemerkt?*

*Tristan, ich mache mir Sorgen! Antworte bitte!*

*Danke übrigens für den tollen Abend.*

Schnell tippte ich, dass zum Glück alles gut gegangen war. Ela reagierte prompt.

*Ich habe mir wirklich Sorgen gemacht und mir schon die grausamsten Dinge ausgemalt. Zum Glück ist alles gut gegangen. Morgen werden wir vorsichtiger sein.*

Ich grinste dämlich auf mein Display hinab, nur weil Ela mich wieder sehen wollte. Ich überlegte noch, was ich antworten sollte, als eine neue Nachricht von Ela kam:

*Wir sollten jetzt schlafen. Ingrid weckt mich in weniger als drei Stunden und ich bin von all der Magie total fertig.*

Es folgte ein Müde-Emoji.

Ich tippte noch ein »Träum süß«, das Ela aber gar nicht mehr abrief.

So aufgeputscht wie ich war, konnte ich lange nicht einschlafen und meine Gedanken kreisten noch lange um die Geschehnisse des Abends. Ela hatte recht gehabt mit ihrer Vermutung, dass ich sie nicht auf dem Sessel im Teezimmer des Domus Magae, sondern auf meinem Bett küssen wollte. Aber es war unmöglich, dass ich uns hierhergebracht hatte. Ela muss ähnliche Gedanken gehabt haben, es war …

Mein Wecker schrillte los und ich hätte in diesem Moment meine Seele für einen freien Tag gegeben. Heute war Freitag, ein kurzer Schultag mit nur zwei Stunden am Nachmittag, aber auch ein solcher war ohne Schlaf kaum zu ertragen.

Ich schälte mich gähnend aus meiner Kleidung – schließlich trug ich noch die Sachen vom Vorabend – und duschte mit kaltem Wasser, um meinen Kreislauf in die Gänge zu bekommen. Zwei Tassen Kaffee später rannte ich mit dem Rucksack über der rechten Schulter durch den Regen zur Bushaltestelle an der Hauptstraße und drängte mich in das windschiefe uralte Wartehäuschen, das den schräg fallenden Regen nicht annähernd abhielt. Für den Bus war ich ein paar Minuten zu früh dran, daher schloss ich für einen Moment die Augen. Ein schrilles Hupen ließ sie mich aufreißen. Ein knallroter VW-Käfer mit Oldtimerkennzeichen hielt mit einer Vollbremsung vor mir und Ela öffnete mit Magie die Beifahrerscheibe, anstatt sich hinüberzubeugen und zu kurbeln. Sie strahlte mich an. Ihre Wangen waren leicht gerötet, sie wirkte fit wie an jedem anderen Tag. Und wunderschön.

Statt eines Grußes fragte sie: »Traust du dich, mit mir zu fahren? Ingrid war der Meinung, ich solle bei dem ‚Sauwetter‘ doch ihr Auto nehmen. Ich habe ihr natürlich nicht gesagt, dass ich gar keinen Führerschein haben. Sie hob kurz ihren linken Arm mit der Sigille. Magie. Mich umgab mittlerweile mehr Magie und Hexerei als sonst. Dabei hatte ich ihr entkommen wollen. Seufzend trat ich näher.

»Steig ein!«, forderte sie, öffnete mit einem Aufleuchten ihrer Sigille die Beifahrertür und ich stieg ein. »Sorry wegen gestern. Ich war so entsetzlich müde«, sagte sie, kaum dass wir losgefahren waren.

»Ist schon okay«, sagte ich ehrlich.

»Und warum bist du gerade eben so enttäuscht gewesen?«

»Ich bin nicht enttäuscht«, log ich.

Sie sah kurz zu mir, sodass wir ins Schlingern gerieten. »Ich rieche deine Gefühle und bin mir sicher, dass ich sie mittlerweile sehr gut zuordnen kann.«

Das hatte ich nun davon, mich auf eine Hexe mit besonderem Geruchssinn eingelassen zu haben. Ich erklärte ihr, dass ich seit Dads Tod immer Abstand von der Magie genommen hatte und sie nun mal war, wer sie war.

Ich sah, wie sie die Schultern hochzog und stur durch die Windschutzscheibe nach vorne sah. Meine Antwort schien ihr nicht zu gefallen, sie sagte jedoch nichts mehr, weil sie in dem Moment mitten auf einem breiten Autoparkplatz anhielt und den Motor ausschaltete. Offenbar dachte sie noch immer über meine Worte nach. Sie nagte an der Innenseite ihrer rechten Wange und schluckte, ehe sie nickte und mir antwortete. Ihre Stimme war leicht belegt. »Ich habe mir selbst immer vorgemacht, dass ich nicht bin wie sie, wie meine Familie und die ganzen Hexen um mich herum. Ich …«, sie zupfte an der künstlichen Sonnenblume, die in der winzigen Vase im Armaturenbrett stand. »Ich habe mir selbst etwas vorgemacht. Es war schwer, als ich die Fessel getragen habe, aber ich bin klargekommen.« Sie sah wieder kurz zu mir, ihre Augen glänzten mehr als sonst. »Weil du mir gezeigt hast, wie es ohne Magie ist. Aber kaum, dass ich das Armband wieder abgestreift hatte, bin ich in alte Muster gefallen. Mit Magie ist alles so einfach.«

Ich stieß einen Laut irgendwo zwischen Schnauben und freudlosem Lachen aus, der Ela zusammenzucken ließ. »Wem sagst du das«, murmelte ich.

»Ich hatte eine klassische Ausbildung, doch mein Leben verlief ganz anders ... als geplant.« Sie schluckte und schüttelte den Kopf, wie um finstere Gedanken zu vertreiben. »Die Sigille auf meinem Arm ist ein Teil von mir ...«

Ich verstand, was sie mir damit sagen wollte. Für sie war das, vor dem ich weglaufen wollte, der zentrale Punkt ihres Lebens. Doch ich wünschte mir, dass sie auch mich verstand. Daher machte ich einen Vorschlag, als wir auf den Fußweg vom Parkplatz zur Schule traten: »Hast du das Armband noch?«

»Ja, warum?« Eine zarte Falte erschien auf ihrer Stirn.

»Trag es heute. Ein ganz normaler Tag als Mensch.«

»Aber ich wollte doch mit dir ...«

»Bitte. Schule ohne Magie, ein gewöhnlicher Nachmittag ... Verdammt, ich kann heute nicht einfach etwas trinken gehen. Ich muss ins Gemeindezentrum.« Für einen flüchtigen Moment dachte ich tatsächlich darüber nach, die Zeit mit den Kindern abzusagen. Sofort schämte ich mich dafür, dieses Mädchen, das ich kaum kannte, den Kindern vorzuziehen, die mir in den letzten Jahren das Gefühl gegeben hatten, ihr Held zu sein.

»Vielleicht … können wir uns im Anschluss an meine Stunde treffen?«, schlug ich vor.

»Ich kann dich auch begleiten und wir gehen danach etwas trinken«, sagte sie in derselben Sekunde, was mir unwillkürlich selbst in den Sinn gekommen war, und ich spiegelte ihr Lächeln.

»Dann gilt der Deal? Du trägst die Fessel und bist heute ein unbegabter langweiliger Mensch wie ich?«

»Du bist nicht langweilig«, dementierte sie. »Aber der Deal gilt. Dafür begleitest du mich heute Abend wieder auf den Ball.«

»Keine Magie, schon vergessen?«, erwiderte ich.

»Es ist eine Pflichtveranstaltung. Ich muss dorthin. Aber bis wir gehen, trage ich das hier.« In ihrer Hand erschien das Armband mit dem Hämatit und sie ließ es demonstrativ vor meiner Nase baumeln, ehe sie es mir hinhielt.

»Legst du es mir an?«

Ich nahm das Armband entgegen und sie streckte mir ihr linkes Handgelenk hin. Ihre Sigille leuchtete schwach von dem Materialisierungszauber. Ich legte die zarten Stränge aus Leder, Seide und keine Ahnung was darüber und verschloss das Band. Dabei drängten sich unanständige Gedanken in meinen Kopf.

»Warum grinst du so?« Ela sog kurz scharf die Luft ein. »An was denkst du?«

Es ergibt keinen Sinn, zu versuchen, nicht rot zu werden. »Dir ist bewusst, dass ich dich gerade … fessle?«

Sie schüttelte kichernd den Kopf und ich lenkte meine Gedanken schnell woandershin. »Keine Magie heute – und sei sie noch so klein.« Ich drehte das Band so, dass der

Hämatit auf ihrer Sigille lag und das letzte Schimmern der Magie in sich aufsog.

Ela nickte, während sie immer breiter grinste. »Wie Sie wünschen, Mr. Grey.«

»Sag nicht, dass du Shades of Grey gelesen hast.«

Ihr bemüht unschuldiger Blick war mir Antwort genug und ich beließ es besser dabei. Seite an Seite gingen wir über den schmalen Rasen zwischen Parkplatz und Schule.

»Wie lief dein Abend nach deinem abrupten Aufbruch?«, versuchte ich, vermutlich mehr mich selbst als sie abzulenken. Sie erzählte von ihrer Schwester, die im Dunkeln auf sie gewartet und nach mir gefragt hatte.

»Dann sind wir offenbar Gesprächsthema«, bemerkte ich mit hoffentlich genug Sarkasmus in der Stimme.

»Offensichtlich.« Sie machte eine kurze Pause, als müsste sie Luft holen für das, was danach kam. »Hör mal, ich weiß, dass ich heute unmagisch bin, aber ich würde vor dem Ball noch gerne die Sigillenvergabe bei dir wiederholen. Ich … ich bin mir so sicher, dass bei deiner Sigillenvergabe etwas nicht gestimmt hat. Nenne es Instinkt oder … keine Ahnung. Das hatte ich dir geschrieben und ich habe schon befürchtet, dass du deshalb sauer auf mich bist.«

Ich war kurz davor, sie stehen zu lassen und krallte meine Hand in den Stoff meines Shirts, als könnte ich mich so festund davon abhalten, davonzurennen.

»Du *bist* sauer.« In Elas Stimme schwang Beunruhigung mit.

»Nein, ich bin nicht sauer, nur … Du willst etwas in mir sehen, das nicht da ist. Ich bin kein Hexer. Auch wenn ich weiß, was das …« *für uns bedeutet*, wollte ich gerade sagen, als meine Geschwister den Weg von der Bushaltestelle entlangkamen.

Ela bemerkte sie erst später, nahm dann aber demonstrativ meine Hand und erwiderte die finsteren Blicke, die Noah uns zuwarf.

~ 25 ~

# ADELA

Mussten sie ausgerechnet jetzt aufkreuzen? Ich hatte Tristan erklären wollen, dass es mir egal war, ob er Mensch oder Hexer war, aber sobald seine Stiefbrüder auftauchten, wollte er sich direkt zurückziehen. Ich war nicht bereit dafür. Ich war noch immer der Meinung, dass bei seiner Sigillenvergabe etwas schiefgelaufen war.

An meinem Schultisch wandte ich mich an die beste Quelle außerhalb der Hexenwelt: »Ich brauche deine Hilfe.«

Alex, die wieder einmal in ihrem Heft herumkritzelte, sah zu mir. »Wobei?«

Ich senkte meine Stimme und lehnte mich näher zu ihr, damit wirklich niemand etwas hören konnte.

»Ich muss alles wissen, was du über Tristans Familie weißt. Über seine Mutter im Besonderen.«

»Wieso?« Sie runzelte die Stirn.

»Weil …« *Weil ich mir sicher bin, dass er kein Untalentierter ist. Aber um das zu beweisen, brauche ich mehr Informationen.* Das wäre die korrekte Antwort gewesen. »Weil ich neugierig bin«, sagte ich stattdessen.

Alex brauchte einen Moment, bis sie meine Erklärung

halbwegs akzeptierte und nickte. »Ich weiß nur das, was man sich erzählt: Dass Tristans Mutter seinem Vater wohl nie von der Schwangerschaft erzählt hat und ihn dann einfach nur vor dem Atwood-Anwesen abgesetzt hat.«

»Und es gab nie Gerüchte, wer die Mutter sein könnte?«

Alex schüttelte den Kopf. »Keine Ahnung. Auf jeden Fall hat Tristans Vater nie angezweifelt, dass er sein Sohn ist. Vielleicht lag eine eindeutige Nachricht dabei, vielleicht hat er ja auch einen Vaterschaftstest gemacht oder Tristan hat irgendwas, ein Muttermal oder so, das eindeutig beweist, dass er sein Sohn ist?«

Sein Blut. Magisches Blut. Ein aufwendiger DNA-Test war bei potenziellen Hexen-Abkömmlingen nicht nötig. Es brauchte lediglich eines kleinen Zaubers, eine Berührung einer Schattenprojektion, das Anheben des Kindes mittels Magie ... Funktionierte der Zauber an dem Säugling, trug er magisches Blut in sich und war dadurch mindestens ein Wissender. Ob er selbst magische Kräfte entwickelte, hing von der Macht der Eltern ab und konnte erst später festgestellt werden.

»Aber es gibt doch sicher Gerüchte, wer die Mutter sein könnte, oder?« Ich stellte mir vor, was geschehen würde, wenn ein Säugling vor die Tür einer Hexenfamilie in Rom abgelegt worden wäre. Der Klatsch und Tratsch unter den Hexen hätte sicher noch Jahre lang angehalten. Und hier wussten Menschen davon – also müssten die Gerüchte doch genauso überkochen.

Alex zuckte mit den Schultern. »Ich habe mich nie dafür interessiert. Warum ist es dir denn so wichtig?«

»Ich denke, Tristan leidet darunter, es nicht zu wissen,

auch wenn er es nicht zugibt.« Das war doch zumindest sehr nahe an der Wahrheit. »Ich will ihm helfen.«

Alex dachte kurz darüber nach, nickte dann jedoch. »Ich frag mal bei meinen Eltern nach, ob es irgendwelche Gerüchte gab.«

»Danke«, sagte ich ehrlich und den Rest der Stunde konzentrierten wir uns auf Herrn Reeders Unterricht. Zumindest versuchte ich es. In Gedanken war ich immer bei Tristan.

# ~ 26 ~

## TRISTAN

Den gesamten Vormittag verhielt sich Ela seltsam distanziert, wie geistig abwesend, wann immer wir uns begegneten. Ich wusste nicht, ob es an dem lag, was ich über Magie gesagt hatte – und meinem Wunsch nach Abstand von der Hexenwelt – oder an mir selbst.

Nach Ende der letzten Stunde wartete sie jedoch schon vor der Schule auf mich. Mara hatte wegen irgendeines Wettkampfs bereits vorzeitig den Unterricht verlassen können, daher war ich allein unterwegs.

»Wo steckt Alex?«, fragte ich Ela nach einer kurzen Begrüßung. Sie erklärte nur knapp, dass sie etwas recherchieren wollte. Noch immer war diese Distanz zwischen uns, die ich mir nicht erklären konnte, die aber ein jedes Mal, wenn ich auch nur daran dachte, einem Faustschlag in den Magen glich.

Mir fehlte jedoch die Erfahrung, wie ich sie überwinden konnte. Daher verlief unser Gespräch recht wortkarg und auf der Fahrt mit dem Käfer zum Gemeindezentrum wurde das Schweigen für mich unerträglich.

»Sag mir, was los ist. Du musst nicht mit …«, ich räusperte mich, ehe ich den Mut fand, es auszusprechen, »mit mir abhängen, wenn es dazu führt, dass du dich unwohl fühlst.«

Ich betete in Gedanken, dass sie nicht sofort abbremste und mich aus dem Wagen warf. Doch schon im nächsten Moment wurde ich vom Gurt nach hinten gerissen und ein zorniges Hupen zeugte vom Schreck des Fahrers hinter uns. Sie drehte sich zu mir um.

»Du glaubst, ich will nicht in deiner Nähe sein?« Ela starrte mich entsetzt an, als wäre es das Letzte gewesen, was sie erwartet hatte.

»Etwa nicht?«, fragte ich nun ebenso erstaunt zurück, genoss jedoch die Wärme, die sich in meinem Bauch ausbreitete.

Sie öffnete den Mund, um etwas zu sagen, schloss ihn dann jedoch wieder, runzelte kurz die Stirn und war dann selbstsicher wie eh und je. »Wenn es eine Person gibt, auf deren Nähe ich in dem ganzen Chaos nicht verzichten wollte, dann wärst du es.«

Die Wärme wurde zu Hitze, die sich in meinem ganzen Körper verteilte. Ich kam nicht dazu, etwas zu erwidern, weil Ela erklärte: »Deine Gesellschaft ist mir lieber als die all unserer Geschwister.« Dann änderte sich ihr Tonfall. »Aber trotz allem bin ich der Meinung, dass in deinem Blut mehr ist. Dass du Magie in dir trägst. Das sagt mir mein Bauchgefühl.«

Nicht schon wieder. »Das Blut meines Vaters mag mächtig sein, aber es hat einfach nicht für Magie gereicht«, erwiderte ich etwas zu trotzig. »Vielleicht ist es ja die Strafe dafür, dass er …« Ich sprach es nicht aus und ich rechnete ihr hoch an, dass sie nicht weiterbohrte, sondern sich – ohne einen

Blick in den Rückspiegel – von schrillem Hupen begleitet zurück in den Verkehr drängte und den Käfer zum Parkplatz vor dem Gemeindezentrum lenkte.

Hätte ich mich nicht so sehr darüber gefreut, hätte es mir einen Stich versetzen müssen, wie sehr sich *meine Zwerge* über Elas Anwesenheit freuten.

Der Nachmittag war so furchtbar schnell vorbei, dass ich im Nachhinein, als sich die Kinder nach und nach verabschiedeten, ein wenig traurig war, kaum Zeit mit Ela verbracht zu haben. Aber es war schön gewesen, dieses Bauchkribbeln, wann immer sich unsere Blicke getroffen hatten und die Geräuschkulisse urplötzlich wie verstummt war. Gestohlene Momente, die mich lebendig fühlen ließen, echt.

Eine Hand schob sich in meine und die Glücksgefühle schäumten über. Ich zog Ela an mich, schlang die Arme um sie und genoss es, wie gut sich ihr Körper meinem anpasste, perfekt wie zwei Puzzleteile. Ich lachte lautlos auf bei dem kitschigen Gedanken. Was Ela nicht entging.

»Worüber freust du dich denn so?« Sie schob sich ein Stück weg von mir und sah zu mir auf. Ihre Hände ruhten nun an meiner Hüfte.

»Ich freue mich über dich«, erwiderte ich schnell.

»Spinner!« Dann kniff sie die Augen zusammen. »Du weißt, dass ich es herausfinden könnte, wenn ich wollte.« Ihr Tonfall war herausfordernd.

»Ich weiß. Und ich weiß auch, dass du es niemals tun würdest. Ich vertraue dir.«

Für einen Augenblick gefror ihr Lächeln. So kurz, dass ich mir sicher war, zu oft geblinzelt zu haben. Dennoch drängte sich da plötzlich etwas zwischen uns und ich zog sie wieder näher, um es zu vertreiben. Sie seufzte und ihr Atem strich meinen Hals entlang. Ich erschauderte, während meine Hand sanft über ihren Rücken glitt.

»Du weißt auch, dass mein Teil unseres Deals abgeschlossen ist?«

Mein Kinn lag auf ihrem Kopf und ich spürte die Vibration der Worte.

»Ich hab es verdrängt«, gab ich zu und sie verschränkte ihre Arme hinter meinem Rücken.

»Ich auch. Und wenn es möglich wäre, würde ich den Abend und die Nacht lieber mit dir allein verbringen.« Sie sog scharf die Luft ein, als sie bemerkte, was genau sie da gesagt hatte, und vergrub sich tiefer an meiner Brust.

»Soso«, neckte ich und hoffte, dass mein Herzschlag nur in meinen Ohren nach dröhnendem Techno-Beat klang.

Sie sah zu mir auf, ihre Augen leuchteten mehr denn je und eine zarte Röte ließ ihre Wangen strahlen. Es brauchte keine weiteren Worte. Die hätten uns nur am Küssen gehindert. Als sich unsere Lippen berührten, beschleunigte sich das rhythmische Pochen in meiner Brust zu einem Flattern. Die Luft knisterte, und obwohl ich die Lider geschlossen hatte, bemerkte ich irgendwann das Leuchten um uns herum. Ich riss die Augen auf und erkannte erschrocken, dass sich ein sanfter Schimmer über Elas Haut zog – und über meine!

»Was hast du getan?«, fragte ich, noch immer atemlos von unserem Kuss.

Doch Ela war ebenso verwirrt und starrte auf unsere Arme, die am Körper des anderen ruhten. Hastig zog sie sich etwas zurück und starrte auf ihr linkes Handgelenk, wo der Hämatit das schwache Leuchten in sich einsaugte, bis unsere Haut wieder normal aussah.

»Was bei allen Hexen …«, fragte ich, während ich nun endgültig von ihr abrückte und das seltsame verbliebene Jucken auf den Unterarmen durch Reiben abzuschütteln versuchte. Es war widerspenstig wie Gänsehaut.

Ela sah um uns herum, scannte jeden Schatten des großen Raumes, der mittlerweile im Halbdunkel lag, weil es kurz vor Sonnenuntergang war. Ihre gesamte Haltung hatte sich verändert. Obwohl noch dieselbe Person vor mir stand, war sie nun doch eine andere.

## ~ 27 ~

## ADELA

Ich spürte die Magie, obgleich ich sie mit dem Hämatit am Arm nicht derart spüren dürfte. Sie floss durch meine Adern, entflammte jede Zelle und schärfte all meine Sinne. Trotz magischer Fessel roch ich den längst abgekühlten Kaffee der Betreuer am Rand der Küchenzeile, den modrigen Gestank des Mülleimers unter der Spüle, das künstliche Zitronenaroma des Spülmittels, das geöffnet daneben stand. Und über allem Tristan. Die Kombination aus Hitze und Regen, die mich wie ein tobender Sturm umgab.

Und darunter plötzlich den sauren Gestank der Dunkelheit. Nicht den jener dunklen Schönheit einer mondlosen Sternennacht, sondern die bedrohliche Version des lauernden schwarzen Mannes oder des Monsters unter dem Bett. Dunkle Magie.

»Halt dich fest!«, befahl ich, riss mir die Fessel vom Handgelenk und in dem Moment, in dem Tristan instinktiv meinem Befehl folgte, dachte ich mich einfach nur fort von hier. Ich sah noch über Tristans Schulter, wie sich die Schatten verdichteten und Gestalt annahmen, dann löste sich die Umgebung auf.

Mein Herz hämmerte in meiner Brust, schneller noch als bei Tristans Küssen, die mir den Atem geraubt hatten. Ich bemerkte erst, wie sehr ich zitterte, als Tristan mich fester umgriff und an sich drückte.

»Was war das eben?«, fragte er nach einer Weile, in der er uns beiden Gelegenheit gab, uns zu beruhigen. Dann richtete er sich auf, sein Kinn lag nicht mehr auf meinem Scheitel. »Und wo *sind* wir?«

Erst jetzt sah auch ich mich um, dabei hätte ich es gar nicht gebraucht. Es roch nach Sonne, nach Kräutern, nach … »Zu Hause«, sagte ich. »Wir sind in Rom. Ich habe nicht nachgedacht, als ich uns da weggeholt habe«, fügte ich hinzu und beobachtete ihn genau.

»Wir sind in Italien?« Nahezu kindliche Neugier zeigte sich auf seinem Gesicht und vertrieb die Schrecken von eben. Er sah sich langsam um, ehe sein Blick an meinem Himmelbett hängenblieb und er dann wie ertappt wieder zu mir sah. Ich schmunzelte, während er sich auf die Lippe biss und danach wie um sich abzulenken fragte: »Was war dort? Ich habe etwas gefühlt … Nein, gerochen. Regen, Zitronen, saure Milch …« Er schüttelte langsam den Kopf, als könne er es selbst nicht glauben.

»Es war dunkle Magie. Eine Dunkelhexe.«

Er erstarrte und biss so fest die Zähne zusammen, dass es leise knirschte. »Ich habe gewusst, dass sie immer öfter auftauchen würden. Manchmal taugen selbst Carinas Warnungen etwas«, presste er hervor.

In seinen Augen sah ich, was für ein Sturm sich in seinem Inneren abspielte. Das Blau verdunkelte sich, wurde zu einer Gewitterwolke.

»Weshalb war eine Dunkelhexe dort?« Seine Worte waren ruhig, er sprach jedoch nicht aus, was er mit Sicherheit dachte.

»Sie sind hinter mir her«, bestätigte ich seine Vermutung. »Als du mich in der Gasse gefunden hast … Sie hatte mich vollkommen überrumpelt. Unsere Familie … Ich hatte gehofft, der Schutzzauber meines Vaters wäre stark genug … Es tut mir leid, dass ich dich in Gefahr gebracht habe.«

Ich wagte es nicht länger, in seine Augen zu schauen. Ich hatte die Gruppe Kinder in Gefahr gebracht, nur weil ich in seiner Nähe hatte sein wollen, hatte den Gedanken daran verdrängt, dass Dunkelhexen auftauchen könnten. »Es tut mir so leid«, flüsterte ich erneut mit erstickter Stimme und machte mir so viele Vorwürfe. Der ganze Plan war einfach nur egoistisch und dämlich gewesen. Ich hatte diesen Hauch eines normalen Lebens festhalten wollen und dafür das anderer riskiert. Das Leben kleiner Kinder. Das von Tristan.

Ich wandte mich ab, ging zum Fenster und starrte mit verschleiertem Blick durch das verschnörkelte Fenstergitter auf die *Piazza del Colosseo* unter uns, biss mir fest auf die Wange und bohrte zeitgleich meine Fingernägel in die Handflächen, um mich von dem scheußlichen Schmerz in meinem Inneren abzulenken, der mich schüttelte und meine Schultern beben ließ.

Ich hörte jeden seiner Schritte. Er kam erst langsam, zögernd innehaltend, und dann entschlossen zu mir. Schon ehe er von hinten die Arme um mich legte und ich mich in seine Umarmung fallen lassen konnte, kitzelte mich sein Atem im Nacken.

»Danke, dass du mich herausgeholt hast.«

Rasch drehte ich mich in seiner Umarmung um. Mir war nicht bewusst gewesen, dass er Angst vor ihnen hatte. Dunkelhexen und -hexer hatten eigentlich kein Interesse an Wissenden. Das bisschen Magie in ihrem Blut reichte nicht einmal für kleinere Rituale. Das sollte ihm eigentlich schon immer so gesagt worden sein. Ich konnte nicht anders und hakte interessiert nach.

»Mein Vater«, ein kurzer Schmerz zog wie ein Schatten über sein Gesicht, »hat mich von klein an vor ihnen gewarnt. Er hat mir erzählt, was sie mit Hexen anstellen, wie sich die Dunklen nicht der Sigillen-, sondern der Blutmagie verschrieben haben.«

Ich roch seine Angst, auch wenn er sie nach außen hin nicht zeigte.

»Und du hast dir nie Gedanken gemacht, warum er dich so sehr vor ihnen gewarnt hat?« Ich ließ es aus, zu erwähnen, dass Liam Atwood seinerzeit der Dunkelmagie angeklagt und hingerichtet worden war.

»Offenbar hat er mich vor Konkurrenten gewarnt«, presste er wie auswendig gelernt hervor. Er klang jedoch nicht sehr überzeugt. Es musste ihn umgehauen haben, dass sein Vater von den Jägern überführt worden war. Ich verdrängte die Erinnerung an die vielen Bilder und Videoaufzeichnungen der Hinrichtungen, die ich mir im Unterricht wieder und wieder hatte ansehen müssen.

»Ich …«, setzte ich an, doch dann verwarf ich die Worte wieder. Ich würde es ihm sagen müssen, mit ihm darüber sprechen, aber nicht jetzt. Ich hatte seit dem Vortag einen Plan gehabt und diesen würde ich hier noch viel leichter umsetzen können. »Komm mit.« Ich befreite mich aus der

Umarmung und nahm Tristans Hand. Sein Blick hing auf dem gegenüberliegenden Gebäude, dem Wahrzeichen Roms. Der Anblick des Kolosseums war für mich so alltäglich, dass ich ganz vergessen hatte, welch magische Anziehung das antike Bauwerk haben konnte.

Nur langsam löste sich Tristan davon. Von meinem Zimmer aus sah es nahezu unbeschadet aus, die Außenmauer war fast komplett erhalten, als hätte das architektonische Meisterwerk die beiden Jahrtausende unbeschadet überdauert. Doch schon von der Zweitküche auf diesem Stockwerk aus konnte man die Zerstörung erahnen.

Tristans Augen leuchteten auf, während ich ihn den Flur entlangzerrte. Er sog begierig jeden Blick auf alte Artefakte oder Meisterwerke längst verstorbener Zirkelmitglieder in sich auf, die meine Familie seit Generationen hübsch die Wände entlang aufgereiht hatte wie in einem Museum. Noch nie hatte der Weg über den Flur und die Treppe hinab in den Innenhof so lange gedauert. Wir traten ins Freie und Tristan erstarrte vor Ehrfurcht. Dieses Mal konnte ich es nachvollziehen. Dieser Ort, der weder bei Google noch sonstwo verzeichnet war, triefte von uralter Magie des Zirkels und war wie die Unterkunft der Hexen beim Walpurgisritual oder die Tardis aus Doctor Who: Er hatte Ausmaße, die von außen nicht einmal zu erahnen waren. Hier wuchsen Pflanzen aus allen Ecken der Welt, auch solche, die hier im mediterranen Klima eigentlich nicht hätten gedeihen können.

»Das ist mein Lieblingsort«, sagte ich leise und genoss den Anblick der Orchideen neben uns, sog tief ihren betörend schweren Duft ein. »Das ist sozusagen mein Arbeitsplatz.« Nicht gerade wenig Stolz schwang in meiner Stimme mit. Das war meine Welt, die Forschung, die Wechselwirkung verschiedener Substanzen mit und ohne Einfluss von Magie. »Da hinten sind die alltäglicheren Kräuter für Tränke«, ich deutete vage nach links, ehe ich mich dem verschlungenen Weg zwischen den Beeten zuwandte. »Und dort ist mein Labor.«

Ich betete sämtliche Namen von Blumen, Sträuchern und Krautgewächsen herunter, die wir passierten, und hin und wieder erwähnte ich, wofür sie hauptsächlich genutzt wurden.

Ich hätte Tristan gerne noch viel mehr erzählt, aber die Zeit drängte. Es tat mir beinahe leid, als ich ihn in mein Labor zerrte und ihm damit die begeistert-sehnsüchtige Miene vom Gesicht wischte. Doch sein Staunen hielt auch beim Durchqueren meines Arbeitsplatzes an.

Ich nannte es Labor, weil ich forschte, aber abgesehen davon hatte es nichts mit dem zu tun, was einem bei diesem Begriff in den Sinn kam. Es war nicht weiß, steril und schrill beleuchtet, sondern das Gegenteil: Gedämpftes Licht aus uralten Gaslampen, die ich mit einem kurzen Aufleuchten meiner Sigille entzündete, beleuchtete den dunklen Holztisch mit den vielen Brandflecken und die lange Reihe aus Regalen an den Wänden, in denen die verschiedensten Kräuter und Lösungen in unterschiedlich großen Gläsern einstaubten, seit ich nicht mehr täglich hier sauber machte. Ich hatte mein eigenes System, doch meine ehemaligen Lehrer griffen stets auf Magie zurück, um in »diesem Chaos« etwas zu finden.

Ich ging zu dem etwas tieferen Regal zu unserer Linken

und zog eine bronzene Schale hervor, deren viele Dellen etliche Geschichten erzählten, und stellte sie auf den Tisch in der Mitte des Raumes. Auf der Ablage unter der hölzernen Tischplatte tastete ich nach Pergament, einer Schreibfeder und Tinte, um sie anschließend Tristan zu reichen.

»Setz dich und schreib deinen vollen Namen auf.« Ich deutete auf den hölzernen Hocker, während er mir einen Blick schenkte, der eindeutig besagte, dass wir hier unsere Zeit verschwendeten. Aber mir zuliebe tat er, worum ich ihn bat. Mit sehr, sehr wenig Überzeugung setzte er sich, öffnete das Tintenfass und tauchte die Feder hinein.

»Du musst die Magie in deinem Blut wirken lassen. Du musst *glauben*. Es funktioniert besser, wenn du es selbst machst, nicht jemand anderes *für* dich.«

Vielleicht war es deshalb beim Initiationsritus schiefgegangen. Vielleicht hatte er ja wegen allem, was wenig zuvor mit seinem Vater geschehen war, den Glauben an die Magie verloren, sich innerlich distanziert. Etwas war da, das ihn blockierte, da war ich mir sicher. Ebenso sicher war ich mir, dass wir diesen inneren Widerstand brechen konnten.

Während er mit etwas mehr Elan und konzentrierter Miene zu schreiben begann, sammelte ich die benötigten Zutaten ein und warf jeweils eine Prise davon in die Bronzeschale. Vor dem Regalbrett mit den Pilzen blieb ich stehen, fuhr mit den Fingern die Gläser entlang und musste ein paar davon aufschrauben und daran riechen, bis ich den Hexenröhrling gefunden hatte. Ich fügte ein paar Krümel der Mischung hinzu und legte obenauf einen Büschel des weißen Salbeis, der an einer langen Schnur unter der Zimmerdecke zum Trocknen hing. Theoretisch war nichts davon nötig, verstärkte aber den Zauber und beruhigte hoffentlich Tristans Geist. Ich entzündete das Innere der Schale mit einem Fingerschnippen und Flammen erwachten knisternd zum Leben.

Erst als ich mit allem fertig war, sah ich wieder nach Tristan, der mich bei meinen Vorbereitungen neugierig beobachtet hatte.

»Du musst deinen vollen Namen aufschreiben«, wiederholte ich und deutete auf das in Großbuchstaben notierte ›Tristan Atwood‹ auf dem Pergament.

»Hab ich doch«, sagte er schon beinahe genervt.

»Du hast keinen zweiten Vornamen, der dir peinlich ist, oder vielleicht auch den Nachnamen deiner … Erziehungsberechtigten?« Ich erinnerte mich daran, dass sein Name irgendwie falsch geklungen hatte, als Alex ihn mir das erste Mal genannt hatte.

Im Gegensatz zu Christoph und Noah, die eindeutig das in lokalen Hexenkreisen für mächtig gehaltene H im Namen hatten, trug Tristan offensichtlich keinen extra für die Sigille gewählten Namen.

Weil ich zu lang darüber nachdachte, erklärte er mir: »Wenn ich ihn gefragt habe, hat mein Vater mir immer nur gesagt, dass er mir alles erklären würde, sobald sich meine Magie zeigt. Doch erstens ist er schon lange vorher … gestorben, zweitens hat sich das mit der Magie eh erledigt. Mehr Namen habe ich also nicht zu bieten.« Ganz gleich, wie unbekümmert er das sagte, ich sah den Schmerz in seinen Augen und griff nach seiner Hand.

»Wir machen das Beste aus dem, was wir haben.« Ich lächelte ihn aufmunternd an.

Dann umrundete ich den Tisch und stellte mich hinter ihn. Bislang hatte ich nie die Rolle einer Patin übernommen, war aber bei zahlreichen Sigillenvergaben anwesend gewesen. Ich legte meine linke Hand auf seine linke Schulter und ließ die Magie in meinem Blut erwachen. Sie breitete sich wie Feuer in meinen Adern aus und die Sigille begann zu leuchten, wartete auf meinen Zauber, auf meinen Befehl.

»Konzentriere dich auf deinen Namen, stell dir bildlich vor, wie jede Linie eines Buchstabens einen Teil deiner Magie in sich trägt, während du alle Buchstaben in der nächsten Zeile notierst. Jeden vorhandenen nur ein einziges Mal.«

Er notierte in der Zeile unter seinem Namen TRISANWOD.

»Jetzt lass dich von der Magie leiten, wenn du deine Sigille zeichnest.« Kraft meiner Magie erschien das Hexenrad unter der letzten Zeile, das in drei konzentrischen Kreisen das gesamte Alphabet enthielt. Ausgebildete Hexen benötigten dieses Hilfsmittel nicht, ich wusste, an welcher Stelle jeder Buchstabe auf dem Rad lag. »Markiere das T mit einem kleinen Kreis und ziehe gerade Linien von einem Buchstaben zum nächsten, ohne abzusetzen.«

Ich schloss meine Augen und leitete die pulsierende Macht meiner Sigille in Tristans Arm, bis das Geräusch der über Pergament kratzenden Feder verstummte.

Seine Sigille war einfach, aber wunderschön, ähnelte ein wenig der Silhouette zweier Berge, aber dennoch hatte ich noch immer das Gefühl, dass etwas fehlte.

»Konzentriere dich auf die Magie in deinem Blut, dem Erbe deines Vaters Liam Atwood.« Ich machte instinktiv eine Pause an der Stelle, an der sonst bei jedem von mir besuchten Ritus der Name der Hexenmutter genannt wurde, weil auch diese ihren Teil zur Magie im Blut beitrug und daher auch im Ritual eine Rolle spielte. Unter meiner Hand versteifte sich Tristans Schultermuskulatur und ließ mich fortfahren: »Schließ das offene Ende mit einem Querstrich, damit die Energie nicht aus der Sigille fließen kann.«

Er malte einen kleinen Strich ans Ende der Linie inmitten des Ds und die Hilfslinien des Hexenrades verschwanden. Tristans Hand zitterte, als er die Sigille vollendet hatte. Er glaubte oder hoffte nun doch, dass es funktionieren würde. Da war ich mir sicher.

Ich wollte ihn nicht aus seiner Konzentration reißen und gab in ruhigem Tonfall die nächste Anweisung: »Nimm nun das Pergament und übergib es dem Element.«

Er tat wie geheißen. Seine Hand bewegte sich langsam auf die Flammenschale zu, aus der Rauch zusammen mit allerhand ätherischen Gerüchen aufstieg, die uns einhüllten, während meine Magie sich darauf konzentrierte, die nun folgenden Schmerzen zu lindern.

»Halte nun dein Handgelenk über die Flammen.«

Er folgte meiner Anleitung blind. Er vertraute mir, sonst würde er nicht, ohne zu zögern, die Hand durch die hochschießende Flamme strecken, bis sie an seinem Unterarm entlanglecken konnte. Es war das perfekte Feuer, die perfekte Flamme, die nun immer heller und bläulicher, heißer und verzehrender wurde, um die Sigille in die Haut zu brennen. Die blau-weißen Spitzen züngelten über Tristans Handgelenk, tanzten und hinterließen dunkle Spuren.

Dann wurde es dunkel. Das Feuer erlosch, der Zauber war beendet. Meine Augen mussten sich erst wieder an das schummrige Licht der Gasleuchten gewöhnen, ehe ich Tristans Unterarm betrachten konnte, den er nun vor sich auf den Tisch gelegt hatte. Bis dahin ließ ich meine Magie ziehen und Tristan keuchte auf vor Schmerz. Das Brennen war wohl noch nicht ganz abgeklungen gewesen.

»Sorry«, entschuldigte ich mich schnell, doch er schien mich nicht mehr zu hören. Er war voll und ganz auf das Schwarz auf seinem Unterarm konzentriert, das sich vom Rot der verbliebenen Verbrennung deutlich abhob. Es war die exakte Kopie der Sigille, die er auf das Pergament gezeichnet hatte.

»Es hat funktioniert!«, jubelte ich und schlang meine Arme von hinten um seinen Körper, während er noch immer auf seinen Unterarm starrte, als gehöre er nicht zu ihm.

»Und wie …« Er drehte sich auf dem Hocker um, wofür ich meine Arme löste und ein paar Schritte zurücktrat.

»Wie du zaubern kannst?« Ich grinste breit, während ich mich an das überwältigende Gefühl meines ersten allein gewirkten Zaubers erinnerte – die Ritualschale schweben zu lassen. Einer der Brandflecken auf dem Tisch war ein Überbleibsel dieses ersten Versuchs.

Meine Fingerspitzen kribbelten und ich knetete meine Hände vor Aufregung.

»Du musst etwas Einfaches versuchen. Ein einfacher Befehl, den du im Kopf kürzen und über das Hexenrad legen kannst.« Zur Hilfe projizierte ich das Hexenrad in der Luft zwischen uns. »Wenn du die Sigille einmal im Kopf hast, ist sie da und du kannst darauf zugreifen.« Ich unterließ es, ihn darauf hinzuweisen, dass diese ersten Befehle in Vorbereitung auf die Sigillenvergabe geübt wurden. »Leite das Bild dann zu deiner Sigille, um deinen Zauber nach außen zu tragen. Schließ am besten die Augen, sobald du die Sigille vor dir hast.«

Tristan runzelte die Stirn, sein Blick huschte über das projizierte Hexenrad, ehe er die Augen schloss und ein Grinsen an seinem Mundwinkel zupfte. Seine Sigille erhellte sich in dem Moment, als er die Lider hob, und ließ seine Augen in einem überirdischen Blau aufleuchten.

Wir hatten es geschafft!

Doch ehe ich mich für ihn freuen konnte, stieß mir etwas in den Rücken. Es war nicht sehr fest, aber vor Schreck verlor ich das Gleichgewicht und stolperte in Tristans Arme, der erschrocken die Augen aufriss und eine Entschuldigung murmelte.

»Das warst *du*?«, fragte ich und atmete den Schmerz weg.

Er verzog das Gesicht, das vor Anstrengung stark gerötet war. Sofort schob ich mich aus seinen Armen und griff nach seinem linken Arm. Die brandneue Sigille gab ein kaum sichtbares Leuchten von sich. Die zuvor noch scharf gezeichneten Linien seiner Sigille verschwammen, als hätte man sie auf nasses Papier gezeichnet. Der Strich am Ende war nur noch ein trüber Fleck. Ich hatte noch nie zuvor Ähnliches gesehen.

Ich erwog kurz, weitere Versuche zu starten, andere Möglichkeiten auszuprobieren, vielleicht eine stärkere Kräutermischung, doch die Enttäuschung stand so schmerzhaft in Tristans Augen, dass ich ihn nur noch davon ablenken wollte. Ich legte seine Hand an meine Taille, die andere folgte von selbst und ich sah zu ihm auf. »Willst du mir verraten, was genau du dir vorgestellt hast?« Vielleicht hatte er den

Befehl nur falsch formuliert, bei der Visualisierung auf dem Hexenrad einen Fehler gemacht, auch wenn dies – zumindest bei ausgebildeten Hexen – doch instinktiv funktionierte. Vielleicht war die Sigille zu neu, zu spät aufgetragen, vielleicht …

Nun zeichnete sich eine ganz andere Form von Röte auf seinen Wangen ab und sein Blick veränderte sich, während seine Stimme tiefer denn je raunte: »Ich wollte dich nur direkt bei mir haben, damit ich das hier machen kann.«

Dann küsste er mich, bis meine Enttäuschung über die fehlgeschlagene, erste allein durchgeführte Initiation nur noch ein längst vergangenes Rauschen war und sämtliche Gedanken, was schiefgelaufen sein könnte, verblassten.

# ~ 28 ~

## TRISTAN

Ich küsste sie. Küsste sie immer weiter und weiter, presste sie fest an mich, um alles andere zu vergessen. Während unsere Zungen miteinander tanzten und sich meine Finger in ihren Rücken bohrten, war ich in einer Zeitschleife gefangen. Die Enttäuschung über meine Magielosigkeit hatte mich erneut mit voller Wucht getroffen. Ich war nicht ganz ehrlich zu Ela gewesen, hatte ihr nicht erzählt, dass ich eine Sigille gehabt hatte, ehe diese binnen weniger Tage verblasst war wie eins dieser Kindertattoos zum Ankleben. Weil die Magie in meinem Blut nicht stark genug gewesen war, um sie aufrechtzuerhalten.

Und doch war ich blöd genug gewesen, erneut zu hoffen. Mitgerissen von ihrer Begeisterung, von ihrer Stärke. So sehr, dass mich die Realität eiskalt erwischt hatte. Mich an ihr festzuhalten linderte das Gefühl eines endlosen Sturzes.

Keuchend löste sie ihre Lippen von meinen.

»Wir müssen zum Ball. Wir kommen zu spät.«

Ich murmelte Zustimmung und zog sie wieder zu mir, nicht bereit, meine Gedanken wieder mit Magie und Hexen zu füllen. Ich wollte nicht auf meinen Arm hinabsehen, den inzwischen garantiert ein verschwommener Tintenfleck zierte. Wie damals. Stattdessen genoss ich das selige Gefühl, zu schweben, wie immer, wenn ich Ela küsste. Sie schob sich nun mit etwas mehr Enthusiasmus von mir und ich gab seufzend nach.

»Deal ist Deal«, wiederholte ich ihre Worte vom Morgen. War das tatsächlich erst zwölf Stunden her? Es kam mir wie Ewigkeiten vor, was aber vielleicht auch an der Umgebung lag.

Sie grinste mich siegesgewiss an. »Welchen Stil würdest du gerne tragen?«

Eins musste man ihr lassen. Sie verstand sich wunderbar auf Ablenkung. Ich ließ mich von ihr ins Hauptgebäude zurück und dann von einem Zimmer ins andere ziehen, wo sie ihre sieben Sachen zusammenkramte, weil sie nicht noch einmal zu ihrer Gastmutter in Falkhausen zurückkehren, sondern direkt auf den Ball reisen wollte.

Letzte Station war ein Raum, dessen eine Seite komplett verspiegelt war wie in dem Fitnessstudio, das mein Vater und ich zum Betreten des Dojos immer hatten durchqueren müssen. Ela verwandelte unsere Kleidung und anschließend mein Gesicht wie am Vortag und zupfte an meinem Oberteil herum, das nur drei Viertel meiner Arme bedeckte. Da fiel ihr auf, dass sich meine Sigille kaum mehr von der Haut darunter abhob. Sie versuchte, es sich nicht anmerken zu lassen, aber ich konnte nicht länger schweigen und erzählte ihr, dass sie bereits nach meinem ersten Initiationsritus verschwunden war. Sie dachte darüber nach, öffnete sogar den Mund, um zu widersprechen, beruhigte sich dann jedoch und drückte mir einen schnellen Kuss auf die Lippen.

»Ich danke dir für dein Vertrauen«, sagte sie noch, ehe sie mich wieder zum Spiegel drehte. Der dichtere Stoff um meinen Oberkörper lichtete sich und wurde zu einem weiten Hemd mit sehr weiten Ärmeln und ziemlich eng sitzenden Bündchen am Handgelenk. Plötzlich trug ich zusätzlich zu den Kniehosen und Stulpenstiefeln ein Wams und darüber eine Art Poncho mit gefühlt tausend Knöpfen, weshalb ich froh war, mit Magie eingekleidet zu werden. An meiner Seite erschien ein Degen zeitgleich mit einem kitschigen Federhut auf meinem Kopf.

Ich starrte mein Spiegelbild an. »Ein Musketier? Ernsthaft?«

Ela kicherte. Das Outfit gehörte wohl zu ihrem Ablenkungsmanöver.

»Deal ist Deal«, neckte sie. Ihr Lachen war ansteckend und ich beobachtete fasziniert, wie sich ihre Kleidung veränderte, ihre Hose breiter und zu einem ausladenden Rock wurde, während ein Mieder ihr die Taille einschnürte und ihre Brüste auf ziemlich unbequem aussehende Weise nach oben quetschte.

Wir starrten uns gegenseitig im Spiegel an, als sie nach meiner Hand griff.

»Bereit für die zweite Runde?«

Ihr Unbehagen war deutlich und verursachte ein Rumoren in meinem Bauch. Aber es konnte auch meine eigene Abneigung dagegen sein – oder die Angst vor dem, was Carina mit mir anstellen würde, wenn sie merkte, dass sie mich nicht zu Hause hatte einsperren können. Ich schluckte den Kloß in meiner Kehle hinab, ehe ich nickte und die Augen schloss, bis die Geräusche einer Party zu hören waren.

Wir waren offensichtlich spät dran. Die Auguren waren bereits angekommen und gingen zwischen den Ballgästen umher. Ich war heute nicht der Einzige in Musketier-Outfit. Sollte es irgendeinen Dresscode geben, war er mir nicht bekannt – im Gegensatz zu Ela.

Nachdem Ela ihre Energiereserven mit kleinen Pralinen auffüllte, die ihrer Aussage nach mehr Kalorien hatten, als Erwachsene an mehreren Tagen benötigten, begrüßten wir ihre Eltern, die sie an diesem Tag nicht ständig irgendwohin mitnahmen. Wir lachten, tanzten, probierten so lange Desserts vom Büfett, bis uns fast schlecht wurde und Ela sich theatralisch leidend über das viel zu enge Mieder beschwerte. Nie zuvor hatte ich in der Gegenwart von Hexen so viel Spaß gehabt und mich so sicher gefühlt. Ela war anders als sie alle, das Gegenteil ihrer Schwester Gloria, die die meiste Zeit des Abends mit Noah tuschelte und ganz offensichtlich über andere lästerte.

Die Band verstummte irgendwann und alle drehten sich Richtung Bühne. Ela wirkte plötzlich angespannt.

»Lass uns gehen«, flüsterte sie und zog an meinem Arm. Ich sah mich alarmiert um, ob unsere Geschwister wieder irgendwas vorhatten. Doch auch sie hatten sich nach vorne gewandt und warteten auf etwas. Chris und Noah flankierten Gloria, Carina stand etwas versetzt hinter ihnen und von unserem Standpunkt aus sah ich, dass sie sowohl ihre Söhne als auch die Auguren im Blick hatte, die soeben die drei Stufen emporstiegen. Wobei sie eher schwebten als tatsächlich stiegen. Ihre Umhänge bewegten sich viel zu langsam für die Bewegung.

»Was ist los?«, flüsterte ich nahe an Elas Ohr. Es war

mittlerweile so still, dass man nur das Rascheln der feinen Stoffe hören konnte. Aufregung erfüllte die Luft.

Der männliche Augur im blauen Umhang, Sebastien, wenn ich mich recht erinnerte, erhob das Wort. Seine Stimme war eindeutig mittels Magie verstärkt, ich glaubte, selbst auf die Entfernung ein schwaches Leuchten an seinem Kehlkopf zu erkennen.

»Werte Hexengemeinschaft«, begrüßte er die Anwesenden und ließ seinen aufmerksamen Blick über die Reihen gleiten, ehe er mit diesem an uns hängen blieb. Ela hatte mir erzählt, dass er ein entfernter Verwandter von ihr sei, ein deutliches Zeichen dafür, wie mächtig ihre Familie war. Er war der erste männliche Augur überhaupt und ich würde für nichts im Leben mit ihm tauschen wollen.

»Wir haben die Signa gedeutet und die erste auserwählte Hexe ermittelt«, sprach nun die Frau mit dem gelben Umhang, der einen starken Kontrast zu ihrer dunklen Haut bot. Fast alle Hexen und Hexer sahen zwischen Panya und Gloria hin und her. Die meisten kannten die alten Gerüchte rund um die Prophezeiung und welche magischen Auszeichnungen Gloria trotz ihrer jungen Jahre bereits erhalten hatte. Umso größer war die Überraschung, als Panya den Namen schließlich verkündete: »Adela Mescinia.«

~ 29 ~

## ADELA

Ich hatte die Zeit vergessen. Mein Plan war gewesen, vor der Verkündung zu verschwinden, Tristan alles in Ruhe zu erzählen, ehe ich bei der offiziellen Vorstellung geoutet wurde. Ich hatte ihm sagen wollen, dass ich trotz aller Omen nach einer Lösung suchen würde. Wir lebten nicht mehr im Mittelalter, die Partnerschaft beim Ritual brachte nicht zwangsläufig … mehr mit sich.

Bei allen Neumondnächten! Pläne verflüchtigten sich in Tristans Gegenwart schneller als Tau in der aufgehenden Sommersonne. Mit ihm vergaß ich die Zeit ebenso, wie ich endlich verdrängen hatte können, wer ich wirklich war, was meine Bestimmung und mein Schicksal waren.

Meine Eltern kamen zu mir, Stolz und Sorge in ihren Augen, doch ich konnte dabei nur Tristans enttäuschten Gesichtsausdruck vor mir sehen. Eine weitere Lüge, obwohl ich geschworen hatte, ihm immer die Wahrheit zu sagen. Ich ließ Mammas Umarmung zu, ihren Kuss auf meine Stirn. Während alldem konnte ich nur registrieren, wie Tristan nur wenig entfernt von mir schwankte.

Ich nickte knapp, drängte mich zwischen ihr und weiteren Hexen durch, wollte nur noch zu Tristan, in dessen Augen jeglicher Glanz erloschen war. Er war kreidebleich, selbst mit der etwas dunkleren Haut seiner Tarnung. Sein Mund war halb geöffnet, er rührte sich noch immer nicht. Er wusste, dass eine Verbindung einer Auserwählten mit einem Untalentierten untersagt war. Er hatte mir vertraut, hatte mir sogar verziehen, dass ich ihm verheimlicht hatte, eine Hexe zu sein, hatte trotzdem irgendwie eine Zukunft für uns gesehen. Ich selbst hatte es mir gewünscht. Ich hätte es ihm sagen sollen, bevor er es von anderen erfuhr.

*Missionen stehen über allem* war das Motto unserer Familie, auch wenn ich meinen Auftrag mehr und mehr aus den Augen verloren hatte.

»Adela, kommst du bitte zu uns?« Sebastiens Stimme war freundlich. Als ich jedoch zu ihm auf die Bühne sah, stand ihm der Unmut über mein Verhalten deutlich ins Gesicht geschrieben. Ich hätte schon längst neben ihm stehen und mich vom Rest der Hexenwelt beglückwünschen lassen sollen. Mit dieser Wahl würde ich in die Chroniken der Hexen eingehen und mein Name würde alle Zeiten überdauern.

»Ich …« Was sollte ich Tristan sagen? So hätte es nicht enden sollen.

»Wir bleiben bei deiner Begleitung«, mischte sich Papà ein und drängte mich in Richtung Bühne. Die Menge teilte sich vor mir und jeder Schritt weg von Tristan schmerzte tief in meiner Brust. Das machte auch all der Jubel und Beifall, den ich erhielt, nicht wett. Ich hätte ihm sagen müssen, was ich wusste – zumindest von dem Teil erzählen können, den der *Ban* zuließ. Einzig etwas Schadenfreude erleichterte mein schlechtes Gewissen. Carina Brand redete aufgebracht auf ihre beiden Söhne ein, die sich ja offenkundig bei der falschen Mescinia eingeschleimt hatten.

Auf der Bühne hörte ich kaum zu, was Panya, die südafrikanische Augurin, erzählte. Erst als ein Keuchen durch die Menge ging, riss ich meine Gedanken und meinen Blick von Tristan los, der stocksteif zwischen meinen Eltern stand, und konzentrierte mich wieder auf das Hier und Jetzt. Panya erklärte gerade, dass die Sigille des zweiten Auserwählten nicht bestimmt werden konnte und eine erneute Prüfung vorgenommen werden musste.

»Ich bin seit über dreißig Jahren Augurin«, verkündete sie in ernstem Ton, »aber nie waren die *Signa* so verschwommen wie vor dem diesjährigen Walpurgisritual.« Sie wartete das Gemurmel der versammelten Hexen und Hexer ab, ehe sie fortfuhr. »Die Magie des mächtigsten Junghexers neben Adela Mescinia war bislang nicht zu ermitteln. Der Rauch ist zu unbeständig, wandelt sich wieder und wieder.«

Sie hob ihre Hände über den Kopf und auch die anderen Auguren taten es ihr gleich. Alle Blicke richteten sich nach oben, wo zwischen den Hexenfunken über unseren Köpfen weiße Rauchschwaden wirbelten und sich zu einer Sigille formten. Die Form blieb jedoch nicht bestehen, sondern die Enden der Linien sprangen von einem Buchstaben auf dem dahinter projizierten Hexenrad zum nächsten. Es war schon schwer, aus den gekürzten Buchstaben einen möglichen Namen zu ermitteln – wenn die Sigille dazu aber unbeständig war, als wäre sich selbst der Offenbarungszauber der Auguren unsicher, war es … unmöglich.

Die Anwesenden gerieten in Aufruhr. Yui, die zweite Augurin, fasste all meine Befürchtungen zusammen: »Wenn wir die zweite auserwählte Hexe oder den zweiten Auserwählten nicht bis morgen Punkt Mitternacht eindeutig zuordnen können, wird Adela die Last der Entscheidung zu tragen haben. Wählt sie falsch, wird das Walpurgisritual nicht gelingen und wir werden uns über kurz oder lang wieder im Krieg mit den Menschen befinden.«

Ein Schaudern durchlief meinen Körper, ich bemühte mich dennoch, Haltung zu bewahren, schließlich stand ich auf dem Präsentierteller und hätte auf all das vorbereitet sein müssen. Doch auf meinem egoistischen Trip hatte ich diese Schwarzseherei für eine Übertreibung gehalten. Dabei hatten die Auguren dem Rat bereits vor Jahren berichtet, dass die ›Dunkelheit rund um die nächste Erneuerung des Schutzzaubers‹ groß sein würde. Weshalb ich letztendlich am Grimm-Gymnasium gelandet war und mich als Mensch ausgegeben hatte – um jene Dunkelheit aufzuspüren und jenseits aller oberflächlichen Sympathiebekundungen mein Gegenstück unter den Hexen und Hexern zu finden.

Dennoch hatte ich nie ernsthaft in Erwägung gezogen, dass das Ritual an sich wirklich in Gefahr war. Meine Vermutung – und vermutlich die aller anderen – war es gewesen, dass sich Dunkelhexen am Ausführungsort sammeln würden. Wenn das Ritual für das Occultatum nicht in der Walpurgisnacht, der einzigen Nacht, in der die Magie nicht um Mitternacht abbrach, sondern zunahm, durchgeführt wurde, wären die Folgen unvorhersehbar. Menschen würden die Magie sehen können wie wir. Hexen konnten Zauber an Menschen durchführen. Es gab nicht nur Dunkelhexen, die ihre Überlegenheit ausnutzen würden. Zahlreiche

Junghexen würden sich beweisen wollen, in den kommenden zwölf Monaten bis zur nächsten Walpurgisnacht ihre Grenzen testen, den Menschen unsere Welt offenbaren. Das konnte nicht gut ausgehen.

Auch Panya gestaltete das düstere Szenario mit ihren Worten. »Die Menschen mögen zwar keine Magie besitzen, aber sie sind uns mehr denn je zahlenmäßig überlegen. Von der modernen Technik, auf die sie zugreifen können, ganz zu schweigen.« Die unbeständige Sigille über den Köpfen aller verschwand und wurde durch Bilder aus der dunkelsten Ära unserer Geschichte ersetzt. Bewaffnete Menschen. Mit Hämatit gefesselte Hexen. Brennende Scheiterhaufen.

Die Bilder zeigten Wirkung. Der Geruch von Angst betäubte meine Sinne, legte sich schwer auf meine Zunge und ließ mich nichts anderes mehr riechen oder schmecken.

Selbst als Panyas Projektion verblasste, herrschte noch Totenstille im Saal.

Gerade als ein Baby zu weinen begann, flackerten die Hexenfunken über unseren Köpfen. Es war Mitternacht. Ich spürte die Schwankung der Magie, sie zupfte an meiner Kleidung. Die jüngeren Hexen in der Menge kniffen die Gesichter zusammen, konzentrierten sich, den Zauber festzuhalten, während die älteren Mitglieder der weltweiten Zirkel ihre Macht demonstrierten, indem sie ohne offensichtliche Anstrengung die Rückverwandlung aufhielten. Doch auch an ihren Armen schimmerten die Sigillen auf.

Ich biss mir fest auf die Wange, um mich nicht ablenken zu lassen und mein Äußeres ebenfalls zu bewahren, um den Neidern und Lästerern keine Möglichkeit zu bieten, meine Macht und die Wahl der Auguren anzuzweifeln.

Daher lenkte ich jeden Gedanken auf das unbequeme Korsett und den breiten Rock, der bereits nicht mehr bis ganz zum Boden reichte, visualisierte die Sigille für den Erhalt meiner Kleidung, ließ sie durch meinen linken Arm fließen und nach außen tragen. Ich konnte mein Äußeres beibehalten, schaffte es jedoch nicht, zusätzlich den Tarnzauber von Tristan aufrechtzuerhalten, und musste dabei zusehen, wie er zwischen meinen Eltern stehend immer blonder wurde, seine Haut heller, während der Hut mit der Feder, der Degen und letztendlich die gesamte Kostümierung verschwand und er wie *mein* Tristan zwischen den wichtigsten Menschen in meinem Leben stand.

Nur dass dieses ›mein‹ nicht nur ein dämlicher Begriff war, der Besitzansprüche andeutete, die es nicht gab – ein ›Mein‹ oder ›Wir‹ hatte ich eindeutig verbockt. Der Zuschauerraum verschwamm immer wieder vor meinen Augen. Ich blinzelte heftig und trocknete mittels Magie die Tränen, die hervorzuquellen versuchten.

Dann war die Schwankung vorbei und ein kollektives Aufatmen streifte wie ein Seufzen durch den Ballsaal. Direkt gefolgt von einem theatralischen Auftritt von Carina Brand. Sie schlug sich die Hand vor die Brust, während sie mit großen Schritten zu meinen Eltern ging, die den veränderten Jungen zwischen sich mit zusammengekniffenen Augen musterten. Ich konnte Papà ansehen, was er dachte. Für ihn sah es so aus, als hätte sich Tristan auf den Ball geschlichen – weshalb sonst hätte er sich verwandeln sollen? Und woher hatte er die Macht dazu, wenn er doch offenkundig keine Magie besaß?

Noch ehe Carina bei ihnen ankam, hatte mein Vater

Tristan gepackt und Carina kam vor der blauweiß-leuchtenden Spur von Papàs Sigillenfährte zum Stehen. Ich musste ihm folgen. Dringend.

Es konnte nur einen Ort geben, an den sie ihn bringen würden.

## ~ 30 ~

## TRISTAN

In einem Moment war ich noch umringt von zahlreichen Hexen und Hexern auf dem Ball, im nächsten schlug ich benommen in geräuschloser Finsternis die Augen auf. Es dauerte, bis sich schattenhafte Umrisse aus dem Nichts um mich herum schälten.

Elas Vater hatte mich in einen nur von ein paar schwach glimmenden Hexenfunken beleuchteten Raum ohne Fenster oder Türen gebracht und war dann direkt wieder verschwunden. Mein erster Griff ging zum Handy, doch ich konnte es nicht einmal anschalten. Ich wusste von Chris, dass der Rat der Hexengemeinschaft seine Zentrale in einem unterirdischen Bunker hatte, zu dem es keinen Zugang von oben gab. Mein Akku hatte dank vergeblicher Netzsuche vermutlich innerhalb kürzester Zeit schlapp gemacht. Dabei hatte ich nur einen Blick auf die Uhr werfen wollen.

Ich schloss die Augen, um sie an die Dunkelheit zu gewöhnen, und rekapitulierte, was geschehen war.

Ela war die *Auserwählte*, nicht Gloria, wie alle immer vermutet hatten. Warum war ich nicht selbst darauf gekommen? Es hatte so viele Zeichen gegeben. Ela war so mächtig, dass sie ohne größere Anstrengung Carinas Gefängnis hatte auflösen können. Ich war so verflucht blind gewesen!

*Blind vor Gefühlen.*

Eine Verbindung mit ihr war für mich, einen Untalentierten, unmöglich. Was für ein Spielchen spielte sie mit mir? Ich hatte sie seit ihrer Ankunft vor den Hexen – insbesondere den Dunkelhexen – beschützen wollen. Ein Teil von mir hatte all die Zeit gespürt, dass sie etwas verheimlichte, doch ich hatte … keine Ahnung, was ich wirklich gedacht hatte. Nichts vermutlich.

Nun hatte ich die Konsequenzen für meine Blindheit zu tragen. Ich saß fest, weil ich mich unerlaubterweise der Auserwählten genähert hatte.

Es war noch nicht viel Zeit seither vergangen. Zeit, die ich definitiv gebraucht hatte, um meine Gedanken zu sortieren, doch ich war mir ziemlich sicher, dass ich nicht so schnell Gesellschaft bekommen würde. Ich lehnte mich gegen die raue Mauer. Boden und Wände waren überraschend warm, auch wenn es wirkte, als befände ich mich in einem mittelalterlichen Kerker. Es war auch sehr sauber. Nicht ein einziges Staubkorn tanzte in der Luft und es roch nach … absolut nichts. Aber wo sollten Staub und Gerüche an einem komplett von der Außenwelt abgeschnittenen Ort auch herkommen? Aus Gewohnheit zog ich wieder mein Handy aus der Hosentasche und ärgerte mich über das schwarze Display. Wann würde wieder jemand hierherkommen? Was genau hatte Elas Vater mit mir vor?

Je übler die Dinge wurden, die ich mir ausmalte, desto mehr sehnte ich mich danach, dass endlich jemand kam und die Bilder aus meinem Kopf vertrieb. Ein Teil von mir war inzwischen der festen Überzeugung, Elas Familie gehörte selbst zu den Dunkelmagiern. Es passte alles zusammen. Elas Familie war laut Carina sofort zur Stelle gewesen, die Dunkelhexe in der Gasse hatte Ela nicht wirklich etwas angetan, sie nur zur Seite gestoßen. War alles nur Show gewesen? Wie gut Ela lügen konnte, hatte ich ja bereits mehrmals erlebt. Und jetzt hatte mich ihr Vater in eine fensterlose Zelle gesperrt!

Glücklicherweise wurden irgendwann meine Lider schwer. Die Hexenfunken tanzten hypnotisierend vor meinen Augen herum und machten es mir unmöglich, nicht einzuschlafen.

Ich träumte von Élodie, die tatsächlich ein weites beigefarbenes Spitzennachthemd trug und mich verfolgte, während ich rannte und rannte. Sie rief laut meinen Namen, streckte die dürren Finger nach mir aus, und als sie mich erwischte, stand Angst in ihren Augen, während sie immer und immer wieder stammelte: »Es ist so dunkel.«

Mein eigener Schrei weckte mich und offenbar hatte ich sogar die Hexenfunken erschreckt – wie auch immer das möglich sein konnte. Die Leuchtpunkte hatten sich in der mir entferntesten Ecke unter der Decke gesammelt und der Lichtkegel schaffte es kaum bis zur Mitte des Raumes.

Ich rieb mir den kalten Schweiß von der Stirn und anschließend den Schlaf aus den Augen. Mein Rücken schmerzte wie nach hundert Stunden Sportunterricht mit Sonderbehandlung durch Chris. Stöhnend rappelte ich mich auf.

»Es tut mir leid«, flüsterte es aus der in völliger Dunkelheit liegenden Ecke des Raumes und ich begriff, warum die Hexenfunken so blass und in die Ecke gedrängt worden waren: Ela trat nun in den Lichtkegel. Sie hatte ihr Ballkleid abgelegt, trug dunkle Jeans und ein schwarzes enges Shirt zu flachen Stiefeln. Ihre Haare waren streng nach hinten gekämmt und zu einem Zopf geflochten. Sie sah vollkommen verändert aus.

*Sie ist ja auch eine andere!*, kommentierte eine innere Stimme.

»Was willst du?«, erwiderte ich schroff und verschränkte kindisch die Arme vor der Brust. Wollte sie mich weiterquälen, über mich mit ihren Hexenfreundinnen lachen? Ihnen erzählen, wie doof der Untalentierte Tristan doch war, wie leicht zu manipulieren? Ihre Grausamkeit stellte all meine Erlebnisse mit meinen Stiefbrüdern in den Schatten.

Ela kam mit zu mir gerichteten erhobenen Handflächen näher. Zentimeter um Zentimeter. Es lag so viel in ihren Augen, in ihrer Mimik.

*Alles Fassade!*

Sie war eine Meisterin der Lügen, nicht nur Meisterin der Magiewissenschaft. Wäre ich nicht so grenzenlos enttäuscht, müsste ich sie dafür vermutlich sogar bewundern.

Elas Stimme drang nur verzerrt durch meine Gedanken. »Es war ein Missverständnis. Papà … Mein Vater hat vorschnell reagiert, aber es hat gedauert, ihn und den Rat von deiner Unschuld zu überzeugen.«

Ich erwiderte nichts, sah sie nur an. Ich wollte weder eine Erklärung noch eine Entschuldigung. Ich wollte nur weg von hier. Weg von *ihr.*

»Ich kann dich nach Hause bringen.«

Ich musste ihre Hilfe wohl annehmen, wenn ich nicht in diesem Keller vermodern wollte, daher nickte ich, griff jedoch nicht nach ihrer Hand, die sie mir entgegenstreckte, sondern machte einen Schritt auf sie zu und hielt mich an ihrem Oberarm fest. Sie schluckte traurig und senkte den Kopf. Ich fühlte mich absolut mies wegen meines eigenen Verhaltens.

Ich schloss meine Augen und war noch niemals zuvor so froh über Rogers erschrockenes Winseln gewesen, als wir uns in meinem Zimmer wieder materialisierten. Das schummrige Licht ließ offen, ob es bereits Abend oder noch früher Morgen war. Roger sprang schwanzwedelnd zu mir und ich ging in die Hocke, um ihn zu begrüßen. Hatte er etwas zu fressen bekommen? Hatte ihn jemand versorgt? Ein kurzer Schmerz durchfuhr meinen linken Arm, als ich ihn streichelte. Ich spürte Elas Anwesenheit noch, drehte mich jedoch nicht zu ihr um, als ich ein emotionsloses »Du kannst jetzt gehen« murmelte. Für all die Lügen und den Verrat würde ich mich sicher nicht bedanken.

Sie atmete noch bebend ein, ehe mich ein sanfter Windstoß traf, der ihre letzten Worte durch den Raum wirbelte, ehe sie verschwand: »Das habe ich nie gewollt.«

So sehr ich mich dagegen sträubte, verursachte es einen Stich in meiner Brust, von dem ich mich damit ablenkte, dass ich Roger die Tür aufhielt und mit ihm nach unten ging, um ihn zu füttern. Es musste doch sehr früh am Morgen sein, denn im Haus war es absolut still. Nicht einmal Saphir machte Roger das Essen streitig und ich entspannte mich ein wenig. Die Konfrontation mit Carina würde nicht lange auf sich warten lassen. Während ich mit einer Tasse Kaffee in der Küche saß und Roger beim Fressen beobachtete, lud ich mein Handy. Als es endlich wieder genug Energie hatte, um aktiviert zu werden, scrollte ich durch die aktuellen Nachrichten und mein Herz begann zu rasen.

Ein schwerer Unfall auf der Durchfahrtsstraße durch den Wald gestern Abend. Ein eiskalter Schauer strich meinen Rücken hinab, als ich den Bericht der Lokalpresse las. Zwei der Presse nach alkoholisierte oder unter Drogen stehende Jugendliche schworen unabhängig voneinander, dass sie von der Parkbucht im Wald aus zahlreiche kleine Lichter gesehen hatten, die im Nichts getanzt hatten. Dabei waren die Geräusche einer Party zu hören gewesen.

Wie hatten sie den starken Tarnzauber durchbrechen und Hexenfunken – pure Magie – trotz des Occultatums sehen können? War das Occultatum so geschwächt?

Auf der Suche nach der Party waren die Jugendlichen durch den Wald gestolpert und plötzlich mitten auf der Landstraße gelandet, wo ihnen ein Fahrzeug gerade noch hatte ausweichen können. Der nachfolgende Wagen war in die Leitplanken gekracht.

Der Tod des Beifahrers ging auf das Konto der Hexen und Hexer, die das Ritual ja unbedingt mit drei Tagen Party feiern mussten.

Unter dem Bericht gab es eine Galerie an Fotos und ich keuchte auf, als ich den quietschgelben Roller sah, der den Jugendlichen gerade noch hatte ausweichen können. Er war zerbeult, die eine Seite komplett zerschrammt, als wäre er eine weite Strecke über die Straße geschlittert.

Binnen Sekunden hatte ich Maras Nummer gewählt, wurde aber sofort zur Mailbox umgeleitet. Mein Körper war starr vor Kälte.

Während ich mich mit Ela Mescinia in Rom aufgehalten

hatte, war Mara in einen schweren Unfall verwickelt gewesen. Mein ganzer Körper zitterte, als ich nach der Nummer ihrer Mutter suchte.

Es dauerte, bis sie abnahm. Ihre Stimme klang müde. »Ja?«

»Hier ist Tristan. Ich habe eben die Nachrichten gelesen. Wie geht es Mara?«

*Antworte, antworte! Sag, dass es ihr gut geht, dass ich – dass mein verstörendes anderes Leben – nicht für den Tod meiner einzigen Freundin verantwortlich ist.*

»Sie liegt im Kreiskrankenhaus«, erlöste mich Tanja. »Ihr geht es so weit gut, hat nur starke Beruhigungsmittel bekommen, damit ihr Körper Ruhe hat. Sie ist mit ein paar Schrammen und Prellungen davongekommen.«

Tanja musste unter Schock stehen, so nüchtern wie sie berichtete. Doch ich war zu erleichtert, dass es Mara gut ging, um bei Tanja nachzuhaken.

»Kann ich sie besuchen?«

»Sie braucht Ruhe und sollte ausschlafen«, Tanja gähnte hörbar. »Aber heute Nachmittag freut sie sich sicher über deinen Besuch. Bis dann, Tristan.« Und schon beendete sie das Gespräch.

Was sollte ich nur bis zum Nachmittag tun? Ich sah mir noch einmal die Fotos im Bericht an und war dankbar für den Schutzengel, der Mara beschützt hatte. Ihr Roller sah aus, als wäre er in einer Schrottpresse gelandet, und es glich einem Wunder, dass Mara nur leichte Verletzungen hatte. Je größer ich das Bild zoomte, desto sicherer war ich mir, dass es mehr als ein Wunder war. Eher … Magie.

Chris' Erscheinen riss mich aus meinen Überlegungen.

»Morgen«, grummelte er und ich wartete nur, dass Noah auftauchte. Die beiden waren ja schließlich immer unzertrennlich. Doch wir blieben allein, während sich mein Stiefbruder einen Kaffee zubereitete und beim Warten durch die wirren Haare strich.

»Was ist mit dir los?«, fragte er mich mit der Tasse in der Hand und ließ sich auf den Stuhl gegenüber fallen. Ich konnte nur entgeistert zu ihm hinübersehen. Er sah völlig fertig aus, dunkle Schatten lagen unter seinen Augen. »Brauchst du eine Erlaubnis zum Antworten? Die ist hiermit erteilt.«

»Was ist mit *dir* los? Du siehst aus, als hättest du die Nacht durchgemacht.« Ich konnte nicht glauben, dass ich mit Chris hier in der Küche saß und ganz normal redete.

Ihm ging es vermutlich ähnlich, denn mit einem Mal ging ein Ruck durch ihn hindurch, sein Hirn wachte wohl auf und er kniff die Augen zusammen. »Hast du es gewusst?«

Ich sah ihn nur fragend an.

»Hast du gewusst, dass sie die Auserwählte ist?«

Ich ließ mich nach hinten gegen die Lehne fallen und schüttelte den Kopf. »Sie hat mich die ganze Zeit angelogen.« Die Worte schmeckten bitter, verdarben den nächsten Schluck Kaffee, mit dem ich den Geschmack eigentlich loswerden wollte.

»Mara hatte einen Unfall.« Seine Stimmlage war nicht zu deuten.

Sofort war ich wieder in Alarmstufe. »Ich weiß, ich habe die Nachrichten gesehen und ihr Roller …« Ich rieb mir mit der Hand die Schläfe. »Moment. Hattest du etwas damit zu tun? Habt ihr …«

Chris schüttelte den Kopf. »Wir – Gloria, Noah und ich waren gerade auf dem Ball angekommen und standen draußen im Garten, da hörten wir die Stimmen der beiden Jugendlichen. Sie hielten ihre Handys hoch und filmten die Hexenfunken in den Bäumen. Der Garten und das Gebäude selbst waren durch Magie verborgen. Gloria – die ich zu dem Zeitpunkt noch für die mächtige Auserwählte hielt – befahl, dass wir drei den beiden folgten, die Aufnahmen und ihre Erinnerungen löschten.« Er atmete schwer und fuhr sich mit der freien Hand übers Gesicht, ehe er einen Schluck trank. Das machte er doch mit Absicht! »Ich hätte nicht gewusst, wie ich das anstellen sollte, aber Noah und ich hielten sie ja für die mächtigste Hexe Blabla. Wenn die Teenager die Hexenfunken sehen konnten, war der Schutzzauber sowieso schon angerissen und leicht zu durchdringen. Sie hätten im nächsten Moment über die Schwelle treten und auf dem Ball landen können.« Chris stellte seine Tasse ab und sah anschließend gequält zu mir auf. »Sie sind davongerannt, als wir durch den Schleier des Domus Magae getreten sind. Sie waren so panisch und sind in unterschiedliche Richtungen gerannt. Sie sind gestolpert, ständig gegen irgendwas geprallt. Bei Gloria und Noah hat etwas ausgesetzt, sie fühlten sich in Gefahr. Sie haben sie mit Magie zusammengetrieben, ich hab sie kurz vor der Landstraße erwischt und in ihrem Wahn aufzuhalten versucht.« Seine Hand ballte sich zur Faust, mit der er dann auf den Tisch schlug, sodass ich zusammenzuckte und Roger winselte. »Die Menschen sind abgehauen, direkt auf die Straße gerannt. Es ging so schnell! Ein Fahrzeug kam um die Kurve, ich sah den gelben Roller quietschend abbremsen, dann ins

Schlingern geraten, war schon erleichtert, als ein SUV die Straße entlanggeflogen kam. Viel zu schnell, viel zu groß. Ich reagierte instinktiv.« Chris sackte auf seinem Stuhl zusammen.

»Du hast Mara das Leben gerettet.« Ich war ihm noch nie zuvor so dankbar gewesen wie in diesem Augenblick.

Er verzog nur die Lippen zu einem grimmigen Lächeln. »Ich hätte es nicht tun sollen.« Ich wollte widersprechen. Endlich hatte er einmal etwas Gutes getan! Mit einem finsteren Blick jedoch brachte er mich zum Verstummen und fuhr fort. »Ich habe mich *eingemischt*. Im Gegensatz zu Gloria und Noah ist die Auswirkung meiner Magie eindeutig zu beweisen. Ich werde vor das Tribunal gestellt.«

Das Tribunal. Das Hexengericht, das magische Verstöße ahndet. Wenn sie zu groß sind, drohte die Blockade der magischen Kräfte – auf begrenzte Zeit oder auf Dauer, je nachdem, wie schwer der Verstoß war.

»Ich werde für dich aussagen!«, sagte ich vorschnell und Chris lachte – abfällig wie eh und je.

»Als wäre die Stimme eines Untalentierten, der nicht einmal dabei war, von Bedeutung.« Er nahm einen langen Schluck aus seiner Tasse, knallte sie auf den Tisch und war im nächsten Moment verschwunden.

# ~ 31 ~

## ADELA

Es war Wochenende. Normale Menschen würden es genießen. Würden ausschlafen und anschließend den gesamten Tag im Pyjama oder in anderen bequemen Klamotten herumgammeln. Doch mein Leben war nicht normal. *Ich* war nicht normal. Ich hatte keine Sekunde die Augen zugemacht, hatte den Rat einberufen und dafür gesorgt, dass man Tristan nicht länger verdächtigte, und ihn anschließend nach Hause gebracht. Danach konnte ich aufgrund des hohen Energieverbrauchs nicht mehr mit einer Sigillenfährte bis zu Ingrid reisen. Ich war von Tristans Zimmer aus gerade mal bis zur Einfahrt gekommen und hatte den Rest des Weges zu Fuß gehen müssen. Mein – Ingrids – Auto stand noch auf dem Parkplatz des Gemeindezentrums.

Als ich durchs Fenster endlich in meinem Zimmer angekommen war, hatte es bereits gedämmert und ich war, ohne mich umzuziehen, ins Bett gefallen. Mittlerweile war es hier Mittag, sagte die Uhr an der Mikrowelle in Ingrids Küche, aber durch den Aufenthalt in Rom hatte ich jegliches Zeitgefühl verloren. Glücklicherweise hatte ich mir den Wachhaltezauber angeeignet.

Seit dem Gespräch mit meinen Eltern versuchte ich, eine Erklärung zu finden, das ganze Puzzle aus der Ferne statt nur die einzelnen Teile zu betrachten.

»Du hättest sie nicht wecken sollen«, sagte Babs in vorwurfsvollem Ton zu Ingrid.

Während ich mit einer Tasse kalten Kaffees in der Hand am Esstisch der gemütlichen Bauernküche saß und in meinen Gedanken festhing, schnitten die beiden auf großen Holzbrettern mit geübten gleichmäßigen Bewegungen Gemüse fürs Mittagessen. Es war so ... ungewohnt. Ich hätte das Gemüse mit einem kurzen Fingerzeig in perfekte, gleich große Stücke zerteilen können. Aber das Schneidegeräusch war irgendwie beruhigend.

»Ich bezweifle, dass sie so bleich ist, weil sie nicht genug geschlafen hat«, erwiderte Ingrid und sah mich mit einem prüfenden Blick an, ehe sie so laut flüsterte, dass ich es hörte: »Sieht mir eher nach Liebeskummer aus.«

Wie machte sie das?

»Stimmt das?«, fragte mich Babs und ich konnte nicht anders, als zu nicken, weil ich trotz der Horrornachricht, dass die Auguren den zweiten Auserwählten nicht hatten sehen können, an nichts anderes denken konnte als an Tristan.

Ich hatte mich in der Wunschvorstellung vergraben, dass Tristan die zweite auserwählte Person war, nachdem er seine Sigille erhalten hatte, und darüber hinaus nicht weitergesucht, alle anderen potenziellen Ritualpartner von mir geschoben, zu denen eine Verbindung hätte bestehen können. Lag es an mir, dass die Auguren die zweite Sigille nicht sehen konnten? War das möglich?

»Willst du uns erzählen, was passiert ist?«, fragte Babs mit so viel Mitleid in der Stimme, dass mir Tränen in die Augen schossen und ich sie hastig wegblinzeln musste.

»Ich habe gedacht, dass dieser Junge perfekt zu mir passen würde«, antwortete ich mit zitternder Stimme. »Doch wir sind zu verschieden.«

Ingrid umrundete die Kochinsel und setzte sich auf den Stuhl mir gegenüber. »Es gab sicher einen Grund, warum du das gedacht hast, oder?«

Ich nickte und senkte den Blick auf meine Tasse, rührte unentwegt mit dem Löffel um, um meine Hände zu beschäftigen.

Sie legte ihre faltige Hand auf meine, damit ich aufhörte, den Kaffee schwindelig zu rühren. Ich sah zu ihr auf und die Antwort floss von selbst aus mir heraus.

»Ich habe es gespürt, vom ersten Moment an. Mein Bauchgefühl …« Ich verstummte. Ich konnte den Geruch nach Sommerregen, nach Freiheit, das Gefühl, geglaubt zu haben, dass er mein Gegenstück für das wichtigste Ritual der Hexenwelt war, ja wohl schlecht erwähnen.

»Rede mit ihm«, sagte Ingrid in die zwischen uns drängende Stille, die nur vom Brummen des Kühlschranks unterbrochen wurde, und tätschelte meine Hand. Babs nickte zustimmend. Die beiden waren so zuversichtlich. Dabei war eine Beziehung zwischen Tristan und mir unmöglich.

»Er wird sicher nicht mehr mit mir reden.« Die Worte schmeckten so wahr und doch so bitter. »Ich würde es an seiner Stelle auch nicht. Es sind einige Dinge vorgefallen.« Papà hat ihn in den Kerker gesperrt!

»Versuch es einfach«, empfahl Ingrid. »Wenn er dich

nicht anhört, hast du alles getan, was möglich ist, aber wenn du es nicht versuchst …«

… würde ich mich bis zum Ende fragen, ob er mir zugehört hätte, ob es etwas geändert hätte. Ich nickte, drängte dabei jene Bilder von Dunkelheit zur Seite, die mich seit Jahren verfolgten.

Ingrid stand auf und stieß gegen den Tisch, als sie zu ihrem Schneidebrett zurückkehrte. Die Tageszeitung fiel zu Boden. Ich bückte mich danach und entdeckte die Schlagzeile.

»Es gab einen Unfall?«, murmelte ich vor mich hin und überflog alarmiert den Bericht. Mein Blut wurde zu Eiswasser. Der Tarnzauber war gebrochen worden. Mein Magen krampfte sich zusammen, als ich auf einem der Fotos unter dem Bericht den gelben Motorroller erkannte, der völlig zerbeult in einem Straßengraben lag.

»Kennst du das verletzte Mädchen aus der Schule? Sie müsste in deinem Jahrgang sein«, hörte ich Ingrid wie von Weitem sagen. Doch ich war bereits woanders, sprang so schnell auf, dass mein Löffel in der Tasse klirrte, und murmelte nur ein »Ich muss los«, ehe ich aus der Küche rannte, meine Jacke schnappte und zur Haustür hinausstürmte.

Laut App führte der Weg zum etwas außerhalb liegenden Krankenhaus am Gemeindezentrum vorbei. Dort stieg ich in Ingrids Wagen und fuhr die restliche Strecke.

Der beißende Geruch nach Desinfektionsmittel verätzte meine Nase. Erst als ich nur noch durch den Mund atmete, konnte ich mich auf das bleiche Mädchen im Krankenbett konzentrieren.

Maras Haare waren in diesem Zimmer das Einzige, das nicht steril weiß war. Selbst ihr Gesicht hob sich kaum von der Farbe der Kissen ab. Zum ersten Mal sah ich sie ohne Brille. Ihre Augen waren geschlossen, über der linken Braue klebten kleine Tapes, die eine Wunde verschlossen.

»Verschwinde!«

Vor Schreck hätte ich mich beinahe davongehext. Mit wild pochendem Herzen drehte ich mich zu dem Stuhl um, der an der dem Krankenbett gegenüberliegenden Seite des kleinen Raumes stand. Tristan war ebenso bleich wie Mara, was die Ringe unter seinen Augen noch stärker hervortreten ließ. Vollkommen reglos saß er in dem Sessel und sein Blick schien mich aufzuspießen.

»Was ist passiert? Waren es …« Ganz sicher war dies kein gewöhnlicher Unfall gewesen. Das sagte mir mein Bauchgefühl.

»Verschwinde!«, wiederholte Tristan, seine Nasenflügel bebten. Seine Gefühle rochen so stark nach Ozon und Elektrizität, dass sie den Geruch der Desinfektionsmittel überlagerten.

Ich sah zwischen ihm und Mara hin und her. Er würde sie um alles in der Welt beschützen, gegen Menschen, gegen Hexen – er würde sich immer vor sie stellen. Die Erkenntnis hinterließ ein Stechen in meiner Brust. Langsam erhob er sich. Beherrscht, wie in Zeitlupe. Seine blauen Augen waren so finster wie der drohende Sturm, den meine Nase nicht ignorieren konnte.

»Bist du nun zufrieden? Du hast mich getäuscht, meine Freundschaft erschlichen und meine Gefühle manipuliert.« Er war nur noch wenige Zentimeter entfernt. Der Geruch nach Ozon benebelte meine Sinne. Er sprach ohne ein Anzeichen von Angst weiter, sein Atem streifte meine Wange. »Ich kann mir nur das Warum nicht erklären. Wolltest du mich blamieren, um deinen Dunkelhexenfreunden zu erzählen, wie dumm Wissende doch sind? Deshalb hat dich die Hexe in der Gasse auch nicht wirklich angegriffen!« Er stieß ein Schnauben aus. »Aber du hast offensichtlich den gesamten Hexenadel täuschen können. Warum hast du mich ausgesucht? Hast du gedacht, ich würde sein wie ... mein Vater?«

»Du hältst mich für eine *Dunkelhexe*?«, war das Einzige, das ich hervorbringen konnte. Ich hatte mit vielen Vorwürfen gerechnet, aber niemals damit. Doch er reagierte nicht auf meinen Einwurf, redete sich in Rage.

»Du hast dich in unsere Schule geschlichen, hast spioniert, um die Fähigkeiten der anderen einzuschätzen. Du hast den Kerkerzauber meiner Stiefmutter ohne Anstrengung gebrochen. Das ist ohne Blutmagie unmöglich. Ich war nur zu blind vor Gefühlen, um es zu erkennen.« Er lachte ein grausames, abfälliges Lachen. »Du machst dem Ruf der Dunkelhexen alle Ehre.«

Ich war kurz davor, vor Wut zu platzen. Meine Sigille pulsierte im Rhythmus meines rasenden Herzens. Ich machte einen kleinen Schritt nach vorne, bis wir fast Nase an Nase standen. »Du glaubst, ich sei eine Dunkelhexe?« Meine Stimme überschlug sich beinahe, so sehr ich sie auch versuchte, unter Kontrolle zu behalten. Mit Blutmagie hatten Dunkelhexen eine eigene Form der Tarnung entwickeln können – weshalb es uns so schwerfiel, sie aufzuspüren. Aber wie kam er darauf, dass *ich* eine von ihnen sein sollte?

»Ich *glaube* es nicht nur. Du verbirgst dich selbst vor anderen Hexen, vor meinen Geschwistern. Du hast dich als Mensch auf unsere Schule geschlichen, sodass dich keiner von uns verdächtigt hätte.« Seine Stimme war ein dumpfes Grollen, das bis in meine Brust vibrierte.

»Soll ich dir verraten, was mein Auftrag war, weshalb ich meine Magie zurückgehalten habe?« Der Klumpen in meinem Magen drohte zu explodieren.

Er zuckte mit den Schultern, hielt meinem Blick stand. Er hatte Mut – oder ihm war alles egal. Ich hoffte auf Ersteres und sammelte alle Kraft, die ich hatte, um ihm endlich die Wahrheit zu sagen.

»Anfangs sollte ich nach der Dunkelmagie suchen. Der Dunkelhexen-Angriff auf die Brunnenfiguren hat die Aufmerksamkeit der Jäger auf sich gezogen. Deshalb war ich hier. Das ist, was die meisten aus meiner Familie tun. Dann bin ich auf dich gestoßen, Tristan. Auf den Erben des mächtigsten Dunkelhexers unserer Geschichte, der dem Rat bis jetzt völlig unbekannt war.«

Tristan wurde kreidebleich bei der Erwähnung. Kurz flackerte ungebändigter Hass in seinem Blick, ehe wieder etwas Farbe in sein Gesicht zurückkehrte. Seine Miene blieb aber ausdruckslos. Ich wusste nicht, was schlimmer war.

»Ich bin eine Jägerin«, fuhr ich fort, »ausgebildet von Kindesbeinen an. Das hier ist meine erste Mission. Ich war die einzige Hexe, deren Gesicht niemand kannte. Nur so konnte ich ohne magische Tarnung auf ein Gymnasium gehen, um nach der dunklen Magie zu suchen. Das Gesetz der Hexen fordert einen hinreichenden Verdacht, ehe der Hohe Rat den Test zur Prüfung von Dunkelmagie anordnen kann.«

Er überging meine Erklärung, die erbärmlich, nach Flehen klang. Seine Stimme war schneidend wie Glas: »Daran hat sich bei meinem Vater auch niemand gehalten. Ich hasse die Jäger.« Die Abscheu stand ihm so deutlich ins Gesicht geschrieben, dass ich leicht zurückwich. Tränen funkelten in seinen Augen. »Mein Vater und ich haben gerade ›Mensch ärgere dich nicht‹ gespielt. Die Figuren haben gezittert, dann waren sie da. Die Weißroben sind ohne *hinreichenden Verdacht* in unser Wohnzimmer eingedrungen. Ihre verbundene Magie hat den Schutzzauber um das Anwesen überwunden. Sie haben meinen Vater grundlos verschleppt und ohne Tribunal getötet. Er war kein Dunkelmagier.«

Mir lag eine automatische Verteidigung der Jäger auf der Zunge, aber ich konnte sie nicht aussprechen. Tristans Zweifel waren begründet, ich hatte die Protokolle im Zuge meiner Recherche über seine Familie gelesen. Das Urteil war ungewöhnlich schnell gefällt und vollstreckt worden. Er registrierte meine Zurückhaltung mit einem zischenden Atemzug.

»Ich habe es doch gewusst. Verschwinde von hier. Lass Mara in Ruhe.« Er ging an mir vorbei und baute sich zwischen Mara und mir auf.

»Der Rat hat sich geirrt. Die Auguren und die Jäger haben sich geirrt«, gab ich mit kratziger Stimme zu. »Ich habe nie einen helleren Menschen als dich getroffen. Du hast mir gezeigt, dass …«

»Spar dir deine Schleimereien!«, unterbrach er mich mit eisiger Stimme. »Das funktioniert nicht mehr.« Er verschränkte seine Arme vor der Brust.

Meine Stimme zitterte, als ich noch einmal versuchte,

meinen Verrat ungeschehen zu machen: »Ich habe mich von der Angst vor den Dunkelhexen blenden lassen. Dabei ist alles so anders, als ich es immer gelesen habe.« Seine Miene regte sich kein Stück. Wie hatte ich auch nur denken können, dass er mir verzeihen könnte? »Es tut mir leid.«

Ich warf noch einen letzten Blick auf Mara, blinzelte dabei die verräterischen Tränen weg und beschloss, mit Sebastien zu sprechen. Vielleicht konnten wir so kurz vor dem Ritual gemeinsam herausfinden, woher die Dunkelheit in den Visionen der Auguren kam, wir mussten noch einmal zurück zum Anfang, ehe es zu spät war. Hier war ich definitiv unerwünscht, sogar verhasst.

Gefühle waren schlimmer als Waffen. Gegen sie war ich absolut machtlos.

Ich rannte den Krankenhausflur entlang und tippte nebenbei eine Nachricht an Sebastien.

Während ich die Einfahrt zu den Brands entlangfuhr, versuchte ich noch immer, meine Gefühle unter Kontrolle zu bekommen. Ich hatte dem Rat und all denen, die für die Sicherheit unserer Gemeinschaft sorgten, blind vertraut. Schon immer. Aber bei Tristan hatten sie sich geirrt. Was, wenn auch der Tod seines Vaters ein Fehler gewesen war?

Noch ehe ich den altmodischen Türklopfer betätigen konnte, öffnete Sebastien die schwere hölzerne Tür von innen.

Natürlich hatte er gesehen, dass ich kommen würde. Oder besser gesagt nicht *gesehen* – so funktionierte es nicht. Ihn und die anderen Auguren überkam oft das Gefühl, etwas tun zu müssen, wenn sie nicht gerade mittels Sigillenmagie direkte Fragen stellten oder das Feuer um Antworten ersuchten. Aber wie sich das *zweite Gesicht* manifestierte, war so vielseitig wie all die unterschiedlichen Sigillen, hatte Sebastien mir während seiner Studienzeit erzählt.

»Was tust du eigentlich hier?«, fragte ich, weil er mir darauf keine Antwort mehr geschrieben hatte.

»Wir sind in offiziellem Auftrag hier«, erklärte Sebastien. Er trat zur Seite und gab somit den Blick frei auf den Eingangsbereich unter der Galerie. Hinter den tragenden Säulen vor der roséfarbenen Wand sprachen Panya und Yui gerade mit Carina Brand, die ein falsches Dauerlächeln im Gesicht trug, während sie eine pechschwarze Katze auf ihrem Arm kraulte.

Auf der Galerie entdeckte ich Christoph und Noah, die wie kleine Kinder, die man weggeschickt hatte, alles beobachteten und lauschten – ihre Sigillen leuchteten blass in den Schatten, sie nutzten gewiss Magie zur Geräuschverstärkung. In der Luft lag ein ganz schwacher saurer Geruch, der mich automatisch die Nase rümpfen ließ.

»Die Sigille des zweiten Auserwählten wurde deutlicher«, sagte Sebastien dann, ohne auf meine Mimik einzugehen. »Und der Offenbarungszauber führte uns hierher. Wir werden alle Hexen und Hexer im Haus testen.« Nach einer kurzen Pause fügte er hinzu: »Und was genau willst du von mir, Ela? Ist etwas passiert?«

»Ich wollte dich sprechen. Ich glaube, uns allen ist ein Fehler unterlaufen.«

Sein Blick sagte alles: Dass Auguren niemals Fehler machten. Aber ich wusste es besser. Sebastien vertraute mir genug, um zu den anderen Erwachsenen zu gehen, kurz etwas zu ihnen zu sagen und anschließend zu mir zurückzukehren. Dann schob er mich von der Tür weg und schloss sie hinter sich.

»Erzähl mir alles«, verlangte er. Und das tat ich. Gleich nachdem ich eine uns vor Belauschern schützende Abhörsigille benutzt hatte.

Ich berichtete von meinem ersten Eindruck der Lage, von Tristans Geruch, der einfach nicht der eines Dunkelmagiers sein konnte. Dann erzählte ich davon, wie er mich vor der Dunkelhexe beschützt hatte, von den Attacken, die Tristans Geschwister und Gloria verübt hatten. Ich berichtete sogar von Tristans anerzogener Angst vor Blutmagie und seinen Zweifeln an der Anklage seines Vaters.

»Hier steckt mehr dahinter, als wir vermutet haben«, schloss ich meinen Monolog. »Da bin ich mir ganz sicher. Warum sollte ein mächtiger Dunkelhexer seinen Sohn vor Blutmagie warnen, anstatt sie ihm beizubringen? Zu dem Zeitpunkt konnte Liam Atwood nicht wissen, dass sein Sohn keine Sigille halten kann.«

»Das weiß ich auch nicht.« Sebastien rieb sich mit den Fingerknöcheln über die Stirn. »Ich werde mit den anderen darüber sprechen. Vielleicht sollten wir einen gemeinsamen Blick in die Vergangenheit werfen«, schlug er vor. Ich wollte etwas einwenden, doch er schüttelte den Kopf. »Mehr darf ich im Moment nicht für dich tun. Wir sind mit der Suche nach der zweiten auserwählten Hexe oder dem Hexer ausgelastet. Du weißt, was geschieht, wenn wir deinen Ritualpartner nicht finden.«

In seiner Stimme schwang Furcht mit und ich gab sofort auf. Sollten wir bis zur Walpurgisnacht nicht die mit mir perfekt harmonierende Hexe oder den Hexer ausfindig gemacht haben, würde das Ritual nicht gelingen. Ich allein hatte nicht genug Macht dafür und es war ausgeschlossen, dass einfach jemand anderes *einspringen* konnte – weil sich unsere Magie nicht ergänzen würde. Daher nickte ich langsam. »Und ihr seid euch sicher, dass die Sigille hier zu finden ist?«

Ich selbst dachte automatisch an Tristan, an das dunkle Zeichen an seinem Handgelenk, das sich schon kurz nach dem Ritual wieder aufzulösen begonnen hat.

Welche Genugtuung es für Carina Brand sein musste, dass einer ihrer Söhne Geschichte schreiben würde. Nach allem, was ich über die Familie hatte herausfinden können, war ihr das Ansehen mehr als wichtig. Das galt auch für ihre beste Freundin Heloise, deren Stimme sogar bis nach draußen zu uns drang. »Komm mit rein und sei beim Test dabei. Du wirst sehen, dass wir richtig liegen.« Das unausgesprochene ›wie immer‹ hing deutlich zwischen uns. Sebastien bot mir den Arm an und ich hakte mich unter. Zielstrebig ging er zur Haustür, öffnete sie mit einer Handbewegung und schon drangen laute Stimmen an meine Ohren.

»Was ist hier los?«, wollte Sebastien wissen und Yui deutete auf Carina, die mit Heloise etwas abseits stand. »Sie hat versucht, die Sigillen zu manipulieren.«

»Sie hat was?«, mischte ich mich ein. Dann sah ich Christoph und Noah, die beide zusammengekauert auf dem Boden saßen. Ein kaum sichtbares Flimmern krümmte meine Sicht auf die beiden. Ein Bannzauber, der ihre Magie so weit blockierte, dass sie nicht mittels Sigillenfährte abhauen konnten.

»Sie hat versucht, die Sigillen zu fälschen«, antwortete Panya. »Ich habe den Rat und die Jäger eben informiert. Sie sollten gleich ankommen. Ich habe den vorhin gelegten Schutzzauber um das Haus gelöst.« Ihre Augen sprühten nahezu Funken und sie sah aus wie eine afrikanische Rachegöttin. Die Sigille auf ihrem Arm leuchtete und das Mal der Auguren am rechten Handgelenk pulsierte ebenfalls.

Ich hatte von Tristan und seinen Stiefgeschwistern mitbekommen, was für eine fiese Hexe Carina war. Könnte es sein, dass …

Ich wandte mich sofort wieder an Sebastien, ehe Carina nur wegen Betrugs verhaftet wurde, und erzählte ihm schnell von meinem Verdacht.

»Du hältst sie für die Dunkelhexe?«, fragte er und warf einen prüfenden Blick auf die Hausherrin.

»Wäre es nicht perfekt? Sie richtet das Ritual aus und lenkt damit von sich ab, manipuliert dann die Sigillen ihrer Söhne, um das Ritual selbst zu sabotieren. Ihre Söhne sind wie die Pest. Bösartig und geltungssüchtig.«

Sebastiens Augen durchbohrten mich mit stummen Vorwürfen über das abfällige Urteil.

»Aber sie musste doch wissen, dass sie uns nicht auf Dauer würde täuschen können«, warf er ein.

»Vielleicht hat sie eure Macht unterschätzt. Ich konnte die Blutmagie nicht lange genug erforschen, um ihre tatsächlichen Grenzen zu finden.«

Sebastien dachte darüber nach, sah dann zu den beiden Augurinnen hinüber. Seine Augen weiteten sich für einen Moment. Sie unterhielten sich via Gedanken. Letztendlich nickten alle drei.

Carina und Heloise wurden unruhig. Carina sah zwischen den Auguren hin und her. Eine Sorgenfalte entstand auf ihrer Stirn. Dann ging alles ganz schnell: Ehe Carina ihre Arme zur Verteidigung hochreißen konnte und damit die Katze vom Arm stieß, die zeternd davonraste, hatten die Auguren einen Bannzauber auf sie gelegt. Ihre Sigille leuchtete grell weiß, so sehr wehrte sich Tristans Stiefmutter.

Panya, Yui und Sebastien stellten sich rund um Carina auf und griffen nach ihren Händen, bis sie den Kreis geschlossen hatten. Dann schlossen sie die Augen und ihre wie ein schräges Z aussehenden Auguren-Zeichen begannen immer stärker zu leuchten, während sich eine Art Nebel über Carina legte, sie abtastete und Überreste von Blutmagie zu finden versuchte. Die Prüfung schmerzte, Carina rannen Tränen über die Wangen. Doch der Nebel verblasste, ohne sich rot zu färben. Carina hatte in letzter Zeit keine Blutmagie gewirkt.

Die Auguren lösten ihre verschränkten Hände und traten zurück. Sebastien schüttelte den Kopf in meine Richtung, als hätte ich das Ergebnis nicht mit eigenen Augen gesehen. Dann entließen sie Carina aus dem Bannkreis, die – kaum, dass sie sich von den Schmerzen erholt hatte – sofort wie eine Furie losschimpfte, welch unverschämte Beleidigung sie in ihrem eigenen Haus erdulden müsste. Erst als Yui ihr deutlich machte, dass sie nach wie vor der Manipulation der Sigillen ihrer Söhne angeklagt war, beruhigte sie sich etwas.

»Ich habe nichts dergleichen getan!«, verteidigte sie sich und sah hinüber zu der kräftig nickenden Heloise, die erst jetzt wieder aus dem Wohnzimmer kam. »Es muss sich um einen Irrtum handeln.«

Sebastien hob die Hand und das Gemurmel zwischen meinen Eltern und den Ratsmitgliedern verstummte. »Ganz gleich, wer die Sigillen manipuliert hat. Die richtige war zum Zeitpunkt unseres Offenbarungszaubers hier.« An Carina gewandt fuhr er fort: »Bringt uns alle, die sich zwischen vier und sechs Uhr Ortszeit hier im Haus befunden haben.«

»Selbstverständlich. Ich werde alle zusammenrufen. Mein Stiefsohn Tristan ist nicht hier. Er hat das Haus irgendwann am Vormittag verlassen.«

»Tristan Atwood ist nur ein unbegabter Wissender«, fügte Heloise mit einer abwertenden Handbewegung ein.

»Wir sollten ihn dennoch testen«, sagte Sebastien mit resoluter Stimme, die jegliche Widerworte unterband.

»Ich kann dich zu Tristan begleiten«, bot ich an und er nickte langsam, ehe er sich kurz mit seinen Augurenkolleginnen austauschte und anschließend zu mir zurückkehrte.

# ~ 32 ~

## TRISTAN

Obwohl das gleichmäßige rhythmische Piepen des EKGs neben Maras Bett einschläfernd war, blieb ich hellwach und setzte mich alarmiert auf, als sich Schritte auf dem Flur näherten und die Tür aufgestoßen wurde. Mir lag schon auf der Zunge, dass Ela verschwinden sollte, aber die Worte verstummten auf dem Weg nach draußen, als ich sah, dass sie nicht allein war.

Sofort sprang ich von meinem Stuhl auf, den ich inzwischen neben Maras Bett gestellt hatte.

»Was wollt ihr hier?« Natürlich wusste ich, dass ich Auguren höflicher ansprechen sollte, aber das war mir so was von egal. Sebastien schien sich nicht daran zu stören oder er ließ es sich zumindest nicht anmerken.

»Tristan Atwood?«

Anstelle einer Antwort sah ich ihn nur finster an.

»Der Hohe Rat der Hexengemeinschaft hat erlassen, dass deine Sigille geprüft werden soll.« Er kam auf mich zu und wollte nach meiner Hand greifen. Ich zog sie schnell zurück.

»Ist das auf deinem Mist gewachsen? Reicht es dir etwa nicht, dass du mich die ganze Zeit verarscht hast?« Ich warf

Ela bitterböse Blicke zu, die Wirkung zeigten. Sie sah betroffen zu Boden. Ich musterte wieder den blauen Augur.

»Sie hat versucht, meine Sigille erneut hervorzubringen, doch sie ist wie damals nach meinem Initiationsritus verblasst und über Nacht komplett verschwunden.« Kaum merklich huschte ein Ausdruck von Überraschung über das Gesicht meines Gegenübers. »Ach, das hat sie nicht erzählt? Kein Wunder. Sie ist gut im Lügen.«

Meine Wortwahl war alles andere als freundlich, aber irgendwie musste die Enttäuschung aus mir heraus. Die Enttäuschung über mich selbst und über *sie*.

»Sebastien, ich …«, wollte sie nun erklären, aber der Augur schnitt ihr das Wort ab.

»So oder so muss er offiziell getestet werden. Die Sigille des zweiten Auserwählten wurde im Atwood Anwesen geortet«, erklärte er an mich gewandt. »Deine Stiefbrüder konnten bereits ausgeschlossen werden. Daher …«

Er ließ den Rest des Satzes offen und griff nach meinem Handgelenk.

Doch ehe er dazu kam, seine Magie auf mich zu lenken, klingelte sein Handy und er ging ran.

»Hallo, Panya«, begrüßte er, dann wurde er immer bleicher und beendete nach einem »In Ordnung« das Gespräch.

»Wir haben die zweite Auserwählte«, sagte er zu Ela.

Ela runzelte die Stirn.

»Es ist Gloria. Sie befand sich zur besagten Zeit im Zimmer von Noah Brand«, erklärte er und sah mich dabei an. »Der Junge hat Panya davon unterrichtet, als wir weg waren.«

»Gloria?« Elas Stimme kam einem Quietschen ziemlich nahe. Sebastien drehte sich zu ihr um. Ich konnte sein Gesicht nicht sehen, aber Ela schluckte hart.

»Dein Alleingang hat uns einiges an Zeit und Magie gekostet. Du kannst froh sein, dass wir es noch rechtzeitig geschafft haben. Wir sehen uns beim Ritual.«

Ela nickte. Sie war kreidebleich und ich drängte den Wunsch zurück, sie zu trösten. Ela war eine Jägerin. Eine Jägerin wie die, die meinen Vater ermordet hatten.

»Deine Anwesenheit wird vom Hohen Rat ebenfalls erwünscht.« Der Augur drehte sich zu mir um und in meiner Hand tauchte nach einem kurzen Aufleuchten seiner Sigille eine altmodische Schriftrolle auf. »Es ist ein Dekret des Hohen Rates der Hexengemeinschaft. Unumgänglich.«

Ich schaffte es nicht, etwas zu erwidern, ehe er via Sigillenfährte verschwand. Ela stand noch immer wie erstarrt am anderen Ende des Krankenzimmers. Für sie schien die Welt aus den Fugen geraten zu sein.

Willkommen im Club.

Ich wollte die Schriftrolle auf den Boden schleudern, doch sie klebte an meiner Hand. »Verfluchte Hexen!«, schimpfte ich und Ela zuckte zusammen. Mara regte sich und ich war sofort wieder still und beobachtete sie vollkommen reglos, bis sie wieder gleichmäßig atmete.

Sie lag wegen mir dort. Weil ich sie in die Hexenwelt gezogen hatte. Weil ich mir erlaubt hatte, die Realität auszublenden und auf so was wie Normalität gehofft hatte.

Ohne auf die bohrenden Blicke von Ela einzugehen, brach ich das Wachs auf der Schriftrolle und die Magie der Sigille des Siegels breitete sich aus, kroch über das Papier, während ich das Schriftstück entrollte. Das Papier sah alt aus, aber ich war mir sicher, dass es das nicht war. Hexen liebten Traditionen. Ich flog über die paar Zeilen, die den Ort und die Zeit enthielten, während das Leuchten der Sigillenmagie darüberfloss, die Daten aufnahm und über das Papier zu meiner Hand glitt. Ich hatte bislang kein Dekret des Hohen Rates in den Händen gehalten, wusste aber, was es bedeuten würde, sollte mich der Zauber berühren. Ein letztes Mal versuchte ich, das Papier loszuwerden, doch es war zu spät. Der Zauber floss in meine Finger und verteilte sich, bis das schwache Leuchten endete. Das Papier glitt zu Boden. Eine halbe Stunde vor Mitternacht, wie es auf der Einladung stand, würde ich automatisch zum genannten Ort teleportiert werden. Egal, wo ich mich zu diesem Zeitpunkt aufhielt. Sollten Unwissende in der Umgebung sein, würden sie sich lediglich daran erinnern können, dass ich gegangen war – nicht an das *Wie*.

Ela räusperte sich und ich erinnerte mich wieder an ihre Anwesenheit, die ebenso unerfreulich war wie das Dekret.

»Was willst du noch hier?«, fragte ich, mittlerweile zu müde für finstere Blicke oder eine drohende Stimme. Ich setzte mich wieder auf den Stuhl neben Mara und griff nach ihrer Hand. Wenn ich Magie im Blut hätte und sie eine Wissende wäre, könnte ich sie binnen Sekunden heilen. Als hätte Ela meine Gedanken gelesen, trat sie näher.

»Ich könnte ihr einen Trank geben. Sie wäre schnell wieder auf den Beinen.« Ihre Stimme klang ebenso müde, wie ich mich fühlte. Müde von allem. Von den Hexen, der Magie, den Lügen und dem Verrat.

Ich erwiderte nichts, starrte nur auf Maras blassen Arm,

in dem eine Kanüle steckte, in die Kochsalzlösung tropfte, um sie vor dem Austrocknen zu schützen.

Als sich die Luft bewegte, sah ich noch, wie Elas Sigille leuchtete und ein Reagenzglas mit Korken in ihrer Hand erschien.

»Sie ist keine Wissende, du kannst keine Magie bei ihr wirken.« Ich sprach aus, was sie doch bereits wusste.

»Dieser Heiltrank besteht größtenteils aus natürlichen Komponenten, die schon seit Urzeiten von Menschen verwendet werden. Die Magie beschleunigt den Prozess nur, ich forsche seit Jahren mit den verschiedenen Inhaltsstoffen. Außerdem wurde der Tarnzauber gestern von absolut unwissenden Teenagern durchbrochen. Nur wenige Stunden vor der Erneuerung des Occultatums wirkt die Magie garantiert auch bei Mara.«

Ihre Worte, so sachlich und beinahe oberlehrerhaft heruntergerattert, ließen ein klein wenig Hoffnung in mir aufkeimen. Auch wenn sie mich belogen hatte, würde Ela Mara nicht schaden wollen, da war ich mir sicher. Also nickte ich und Ela kam langsam näher, sah sich die medizinischen Geräte auf dem Wagen neben mir an und zog eine der kleinen Schubladen auf, von wo sie eine Spritze zutage förderte. Sie füllte sie mit der bernsteinfarbenen Flüssigkeit aus dem Reagenzglas, hielt mitten in ihrem geschäftigen Treiben inne und zögerte.

»Ich muss da ran.« Sie deutete auf den mit einem großen Pflaster festgeklebten Katheter in Maras Handgelenk und ich brauchte einen Moment, ehe ich verstand, was sie meinte. Schnell ließ ich Maras Hand los und schob meinen Stuhl schabend nach hinten. Keinen Moment zu früh. Ela trat direkt neben Maras Bett, war trotz meines Rückzugs noch nah genug, dass ich glaubte, die Wärme ihres Körpers spüren zu können. Mein Puls beschleunigte sich unwillkürlich und ich versuchte, noch ein bisschen mehr Abstand zwischen uns zu bringen.

Ela bemerkte meine Reaktion auf sich und senkte die Lider, drehte sich dann schnell zu Mara. Absolut professionell öffnete sie das Käppchen des Katheters, setzte die Spritze an und drückte den Kolben langsam nach unten. Ich konnte zusehen, wie die Magie in Maras Arm floss, wie sich ein zarter Schimmer rund um die Einstichstelle des Katheters ausbreitete. Automatisch beugte ich mich nach vorne, um zu beobachten.

Ela löste die Spritze, schloss das Käppchen und bettete Maras Arm wieder sanft auf die Matratze. Gerade als sie zurücktrat und in Richtung Mülleimer ging, um die Spritze zu entsorgen, klingelte ein Handy.

Ela starrte mit zusammengezogenen Brauen auf ihr Display, ehe sie ein Lächeln aufsetzte und abnahm.

Ihre Stimme war plötzlich eine andere, das Lächeln war selbst aus dem einen Wort herauszuhören.

»Alex?«

Ich konnte nicht hören, was Alex sagte, aber Ela erbleichte, stellte ein paar Fragen und versprach, sofort zu kommen. Sie atmete mehrmals tief durch, starrte das Display in ihrer gesenkten Hand an, bis es erlosch. Zitterte sie etwa?

Auch wenn ich mir geschworen hatte, nichts mehr mit ihr zu tun haben zu wollen, weil ich in jeder aufblitzenden Erinnerung ihr Gesicht unter all den weißen Kapuzen sah, die uns damals beim ›Mensch ärgere dich nicht‹-Spiel umringt hatten, konnte ich nicht über meinen Schatten springen und fragte daher: »Was ist los? Ist Alex etwas passiert?«

»Sie hat mich eben gefragt, ob ich wisse, wo du bist. Denn sie ist sich sicher, dich gesehen zu haben, als du mitten in der Nacht die Straße gefegt hast, nachdem vor ein paar Tagen die Brunnenfiguren lebendig geworden sind.«

Eiseskälte kroch meine Wirbelsäule entlang und ließ mich erschaudern. »Die Jäger haben doch allen die Erinnerungen genommen, wie kann es sein, dass sie sich erinnert?« Ich wusste nicht einmal, dass Alex dort gewesen war.

Ela schüttelte den Kopf. »Ich muss sofort den Rat informieren und …«

»Sie werden Alex festnehmen.« Ich sprang vom Stuhl auf und war Ela nun wieder unangenehm nah.

»Ich weiß«, sie zögerte, ehe sie Luft holte, und sagte: »Aber wir müssen die Hexen schützen. Wir können es uns nicht leisten, enttarnt zu werden. Das wäre unser Ende.«

»Kannst du sie nicht einfach wieder *glauben lassen*?«, fragte ich, auch wenn in mir alles gegen den Vorschlag aufbegehrte, eine Hexe zur Manipulation anzustiften. »Die Jäger haben Vergessenszauber bei jedem Einwohner gewirkt, die Zeuge des Aufstands der Brunnenfiguren waren. Kannst du ihn nicht einfach … wiederholen?« Ela verzog das Gesicht, schien sogar darüber nachzudenken.

»Sie ist deine Freundin«, drängte ich weiter. »Willst du wirklich, dass man sie zum Rat schleppt und ihr weit mehr als nur die Erinnerung an die Nacht letztens nehmen muss?«

»Du hast recht«, sagte sie kaum hörbar und ich entließ den angehaltenen Atem in einem langen Zug. Unsere Blicke trafen sich. Sie war noch immer unentschlossen, schwankte zwischen dem, was man sie gelehrt hatte, und dem, was sie wollte.

Um sie nicht doch noch das garantiert Falsche unternehmen zu lassen, hörte ich mich sagen: »Ich kann dich begleiten.« Ich trat auf sie zu, obwohl sich ein Teil von mir noch immer dagegen sträubte, mitansehen zu müssen, wie ein Unwissender manipuliert wurde.

Sie zögerte, ich sah ihre innere Zerrissenheit und machte einen weiteren Schritt, der sie dann offenbar überzeugte.

Mara seufzte im Schlaf und wir schauten beide zu ihr. Ein bisschen Farbe war in ihr Gesicht zurückgekehrt, ihre Mundwinkel zuckten, als würde sie gleich grinsen.

Als ich wieder zu Ela sah, lag ein zufriedener Zug um ihre Lippen. Dann nickte sie mir entschlossen zu.

*Sie ist eine Jägerin*, redete ich mir ein. *Hexen wie sie haben deinen Vater getötet.* Ihre Nähe sollte sich nicht anfühlen wie eine Erlösung. Mein Herz klopfte verräterisch schnell.

~ 33 ~

ADELA

Ich parkte den roten Käfer direkt hinter dem Café. Tristan drückte gegen die Tür und hielt sie mir auf. Dichter als nötig ging ich an ihm vorbei und atmete tief ein. Sommerregen reinigte meine Sinne. Ob er wollte oder nicht. Tristan sorgte dafür, dass ich mich fokussieren konnte und alles andere, das sonst auf mich eindrang, auf Distanz hielt. Er folgte mir in den gut besuchten Raum, in dem lautes Stimmengewirr, das Klappern der Tassen, das Kreischen des Mahlwerks und das Zischen der Dampfdüsen einander überboten.

Alex saß auf der gepolsterten Bank vor einem Vierertisch mit Sicht auf die Eingangstür. Ihre Finger spielten mit der Verpackung eines Kekses, der ihr vermutlich zum Milchkaffee serviert worden war.

Ich trat zu ihr und setzte mich auf die Bank ihr gegenüber. Sie erschrak so sehr, dass ihre Hand gegen den Untersetzer stieß und das hohe Latte-Macchiato-Glas umfiel. Glücklicherweise ging es nicht zu Bruch.

»Wo kommt ihr denn her?«, fragte Alex, als sie sich vom Schreck erholt hatte.

Tristan stand noch immer am Kopfende des Tisches und hatte wohl gerade entschieden, dass er sich zu mir auf die Bank setzen würde.

Ich erklärte nur knapp, dass ich hinter dem Haus geparkt hatte. Alex war so verwirrt, dass sie glücklicherweise nicht nachhakte, mit was ich denn fuhr.

Tristan hatte sich inzwischen gesetzt und ich wollte gerade mit dem Vergessenszauber anfangen, da stupste er mich an und deutete mit dem Kopf auf die nahende Kellnerin. Dieselbe wie bei unserem letzten Besuch. Trixie. War es wirklich erst zwei Tage her? Wir bestellten drei Kaffee, und als die Kellnerin verschwunden war, wandte sich Alex mit Verzweiflung in der Stimme an Tristan: »Sag mir, dass ich irgendeine Krankheit habe und mir nur einbilde, mich an Dinge zu erinnern, die so nicht passiert sind. Vielleicht eine Dissoziation oder beginnende Schizophrenie?« Sie sprach leise, sah sich ständig um. Es tat mir weh, sie so zu sehen, zu wissen, dass ich – oder besser gesagt meine Art – verantwortlich dafür war. Ich konnte sie nicht leiden sehen. Die intelligente, besserwisserische Alex, die plötzlich so unsicher und ängstlich war. »Sag mir, dass ich zu viele schlechte Filme gesehen habe. Die Brunnenfiguren haben nicht in der Stadt randaliert. Es sind keine weißgekleideten Menschen aus dem Nichts erschienen und aus ihren Handgelenken ist auch kein blaues Licht geflossen. Tristan!«, sie wurde lauter. »Sag mir, dass du nicht dort warst. Alles wäre besser als … das.« Ihre Stimme brach. Die Verzweiflung in ihrer Stimme trieb mir beinahe Tränen in die Augen.

Ich streckte meinen linken Arm aus und griff über den Tisch hinweg nach ihrer rechten Hand, die noch immer mit dem Papier spielte. Sie war eiskalt und zitterte, wenn sie nicht beschäftigt wurde.

»Mit dir ist alles gut, Alex«, sagte Tristan in einem so sanften Ton, dass er selbst mich beruhigte. Dann berührte er mich mit dem Oberschenkel, das Zeichen, dass ich loslegen sollte, ehe Alex noch durchdrehte. Doch wir mussten noch warten, bis Trixie unsere Kaffeetassen abgestellt hatte und wieder verschwunden war – nicht ohne Tristan ein zu strahlendes Lächeln zu schenken. Jetzt war keine Zeit für den Stich der Eifersucht, ermahnte ich mich.

Ich sammelte die Magie in meinem Körper. Tristan legte seine Hand geistesgegenwärtig auf meinen Unterarm, um das Leuchten der Sigille zu verbergen, und der Hautkontakt entzündete wortwörtlich einen Funken, der meinen Puls zum Rasen und die Magie zum Explodieren brachte. Daher gelang es ihm nicht, das Zeichen meiner Magie ganz abzuschirmen, und Alex riss die Augen auf.

»Was …«, stammelte sie. Ihr Blick glitt schnell hin und her, als suchte sie nach einem Fluchtweg.

Tristans Daumen strich sanft über meinen Unterarm. Die Berührung ließ mich schaudern, trieb dabei die letzten Zweifel aus und ich konzentrierte mich auf den wichtigsten Zauber der Jäger. *Vergessen.*

Ich ließ den Zauber durch meine Sigille am Unterarm über meine Hand in die Finger von Alex gleiten. Es war so leicht. Leichter als in jeder Trainingsstunde. Tristans Berührung wirkte wie ein Verstärker für meine Magie. Als die Hitze des Zaubers nachließ, öffnete ich die Augen.

Alex blinzelte. Blinzelte nochmals. Dann sah sie sich mit schmalen Augen um, zog ihre Hand unter meinen Fingern weg. Die Falten auf ihrer Stirn vertieften sich. Wir mussten warten, bis ihr Gehirn eine logische Erklärung gefunden hatte.

»Ich habe herausgefunden, wer … um was du mich gebeten hast«, sagte sie ausweichend und sah mir dabei direkt in die Augen. »Ich habe die Akte gefunden, aber der Name wurde gelöscht.«

»Von was redet sie?« Tristan bemerkte wohl jetzt erst, dass er noch immer meine Sigille verdeckte, und zog hastig den Arm zurück. Ich griff nach meiner Kaffeetasse und nahm einen Schluck, um den Kloß in meinem Hals hinabzuspülen.

»Alex?«, forderte Tristan nun unser Gegenüber auf, weil ich nicht antwortete.

Alex sah zwischen uns beiden hin und her, richtete sich dann auf und sagte voller strahlendem Selbstbewusstsein zu mir: »Tut mir leid, aber es geht schließlich um ihn.« Sie sah zu Tristan und ich hätte sie am liebsten aufgehalten – ob mit Magie oder egal wie. »Ich habe herausgefunden, wo du geboren wurdest, welcher Arzt dich entbunden hat und …«

Tristan wollte aufspringen, stieß aber gegen den Tisch, dessen Fuß am Boden befestigt war. Ein Klirren der Löffel auf den Untertellern auf dem Tisch ließ ihn wieder nach unten sacken. Ich wagte es nicht, ihn anzusehen, zuckte bei seinem »Du konntest es nicht lassen, oder?« zusammen wie von einem Fluch getroffen.

Alex ging nicht darauf ein. »Der Name deiner Mutter war aus den frei einsehbaren Dokumenten im Stadtarchiv entfernt worden. Weißt du vielleicht, warum? Ich meine … ich kann mir einfach keinen Grund erklären, weshalb man den Namen der *Mutter* auslöschen sollte.« Sie ratterte ein paar mögliche, seltsame Gründe herunter, während ich Tristans Wut roch. Sie war überall, überlagerte den Duft des Kaffees und allem anderen, ehe er sich in der erwartungsvollen Stille nach Alex' Monolog aus der Bank schob und aufstand. »Ich muss los.«

»Warte, ich komme gleich mit«, erwiderte Alex und rutschte ebenfalls aus der Bank.

Ich sah den beiden nach, wie sie zur Theke gingen und bezahlten, horchte ihren inhaltslosen Floskeln, indem ich mein Gehör mit Magie verstärkte. Als sich die Tür des Cafés mit einem leisen Klingeln schloss, erhob ich mich ebenfalls, bezahlte meinen Kaffee und ging durch den Hinterausgang zum Auto.

Die ganze Zeit grübelte ich über Alex' Verhalten nach. Ich spürte, dass sie etwas zurückhielt. Manipulation durch Hexen könnte etwas Derartiges bewirken, dessen war ich mir bewusst und ich hatte schon mehrere Beispiele gesehen, aber mein Instinkt sagte mir, dass da mehr war.

In dem provisorischen Zuhause meiner Eltern im Domus Magae ging es drunter und drüber. Ich hörte die vielen Stimmen schon vom Flur aus und eilte durch die weiten Gänge bis zu einem großen Raum mit eingedecktem Tisch und etlichen Stühlen, wo sich die drei Auguren mit meinen Eltern ein Wortgefecht lieferten.

Sie verstummten, als ich eintrat.

Sie redeten über mich.

»Müssen wir erst ewig diskutieren oder sagt ihr mir gleich, was los ist?«, fragte ich und sah nacheinander Mamma, Papà und Sebastien in die Augen. Letzterer hielt meinem Blick nicht stand und wirkte, als hätte er ein schlechtes Gewissen.

Meine Mutter trat näher. Die Unruhe in meinem Inneren verstärkte sich, als sie eine Hand auf meine Schulter legte und tief Luft holte. »Es tut mir so leid, Schatz. Wir wissen nicht, wie das passieren konnte.«

Sie reichte mir eine Sonderausgabe des »Tageblatts« und ich sah mein Schicksal zum ersten Mal schwarz auf weiß vor mir.

# ~ 33 ~

## TRISTAN

»Kannst du mir sagen, warum sich Ela so für deine Eltern interessiert?«

Automatisch verspannte ich mich bei der Frage. Erst als Alex und ich das Café durch die Vordertür verlassen hatten, ließ das Prickeln meiner Haut, das Echo *ihrer* Berührung nach. Jeder Hautkontakt war wie ein Rausch, ein Adrenalinschub gleich einer Achterbahnfahrt.

Ich hätte nie gedacht, dass ich ein Adrenalinjunkie war.

»Erde an Tristan«, Alex wedelte mit ihrer Hand vor meinem Gesicht. »Warum will Ela mehr über deine Eltern erfahren? Bist du vielleicht irgendwie adlig und sie muss checken, ob eine Hochzeit infrage kommt?« Ich wartete vergeblich auf ihr Lachen, den Scherz. Doch sie sah mich vollkommen ernst an.

»Zum Heiraten wäre es etwas zu früh, denkst du nicht?«, versuchte ich, sie abzulenken, und ging schon in Richtung Bushaltestelle. Aber Alex hielt mich zurück.

»Es ist bei adligen Familien wie den Mescinias ... ja, ich weiß von ihrem falschen Nachnamen. Sie hat ihn mir am ersten Tag gesagt.«

Auf meinen schockierten Gesichtsausdruck reagierte sie nicht weiter. »Es ist sicher nicht abwegig, dass Adelsfamilien in solchen Dingen im letzten Jahrtausend feststecken«, verteidigte sie weiter ihre Idee.

Ich sah ihr an, dass sie nicht komplett überzeugt war. Daher zuckte ich nur mit den Schultern. »Selbst wenn meine Eltern einen jahrhundertealten Adelstitel hätten ... Zwischen Ela und mir ist es aus.« Es auszusprechen schmerzte und ich ballte meine Hand fest zusammen. »Ich muss jetzt los.« Ich wollte weg von hier, weg von diesem seltsamen Gespräch. Doch ich kam nur einen Schritt weit, als mich Alex zum Anhalten brachte. Mit unmissverständlichem Ausdruck im Gesicht, dass sie mich ohne eine Erklärung nicht in Ruhe lassen würde.

Ich rieb mir mit der Hand übers Gesicht und versuchte, eine Lüge zusammenzuspinnen, die Alex endlich akzeptieren würde. Die Ampel an der Kreuzung nur wenige Meter entfernt schaltete auf Grün, das erste Auto fuhr aber nicht los, weshalb ein lautes Hupkonzert den allgemeinen Verkehrslärm durchschnitt und mir Zeit gab, eine Antwort zu formulieren. »Ihre ... Ich will nichts mit dieser Familie zu tun haben.«

Endlich nickte Alex langsam. Sie dachte über diese Begründung nach und schien sie irgendwie zu akzeptieren. Akzeptierte, dass ich Menschen nach ihrer Familie beurteilte. Wenn sie mich besser kennen würde, wüsste sie, dass ich so etwas abgrundtief verabscheute. Niemand konnte etwas für seine Familie. Ich litt seit Jahren unter dem Ruf meines Vaters. Wie könnte ausgerechnet ich jemanden für die Taten der Familie verurteilen?

»Willst du ihn trotzdem wissen?«, riss mich Alex aus dem Strudel wirrer Gedanken.

»Was wissen?« Ich hielt mich nicht für unintelligent, aber Alex sprang zwischen irgendwelchen Ideen hin und her, sodass man ihr nicht immer folgen konnte.

»Den Namen deiner Mutter«, sagte sie vollkommen emotionslos.

»Du hast …«, stammelte ich mit kratziger Stimme, als hätte mir ihre Aussage die Kehle zugeschnürt. »Du hast Ela … Eben hast du doch gesagt, dass der Name gelöscht ist.«

Sie sah mich an, als zweifelte sie an meiner Intelligenz. »Und du glaubst ernsthaft, ich forsche bei so etwas nicht weiter nach?«

»Warum hast du ihn dann nicht gleich gesagt?« Plötzlich war ich mir nicht mehr sicher, ob ich die Antwort auf die Frage, die mich seit dem Tod meines Vaters beschäftigte, tatsächlich wissen wollte. Wer war meine Mutter?

»Weil ich mir sicher bin, dass sich nicht umsonst jemand die Mühe macht, ihn aus den offiziellen Dokumenten zu entfernen. Es hat einige Zeit gekostet, ihn zu ermitteln, und vermutlich sollte ich jetzt ein schlechtes Gewissen wegen all der Schwindeleien haben. Ich dachte, wenn einer ein Recht auf diesen Namen hat, bist du es. Mit allen Konsequenzen.« Sie streckte mir einen zusammengefalteten Zettel entgegen. Ich wich zurück, als wäre es ein vergifteter Apfel. »Ich bin der Meinung, dass du entscheiden solltest, wem du die Information gibst. Von mir wird niemand etwas erfahren.«

Ihr Blick war so aufrichtig und freundlich, dass ich tatsächlich nach dem Zettel griff und ihn an mich nahm. Ich würde ihn nicht anschauen, schwor ich mir. Aber dennoch gab es etwas wie Höflichkeit. »Danke«, sagte ich schlicht, während ich den Zettel in meine Gesäßtasche steckte. »Danke, dass du dir so viel Mühe gegeben hast.«

Sie nickte mir zu. Es war deutlich, dass sie darauf brannte, mehr zu erfahren, aber sie drängte nicht, was ich ihr hoch anrechnete.

»Wir sehen uns Montag in der Schule«, verabschiedete ich mich und ging nun endlich wirklich los.

»Bis dann«, rief sie mir noch hinterher. Der nächste Satz war so leise, dass ich ihn mir auch eingebildet haben konnte, daher hakte ich nicht mehr nach und ging weiter in Richtung Bushaltestelle.

»Passt … auf euch auf.«

Rund zehn Minuten später stieg ich aus meinem Bus aus und ging den direkten Weg entlang, die schmale Zufahrtsstraße durch den Wald. Der Zettel mit dem Namen brannte in meiner Tasche, meine Gedanken wirbelten umher wie buntes Laub im Herbst.

Auf halber Strecke zum Anwesen erfasste mich eine Unruhe, die ich mir nicht erklären konnte. Meine Schritte gerieten ins Stocken, die Steine entlang der Straße knirschten unter meinen Schuhen.

Da wurde mir klar, was anders war. Mit einem Prickeln im Nacken lauschte ich angestrengt. Es war kein Laut zu hören. Nicht ein einziger Vogelruf, kein Surren von Insekten, nicht einmal das entfernte Brummen der Autos auf der Schnellstraße. Da war rein gar nichts außer dem Geräusch meiner Schritte. Das konnte nur eins bedeuten: Die Hexen hatten den Schutzzauber ums Haus ausgeweitet und verstärkt.

Ich ging schneller, joggte beinahe zum Haus und der zuvor noch brennende Zettel in meiner Jeans war vergessen.

Im Gebäude herrschten noch chaotischere Zustände als in den letzten Tagen. Kaum hatte ich die Haustür geöffnet, drangen wirre Stimmen zu mir. Selbst im Foyer befanden sich mehrere Hexen, die mich feindlich ansahen. Ihre misstrauischen Blicke folgten mir, während ich mit hochgezogenen Schultern einen Weg zwischen den Gruppen hindurch zur Treppe bahnte. Sie sammelten sich vermutlich hier für das Ritual, auch wenn mir das seltsam vorkam. Aber beim letzten Mal war ich zu jung gewesen, als dass man mich in irgendwelche Vorbereitungen einbezogen hätte.

Roger wartete auf dem oberen Absatz auf mich, den Kopf mit den wachsamen dunklen Augen auf die Vorderpfoten gelegt. Er wedelte erst langsam mit dem Schwanz, als ich ihn von ein paar Stufen weiter unten leise begrüßte und sprang auf, um mich zu begleiten. Weil ich ihn beobachtet hatte, war mir nicht aufgefallen, dass Chris und Noah oben am Geländer standen und auf die vielen Hexen unten hinabsahen.

Ich nahm Roger auf den Arm und stellte mich neben Chris. Von Noah kassierte ich dafür einen abfälligen Blick, den ich ignorierte. Viel interessanter war die Tatsache, dass Chris' Finger so fest ums Geländer geschlungen waren, dass die Sehnen weiß hervortraten.

»Ist alles okay bei dir?«

Chris zuckte zusammen, als hätte er mich gar nicht bemerkt. Erst langsam löste er den Blick von den aufgebrachten Hexen unter uns und wandte sich mir zu. Er blinzelte benommen.

Ich wiederholte meine Frage. Doch an Chris' Stelle antwortete Noah: »Er ist nur erleichtert, dass er noch einmal davongekommen ist.« Sein Ton war so abfällig wie der Ausdruck auf seinem Gesicht, mit dem er Chris gerade bedachte. Dann drückte er sich vom Geländer ab und ging in Richtung seines Zimmers davon.

»Wie hat er das gemeint?«, wollte ich wissen. Ich versuchte, einen beruhigenden Ton anzuschlagen, doch dafür war ich viel zu angespannt. Irgendetwas war vorgefallen.

Chris biss sich auf die Innenseite der Wange, dann leuchtete seine Sigille auf und im nächsten Moment hielt er eine Zeitung in der Hand. Es war das »Tageblatt«, die Tageszeitung der Hexen, die selbst bei der Lieferung uralt aussah. Die Schlagzeile lief so schnell über das Titelbild, dass ich sie kaum lesen konnte. Vielleicht wollte mein Gehirn sie auch nicht akzeptieren, sperrte sich gegen das Wissen und was damit verbunden war.

*Geheimgehaltene Prophezeiung der Auguren aufgedeckt: Werden beide Auserwählte des Walpurgisrituals sterben?*

Ich bekam keine Luft mehr. Etwas drückte mir gegen die Rippen, sodass sich meine Lunge nicht weiten konnte. Die Schlagzeile raste immer schneller über das Bild eines Pergaments mit mehreren Sigillen, das an den Rändern verbrannte. Vermutlich sollte es den Zauber für das Ritual darstellen.

Roger winselte leise, bis mir bewusst wurde, dass ich mich krampfhaft an ihm festhielt. Schnell setzte ich ihn auf den Boden und er huschte den Flur entlang davon.

»Woher ...«, brachte ich krächzend hervor, weil die Buchstaben des Berichts vor meinen Augen verschwammen, ganz gleich, wie oft ich blinzelte.

Chris verlagerte sein Gewicht und nahm mir das »Tageblatt« ab. »Die Prophezeiung sei schon mehrere Jahre alt, heißt es.« Er schluckte und ließ mir damit Zeit, meine Gedanken zu sammeln. Wenn die Auguren diesen Ausgang gesehen hatten, wusste Ela Bescheid. Ihr Cousin war Mitglied der Auguren. Sie hatte von Anfang an …

»Sie muss es gewusst haben«, schlussfolgerte auch Chris. »Vielleicht wollte sie deshalb nicht als Hexe auftreten.«

Beinahe hätte ich aufgelacht. Sie hatte mir erzählt, dass sie von ihren Eltern überbehütet wurde, versteckt wurde und daher als Einzige ohne magische Tarnung zu uns an die Schule kommen konnte. Nun kannte ich den wahren Grund dafür. Sie war versteckt worden, damit keine Dunkelhexe im Voraus die nächste Auserwählte hatte töten können und die Erneuerung des Schutzzaubers aufhalten würde. Deshalb hatte sie die Dunkelmagie aufspüren und ihr Schicksal verändern wollen. Um das Ritual zu schützen, für das sie sonst mit ihrem Leben bezahlen würde.

Und ich Idiot war sauer, weil sie mich belogen hatte, obwohl sie damit um ihr Leben kämpfte.

Das schlechte Gewissen überrollte mich wie eine Welle. Meine Augen brannten und drohten überzulaufen, als Chris mich kurz am Oberarm drückte. »Es tut mir leid, Mann. Wirklich.«

Ich glaubte ihm.

Er wollte sich bereits abwenden, aber ich hielt ihn zurück. Ich musste alles wissen. »Wie wird es passieren?«

»Die Dunkelhexen haben sich zu einem Zirkel zusammengeschlossen, wird vermutet. Die Auguren haben nur ein schwarzes Wappen mit einer nicht identifizierten Sigille gesehen. Aber du weißt ja, dass diese Visionen nicht immer exakt so zu verstehen sind. Das Banner mit diesem Wappen legt sich über das Ritualfeuer mitsamt den beiden Auserwählten und erstickt alles in Dunkelheit.« Seine Stimme war nur noch ein Flüstern. »Mir ist klar, warum sie das geheim gehalten haben. Keine Hexe wäre zum Ball gekommen, um sich prüfen zu lassen.«

*Um sich zu opfern*, hing es unausgesprochen zwischen uns.

»Und sie wissen nichts über dieses schwarze Banner, wer dahinterstecken könnte?« Ich versuchte, mich auf die sachliche Ebene zu konzentrieren. Wenn ich jetzt anfing, über die falschen Dinge nachzudenken, würde ich …

Ela.

Krampfhaft versuchte ich, sie von mir zu schieben, aus meinen Gedanken zu drängen, doch ihr Bild hatte sich mit spitzen Widerhaken in meinem Gehirn verankert.

Chris' Lippen bewegten sich, er sagte etwas, aber das Rauschen in meinen Ohren machte es mir unmöglich, ihn zu verstehen.

»Bring mich zu ihr«, forderte ich, meine Stimme wesentlich gefasster, als ich mich fühlte.

»Zu Ela?« Chris hatte offensichtlich ein Problem, meinen Gedanken zu folgen. Ich nickte und streckte ihm meine Hand entgegen.

Er trat einen Schritt zurück und schüttelte den Kopf. »Mama hat gesagt, dass der Rat sie verstecken und beschützen wird mit allem, was er hat. Wenn sie vor dem Ritual stirbt, sind weder Hexen noch Menschen sicher.«

Ich ließ meine Hand langsam sinken. Mir wäre es egal,

wenn ich ihren Beschützern in die Arme fallen würde. Ich musste zu ihr. Musste mit ihr sprechen, mich entschuldigen, dass ich ihre Erklärungen nicht hatte anhören wollen. Kein Wunder, dass sie ein solches Geheimnis um ihre Person gemacht hatte, um alle von sich abzulenken.

Ela Mescinia trug eine Zielscheibe auf dem Rücken und es war ihrer Schwester Gloria hoch anzurechnen, dass sie ihr diese für eine Weile abgenommen hatte, vermutlich, um Ela einen letzten Wunsch zu erfüllen. Und nun würden vielleicht *beide* Mescinia-Erben in dieser Nacht sterben.

Und ich konnte rein gar nichts unternehmen.

## ~ 35 ~

## ADELA

Sie wussten alle Bescheid. Jede Hexe, die auch nur irgendwie entfernt Zugang zu den Nachrichten der Hexenwelt hatte. Und jeder Wissende.

Ich hatte es nicht mehr ausgehalten und mich in meinem Zimmer im Domus Magae verkrochen. Mamma und Papà wollten mich nicht mehr zu Ingrid lassen. Aber bei den anderen Hexen konnte ich es auch nicht aushalten. All die mitleidigen Blicke, die gespielte Entrüstung anstatt der Wahrheit, die ich in den Tiefen ihrer Augen sehen konnte. Erleichterung. Jeder von denen dort war froh, nicht auserwählt worden zu sein. Bis zu dem Bericht im »Tageblatt« hatte stattdessen Neid in ihren Augen gestanden. Ewigwährender Ruhm und Ehre wurde den Auserwählten versprochen. Bisher hatten sich immer alle darum gerissen.

Mein Zimmer war versiegelt, keiner konnte via Fährte zu mir reisen, ebenso wenig wie ich mich hinauszaubern konnte, aber die Tür funktionierte natürlich auf herkömmliche Art. Inzwischen wollte ich nur noch raus hier, einfach weg, aber ein Verwahrungszauber sorgte dafür, dass ich hierblieb. Gefangen. Wie ein Verbrecher.

»Zu deiner eigenen Sicherheit«, hatten meine Eltern behauptet.

Bastian, ein Jäger, den sie vor meiner Tür postiert hatten, ließ die Tür gegen die Wand prallen und suchte mein Zimmer blitzschnell nach der Bedrohung ab. Seine Sigille leuchtete grell, bereit für einen Angriff oder um mich zu verteidigen. Als er keine Dunkelhexe vorfand, entspannte er sich und sah mich fragend an.

»Es ist nichts«, sagte ich und bemühte mich, die aufsteigende Verzweiflung hinter eine dicke Mauer zu verbannen. Ich hatte meine letzten Stunden nicht eingesperrt in einem Zimmer verbringen wollen.

Bis die finalen Vorbereitungen begonnen hätten, hatte ich noch ein letztes Mal meine Lieblingsplätze besuchen wollen. Mein Zimmer in Rom mit Blick auf das Kolosseum, mein Labor, den Eiffelturm, den endlosen lebendig wirkenden Sand der Sahara, der Blick auf Manhattan von hunderten Metern über den Straßen, Tristan. Immer wieder Tristan.

Er mischte sich zwischen jeden Gedanken, drängte sich in jedes Bild meiner Lieblingsorte, als hätte man ihn mit Photoshop eingefügt. Seine Anwesenheit in Rom hatte meinen Blick auf die Stadt verändert, mit ihm hatte ich sie wieder auf eine ganz andere Weise betrachten können. Mit der Begeisterung, die mir im Alltag schon lang abhandengekommen war. Wie würde er meine anderen Lieblingsplätze verändern?

Mein Herz sehnte sich so sehr danach, es herauszufinden, während mein Verstand mir riet, ihn ziehen zu lassen. Er musste es in der Zwischenzeit ebenfalls erfahren haben und ich könnte niemals diesen mitleidigen Blick in seinen blauen

Augen ertragen. Augen, in denen beim letzten Näherkommen die Enttäuschung gestanden hatte.

Bastian warf noch einen letzten – betroffenen! – Blick zu mir, ehe er die Tür wieder schloss und mich mit dem Chaos meiner Gedanken alleinließ.

Ein paar Stunden später, die sich wie Tage angefühlt hatten, klopfte Mamma an die Tür und betrat mit einem Kleidersack auf dem Arm das Zimmer. Heute gab es kein Kräftemessen mehr, um Mitternacht würde keine Magieschwankung die untalentierteren Hexen outen. Keiner musste sich die Kleidung anhexen. Heute war alles anders.

Mamma schimmerten Tränen in den Augen, als mir ihr Blick im Spiegel begegnete. Sie stand hinter mir und sah mir über die Schultern, ihr Gesicht war gerötet. Bislang hatte ich mich an dem Gedanken festgehalten, dass sie noch Gloria haben würde, wenn ich … wenn meine Bestimmung erfüllt war.

Doch an der Verkündung, dass sie die zweite Auserwählte war, mussten meine Eltern zerbrochen sein, weil niemand es für möglich gehalten hatte. Natürlich verbanden uns als Schwestern starke Gefühle. Gefühle, die denen der früheren Ritualpartner – früher wurden sie oft auch Seelenpartner genannt und man wurde vermählt – ähnelten. Dennoch hatte ich nie in Betracht gezogen, dass meine Eltern beide Töchter verlieren könnten. Nun wechselten sie zwischen meinem und Glorias Zimmer hin und her, um uns für unseren Tod einzukleiden.

Papà kam ins Zimmer, kaum dass Mamma mich gedrückt und mit schluchzender Stimme eine Entschuldigung gemurmelt hatte, sie müsse nun Gloria helfen. Papà bemühte sich um etwas mehr Fassung, legte mir mit ernstem Gesicht den langen schwarzen Umhang mit der Kapuze über die Schultern und verschloss ihn mit einer silbernen Brosche. Dann verließ ihn seine Beherrschung, er presste mich an sich und ich spürte, wie er bebend einatmete. »Mein großes Mädchen«, sagte er auf Italienisch und küsste mich auf die Stirn. »Es ist Zeit, Adela.«

Ich nickte ihm zu, atmete tief ein und hakte mich bei ihm unter. Im Flur warteten bereits Gloria, die sämtliche Emotionen unter einer dicken Schicht Make-up verbarg, und Mamma, auf deren verheultem Gesicht das Mascara schwarze Spuren hinterlassen hatte.

Ich hatte Giulia Mescinia niemals zuvor so gesehen. In keinem Gespräch, das wir über meine Bestimmung geführt hatten. Sie hatte mir mein Leben lang beigebracht, nie die Beherrschung zu verlieren.

Nun war sie ein Schatten davon. Tränen sammelten sich in der Furche, die von Nase zu Mund verlief, und ihre Augen waren stark gerötet.

»Lasst uns gehen«, sagte Papà nach einem Räuspern. »Die meisten Gäste sollten bereits anwesend sein. Die Dekrete werden in wenigen Minuten alle anderen zum Ritual bringen.«

Während ich meine Augen schloss, um mich von Papà zum Ballsaal führen zu lassen, sah ich Tristan vor mir, der versuchte, sich der Magie des Dekrets zu entziehen, sich von mir fernzuhalten.

# ~ 36 ~

## TRISTAN

Roger beobachtete mich, verfolgte jede meiner Bewegungen, jede Schlagabfolge gegen unsichtbare Gegner, mit der ich versuchte, meinen Kopf freizubekommen. Doch das war unmöglich. Ich verlor mein Gleichgewicht und mein nackter Fuß traf mit einem lauten Klatschen auf die Holzdielen. Roger schoss alarmiert hoch. Mein Atem ging stoßweise, als ich mich neben ihn aufs Bett setzte und ihn kraulte. Er ließ sich wieder auf die Decke sinken und legte den Kopf zwischen die Vorderbeine. Lediglich seine Ohren zuckten. Mein Blick fiel auf meinen inzwischen wieder gänzlich nackten linken Unterarm. Die Sigille, die Ela initiiert hatte, war komplett verblasst. Wie damals, zwei Jahre nach Vaters Tod. In all den Jahren hatte ich nie solche Sehnsucht nach ihm gehabt wie in den letzten Tagen. Er hätte mir alles erklären, mich aufheitern können. So blieb mir von ihm nur Roger, der ebenso ein Ausgestoßener war wie ich.

Ich sah auf die Kleidung, die Carina mir von Chris hatte bringen lassen. Die ihrer Meinung nach einzig angemessenen Klamotten für die Feierlichkeiten. Ich durfte ja das Bild der Familie nicht zerstören. Ich hatte kurz erwogen, mich nicht umzuziehen und nur in Trainingshose bekleidet zu warten, bis das Dekret mich zum Ritualplatz ziehen würde. Das kam mir dann aber doch zu kindisch vor, nur um Carina bloßzustellen. Sie würde es vermutlich nicht einmal bemerken, schließlich hatte sie genug mit dem Vorwurf zu tun, dass sie Chris' und Noahs Sigille zu manipulieren versucht hatte. Und letztendlich war es mir egal.

Zwei Jahre nach dem letzten Walpurgisritual hatte ich meinen Vater verloren. Dieses Jahr würde ich Ela verlieren. Ich schob den Gedanken rasch von mir. Sie hatte mir nie gehört, nie zu mir gehört. Es war alles falsch gewesen, ich wusste es, mein Verstand wusste es. Aber mein Herz tat dennoch weh. Bei jeder Erinnerung an einen noch so flüchtigen Moment, den ich mit Ela verbracht hatte.

Roger setzte sich auf und ich schrak zusammen. Mitten in meinem Zimmer tauchte Élodie auf. Mein Atem entwich mit einem lauten Seufzen.

»Was machst du hier?«, fragte ich. »Du musst dich umziehen. Der Zirkel will sicher jeden Moment los.«

»Die Dunkelheit«, sagte sie auf die gruselige Art, die mir sämtliche Härchen auf den Armen aufstellte – und ohne auf meine Frage zu reagieren. »Du musst zu ihr gelangen.«

Sie wartete nicht ab, bis ich den Sinn ihrer Worte verstanden hatte, hörte vermutlich nicht einmal mehr, wie ich fragte: »Ich muss zur Dunkelheit gelangen?« Denn Élodie war genauso schnell wieder weg, wie sie aufgetaucht war. Die Kälte, die sie hinterließ, traf auf meine verschwitzte Stirn.

Wenig später war es im Haus so still wie in einer Grabkammer. Alle Hexen hatten sich bereits zum Domus Magae begeben, um Smalltalk vor *dem* Ereignis des Jahrzehnts zu halten. Ein Blick auf die Uhr verriet mir, dass mir nur noch eine Viertelstunde blieb, bis auch ich dort auftauchen würde. Noch zeigte sich auf meinem Arm keine Magie, aber das ließ sicher nicht mehr allzu lange auf sich warten.

Seufzend erhob ich mich, verschwand im Badezimmer und schlüpfte wenig später frisch geduscht in die bereitgelegte Kleidung. Aus meinen Haaren rannen noch Wassertropfen und der Kragen des weiten Leinenhemdes wurde feucht. Die Hose kratzte unangenehm und in Gedanken verfluchte ich Carina für ihre Niedertracht. Während ich den Gehrock aus dem vermutlich achtzehnten Jahrhundert überstreifte, begann mein Arm leicht zu jucken. Doch alles Kratzen brachte nichts, sodass sich die Magie Punkt 23:30 Uhr ihren Weg durch meinen Körper bahnte und die Adern auf meinem Handrücken aufleuchteten.

Mein letzter Blick galt Roger, der sich alarmiert aufgerichtet hatte, ehe er im nächsten Moment verschwunden war. Oder besser gesagt, ich war verschwunden und befand mich plötzlich inmitten verstreuter und sich nervös umblickender … Wissender auf dem Waldweg jenseits der Haltebucht. Ich vermutete, dass es Wissende waren und keine Hexen oder Hexer, denn auf die Schnelle konnte ich keine Sigillen ausmachen, nur leuchtende Adern an jeder freien Hautfläche. Sie alle sahen aus, als wären sie – wie ich – eben angekommen. Per Dekret des Rates oder offizieller Einladung einer Hexe.

Ein Windstoß ging durch die Äste hoch über uns und wir alle drehten uns in die Richtung, in die der Wind zog. Mit raschen Schritten folgte ich ihm zu einem dichten Dornengestrüpp und hörte die weit entfernten Stimmen.

»Hier entlang!«, rief ich den anderen zu, die vielleicht nicht allesamt mitbekommen hatten, dass das Ritual in Gefahr war und besonders abgesichert wurde. Ich hätte erwartet, dass wir direkt im Foyer des gigantischen magischen Gebäudes landeten, aber die Hecke vor mir schien die Grenze eines Schutzzaubers zu markieren, den nicht einmal die Magie der Dekrete überwinden konnte.

Die Dornenranken lösten sich wie im Märchen und glitten zur Seite, noch ehe ich sie berühren konnte. Der Raum dehnte sich, bis mir schwindelig wurde. Anstatt der kleinen Ruine, die zuerst zu sehen war, breitete sich der Platz aus und ich stand vor dem prächtigsten magischen Gebäude der Welt. Gemurmel wurde sofort lauter, als die doppelflügelige Tür von selbst aufschwang. Die anderen folgten mir wie Schatten durch die Eingangshalle. Hitze schlug uns entgegen und das Leuchten des gigantischen Feuers in der Mitte des Ballsaals blendete mich, sodass ich im ersten Moment rein gar nichts erkennen konnte.

Voller Ehrfurcht trat ich ein, nur zwei, vielleicht drei Schritte in den Saal hinein. Trotz der beinahe schmerzenden Helligkeit konnte ich meinen Blick nicht von den Flammen abwenden, die sich säulenartig nach oben bis in den Himmel schlängelten. Das mit Stuck und Malereien verzierte Kuppeldach existierte nicht mehr. Über uns glitzerten die Sterne wie weit entfernte Hexenfunken. Und das Ende der Feuersäule. Das gesamte Gebäude war magisch, hieß es, tarnte alles, was Unwissende nicht entdecken durften, aber ein kleiner Teil von mir fragte sich, ob das gleißende Leuchten nicht vielleicht von einem Flugzeug aus gesehen werden konnte – so kurz vor Erneuerung des allgemeinen Schutzzaubers – und vor meinem inneren Auge sah ich die Schlagzeilen: Gigantische Flammensäule mitten im Wald. Sicher tippte irgendein Klatschblatt auf Aliens.

Ich wurde angerempelt und stolperte nach vorne. Weitere Wissende hatten sich in den Ballsaal gewagt und wurden geblendet. Sie schirmten ihre Augen ab und suchten diejenigen, mit denen sie verbunden waren, den Grund, weshalb sie Wissende waren. Der Mann, der in mich hineingelaufen war, eilte zielsicher auf eine Hexe zu und mit ineinandergeflochtenen Fingern suchten sie sich einen guten Platz unter den Zuschauern rechts und links des Feuers. Die anderen verhielten sich ähnlich. Eine junge Frau hastete an mir vorbei und kurz darauf sprang ein kleines Mädchen auf sie zu und zog sie zu einem jungen Mann, der das Mädchen auf den Arm nahm, damit sie besser sehen konnte.

Ich hatte nun ungehinderte Sicht auf den steinernen Altar, der in diesem Moment vor dem Feuer erschien. Einen Wimpernschlag später kräuselte sich gelber, roter und blauer Rauch ums Feuer und die Auguren materialisierten sich wenige Schritte von mir entfernt mit dem Rücken zu mir. Auch sie sollten den Schutzzauber eigentlich nicht durchdringen können, daher vermutete ich, dass sie sich bereits irgendwo im Gebäude aufgehalten hatten, um ihre Show abzuliefern – wie auch beim letzten Mal. Mit ihrem großen Auftritt sicherten sie sich die volle Aufmerksamkeit. Mit einem Mal war es totenstill. Jede anwesende Hexe und jeder wissende Mensch sah zu den Auguren in ihren bunten Umhängen.

Im nächsten Moment erblickten sie mich, runzelten die Stirn, tuschelten ihrem Nachbarn etwas zu.

Panya, die oberste Augurin, hob die Hand und das Raunen hatte ein Ende. Genau rechtzeitig zur Ankunft des Hohen Rates, der nun neben mir von der Eingangshalle aus in den Ballsaal trat. Gefolgt von den beiden Auserwählten, die von ihrer Familie und einigen Weißroben flankiert wurden. Obwohl ich sie erst nicht sehen konnte, spürte ich Elas Gegenwart. Meine Haut prickelte, meine Nervenenden waren bis zum Zerreißen gespannt. Endlich trat ein junger Jäger etwas zur Seite und unsere Blicke trafen sich. Für einen Moment weiteten sich Elas Augen, dann schluckte sie und richtete ihre Aufmerksamkeit wieder auf die Auguren, die gerade die Notwendigkeit des heutigen Rituals herunterratterten wie aus dem Lehrbuch. »Seit vier Jahren schwebt ein dunkler Schatten über der heutigen Nacht«, begann Panya. »Wir alle sind auf das Occultatum angewiesen, wenn wir weiterhin Magie anwenden wollen, ohne entdeckt zu werden. Unsere Ahninnen konnten die Jagd auf Hexen damals nur beenden, indem sie die Magie vor unwissenden Augen verborgen haben.«

»Nur die mächtigsten Hexen, ihre Seelen stark miteinander verbunden, können das wichtigste Ritual aller Zeiten durchführen.« Yui sah zu Ela und Gloria, nickte ihnen zu.

»Es ist eine traurige Premiere, dass in diesem Jahr erstmals Geschwister für das Ritual bestimmt sind.« Sebastien hatte die Stimme gesenkt, flüsterte beinahe, dennoch hallten die Worte von Magie verstärkt durch den Saal.

In meinem Kopf herrschte ein graues Nichts, aus dem sich einzelne Bilder und Gedanken nach oben schoben. Wie sich unsere Blicke an Elas erstem Tag am Grimm-Gymnasium begegnet waren, wie mein Atem gestockt hatte, bis Mara mich unter dem Tisch getreten hatte. Wie sie von Mara arrangiert im Gemeindezentrum aufgetaucht war, wie wir uns geküsst hatten. Dann der Besuch in Rom und der einem Schlag in den Magen gleichende Verrat. Verrat, weil sie ein Geheimnis in sich trug. Nicht nur, dass sie eine Hexe, sogar eine Jägerin war, sondern auch, dass sie heute sterben würde, wenn sich die Prophezeiung nicht verändert hatte.

Meine Sicht verschwamm und hastig blinzelnd klärte ich meinen Blick. Das Klatschen der versammelten Hexen zog mich dann endgültig aus meinem Bann. Zahlreiche Hexenfunken stiegen aus den Händen der Anwesenden nach oben und die Flammenstränge in ihrer Mitte erwachten zum Leben, wanden sich immer schneller ineinander und nahmen dabei jeden noch so kleinen Funken in sich auf.

»Warum stehst du hier?«, flüsterte eine Stimme kaum hörbar direkt neben meinem Ohr. Ich schrak zusammen, riss meinen Kopf herum und prallte beinahe gegen Elas Stirn, die gerade noch rechtzeitig zurückwich. Sie war so schmerzhaft nah, dass sich ihre Körperwärme in meine Haut brannte wie eine Sigille.

»Für mich gibt es am Ritualfeuer keinen Platz«, erwiderte ich leise und hoffte, dass sie den Schmerz in meiner Stimme nicht hörte. Sie presste die Lippen fest zusammen und senkte die Lider. Ihr Brustkorb weitete sich unter dem eng geschnittenen Kleid aus einer Epoche, in der man Brüste so weit wie möglich nach oben geschnürt hatte. Darüber trug sie eine schwarze Version der farbenprächtigen Umhänge der Auguren, kurz unter ihrer Kehle mit einer Brosche verschlossen, in die ihre Sigille eingraviert war.

»Ich wollte zu dir kommen«, flüsterte sie im selben Moment und mein Magen verkrampfte sich bei dem Gedanken an ihre Familie, die sie so streng abschottete wie eine Gefangene. Ich griff instinktiv nach ihrer Hand. Es war wie ein Reflex. Ihre Finger schlossen sich um meine und es fühlte sich einfach richtig an. Für diesen Moment vergaß ich alles um uns herum.

»Es tut mir so leid, Tristan.« Sie senkte ihre dichten Wimpern, schluckte dann mehrmals, während sie wartete, dass ich reagierte.

Es war wie eine Eingebung, etwas, was in meinem Kopf erschien und aus meinem Mund kam, ohne dass ich darüber nachdachte. »Alex hat den Namen meiner Mutter herausgefunden.« Ich wollte mich sofort kopfschüttelnd dafür entschuldigen. Warum war ich gerade jetzt, so kurz vor Elas ... möglichem Tod, wo es so vieles gab, das ich hätte sagen können, ausgerechnet darauf gekommen?

Ela jedoch war mit einem Mal wie verwandelt. Sie richtete sich auf, ihre dunklen Augen fixierten mich, während im Hintergrund Panya von der tragischen Vision des heutigen Rituals erzählte und die Anwesenden unruhig wurden.

»Wer ist deine Mutter?« Sie flüsterte nur, aber es lag so viel Nachdruck in ihren Worten, als hätte sie einen Befehlszauber auf mich losgelassen.

»Ich weiß es nicht«, stammelte ich. »Ich wollte es nicht wissen. Noch nicht. Ich habe von Alex nur einen Zettel mit ihrem Namen bekommen. Sie wollte, dass ich ihn allein erfahre.«

Ela überlegte fieberhaft, ich sah es an der kleinen Furche zwischen ihren Brauen. »Wo ist dieser Zettel?« Sie zog mich unauffällig Schritt für Schritt in Richtung Foyer. Die Jäger schirmten uns vor den Blicken der anderen ab, hatten uns den Rücken zugewandt. Ganz kurz sah ich jedoch die Augen von Gloria, die misstrauisch nach hinten sah.

»In der Hosentasche meiner Jeans von heute Vormittag. Warum?«

Ich bekam keine Antwort. Wir passierten die Eingangshalle, unsere Schritte hallten auf dem glänzenden Marmor. Draußen angekommen, schloss Ela die Lider, ohne meine Hand loszulassen. Ihre Augen huschten hastig hin und her. Ihre Sigille erwachte, leuchtete selbst durch den Umhang hindurch, ehe sie im nächsten Moment meine Hose in der freien Hand hielt.

»Was tust du?«, fragte ich. »Wir müssen da wieder rein. Wenn du nicht Punkt Mitternacht …«

»Ich weiß«, sagte sie. »Aber ich vertraue meinen Instinkten, meinem Bauchgefühl. Jeder Jäger tut das. Sonst wären wir längst ausgerottet.« Inzwischen hatte sie ihre Augen wieder geöffnet und ein frisch entfachtes Feuer lag darin. Sie ließ meine Hand los und suchte in den Taschen nach dem zusammengefalteten Zettel von Alex. »Ich kann es dir jetzt nicht gleich erklären, aber … da ist etwas an …« Sie schüttelte den Kopf. Ein verzweifelter Ausdruck glitt wie ein Schatten über ihr Gesicht und stach mir direkt in die Brust. »Du riechst nicht nach Dunkelheit. Weshalb mein Auftrag … Meine Eltern können dir alles erklären. Oder Sebastien.«

Sie schluckte und ließ den Rest offen. Der Gedanke daran, warum ich ihre Eltern um eine Erklärung bitten sollte, drehte mir den Magen um. Sie würde nach dem Ritual vielleicht nicht mehr da sein.

»Ich wollte dich nie belügen«, sagte sie mit erstickter Stimme, während sie den Zettel aus meiner Hosentasche zog und die Jeans achtlos zu Boden glitt. Sie faltete das Papier rasch auseinander. Ihr Blick huschte darüber, die Augen weiteten sich.

Sie war so mutig im Angesicht ihres nahenden Todes und ich traute mich noch immer nicht, einen Blick auf den Namen meiner Mutter zu werfen. Ich kam nicht mehr dazu, ihr das zu sagen.

»Was bei allen Hexen tut ihr hier?« Die Stimme klang wie das Grollen eines heranrollenden Gewitters und Ela verbarg rasch das Papier in ihrer Faust unter dem langen Ärmel ihrer Robe.

Elas Vater trat an der Seite des jungen Jägers, der Ela flankiert hatte, aus dem Gebäude. Sein Gesicht war bleich. Panik stand in seinen Augen. »Verdammt, Adela! Wir hatten schon Angst, dass die Dunkelhexen dich erwischt hätten. Es ist gleich Mitternacht!«

Sie senkte in einer kurzen Geste, die wie eine altmodische Verbeugung wirkte, den Kopf und deutete ihrem Vater und dem Jäger an, vorauszugehen. Daraufhin sah sie mir ein letztes Mal in die Augen und ich verstand den Ausdruck nicht, der in ihnen lag.

Hoffnung.

Hoffnung trotz ihres nahenden Opfers.

Dann drehte sie sich um und verschwand im Domus Magae.

Bis ich die inzwischen in Position gebrachten Jäger in den weißen Roben passiert hatte, standen Gloria und Ela bereits dem Feuer zugewandt vor dem steinernen Altar, die Kapuzen der Umhänge über den Köpfen. Ich konnte nicht sagen, ob Ela die rechte oder die linke Person war. Der Gedanke, dass ich mein Flehen und meine Gebete – zu wem auch immer, schließlich war ich alles andere als gläubig – an die falsche Person richtete, ließ meine Knie weich werden. Schnell suchte ich die Umstehenden nach Carina, Chris und Noah ab, dann nach Heloise, nach irgendwem, zu dem ich mich gesellen konnte, um die Gesichter der Auserwählten zu sehen. Doch ich erkannte niemanden. Nicht einmal Élodie, die als Junghexe doch von der ersten Reihe aus zuschauen sollte wie die anderen in ihrem Alter.

Elas Eltern standen ganz vorne. Vielleicht, weil sie Jäger waren – was ich jedoch nicht glaubte. Denn sie konnten nicht wie die gefürchteten Hexen aussehen, die mit ihrer Stärke und Macht seit Jahrhunderten die Dunkelhexen jagten und vors Tribunal brachten, um sie anschließend hinzurichten. Eher im Gegenteil. Sie sahen aus wie Eltern, deren Kinder sterben würden. Weil es so prophezeit war.

Zu ihnen zu gehen, kam mir falsch vor, also schob ich mich hinter den Zuschauern entlang, versuchte, über die aufgetürmten Haare und teils federgeschmückten Hüte hinwegzusehen und zu erkennen, welcher der beiden Umhänge Ela verbarg.

Ein Keuchen ging durch die Menge, als die Flammensäule erbebte. Überall schossen Feuerzungen heraus wie kleine Explosionen oder Feuerwerksraketen. Die Zuschauer wichen zurück, ich taumelte ebenfalls nach hinten, wurde von der Masse an Hexen mitgezerrt, die durch die vielen Türen aus dem Ballsaal drängten.

Im nächsten Augenblick krümmte ich mich vor Schmerz.

# ~ 37 ~

## ADELA

Die angespannte Erwartung, die in der Luft lag, roch für mich nach Capsaicin, brannte scharf wie Chilischoten in meiner Nase und übertönte den Geruch des Feuers und den leicht säuerlichen Gestank, der in der Luft hing. Ich ließ mich von Sebastien zum Altar schieben und hob dabei meine Kapuze wie etliche Male durchgesprochen.

Neben dem aufgeschlagenen Grimoire für den Fall, dass wir die rituellen Worte vergaßen, lagen zwei Stapel dicker Pergamentbögen, mit magischer Unterstützung handgeschöpft aus ausgedienten Hexenwerken, um den mächtigsten Zauber der Welt zu verstärken. Dazwischen war das Hexenrad in den Stein geritzt – falls einer Hexe vor Aufregung entfiel, wo sich welcher Buchstabe befand. Auf dem obersten Pergament lag jeweils eine schwarze angespitzte echte Feder – wie die Tradition es verlangte. Die Tinte in den kleinen steinernen Schalen spiegelte die Flammen. Alles war, wie es seit Jahrhunderten vorbereitet und durchgeführt wurde, und doch wusste jeder der Anwesenden, dass der Zauber in diesem Jahr ein größeres Opfer fordern würde.

Bis vor wenigen Wochen hatte ich mich bereit gefühlt. Ich

war schließlich seit Jahren auf diese Nacht vorbereitet worden. Und doch hatte mich mit einem Mal das Gefühl übermannt, eine Chance zu haben, das Unausweichliche zu verhindern. Keine Prophezeiung war in Stein gemeißelt. Ich hatte meine Eltern hintergangen und dem Rat die Zustimmung entlockt, auf eigene Faust nach der Dunkelhexe zu suchen, die das Ritual manipulieren würde. Doch stattdessen hatte ich viel mehr gefunden: Einen Grund, nein, zig Gründe, weiterleben zu wollen, ein anderes Leben zu führen. Tristan, der *Bastard* des sagenumwobenen mächtigen Dunkelhexers Liam Atwood. Tristan, der seit dem Tod seines Vaters unterdrückt wurde, hat meinen Blick auf die Welt verändert, mir Hoffnung geschenkt.

Hoffnung, die selbst jetzt durch meine Adern pulsierte. Ich entfaltete unter dem weiten Ärmel des Umhangs das Papier, das Alex Tristan gegeben hatte.

Hätte sie mir doch nur mehr vertraut und ihn uns beiden gegeben. Dann hätte ich genügend Zeit für eine saubere Sigille gehabt. Kurz hatte ich Alex für ihre Prinzipien gehasst. Aber ich hatte einen neuen Plan.

Gloria beugte sich über das Pergament und tauchte die Feder in die Tinte. Von meinem Umhang verborgen legte ich das Papier direkt auf mein Pergament. Tanja Rothschild. Also war Maras Mutter auch Tristans leibliche Mutter. Ich verbot mir, darüber nachzudenken, was das für Tristan bedeuten musste, griff nach der Feder und begann, Tristans Namen über den Vornamen seiner Mutter zu schreiben und den Namen Atwood dahinter. Ihren Vornamen strich ich durch. Der war für Sigillenmagie nicht wichtig. Aber bei unvermählten Eltern musste der Name der Mutter vor dem des

Vaters stehen. Wie im Wahn strich ich die doppelten Buchstaben und schrieb die übrigen in eine Zeile: TRISANOHCLDW.

Nach der Kürzung waren es nur drei Buchstaben mehr. Und dennoch raste mein Puls, ich glaubte, schon vor dem Zeichnen der Sigille ihre unglaubliche Kraft zu spüren. Meine Finger zitterten, während ich die Magie, die für die Initiation benötigt wurde, aus meinem linken Arm fließen ließ. Ich malte den beginnenden Punkt, zog hastige Striche von einem Buchstaben zum nächsten. Das Ergebnis würde keinen Schönheitswettbewerb gewinnen, aber als ich das offene Ende beim W schloss, schien die Sigille schon auf dem Papier aufzuleuchten. Ohne Flamme. Ohne Übergabe an die Elemente.

Dann widmete ich mich meiner eigentlichen Aufgabe, kürzte voller Konzentration die Worte aus dem Grimoire und zeichnete so sorgfältig wie möglich den wichtigsten und mächtigsten Zauber der Welt, lud ihn mit meiner Sigille auf und zog den Schlussstrich.

Als ich fertig war, das Pergament zusammenrollte und dabei den kleinen Zettel mit Tristans Sigille darin einhüllte, spürte ich Glorias Blick auf mir. Natürlich war sie schon fertig und starrte mich mit misstrauisch zusammengekniffenen Augen an. In ihrer linken Hand hielt sie ihre Pergamentrolle.

»Was hast du vor?«, zischte sie mir zu.

Ich musste nicht mehr antworten.

Panya, Yui und Sebastien kamen zu uns. Als oberste Augurin blieb Panya am Altar stehen, während Yui und Sebastien uns zum Feuer führten. Die Hexenwelt hielt den Atem an. Außer dem Knistern vor uns war nicht der kleinste Laut zu hören.

Hitze schlug mir entgegen, als wir direkt vor den sich nach oben windenden Feuerzungen stehen blieben. Mein Herzschlag dröhnte so laut in meinen Ohren, dass ich kaum verstand, was Panya hinter mir sagte. Wie sie den Beginn einer neuen Dekade verborgen vor den Menschen ankündigte. Dass wir weiterhin geschützt wären, nicht länger enttarnt werden konnten. Der Rest verlor sich im Pulsieren meines Blutes.

Sebastien berührte meine Schulter. »Du musst den Zauber nun ans Feuer übergeben.«

Übelkeit erregender Gestank stieg in meine Nase, sodass ich beinahe würgen musste. Mein Instinkt sagte mir, dass es die Dunkelhexen waren. Dass sie angriffen. Doch sie würden zu spät kommen.

Mechanisch hob ich den Arm und übergab das Pergament und den Initiationszauber an das mächtigste Element. Feuer war seit jeher ein Verbündeter der Hexen gewesen. Nun konnte ich nur noch hoffen, dass ich die richtige Entscheidung getroffen hatte. Mehr konnte ich nicht mehr tun. Ein zufriedenes Gefühl senkte sich über mich. Vielleicht hatte meine Mission tatsächlich die Prophezeiung verändert. Die Dunkelhexen waren nicht schnell genug gewesen.

Mein nächster Gedanke galt Tristan. Ganz gleich, was mit mir geschehen würde. Er konnte nun seiner Bestimmung folgen.

Mein gesamter Körper entspannte sich, als die beiden Schriftrollen inmitten der Feuersäule stehen blieben. Die Flammen fraßen sich immer weiter ins Papier, dessen Aschereste nach oben tanzten, während die Sigillen Stück für Stück freigelegt wurden. Ich entdeckte den rostroten Fleck auf Glorias Pergament erst, als es zu spät war.

Feuerzungen brachen aus und peitschten im Ballsaal umher. Schwarzer Rauch waberte um mich herum und wurde immer dichter, umhüllte den Altar, das Feuer, Gloria und mich. Jene Bilder, die sich mir damals ins Gedächtnis geprägt hatten, wurden zur Realität.

Die Prophezeiung erfüllte sich doch.

~ 38 ~

## TRISTAN

Schreie. Überall waren Schreie zu hören. Magiewellen tosten durch den Ballsaal, peitschten nach draußen. Die Außenmauer des Domus Magae bröckelte. Die Bäume rund um das Gebäude peitschten wild hin und her, Äste knackten und wurden zu kleinen Geschossen ohne Ziel. Der Schutzzauber, der uns bisher vor dem Rest des Waldes abgeschirmt hatte, fiel in sich zusammen. Die Krümmung des Raumes, die es ermöglichte, dass ein gigantisches Gebäude auf eine garagengroße Fläche passte, ließ nach. Die Außenfassade kam auf mich zu, entfernte sich wieder. Ich wusste nicht, was geschehen würde, wenn der Zauber versiegte. Doch ich war mir sicher, dass wir nicht länger verborgen waren, nicht vor den Blicken Unwissender geschützt.

Der sengende Schmerz fuhr weiter durch meinen linken Arm, arbeitete sich bis zur Schulter hoch und lähmte jeden Muskel. Ich stolperte nahezu ohnmächtig nach hinten, brach zwischen zwei Baumstämmen hindurch und landete im Gebüsch dahinter. Dabei spürte ich kaum, wie sich die spitzen Dornen durch meine Kleidung bohrten und die Haut darunter aufschlitzten. Mein Gehrock verhedderte sich und schreiend vor Schmerzen schälte ich mich aus ihm heraus und kämpfte gegen den Strom fliehender Hexen und Hexer an, zurück in den Ballsaal. Mein Leinenhemd färbte sich bereits an mehreren Stellen rot. Meine Haut brannte aber nicht deshalb wie Feuer. Glühende Lava bahnte sich ihren Weg durch meine Adern, zog mit einer leuchtend blau-weißen Spur meinen linken Arm entlang bis zum Handgelenk, wo eine komplexe Sigille, die einem unvollendeten Stern ähnelte, mit unsauberen, zittrigen Linien erschien und mit jedem Herzschlag weiter in meine Haut brannte. Das Leuchten wurde so stark, dass ich den Blick abwenden musste.

Nach mehreren quälenden Herzschlägen verschwand das Licht zusammen mit dem Schmerz und ich war wieder in der Lage zu denken.

Ela.

Sie hatte irgendetwas mit dem Namen meiner Mutter getan! Ich rappelte mich auf, um mich zu orientieren. Ich musste Ela finden, doch überall herrschte Chaos. Nirgendwo sah ich die dunklen Roben der Auserwählten.

Meine Hände juckten, und als ich hinabsah, konnte ich verfolgen, wie sich die tiefen Kratzer an den Handrücken und Fingern wie im Zeitraffer schlossen und nur etwas getrocknetes Blut übrigblieb. Beinahe wurde ich über den Haufen gerannt. Eltern suchten nach ihren Kindern, eine Familie versuchte, via Sigillenfährte zu verschwinden, doch sie prallten an einer unsichtbaren Wand ab und gingen zu Boden. Der Schutzkreis, der die Dunkelhexen fernhalten sollte, war zu einem Gefängnis geworden.

Die Flammen schossen noch immer wild umher, die drei Auguren und weitere Hexen hatten sich um die Säule aufgestellt, hielten sich an den Händen und versuchten, das Element unter Kontrolle zu bekommen. Grelles Leuchten drang unter ihren Umhängen und der Kleidung hervor. Doch selbst ihre verbundene Magie reichte nicht aus. Ich drängte an ihnen vorbei und suchte im einstürzenden Ballsaal nach Ela, drehte eine Person, die mit dem Gesicht zur Seite auf dem Boden lag um, doch die Junghexe trug nur einen ähnlichen Umhang wie die Auserwählten. Ich wollte ihr aufhelfen, doch ihre Lider flatterten und sie sank wieder in sich zusammen. Nach und nach folgten ihr immer weitere Hexen und Hexer. Sie keuchten vor Schmerzen auf und gingen an Ort und Stelle zu Boden.

Dann zerbarsten die noch verbliebenen Mauern. In rote Umhänge gekleidete Personen brachen von allen Seiten zwischen den Bäumen hindurch, die linken Arme erhoben, die Sigillen frei einsehbar. Sigillen, die … bluteten wie Wunden.

Blutmagie.

Dunkelhexen.

Ich stürmte weiter, all meine Sinne waren auf Ela konzentriert, während um mich herum die Hölle losbrach. Hexen gingen weiter zu Boden, getroffen von dunklen Flüchen. Schmerz explodierte an meinem Rücken. Ich schrie. Meine Wirbelsäule bog sich durch, ich geriet aus dem Gleichgewicht. Es waren nur Millisekunden, bis ich meine Balance wiederfand und mein Geist sich in die meditative Ruhe zurückzog, die ich all die Jahre trainiert hatte. Mein Blick schärfte sich, der Schmerz wurde gedämpft. Jeder Nerv war angespannt. Ein Hexer ging vor mir zu Boden, riss dabei ein kleines Mädchen mit sich. Bei ihrem Sturz gaben sie die Sicht auf ein finsteres Nichts frei.

Die Dunkelheit einer mondlosen Nacht waberte direkt vor mir. Undurchdringliches Schwarz, das alles Licht in sich aufzunehmen schien und aus dessen Mitte die gewaltige Feuersäule in den Himmel schoss.

*Die Dunkelheit. Du musst zu ihr gelangen.* Élodies Worte erklangen klar wie nie zuvor in meinem Kopf, ergaben plötzlich Sinn. Ich musste nicht zur *Dunkelheit* gelangen, sondern zu *Ela*. Ich wusste einfach, dass sie dort drin war. Daher rannte ich, so schnell ich konnte, auf die Dunkelheit zu – und wurde beim ersten Kontakt zurückgeschleudert.

# ~ 39 ~

## ADELA

Blutmagie. Meine eigene Schwester hatte Blutmagie angewandt und das Ritual sabotiert. Ihre Sigille, ihr Zauber verursachte die Mauer aus tiefschwarzer Dunkelheit, von der in der Prophezeiung die Rede war. Sie bildete sich immer fester aus, zog einen Kreis um das Ritualfeuer, den Altar, Gloria und mich. Die Geräusche von jenseits der Schwärze verstummten. Meine zuvor gezeichnete Sigille, der Schutzzauber, auf den ich jahrelang vorbereitet worden war, hing noch immer an derselben Stelle in den Flammen. Ohne ihr entsprechendes Gegenstück war sie machtlos.

»Was hast du getan?«, schrie ich und erhob meinen linken Arm, um Gloria notfalls mit allen mir verfügbaren Mitteln dazu zu zwingen, die Schutzsigille zu zeichnen. Ich trat bereits zu ihr, verharrte dann jedoch, als ein Luftstrom ihre Gewänder flattern ließ.

Binnen weniger Wimpernschläge veränderte sich Glorias Umhang. Wie Blut floss das Rot von ihrer Kopfbedeckung bis zum unteren Saum. Während sie sich zu mir umdrehte, schob sie die Kapuze vom Kopf. Es stank so sehr nach verdorbener Milch, dass ich beinahe würgen musste.

»Du bist eine Dunkelhexe«, presste ich hervor. Ihr Lächeln zerfetzte die letzte Hoffnung, dass es ein Irrtum war, dass alles ... gut werden würde. Ich schleuderte ihr einen hastig gesponnenen Fluch entgegen. »Wieso?« Ich atmete nur noch durch den Mund und kämpfte dennoch gegen die Übelkeit an.

Gloria hatte nur ein abfälliges Schnauben für meinen Angriffsversuch übrig. Mit einer lässigen Handbewegung schmetterte sie ihn ab wie eine lästige Fliege. »Du fragst ernsthaft, wieso?« Ihr Lachen klang wie Krallen auf einer Tafel. »Ich hätte es sein sollen, die alle rettet. Ich wollte das Licht sein und doch bin ich zum Schatten geworden. Zu deinem Schatten.«

Es stand so viel Hass in ihren Augen, dass ich nicht einmal mehr wusste, dass sie mich je anders angesehen hatte. »Aber ich ... Ich war bereit, mein Leben zu opfern.«

»Denkst du, das war ich nicht? Ich hatte diese Träume, Ela. Immer und immer wieder. Bis man mir gesagt hatte, welcher Teil der Prophezeiung mich darstellte.«

Gloria deutete auf die Dunkelheit um uns herum. Dabei lächelte sie so breit, dass ihre Zähne aufleuchteten. Sie stand ruhig da, sah kurz zu mir und dann wieder in die Flammen, als würde sie sich an einem Lagerfeuer wärmen. Sie unternahm nichts, machte keine Anstalten, mich anzugreifen. Noch ehe sie etwas dazu sagte, verstand ich auch, warum.

»Das Zeitfenster für das Ritual ist gleich vorbei«, flüsterte ich und sie belohnte mich mit einem anerkennenden Blick. Meine Gedanken galten Tristan, verursachten einen Stich in meiner Brust. Ich hoffte, dass er seine Sigille erhalten hatte, geprägt vom Namen seiner Mutter. Rothschild. Tristan wusste nicht, wer ihn geboren hatte. Und auch nicht, dass Mara mindestens seine Halbschwester war. Was, wenn er es nun nie erfahren würde?

»Schon eine Minute nach Mitternacht nimmt die Kraft, die den Zauber stärkt, kontinuierlich ab«, bestätigte Gloria. »Und da du die einzige Auserwählte – neben mir – bist …«

Den Rest malte mein Kopf zu Bildern. Wie ich versuchte, das Walpurgisritual allein zu stemmen, die Partnersigille zeichnete und doch nichts bewirken konnte, weil sie eben von einem anderen stammen musste. Jemandem, der meine Magie ergänzte, jemand, mit dem ich verbunden war.

Tristan. Er war es immer gewesen.

Ich musste Gloria aufhalten – vielleicht hatten wir dann noch eine Chance. Mit einem tiefen Atemzug sammelte ich die Magie in meinem Körper und ließ sie in meine linke Hand strömen. Meine Sigille erstrahlte in gleißendem Weißblau. So hell, dass sie an der Dunkelheit neben mir nagte, sie tatsächlich zu durchdringen schien.

Mein Wunsch – mein Zauber – formulierte sich deutlich in meinem Geist. *BRING GLORIA MESCINIA ZU FALL. FESSLE IHRE MAGIE.*

Ich ließ den Zauber los, die Sigille schoss scharf konturiert wie ein Laserstrahl auf meine Schwester zu. Sie streckte mir blitzschnell ihre Handfläche entgegen und meine Magie prallte an einem durch Blutmagie rot leuchtenden Schutzzauber ab. Ich allein hatte keine Chance gegen sie. Nicht, wenn ich lediglich Worte in meinem Kopf hatte, sie an keins der Elemente übergeben konnte. Nicht gegen eine Dunkelhexe, die nur darauf wartete, dass die Zeit verging, und damit verhinderte, dass mit dem Walpurgisritual die Grundsäule eines friedlichen Zusammenlebens von Hexen und Menschen erneuert werden konnte.

Ich sah es vor mir. Menschen, die mittels Magie zu willenlosen Marionetten gemacht wurden wie die Brunnenfiguren. Die Enttarnung der Hexen. Moderne Waffen mit Hämatitkugeln, gasförmiges Hämatit, um die Hexen zu schwächen. Hexenjagden, weil wir den Menschen nichts mehr entgegenzusetzen hatten. Die Dunkelhexen würden uns alle töten.

»Warum?«, drängte es erneut aus mir heraus. »Nur wegen der Regeln? Wolltest du jemanden zum Wissenden machen und die Erlaubnis wurde versagt?« Das war die Begründung, die ich während meiner Ausbildung zur Jägerin in Aufzeichnungen etlicher Verhöre von aufgespürten Dunkelhexen am häufigsten gelesen hatte.

Gloria hielt mein »Warum?« keiner Antwort für würdig und belächelte den Rest. Sie starrte an der Flammensäule entlang nach oben. Hätte sie eine Armbanduhr getragen, wäre ihr Blick vermutlich darauf gerichtet gewesen, um den Sekundenzeiger zu verfolgen. Auch ich sah hinauf, dann wieder zu meiner Schwester.

Ihre Anspannung war spürbar, sie wartete auf den Moment, in dem sich das Feuer regte. Ich sah die lange Säule hinauf, die bis weit in den Himmel ragte und gleich immer kleiner werden würde. Die Minute, die mächtigsten sechzig Sekunden des ganzen Jahres, neigte sich dem Ende zu. Das Feuer würde dann immer kleiner und kleiner werden, bis es schließlich im Morgengrauen erlosch. Die Magie, die es in sich trug, die Macht der Walpurgisnacht, die den traditionellen Schutzzauber verstärkte, würde immer weiter abnehmen. Seine Macht war nur in dieser ersten Minute groß genug, um alles so beizubehalten wie bisher. Sobald die Flammen zu schrumpfen begannen, könnte sich die Welt verändern. Wie sehr, konnte niemand absehen. Ich knüpfte die Robe auf und ließ sie zu Boden gleiten. Ich war bereit, Gloria zu bekämpfen und mein Zorn, meine Wut, die düstere Prophezeiung – all das nutzte ich, um die Magie in mir zu stärken.

Gloria stieß ein Zischen aus, als eine von weißblauen Flämmchen erleuchtete Sigillenfährte in unserem Kreis auftauchte. In der Millisekunde, dem Hauch eines Moments, der zwischen der Fährte mit kurzer Distanz und dem Erscheinen der dazugehörigen Hexe verging, sprang Gloria an meine Seite und schlitzte mir mit ihrem leuchtenden Finger die Haut am Oberarm auf. Blut quoll sofort hervor, das sich wie in der Schwerelosigkeit des Weltalls zu wabernden Blasen sammelte und zu Gloria schwebte, die sofort wieder außer Reichweite glitt. Etwas tauchte in ihrer Hand auf und sie lächelte.

# ~ 40 ~

## TRISTAN

Noch zwei weitere Male versuchte ich, mit brachialer Gewalt den schwarzen Nebel zu durchdringen. Meine Gedanken galten einzig und allein ihr. Ela, die dort drin war, gefangen in der Dunkelheit.

Um mich herum tobten magische Kämpfe. Flüche und Schutzzauber klirrten aufeinander wie Schwerter auf Schilde. Ich erwischte einen weiteren Querschläger. Funken, scharf wie Dolche, die sich in meine rechte Wade bohrten und mich während meines nächsten Versuchs, mit Gewalt in die Dunkelheit einzutauchen, einknicken ließen. Ich spürte den Schmerz kaum, glaubte, dass ich bereits wieder heilte, und stellte alldas nicht infrage. Nicht in diesem Moment. Ich musste durch die schwarze Wand vor mir, egal wie. Ich fokussierte mein Innerstes wie vor einem Training. Mein Geist fand die kalte Ruhe der Konzentration. Und mitten in diesem Nichts, in dem ich sonst meinen Körper instinktiv Schlagabfolgen abspulen ließ, tauchten Worte auf, die immer klarer und deutlicher hervortraten und für einen Moment alles andere beiseitedrängten.

*BRING MICH ZU ELA.*

Die Worte leuchteten auf, die doppelten Zeichen verschwanden, ehe die Buchstaben in meinem Kopf umherwirbelten, sich gemäß der Anordnung auf dem Hexenrad sortierten und von selbst verbanden. Die Welt verschwand, der kurze Schwindel einer Reise via Sigillenfährte setzte ein und im nächsten Moment sah ich Ela, die soeben keuchend zu Boden ging, als hätte man sie in den Bauch geschlagen. Aus einer Wunde am Arm quoll Blut hervor, das tröpfchenweise in der Luft schwebte. Auf Gloria zu, die einen kleinen Flakon hochhielt und mit der Linken einen Zauber auf mich schleuderte, der mich von den Beinen riss. Überrumpelt, benommen und nicht meines Körpers mächtig, musste ich zusehen, wie Gloria den Flakon mit Elas Blut verschloss und in ihrer roten Robe verschwinden ließ. Mächtiges Blut, das Blut der Auserwählten.

Dann wurde ihr Kopf zur Seite gerissen. Ihre Lippe begann zu bluten. Ela hatte sie mit Magie angegriffen. Ich überlegte, wie ich sie am besten unterstützen konnte, besann mich auf sämtliche Schlagabläufe, die ich jahrelang immer wieder durchgegangen war.

Ela verzog vor Schmerzen das Gesicht, als ein weiterer blutroter Schnitt auf ihrer Haut auftauchte. Während Ela lediglich magische Faustschläge verteilte, kämpfte Gloria mit schärferen Waffen. Dabei beobachtete sie mich unverhohlen. Ihre Mundwinkel zuckten.

In meinem Kopf setzte etwas aus, ich überließ mich meinen Instinkten. Mein Geist wurde schwarz wie bei der Meditation. Blauflammende Buchstaben tauchten darin auf wie zuvor.

*LASS GLORIA ERSTARREN!*

Die doppelten Zeichen verblassten, ehe sich die Sigille für den Zauber formte und durch meine Adern floss. Sie trat durch meine eigene Sigille auf dem Unterarm nach außen und schoss als leuchtender Windstoß zu der Dunkelhexe.

Sie bewegte sich nicht und ich hätte schon beinahe erleichtert aufgeatmet, bis mir klar wurde, dass ich nie mächtig genug wäre, sie aufzuhalten.

»Du musst die Sigille des Walpurgiszaubers zeichnen!«, rief Ela, ehe sie weggeschleudert wurde. Gloria kämpfte wieder weiter gegen sie. Ela rappelte sich krümmend auf. Streckte im richtigen Moment ihre Hand aus, um den nächsten magischen Schlag abzuwehren. Es klang wie das Kreischen zweier aufeinandertreffender Schwerter.

Beim letzten Walpurgisritual war ich klein gewesen und hatte daher von der ersten Reihe aus verfolgen können, wie die Auserwählten die Sigillen zeichneten und an das Feuer übergaben. Mein Vater hatte mir ins Ohr geflüstert, dass der Junge am Altar so nervös war, dass er die Worte offenbar abschreiben musste. Exakt jenes Buch, auf das er damals gedeutet hatte, lag auch jetzt aufgeschlagen und unberührt auf dem großen Stein. Kein Windstoß, den die Magie von Ela oder Gloria hervorbrachte, drang zu ihm durch. Ebenso wenig wie zu den zwei Stapeln Pergament oder den Schreibfedern. Ich sprang zum Altar, hielt dann aber inne, als Ela aufschrie und sich den Bauch hielt. Ein Riss klaffte in ihrem Kleid, noch mehr Blut tränkte den Stoff.

Ich wollte auf sie zustürzen, dann traf ihr Blick meinen, ging durch meine Augen hindurch, klar, als würde sie die Worte aussprechen. Ich sollte mich nicht um sie kümmern. Sie war dazu bestimmt, heute zu sterben. Aber vielleicht könnten wir den Rest der Welt beschützen. Indem sie die Dunkelhexe ablenkte und ich versuchte, etwas zu tun, zu dem ich bislang nicht in der Lage gewesen war und daher keine Erfahrung hatte. Meine Brust zog sich zusammen. Wenn nicht einmal Ela, eine trainierte Jägerin, gegen Glorias Magie bestehen konnte, würde ich als Untrainierter es ebenso wenig.

Ela wollte, dass ich die Sigille zeichnete, also tat ich es. Man musste wissen, wann es an der Zeit war, einen Rückzug zu machen, einen anderen Weg einzuschlagen.

Ich wurde von den Beinen gerissen und taumelte auf den Altar zu. Ein Brennen in meiner Schulter ließ mich aufkeuchen. Die Dunkelhexe richtete ihre Aufmerksamkeit sogleich wieder auf die angreifende Jägerin.

Ich biss die Zähne zusammen, konzentrierte mich auf das Grimoire und hoffte, dass Ela durchhalten würde.

»Beeil dich!«, presste sie hervor. »Das Feuer ist bereits am Erlöschen. Sie war nur da, um das Ritual zu verhindern.« Ich folgte ihrem ausgestreckten Arm und sah nach oben, wo die gigantische Feuersäule unentwegt kleiner wurde.

Ein neuer Angriff. Zahlreiche Funken schossen auf mich zu. Ela reiste via Fährte dazwischen, verteidigte mich. Richtete Glorias Aufmerksamkeit wieder auf sich. Ich sah, wie sich Ela beim nächsten magischen Angriff fallen ließ, exakt meine Anweisung beim Training mit den Kindern befolgte. Stolz wärmte meine Brust und stärkte mich. So wie Ela meinem Beispiel folgte, tat ich nun alles, was sie mir in Rom erklärt hatte.

Ich griff nach der Schreibfeder und tauchte sie in das Tintengefäß. Wort für Wort schrieb ich den Zauber aus dem

Grimoire ab, glaubte mit aller Kraft an das, was ich schrieb, auch wenn ich immer wieder zusammenzuckte, wenn ich Elas Keuchen oder einen erstickten Schrei hörte. Ich musste mich auf meine Aufgabe konzentrieren, kritzelte die Worte kaum lesbar auf das Papier vor mir und verfluchte die Tintenkleckse und wie schnell die Tinte ausging.

Selbst in völliger Dunkelheit hätte ich das Pergament vor mir deutlich gesehen. Meine eigene Sigille leuchtete und spendete weit mehr Licht als die immer kleiner werdenden Flammen des Ritualfeuers.

Konzentriert strich ich die doppelten Buchstaben durch, schrieb in eine neue Zeile, was übrig war, und malte anschließend eine sicher vollkommen untaugliche Sigille aus viel zu dicken und teils kaum sichtbaren Strichen nach Anweisung des Hexenkreises neben dem Pergament. Mein Herzschlag dröhnte in meinen Ohren und gleichzeitig war ich vollkommen ruhig, erfüllt von der Euphorie der Magie, die durch meine Adern rauschte.

»Schließ die Sigille ab. Schnell!« Ela schoss ihre Magie auf Gloria, während ich den kleinen Strich malte. Dann rollte ich das Pergament zusammen, wie ich es damals bei den Auserwählten gesehen hatte, und rannte zum Feuer. Dort sah ich mit Erschrecken, dass die Flammen nicht einmal mehr den dichten schwarzen Rauch um uns herum überragten. Sollte das Feuer nicht bis zum Morgengrauen anhalten?

Gloria schnitt mir den Weg ab und wehrte schon beinahe zu lässig Elas nächsten Angriff ab.

Mir war mehr als bewusst, dass ich niemals mit Magie gegen eine Hexe ankommen würde. Aber mein Vater hatte mir schließlich noch etwas anderes beigebracht. Die kühle

Ruhe meines Trainings überkam mich. Noch während ihre Sigille aufleuchtete, ließ ich mich auf den Rücken fallen. Ein Lufthauch direkt über mir. Kaum, dass ich mich mit den Händen auf dem Boden abstützen konnte, nutzte ich die Kraft des Falles, um mich nach vorne zu schieben und Gloria die Beine wegzutreten. Ich hörte ein ersticktes Aufkeuchen. Spürte die Magie, die sie nun wieder ins Gleichgewicht brachte, anstatt mich anzugreifen. Wind umtoste sie und ihre rechte Hand leuchtete auf. Ich schleuderte das Pergament in die Flammen.

Es fiel nicht nach unten oder hindurch, sondern hing fest an der Stelle, an der es im Feuer gelandet war. Die Flammen leckten an den Rändern und kaum, dass sie die Sigille erreicht hatten, leuchtete sie blauweiß auf und blieb im Feuer stehen, während die Ascheflocken des verbrannten Papiers nach oben tanzten. Gloria schrie auf, als sie durch mich abgelenkt von Ela getroffen wurde.

In den Flammen erkannte ich nun eine weitere, geschwungene Sigille, die auf meine zuglitt. Das musste Elas Zauber sein. Die beiden verbanden sich und wurden zu etwas Mächtigem, das den Boden erbeben ließ.

Ich konnte die Magie bis in jede meiner Zellen spüren, als das Sigillenpaar die Feuersäule entlang noch oben stieg und am Ende angekommen … explodierte. Ein schwaches, kaum wahrnehmbares Leuchten breitete sich in alle Richtungen aus. Als es bei uns ankam, zerriss es den schwarzen Nebel um uns herum und wir befanden uns wieder in den zerstörten, vom Raum gekrümmten Ruinen des Ballsaals.

Glorias aufgebrachter Schrei hallte noch in meinen Ohren nach. Dann war sie verschwunden und ich stürzte mich zu Ela, die schwer keuchend auf dem Boden neben dem kleinen Feuer kauerte. Als sie den Kopf hob, zeigte sich ein schwaches Lächeln auf ihren Lippen.

»Ich habe es immer gewusst.«

Dann flackerten ihre Lider und ich konnte sie gerade noch auffangen, ehe sie zur Seite kippte. Ich sah mich nach Hilfe um, doch auf der Lichtung sah es aus wie in der Filmkulisse von Game of Thrones. Nach der großen Schlacht. Der Kampf war vorbei, überall lagen reglose Körper, viele davon in roten Roben.

Ehe ich mich nach bekannten Gesichtern umschauen konnte, stürzte Elas Mutter herbei und schluchzte herzzerreißend.

## ~ 41 ~

## ADELA

Ich fühlte mich wie überfahren oder als wäre eine ganze Jägereinheit über mich hinweggetrampelt. Es gab nicht einen Zentimeter an mir, der nicht höllisch wehtat. Selbst an meinen Lidern schienen Gewichte zu hängen. Während ich mich bemühte, den Rest des Schlafes aus meinen Gliedern zu vertreiben, erreichte mich der Duft nach warmem Sommerregen. Sein Geruch wirkte auf mich wie das Nass nach einer langen Hitzeperiode. Jede Zelle meines Körpers wurde belebt und ich war plötzlich mühelos in der Lage, die Lider zu heben.

Die Helligkeit blendete mich und nur langsam schälte sich aus den Sonnenstrahlen, die zum Fenster hereindrangen, eine zusammengekauerte Gestalt in meinem Lesesessel vor dem Fenster. Sein weißes T-Shirt blendete wie Schnee.

»Tristan«, wollte ich sagen, doch es kam nur ein Krächzen heraus, als hätte ich nächtelang Partys gefeiert und viel zu laut die Lieder mitgesungen. Erst jetzt drangen die Ereignisse der letzten Tage und das Chaos der Walpurgisnacht wieder auf mich ein. Schwer atmend schloss ich wieder die Augen.

Bis mich die Erkenntnis mit voller Wucht traf.

»Ich lebe noch.«

Drei Worte und doch so unwirklich. So viele Jahre lang hatte ich in dem Wissen gelebt, dass ich mich in der Nacht auf den ersten Mai opfern musste. Mein Herz schlug schneller und schneller. Meine Wangen hoben sich und ich spürte, wie die Haut über einer bereits heilenden Wunde spannte.

»Worüber ich sehr froh bin.« In Tristans Stimme lag Erleichterung, aber auch noch etwas anderes, sodass ich sofort nach der Ursache suchte. Er hatte sich im Sessel aufgerichtet, saß nun kerzengerade an der vorderen Kante. Seine blauen Augen wirkten glanzlos, dunkle Schatten lagen unter ihnen und wirkten in seinem bleichen Gesicht wie verschmierte Mascara. Seine Haare fielen in Strähnen in sein Gesicht.

»Du hast die Welt der Hexen gerettet«, sagte ich, weil mir nichts Besseres einfiel, um die wichtigen Fragen noch hinauszuzögern. Wie es ihm ging. Wie er mit alldem klarkam.

»Den Ruhm verdienst du«, murmelte er. »Du hast deine Schwester aufgehalten und mir gesagt, was ich tun musste. Ohne dich …« Er zögerte, sah auf seinen Unterarm hinab und drehte ihn so, dass seine Sigille nach oben zeigte.

Ich richtete mich auf, schob mich in meinem Bett nach hinten, sodass ich mich am Kopfende anlehnen konnte. Das Stöhnen, das ich zurückhielt, wurde zu einem Grunzen.

»Es tut mir leid.«

Tristan stand auf und blieb unentschlossen stehen. Wie in Zeitlupe senkte er die Lider, seine langen Wimpern fingen die Sonnenstrahlen ein. Die Muskeln seiner Arme spannten sich, als würde er einen Kampf austragen, dessen Ausgang alles entscheiden könnte. Dann entspannte er sich, erhielt seine Fassung zurück und sah mich an, während er zum Bett trat.

»Wenn du dich noch einmal bei mir entschuldigst – egal wofür –, verschwinde ich.« Auch wenn das Lächeln seine Augen nicht erreichte, war es doch ein Anfang. Dann hob er den linken Arm und wedelte damit in der Luft. »Das mit dem Verschwinden ist keine leere Drohung.« Endlich blitzte ein Funkeln im Blau seiner Augen auf.

Ich wollte etwas sagen, aber er hob die Hand und hielt mich auf. »Und wenn du noch einmal in einen Kampf mit einer Dunkelhexe gerätst, verschwindest du.«

Ich lächelte schmal. Er wusste so gut wie ich, dass ich das nie könnte.

Tristan stieß einen tiefen Seufzer aus und setzte sich zu mir aufs Bett. Plötzlich war die Luft zwischen uns von Elektrizität getränkt. Ich neigte mich durch sein Gewicht zur Seite, richtete mich aber schnell wieder auf.

Wo standen wir? Gab es überhaupt noch die Chance auf ein *Wir*? Ich traute mich nicht, die Frage auszusprechen.

»Ich bin tausend Tode gestorben, weil dich in den zwei Wochen weder irgendwelche Kräuter noch die Auguren oder Heiler aufwecken konnten.« Er rieb sich mit der Hand über die Augen und streifte dann eine Haarsträhne hinters Ohr.

»Zwei Wochen?« Ich schluckte, Tristan nickte nur.

»Dein Cousin hat mir alle Details der Prophezeiung verraten und dass diese durchaus so interpretiert werden könnte, dass du einfach nie wieder erwachst. Das wollte ich einfach nicht glauben. Nicht, nachdem Élodie mir gesagt hat, dass ich zu dir in die Dunkelheit gehen muss.«

Für den einen Moment hielten meine Gedanken daran fest, dass er sich solche Sorgen um mich gemacht hatte, und ich genoss das Kribbeln in meinem Bauch. Dann drängte sich jedoch der Rest seiner Aussage nach oben.

»Wer ist Élodie?« Im Kopf spulte ich sämtliche mir bekannten Hexen durch, der Name sagte mir aber nichts.

»Laut Sebastien ist sie die Manifestation meiner prophetischen Gabe. Ich habe sie für die Tochter von Heloise gehalten. Sie sind zeitgleich aufgetaucht, was aber wohl eher die schräge magische Version eines Zufalls war. Oder weil sie davor keine Chance hatte, zu mir durchzudringen. Frag Sebastien, er hat zig Vermutungen. Er war es auch, der herausgefunden hat, wie meine Magie blockiert wurde. Ausgerechnet Roger.« Er lachte kurz finster auf. »Rogers Halsband hatte einen Hämatitkern, die Verschlüsse ... alles, was ich für Metall gehalten hatte, war Hämatit. Kein Wunder, dass niemand auch nur in seine Nähe wollte, dass Saphir ihn ständig als Gefahr angesehen hat. Vermutlich steckt Noah dahinter.« Er schüttelte den Kopf, als könnte er es selbst noch nicht glauben.

»Noah?« Ich hatte ihn auch nicht gerade als den sympathischsten Hexer der Welt kennengelernt – eher das Gegenteil – aber würde er echt so weit gehen?

Tristan rieb sich über die Schläfe und strich seine Haare aus dem Gesicht, während er sagte: »Noah ist seit dem Ritual nicht auffindbar, was ihn zum Hauptverdächtigen macht. Niemand weiß, wann genau er es ausgetauscht haben könnte, vermutlich direkt vor meiner Sigillenvergabe.

Gloria ist ebenfalls verschwunden. Deine Eltern, die Auguren … alle haben nach den beiden gesucht, aber sie konnten mit keiner Ortungssigille oder menschlicher Technik aufgespürt werden.« Seine Hand verharrte in seinem Nacken.

Wie hatte es nur so weit kommen können? Trotz allem hoffte ich, dass es Gloria gut ging, sie erkennen würde, dass sie etwas Falsches getan hatte. Sie war jahrelang meine einzige Freundin gewesen. Wie Mara für Tristan.

»Wie geht es Mara?«, fragte ich daher schnell, um die Gedanken an meine Schwester zu vertreiben. »Hat die Heilmagie funktioniert?«

Endlich erhellte sich Tristans Gesicht und er nickte lächelnd. Sofort wirkte er entspannter.

»Hast du schon mit ihr gesprochen?« Ich musste ihm nicht sagen, worüber genau. Er presste die Lippen fest zusammen und schüttelte den Kopf.

»Ich hatte … noch keine Gelegenheit. Sebastien meinte, ich solle mir erst Zeit lassen, alles zu verarbeiten, ehe ich sie ebenfalls in die Welt hole und ihr sage, dass wir Zwillinge sind.« Der Unglaube stand ihm direkt ins Gesicht geschrieben. »Deine Eltern wissen auch Bescheid. Sie waren es auch, die den Rat dazu gebracht haben, öffentlich einzugestehen, dass die Verurteilung meines Vaters vielleicht etwas vorschnell erfolgte. Sein Name … Mein Name könnte wieder reingewaschen werden.« Er schenkte mir ein schmales Lächeln, rieb sich noch einmal den Nacken. »Leider bringt mir das meinen Vater nicht zurück.«

Als er den Arm nun wieder senkte, streifte seine Hand meine Fingerspitzen. Die Berührung glich einem Stromschlag und alles an mir schien sich aufzuladen. Mein Herz schlug so schnell, dass es Kolibriflügeln Konkurrenz machen konnte.

Tristan sah hinab, als fragte er sich, was seine Hand dort tat. Ich spürte, wie er sich anspannte, und hielt die Luft an. Mit einem tiefen Atemstoß schlossen sich seine Finger um meine.

Die Luft war plötzlich entsetzlich trocken, kratzte in meinem Hals, zog jegliche Feuchtigkeit aus meinen Lippen. Tristan war so nah, umnebelte mich mit Sommerregen. Ich müsste mich nur leicht nach vorne neigen und unsere Lippen würden sich treffen. Endlich würde ich ihn küssen können, ohne dass Geheimnisse zwischen uns standen.

Ich sehnte mich danach, musste es jedoch ihm überlassen. Ich hatte sein Vertrauen zu oft und zu lange missbraucht. Sollte er mir noch eine Chance geben, wollte ich es richtig machen.

Wir verharrten beide in völliger Erstarrung, bis sein Handy losschrillte. Tristan warf den Kopf nach hinten und stieß stöhnend die Luft aus, während er aufsprang und es aus der Hosentasche zog. Die Enttäuschung stieg mir mit dem Geruch nach Zitrussäure in die Nase.

»Ich muss los«, sagte er und ich hörte, wie sehr er bleiben wollte.

»Wohin?«

»Trainingsstunde mit den Kindern. Sie warten sicher schon.« Er lächelte und steckte das Handy wieder zurück in die Tasche. Dann begann seine Sigille zu leuchten.

»Warte!«, rief ich und er senkte den Arm. »Ich komme mit.« Mühsam schwang ich die unter meinem Schlafshirt nackten Beine über die Bettkante und stand auf.

Tristan musterte mich mit erhobener Braue. »So?« Seine Augen funkelten amüsiert. Jenes herausfordernde Funkeln, das direkt auf mein Herz zielte.

»Lass mich dir zeigen, wie Hexenfrauen das machen«, konterte ich, ließ meine Magie aufflammen und stand im nächsten Moment in Jeans und T-Shirt gekleidet vor ihm und streckte ihm aus Gewohnheit die Hand entgegen. Ich wollte sie schon zurückziehen, weil Tristan jetzt allein reisen konnte, da griff er zu und lächelte mich an.

»Auch wenn ich das jetzt allein kann«, grinste er und zog mich näher, »finde ich sicher Hunderte Gründe, es nicht zu tun.« Vollkommen überrumpelt geriet ich aus dem Gleichgewicht und landete in seinen Armen.

»Hmmm … Ist das so?«, ließ ich mich auf das Spiel ein. »Willst du mir vielleicht ein paar Gründe nen…« Er erstickte meinen Einwurf mit einem Kuss, der all meine Sinne betäubte. Überall war nur noch er. Die Wärme seiner Lippen, der Geruch nach Sommerregen, der süße Geschmack von Kaugummi auf meiner Zunge und die stockenden Atemzüge, während wir uns immer enger aneinanderpressten. Jenseits meiner geschlossenen Lider leuchtete die Sonne Roms auf uns.

Mit einem spitzbübischen Grinsen zog er sich zurück und biss sich auf die Lippe.

»Dafür haben wir jetzt jede Menge Zeit. Oder hast du etwa andere Pläne?«

Die hatte ich nicht. Ich zog ihn erneut zu mir und die Magie der Sigillenfährte riss uns küssend in unser neues Leben.

# Nachwort

Als in einem Chat mit meiner Agentin Franziska der Begriff »Märchenadaption« fiel, habe ich mich im ersten Moment dagegen gesträubt. Es gibt so viele Märchenadaptionen, so viele wundervolle Kolleg*innen, die sich des Themas bereits angenommen hatten. Doch dein Kommentar, Franziska, dass ich mein Aschenputtel rocken würde, hat mich binnen Sekunden tippen lassen, dass mein Aschenputtel dann aber männlich wäre. Und dann war sie da. Die Hexenfamilie, der unbegabte Sohn, die bösen Stiefgeschwister ... Ich danke dir dafür und für all die Chats und Telefonate!

Seit jenem Tag hatte »MagicTales« einen langen Weg hinter sich und Gio von @Frauenstamm hat mich von den ersten Kapiteln an begleitet. Sie hat dafür gesorgt, dass Tristan (der damals noch Zac hieß) nicht zum Weichei werde (O-Ton), und mir stets Zuspruch gegeben. Sie hat sich von der ersten durch etliche weitere Versionen gelesen und mich dabei immer wieder motiviert.

Bei keinem meiner bisherigen Bücher war die Arbeit nach dem Schreiben so ... intensiv. Meine Lektorin Susanne hat sich mit mir gemeinsam durchgekämpft, bis alles so war, wie ihr es jetzt lesen könnt.

Dass ich dabei nicht verzweifelt bin, habe ich dem Zuspruch meines Mannes und vieler weiterer Menschen zu verdanken. Allen voran meinen Musketierkolleginnen Tanja, Lisa, Liz, Ann-Kathrin und Carina und meinen lieben Freundinnen Katja, Sabrina, Shou und Sandra.

Nun ist es Zeit, Abschied von Tristan und Ela zu nehmen.

Ich hoffe, euch allen hat der erste Ausflug in meine Hexenwelt gefallen. Ich freue mich wie immer über jede Markierung und jeden Post, jedes Foto und jede Nachricht. Und falls ihr mal in Laupheim seid, schaut euch genau um. Vielleicht findet ihr die eine oder andere Kulisse aus dem Buch wieder …

Bewahre das Erbe. Bewahre die Tradition.